Mark Twain
Die besten Geschichten

Aus dem Amerikanischen
von Heinrich Conrad, Margarete Jacobi
und Louis Ottmann

Anaconda

Die Deutsche Nationalbibliothek verzeichnet diese Publikation
in der Deutschen Nationalbibliografie; detaillierte bibliografische Daten
sind im Internet unter http://dnb.d-nb.de abrufbar.

© 2018 Anaconda Verlag GmbH, Köln
Alle Rechte vorbehalten.
Umschlagmotiv: Steamboats Racing on the Mississippi River (1883),
Photo © GraphicaArtis / Bridgeman Images
Umschlaggestaltung: www.katjaholst.de
Satz und Layout: www.paque.de
Printed in Czech Republic 2018
ISBN 978-3-7306-0607-0
www.anacondaverlag.de
info@anacondaverlag.de

Inhalt

Die kapitolinische Venus 7

Eine wahre Geschichte 15

Die Geschichte des Hausierers 21

Die Liebe des jungen Alonzo Fitz Clarence
    und der schönen Rosannah Ethelton 29

Mrs McWilliams beim Gewitter 53

Was mir der Professor erzählte 62

Meine Tätigkeit als Reisemarschall 69

Die Romanze des Eskimo-Mädchens 90

Die Erzählung des Kaliforniers 111

Mein Reisegefährte, der Reformator 121

Tom Sawyer als Detektiv 140

Eine Geschichte ohne Ende 200

Ed Jackson und Vanderbilt 209

Wie Hadleyburg verderbt wurde 216

Die Appetit-Anstalt 276

Zwei kleine Geschichten 292

Das Todeslos 306

Quellenverzeichnis 319

Die kapitolinische Venus

Erstes Kapitel
(Ort der Handlung: das Atelier eines Künstlers in Rom)

»O George, wie liebe ich dich!«

»Meine Mary, mein geliebtes Herz, ich weiß es. Warum ist dein Vater so unerbittlich?«

»George, er meint es gut, aber ihm ist die Kunst eine Torheit; er versteht nur den Spezereihandel. Er meint, ich würde bei dir verhungern.«

»Verwünscht sei seine Klugheit! Warum bin ich nicht ein Geld machender, herzloser Gewürzkrämer statt eines gottbegabten Bildhauers – der nichts zu essen hat!«

»Verzage nur nicht, mein George! – Alle seine Vorurteile werden schwinden, sobald du erst einmal fünfzigtausend Dollar erworb…«

»Fünfzigtausend Teufel! – Kind, ich bin mein Kostgeld noch schuldig!« –

Zweites Kapitel
(Ort der Handlung: eine Wohnung in Rom)

»Geehrter Mr Arnold, alles Reden ist unnütz. Ich habe nichts gegen Sie, aber ich kann meine Tochter nicht an ein Ragout von Liebe, Kunst und Hunger verheiraten – und sonst haben Sie, glaube ich, nichts zu bieten.«

»Sir, ich bin arm, ich leugne es nicht. Aber hat denn der Ruhm keinen Wert? Der Senator Belem Fyoodle von Arkansas sagt, dass meine neue Statue der Amerika ein treffliches Werk der Bildhauerkunst ist und er die Überzeugung hegt, mein Name werde noch einmal berühmt werden.«

»Leeres Geschwätz! Was versteht der Esel aus Arkansas davon? Auf den Marktpreis Ihrer marmornen Vogelscheuche kommt es an. Sechs Monate haben Sie daran herumgemeißelt und jetzt gibt Ihnen keiner hundert Dollar dafür. Nein, Sir. Weisen Sie mir fünfzigtausend Dollar vor und Sie können meine Tochter haben – andernfalls heiratet sie den jungen Simper. Sie haben sechs Monate Zeit, die Summe herbeizuschaffen. – Guten Morgen, Sir.«

»Ach, ich Unglücklicher!«

Drittes Kapitel
(Ort der Handlung: das Atelier)

»O John, Freund meiner Knabenjahre! Ich bin der unseligste der Menschen.«

»Ein Einfaltspinsel bist du!«

»Nichts bleibt mir, das ich lieben könnte, als meine Statue der Amerika – und ach! selbst sie zeigt kein Mitgefühl für mich in ihren kalten Gesichtszügen – so schön und so herzlos!«

»Du bist ein Narr!«

»O John!«

»O Unsinn! – Hast du nicht gesagt, du hättest sechs Monate Zeit, um das Geld zusammenzubringen?«

»Spotte nicht meiner Qual, John. Wenn ich sechs Jahrhunderte hätte, was würde es mir nützen? Was könnte es einem armen Schlucker ohne Namen, ohne Kapital, ohne Freunde helfen?«

»Hasenfuß, Kindskopf, Feigling, der du bist! Sechs Monate, um die Summe herbeizuschaffen, und fünf sind genug!«

»Bist du von Sinnen?«

»Sechs Monate – Zeit die Fülle! Überlass es mir – ich verschaffe sie dir.«

»Was sprichst du, John? Wie in aller Welt willst du eine so ungeheure Summe für mich auftreiben?«

»Das lass meine Sorge sein, du darfst dich gar nicht einmischen! Willst du die ganze Sache in meine Hände legen? Willst du geloben, dich allem zu unterwerfen, was ich tue? Willst du mir schwören, alle meine Handlungen gutzuheißen?«

»Mir schwindelt, es wird mir schwarz vor den Augen, aber – ich schwöre!«

Hierauf ergreift John einen Hammer und schlägt der Amerika mit der größten Ruhe die Nase ab. Er holt noch einmal aus und zwei ihrer Finger liegen auf dem Boden; noch ein Streich und von dem einen Ohr fliegt ein Stück ab; noch einer und eine Reihe Zehen sind zertrümmert und abgehauen; ein letzter Hammerschlag und das linke Bein, vom Knie abwärts, liegt als Trümmerhaufen da.

John nimmt seinen Hut und geht.

George starrt dreißig Sekunden lang sprachlos auf die verstümmelte Gräuelgestalt, die vor ihm steht, dann wälzt er sich in Krämpfen am Boden.

Bald darauf kehrt John mit einem Wagen zurück, lädt den Künstler mit dem gebrochenen Herzen, sowie die Statue mit dem gebrochenen Bein auf und fährt in aller Gemütsruhe leise pfeifend davon. Den Künstler schafft er zu dessen Wohnung, fährt mit der Statue weiter und verschwindet mit ihr die Via Quirinalis hinunter.

Viertes Kapitel
(Ort der Handlung: das Atelier)

»Heute um zwei Uhr sind die sechs Monate um. O Höllenqual! Mein Leben ist vernichtet! Ich wollte, ich wäre tot! Gestern nicht zu Nacht gegessen – heute kein Frühstück! Ich wage mich in kein Speisehaus hinein. Aber hungrig bin ich – o, still davon! Mein Schuster plagt mich bis aufs Blut, mein Schneider liegt mir in den Ohren, mein Hauswirt mahnt mich zu zahlen. Wie elend bin ich! John habe ich seit jenem entsetzlichen Tag nicht wieder gesehen.

Sie lächelt mir zärtlich zu, wenn wir uns auf einer der Hauptstraßen begegnen, aber auf den grausamen Wink ihres Vaters mit dem Kieselherzen muss sie gleich zur anderen Seite sehen. – Horch! Wer klopft an die Tür? Wer verfolgt mich schon wieder? Gewiss dieser boshafte Halunke, der Schuster – Herein!«

»Ach – Glück und Segen über Eure Hoheit! Der Himmel beschütze Euer Gnaden. Ich habe Eure neuen Stiefel gebracht. Bitte, von Bezahlung ist gar nicht die Rede, damit hat es keine Eile, nicht die allergeringste; ich werde stolz sein, wenn der gnädige Herr mich auch fernerhin mit seiner Kundschaft beehren will – ergebenster Diener, empfehle mich untertänigst.«
»Er bringt die Stiefel selbst! Braucht keine Bezahlung! Empfiehlt sich mit einem Kratzfuß wie für eine Majestät. Wünscht meine fernere Kundschaft! Steht denn das Ende der Welt bevor? Was bei allen – Herein!«
»Verzeihung, Signore, aber ich bringe Ihren neuen Anzug zum ...«
»Herein!!«
»Bitte tausendmal um Entschuldigung, wenn ich störe, Sir. Ich habe die Reihe schöner Zimmer im unteren Stock für Sie hergerichtet. Dieses elende Loch passt ja durchaus nicht für ...«
»Herein!!!«
»Ich komme Ihnen zu melden, dass Ihr Kredit in unserem Bankhaus, der leider seit einiger Zeit unterbrochen war, in durchaus befriedigender Weise aufs Neue wieder eröffnet ist. Wir stehen mit Vergnügen zu Ihren Diensten, welchen Betrag Sie auch zu entnehmen wünschen ...«
»Herein!!!!«
»Mein wackerer Junge! Sie ist die Deinige! Sogleich wird sie hier sein. Nimm sie, heirate sie, liebe sie, seid glücklich! Gott segne euch beide. Hurra! Hoch!«
»Herein!!!!!«

»O George, mein Geliebter, wir sind gerettet!«
»O Mary, mein teures Herz, wir sind gerettet! Aber, bei meiner Seele – ich weiß weder warum noch wie!«

Fünftes Kapitel
(Ort der Handlung: ein Kaffeehaus in Rom)

Mehrere amerikanische Herren sitzen beisammen. Einer derselben liest und übersetzt aus dem Wochenblatt: Il Slangwhanger di Roma *den folgenden Artikel:*

Wunderbare Entdeckung

»Vor etwa sechs Monaten kaufte Mr John Smith, ein Amerikaner, seit einigen Jahren in Rom wohnhaft, für eine unbedeutende Summe ein kleines Stück Land in der Campagna, gerade hinter dem Grabmal der Familie Scipio, vom Eigentümer, einem bankrotten Verwandten der Prinzessin Borghese. Hierauf begab sich Mr Smith zum Minister der öffentlichen Angelegenheiten und ließ das Grundstück auf einen armen amerikanischen Künstler Namens George Arnold übertragen, indem er erklärte, er täte das als Vergütung und Ersatz für einen baren Schaden, welchen er vor langer Zeit zufällig an Mr Arnolds Eigentum angerichtet habe. Auch fügte er hinzu, er wolle, um den Herrn völlig zufriedenzustellen, verschiedene Verbesserungen auf dem Grundstück für eigene Rechnung ausführen lassen.

Vor vier Wochen nun, bei Gelegenheit einer notwendigen Umgrabung auf dem Grundstück, förderte Mr Smith die herrlichste antike Statue zutage, welche jemals den reichen Kunstschätzen Roms hinzugefügt worden ist. Es war eine wundervolle Frauengestalt, die, obgleich auf traurige Weise im Erdboden von dem Moder der Jahrhunderte beschädigt, dennoch jedes

Auge durch ihre hinreißende Schönheit entzücken muss. Die Nase, das linke Bein vom Knie an, ein Ohr, zwei Finger einer Hand, sowie die Zehen des rechten Fußes fehlen; im Übrigen ist die edle Gestalt aber wunderbar gut erhalten. Die Regierung sandte sofort eine Wache ab, um Beschlag auf die Statue zu legen und setzte eine Kommission von Kunstkennern, Altertumsforschern und Kirchenfürsten ein, um ihren Wert abzuschätzen und die Höhe der Entschädigung zu bestimmen, welche dem Besitzer des Grund und Bodens gebühre, auf dem sie gefunden worden. Bis zum gestrigen Abend herrschte über die ganze Angelegenheit das tiefste Geheimnis und die Kommission hielt ihre Sitzungen bei verschlossenen Türen. Schließlich wurde einstimmig festgestellt, dass die Statue eine Venus sei und von einem unbekannten, aber hochbegabten Künstler aus dem dritten Jahrhundert vor Christus herrühre. Sie wurde für das tadelloseste Kunstwerk erklärt, das die Welt je gesehen hat.

Um Mitternacht erfolgte die Schlussberatung, in welcher die Venus auf die ungeheure Summe von zehn Millionen Franken geschätzt wurde. Da nach römischem Gesetz und Brauch der Staat zur Hälfte Eigentümer aller in der Campagna gefundenen Kunstschätze ist, so hat die Regierung weiter nichts zu tun, als Mr Arnold fünf Millionen Franken zu zahlen und dauernden Besitz von der schönen Statue zu nehmen. Heute Morgen wird die Venus auf das Kapitol geschafft und dort bleibend aufgestellt werden. Am Nachmittag begibt sich darauf die Kommission zu Mr Arnold, um ihm eine Anweisung für die päpstliche Schatzkammer zu übergeben, welche auf die fürstliche Summe von fünf Millionen Franken in Gold lautet.«

Chor von Stimmen: »Ein unerhörtes Glück. So etwas ist noch gar nie dagewesen!«

Eine Stimme: »Meine Herren, ich schlage vor, dass wir sofort eine amerikanische Aktiengesellschaft gründen zum Erwerb von Landbesitz und Ausgrabung von Bildwerken. Für rechtzeitiges Steigen und Fallen der Papiere sollen unsere New Yorker Börsenagenten Sorge tragen.«
Alle: »Einverstanden!«

Sechstes Kapitel
(Ort der Handlung: das römische Kapitol)
(Zehn Jahre später)

»Teure Mary, dies ist die berühmteste Statue der Welt, die gefeierte ›kapitolinische Venus‹, von der du so viel gehört hast. Da steht sie – ihre kleinen Schäden sind restauriert (das heißt ausgestickt) von den angesehensten römischen Künstlern. Die bloße Tatsache, dass sie an einer so edlen Schöpfung jene bescheidenen Ausbesserungen vorgenommen haben, wird ihrem Namen Glanz verleihen, solange die Erde steht. Wie sonderbar kommt er mir doch vor – dieser Ort! Als ich zuletzt, vor zehn glücklichen Jahren, hier stand, war ich kein reicher Mann. Gott bewahre! Ich besaß nicht einen roten Heller. Und doch hatte ich meinen redlichen Anteil daran, dass Rom in den Besitz dieses größten Werkes antiker Kunst gelangt ist, welches die Welt kennt.«

»Die angebetete, die gefeierte kapitolinische Venus! Und wie hoch schätzte man ihren Wert – auf zehn Millionen Franken, nicht wahr?«

»Ja – jetzt.«

»Aber, George, sie ist auch göttlich schön!«

»Jawohl – doch nichts gegen das, was sie war, ehe der treffliche John Smith ihr das Bein zerbrach und die Nase abschlug. Erfindungsreicher Smith! Erleuchteter Smith! Edler Smith! Urheber all unseres Glücks! – Aber Mary, um des Himmels willen, horch! Weißt du, was das Röcheln bedeutet? Das Kleine hat den Keuchhusten und du bringst es hierher! Wirst du denn niemals lernen auf Kinder achtzugeben?«

Schluss

Die kapitolinische Venus steht noch auf dem Kapitol zu Rom und ist immer noch das bezauberndste und berühmteste antike Kunstwerk, dessen die Welt sich rühmen kann. Wenn der Leser jemals das Glück haben sollte, davorzustehen und in das übliche Entzücken darüber auszubrechen, so möge ihn diese wahre und geheime Geschichte ihres Ursprungs bei dem Genuss nicht stören.

Wer aber von dem ›Versteinerten Menschen‹ liest, der bei Syracuse im Staat New York oder anderswo ausgegraben worden ist, der sei auf seiner Hut. Will der Barnum, der ihn dort eingegraben hat, ihn für eine Unsumme verkaufen, so soll er sich damit an den Papst wenden.

Anmerkung. Obige Skizze wurde zu einer Zeit geschrieben, als der Schwindel mit dem ›Versteinerten Menschen‹ in Amerika Aufsehen erregte.

Eine wahre Geschichte

(Gerade so wiedererzählt, wie ich sie gehört habe)

Es war im Sommer, zur Dämmerstunde. Wir saßen alle unter dem Vordach des Landhauses, Tante Rachel in bescheidener Ehrerbietung etwas tiefer als wir auf den Stufen, denn sie war unsere Magd und eine Farbige. Von hohem Wuchs und gewaltigem Körperbau, hatte sie trotz ihrer sechzig Jahre ihre alte Kraft bewahrt und ihr Augenlicht war noch ungeschwächt. Der braven, lustigen Seele war das Lachen so natürlich wie einem Vogel das Singen. Wie gewöhnlich nach beendetem Tagewerk stand sie auch jetzt wieder im Feuer, das heißt, sie wurde unbarmherzig geneckt, und das machte ihr großes Vergnügen. Sie brach wieder und wieder in schallendes Gelächter aus und wenn sie keinen Atem mehr hatte, hielt sie ihren Kopf mit beiden Händen fest und schüttelte sich im Übermaß der Wonne und des Entzückens.

»Tante Rachel«, sagte ich zu ihr, als sie dies wieder einmal tat, »wie kommt es, dass du sechzig Jahre alt geworden bist und gar nichts Trauriges erlebt hast?«

Da war ihr Lachkrampf vorüber; sie schwieg einen Augenblick, sah über die Schulter zu mir hin und alle Fröhlichkeit war von ihr gewichen.

»Ist das Ihr Ernst, Mista Charles?«, fragte sie.

Das überraschte mich sehr und mir verging die scherzhafte Stimmung.

»Ja nun«, entgegnete ich betroffen, »ich dachte – das heißt, ich meinte nur – du könntest doch unmöglich jemals Kummer gehabt haben. Noch nie habe ich einen Seufzer von dir gehört, und wenn ich dich sehe, lachst du immer übers ganze Gesicht.« Sie drehte sich jetzt vollends herum und sah mich mit großer Ernsthaftigkeit an.

»Ich – keinen Kummer? Hören Sie Mista Charles, ich erzählen will alles und dann sagen Sie sich's selber. Ich bin geboren unter Sklaven, ganz da unten und weiß alle Dinge von die Sklaverei, weil ich selbst gewesen eine. Nun also, mein Alter – das heißt mein Mann – der war lieb und gut zu mir, wie Mista zu seiner eigenen Frau. Sieben Kinder wir haben gehabt und sie geliebt haben wie Mista liebt seine Kinder. Sie schwarz gewesen, aber uns Herrgott können nicht machen Kinder so schwarz, dass ihre eigene Mutter sie nicht liebt und für nichts in der ganzen Welt hergeben will.

Nun, Mista Charles, groß geworden ich bin im alten Virginia, aber meine Mutter, sie stammte aus Maryland. – Mein Seel, wenn die in Zorn geriet, das schrecklich war; sie konnte den Leuten die Pelz waschen, dass die Haare flogen. Wenn sie so recht im Harnisch war, dann sie hatte immer bloß eine Wort, die sie sagte. Sie reckte hoch sich in der Höhe, stemmte die Fäuste in die Seite und sagte: ›Na, wartet, ich das werd euch lehren! Ihr denkt wohl, ich stamm aus 'nem Bettelsack und wollt mich narren, ihr Lumpenpack? Ich bin von die alte blaue Henne ihren Hühnchen, dass ihr's wisst!‹ – Sehen Sie, so Leute sich nennen, die in Maryland sind geboren und sind stolz darauf. Ja, ja, sie sagte das immer, und ich vergess es mein Lebtag nicht, weil sie sagte es so oft und auch einmal, als mein kleiner Henry sich hatte einer Loch in die Kopf gefallen, gerade auf der Stirn und seine Handgelenk blutig gerissen – o schrecklich! Und die Nigger, sie kamen nicht gleich herbeigeflogen, das Kind zu helfen. Da war meine Mutter furchtbar böse und sie trat vor sie hin und sagte: ›Na wartet, ihr Nigger, ich das werd euch lehren! Ihr denkt wohl, ich stamm aus 'nem Bettelsack und wollt mich narren, ihr Lumpenpack? Ich bin von die alte blaue Henne ihren Hühnchen, dass ihr's wisst!‹ Dann trieb sie sie alle aus die Küche raus und verband die Kind selbst. Da hab ich mich das angewöhnt, und wenn der Ärger über mich kommt, sag ich auch das Wort von meine Mutter.

Nu also, mit der Zeit, meine alte Missis sagt einmal, mit ihr wär alles aus, sie muss verkaufen ihre Platz und alle Nigger. Wie ich aber höre, dass sie uns wollte verkaufen auf dem Markt in Richmond – o du meine Güte, das Schrecken! Ich wusste ja, was der Glocke hat geschlagen.«

(Tante Rachel war allmählich im Eifer ihrer Erzählung aufgestanden; ihre große Gestalt ragte jetzt über uns hinaus und hob sich schwarz und deutlich ab vom Sternenhimmel.)

»Sie legten uns in Ketten und stellten uns auf eine Tritt so hoch wie der Vordach. Und die Leute standen herum, viele Haufen. Sie kamen darauf und besahen uns von vorn und von hinten, sie drückten unser Arme, machten uns stehen und gehen und sagten dann: Der ist zu alt, der taugt nichts mehr. Der ist lahm. Der ist nicht viel wert. Und sie verkauften mein alter Mann und führten ihn weg. Dann fangen sie an und verkaufen meine Kinder und nehmen sie fort. Ich laut heule, aber die Mann sagt: Lass deine verdammte Gewinsel, und schlägt mich mit sein Hand auf meine Mund. Wenn alle fort sind bis auf mein kleiner Henry, ich presse ihn ganz fest an meine Brust und trete hin und schrei: ›Den ihr dürft nicht nehmen mit, nein, nein, wer ihn anrührt den schlagen ich tot.‹ Aber mein kleiner Henry, er spricht mir ins Ohr: ›Ich tu weglaufen, und dann arbeiten ich und kaufen dich los.‹ Gott segne die Kind, es war immer so gut! – Und das Kerle, sie kommen und nehmen ihn, aber ich sie packen und reißen sie die Kleider vom Leibe und schlage sie mit meine Kette über die Kopf. Sie haben's tüchtig wieder gegeben mir, freilich – aber was kümmerten mich das!

Nu also, mein Alter war fort und meine Kinder – meine ganzen sieben Kinder – und sechs davon ich habe nie wieder mit Augen gesehen bis zum heutigen Tag, zweiundzwanzig Jahr letzte Ostern. Mich kaufte ein Mann aus Newbern und hat gebracht mich dorthin. Dann vergehen die Jahre und der Krieg kommt. Mein Massa war ein Oberst von die Konförderierte und ich Köchin in seine Familie. Wie aber die Unioner kommen und einnehmen die Stadt, sind sie alle fortgelaufen und mich allein gelassen haben mit die andern Nigger in Massas großes Haus. Nun die großen Offiziers von die Unioner sind eingezogen und haben mich gefragt, will ich kochen vor ihnen. ›Na Herrje, freilich‹, sage ich, ›zu was wär ich sonst da?‹

Das sind keine so kleine Offiziers gewesen, nein, von die allergrößten, und wie die ihre Soldaten rumschwenken ließen! Der General zu mir sagt, ich soll die Kommando haben über das Küche und alle rausjagen, die sich mengen wollen in meinen Sachen. ›Nur nicht fürchten dich‹, sagte er, ›du jetzt bist unter guten Freunden.‹

Na, ich denken bei mir, wenn mein kleiner Henry Gelegenheit gefunden zum Fortlaufen, so ist er natürlich nach das Norden. Und eine Tag ich gehe ins Wohnzimmer, wo die großen Offiziers sind, mache eine Knicks und fange an zu erzählen von mein kleiner Henry, und sie hören meine traurige Geschichte zu, gerade als ob ich eins von die weiße Leut wär. Und ich sage: ›Weswegen ich komme, das ist, weil, wenn er ist fortgelaufen und nach das Norden, wo die Herrens her kommen, sie ihn haben vielleicht gesehen und können mir sagen, wo ich ihn finden wieder. Er ganz klein ist und hat eine Narben am linken Handgelenk und oben auf die Stirn. Dann machten sie betrübte Gesicht und der General fragt: ›Wie lange ist es her, seit man dir die Kind genommen hat?‹ Und ich sage: ›Dreizehn Jahr.‹ ›Dann ist er jetzt nicht mehr klein‹, antwortet der General, ›er ist ein Mann.‹

Daran ich hatt vorher nie noch gedacht, er war für mich noch immer die kleine Junge, mir war nie eingefallen, dass er gewachsen und groß geworden sein muss. Aber nun ich es verstand. Keiner von den Offiziers war ihm begegnet und sie konnten mir nicht helfen. Aber die ganze Zeit, ohne dass ich's wusste, vor vieler Jahr, war mein Henry schon fort nach das Norden und war eine Barbier, der für eigener Rechnung arbeiten tat. Wie aber die Krieg kam, da er hat gesagt: ›Jetzt ich lass das Bartscheren und gehe meine alte Mutter zu suchen, wenn es nicht schon tot ist.‹ So verkauft er sein Sach und geht hin, wo sie Soldaten werben und verdingt sich als Bursche bei die Oberst. Nun er marschiert überall mit durch allen Schlachten, sein alte Mutter zu finden, erst er war bei eine

Offizier, dann bei eine andere, bis er ist gezogen durch das ganzen Süden. Aber von das alles wusst ich nicht ein Sterbenswort. Wie ich's sollt auch wissen?

Nun, eine Abend hatten wir großer Soldatenball. Die Soldaten in Newbern immerzu wollten tanzen und jubeln, und sie tanzten oft und oft in meine Küche, weil die ist so arg groß. Nun wissen Sie, mir gar nicht das gefiel, weil ich diente die Offiziers, und es ärgerte mich zu sehen die gemeine Soldaten ihre Sprünge machen in meine Küche. Aber ich blieb immer dabei und sah nach das Rechte und wenn sie trieben es zu arg und ich einen Zorn kriegte, dann raus mit sie aus meine Küche – hast du nicht gesehen!

Also einmal, Freitagabend, da kam eine ganze Bataillon von das Nigger-Regiment, das die Wache hatte beim Haus – die Haus war der Hauptquartier, wissen Sie. Da kocht alles inwendig bei mir. Ich bin im hellen Zorn und nur warte drauf, dass sie was tun, dass ich könnte drunter hineinfahren. Und sie walzten und sprangen herum, heissa-hopsassa, und ich schwoll und schwoll vor Wut. Nicht lange, so kommt da ein junger Springinsfeld von Nigger gesegelt daher, den Arm um seine gelbe Tänzerin; sie drehen und schwingen sich im Kreise, rund, rund, rund, dass einem ganz wirbelig wird, sie anzusehen. Und als sie dicht vor mir sind da hopsen sie erst auf eine Fuß, dann auf die andere und lachen über meine große rote Kopftuch und trieben ihren Spaß. Da ich fahre auf sie los und sage: ›Macht, dass fortkommt ihr, ihr Gesindel!‹ Da wird das Gesicht von der junge Nigger auf einmal ernst, aber nur einen Augenblick, dann war er wieder lustig und lachte wie zuvor. Indem kommt eine ganze Bande Nigger herein, die wo die Musik machen und immer so vornehm tun. Aber sobald sie das an die Abend versuchen, fahre ich auf sie ein. Sie lachten und da es wurde noch ärger. Die andern Nigger fangen auch an zu lachen und nun ich war wie ein Feuerbrand. Ich reckte mich in der Höhe, so – gerade wie jetzt – fast bis an die Decke, stemmte die Fäuste in die Seite und sagte: ›Na, wartet, ihr Nigger, ich das werd euch lehren. Ihr denkt wohl ich stamm aus 'nem Bettelsack und wollt mich narren, ihr Lumpenpack? Ich bin von die alte blaue Henne ihren Hühnchen, dass ihr's wisst!‹ Da stand die junge Mann stocksteif da, die Augen nach das Decke, als ob er was vergessen hätt und sich nicht mehr erinnern könnt. Ich aber gehe den Niggers zu Leibe, wie eine richtige General, und sie nehmen Reißaus und drängen nach die Tür. Und wie die junge Mann rausgeht, hör ich, wie er zu einem andern Nigger sagt: ›Jim‹, sagt er, ›geh mal hin und sag die Hauptmann, ich würd morgen früh um acht zur Hand sein; aber ich hab was auf dem Herzen, schlafen ich kann heute Nacht nicht mehr, geh, lass mich allein.‹

Das war um ein Uhr in der Nacht, und wie es sieben Uhr schlug, war ich auf und hantierte herum, den Offiziers zu machen das Frühstück. Wie ich mich nun zu die Ofen bücke, grade als wär Ihr Fuß die Ofen, und die Türe aufmache mit meine Hand und zurückstoße sie – wie jetzt Ihre Fuß – und die Pfanne mit das heiße Backwerk in die Hand halte und aufstehen will, da sehe ich ein schwarzes Gesicht sich vor meines hinschieben und mir in die Augen schauen – grade wie ich jetzt ansehe Sie – ich rühre mich nicht und gucke und gucke nur in einem fort, so, bis die Pfanne zu zittern anfängt, und auf einmal – da wusst ich's. Die Pfanne liegt am Boden und ich packe ihn an der linken Hand, schiebe den Ärmel zurück – grade so, wie ich's mache mit Sie, und dann kommt das Stirn an die Reihe und ich streiche seine Haar zurück, so – und ›Junge‹, sag ich, ›wenn du nicht mein Henry bist, wie du kommst zu die Narbe am Handgelenk und die Schramme auf die Stirn? – Der Herrgott im Himmel gepriesen sei, ich habe meine Herzensjunge wieder!‹

Ja, ja, ich hab Kummer gehabt – aber auch Freude, Mista Charles – auch Freude!«

Die Geschichte des Hausierers

Der arme, melancholisch blickende Fremde! Es lag etwas in seiner demütigen Miene, seinem müden Blick, seinen abgeschabten, ehemals feinen Kleidern, das mein Mitleid erregte. Ich bemerkte eine Mappe unter seinem Arm, wie sie Kolporteure und Hausierer zu tragen pflegen.

Nun, diese Leute flößen einem stets Interesse ein. Bevor ich mich dessen versah, war ich – ganz Ohr und Teilnahme – im Anhören seiner Lebensgeschichte versunken. Sie lautete ungefähr wie folgt:

»Meine Eltern starben, als ich noch ein kleines, unschuldiges Kind war. Mein Onkel Ithuriel gewann mich lieb und nahm mich an Kindesstatt an. Er war mein einziger Verwandter in der weiten Welt; er war so gut und großmütig und dabei reich. Er erzog mich im Schoß des Überflusses. Alle meine Wünsche, die mit Geld zu befriedigen waren, wurden erfüllt.

Nachdem ich auf der Universität studiert hatte, ging ich mit zweien meiner Diener, meinem Kammerdiener und meinem Lakaien, auf Reisen in fremde Länder. Vier Jahre lang flatterte ich auf sorglosen Schwingen in den prächtigen Gefilden der Fremde umher – wenn Sie diese Sprache ihrem ergebenen Diener gestatten wollen, dessen Zunge stets poetisch gestimmt war; ja ich darf kühnlich also zu Ihnen sprechen, denn Ihre Augen verraten mir, dass auch in Ihren Adern das Feuer der holden Poesie glüht. In jenen fernen Landen schwelgte ich in der ambrosischen Speise, welche der Seele, dem Geist, dem Herzen frommt. Was aber vor allen Dingen und am kräftigsten an meinen angeborenen ästhetischen Geschmack appellierte, war der dort unter den Reichen herrschende Brauch, Sammlungen von eleganten und kostbaren Seltenheiten und hübschen Liebhabereien anzulegen; und in einer verhängnisvollen Stunde versuchte ich es, in meinem Onkel Ithuriel Gefallen an dieser ausgezeichneten Beschäftigung zu erwecken.

Ich schrieb und erzählte ihm von der äußerst umfangreichen Muschelsammlung eines Herrn, von eines anderen ausgezeichneter Sammlung von Meerschaumpfeifen, von eines dritten wunderbarer Sammlung von unentzifferbaren Autografen, eines vierten unschätzbarer Sammlung von chinesischem Porzellan, eines fünften bezaubernder Briefmarkensammlung – und so weiter und so weiter. Bald trugen meine Briefe Frucht: Mein Onkel begann sich nach dem Gegenstand für eine Sammlung umzusehen. Sie wissen wohl, wie leidenschaftlich bald die Pflege einer Liebhaberei wird; die seinige wurde bald ein rasendes Fieber. Er begann sein großes Schweinegeschäft zu vernachlässigen; bald darauf zog er sich ganz von demselben zurück, und aus einem bequemen Lebemann wurde ein toller Raritätenjäger. Sein Reichtum war ungeheuer, und er sparte ihn nicht. Zuerst versuchte er es mit Kuhglocken. Er legte eine Sammlung an, die fünf große Säle füllte und alle Arten von solchen Glocken, von der Urzeit bis zur Gegenwart, in sich schloss – bis auf *eine*. Diese eine – eine antike und das einzige noch vorhandene Exemplar dieser Art – war im Besitz eines anderen Sammlers, dem mein Onkel enorme Summen dafür bot – vergebens. Sie können sich denken, was notwendigerweise folgte. Ein wahrer Sammler legt bekanntlich einer Sammlung, die nicht vollständig ist, nicht den mindesten Wert bei: Sein glühendes Herz erkaltet, er verkauft seinen Schatz und wendet seinen Sinn einem anderen Gebiet zu, das unausgebeutet zu sein scheint.

So machte es auch mein Onkel. Er versuchte es dann mit Ziegelsteinen. Nachdem er eine umfangreiche und äußerst interessante Sammlung davon angelegt hatte, stellte sich die alte Schwierigkeit ein. Mit blutendem Herzen verkaufte er seine abgöttisch geliebte Sammlung an einen früheren Bierbrauer, der den fehlenden Ziegel besaß. Dann versuchte er es mit steinernen Äxten und anderen Geräten des urweltlichen Menschen, entdeckte aber bald, dass die Fabrik, wo sie gemacht wurden, andere Sammler ebenso wohl versorgte wie ihn selbst. Er versuchte es mit aztekischen Inschriften und ausgestopften Walfischen – wieder ein Misserfolg, nach unglücklichen Mühen und Kosten. Denn als seine Sammlung endlich vollständig schien, kam ein ausgestopfter Walfisch aus Grönland und eine aztekische Inschrift aus der Cundurangogegend in Mittelamerika an, die alle früheren Exemplare gänzlich in den Schatten stellten. Mein Onkel beeilte sich, diese edlen Kleinodien für sich zu gewinnen: Er bekam den ausgestopften Walfisch, ein anderer Sammler aber die Inschrift. Eine echte Cundurango aber ist, wie Sie vielleicht wissen, ein Besitz von so köstlichem Wert, dass ein Sammler, wenn er sie einmal erlangt hat, eher von seiner Familie sich trennt, als von ihr. So verkaufte denn mein Onkel aus; er sah seine Lieblinge scheiden auf Nimmerwiedersehen und sein kohlschwarzes Haar wurde weiß wie Schnee in einer einzigen Nacht.

Nun wartete er und überlegte; er wusste, dass eine weitere Enttäuschung ihn das Leben kosten könnte. Er war entschlossen, das nächste Mal Dinge zu wählen, bei welchen die Konkurrenz weniger zu fürchten war. Er überlegte lange und reiflich; dann machte er sich noch einmal ans Werk – dieses Mal, um eine Sammlung von Echos zu gewinnen.«

»Von was?«, rief ich erstaunt.

»Von Echos, Sir. Sein erster Kauf war ein Echo in Georgia, das viermal wiederhallte, sein nächster ein sechsfaches Echo in Maryland, sein nächster ein dreizehnfaches in Maine, sein nächster ein neunfaches in Kansas, sein nächster ein zwölffaches Echo in Tennessee, das er billig bekam, weil es sozusagen baufällig war, denn ein Teil des Felsens, der es zurückwarf, war herabgefallen. Er glaubte es mit einem Aufwand von einigen Tausend Dollar reparieren lassen und durch Ausmauerung des Felsens die Repetierfähigkeit verdreifachen zu können; aber der Architekt, der die Arbeit übernahm, hatte nie zuvor ein Echo gebaut, und so verdarb er es denn gänzlich. Bevor er es verpfuschte, antwortete es wie ein keifendes Marktweib, nachher aber taugte es höchstens noch für ein Taubstummenasyl. Nun, nächstdem kaufte er eine Partie kleiner doppelläufiger Echos in verschiedenen Staaten und Territorien; man gewährte ihm zwanzig Prozent Rabatt, weil er die ganze Partie nahm. Dann kaufte er ein Echo, das wie eine Kruppsche Kanone knallte; es kostete ein Heidengeld, das kann ich Ihnen sagen. Sie müssen nämlich wissen, dass auf dem Echomarkt die Preisskala ansteigt wie die Karatskala bei den Diamanten; im Handel gelten auch dieselben Ausdrücke für das eine wie das andere. Ein einkarätiges Echo ist nur zehn Dollar über dem Preis des Grundes und Bodens, auf dem es ruht, wert, ein zweikarätiges oder doppelläufiges Echo ist dreißig Dollar darüber wert, ein fünfkarätiges über neunhundert, ein zehnkarätiges dreizehntausend Dollar. Meines Onkels Echo in Oregon, welches er das ›Echo des großen Pitt‹ nannte, war ein Kleinod von zweiundzwanzig Karaten und kostete zweihundertsechzehntausend Dollar – man gab ihm das Land drein, denn es war zweihundert Stunden von einer Niederlassung entfernt.

Nun, während dieser Zeit war mein Lebensweg ein Rosenpfad. Ich bewarb mich um die einzige und liebliche Tochter eines englischen Grafen und wurde geliebt bis zur Raserei. In ihrer teuren Nähe schwamm ich in einem Meer der Wonne. Da man wusste, dass ich der alleinige Erbe meines Onkels sei, den man auf fünf Millionen Dollar schätzte, gaben die Eltern umso bereitwilliger ihre Zustimmung. Sowohl ihnen wie mir war es unbekannt geblieben, dass mein Onkel unter die Sammler gegangen war – wenigstens wussten wir nicht, dass er anders als ganz nebenbei sammle.

Die Wolken zogen sich indes über meinem unschuldigen Haupt zusammen. Jenes göttliche Echo, das seitdem durch die ganze Welt als der große Koh-i-Noor oder Berg der Wiederholungen bekannt wurde, war entdeckt worden: Es war ein fünfundsechzigkarätiger Edelstein. Äußerte man nur ein Wort, so antwortete es einem fünfzehn Minuten lang, wenn das Wetter windstill war. Aber siehe da, zu gleicher Zeit machte mein Onkel die Entdeckung, dass ein zweiter

Echosammler vorhanden war. Die beiden beeilten sich, den unvergleichlichen Kauf abzuschließen. Das Grundstück bestand aus zwei kleinen Hügeln mit einem seichten Tal dazwischen, hinten in den Ansiedelungen des Staats New York. Beide Männer kamen zu gleicher Zeit an Ort und Stelle an, doch wusste keiner, dass der andere auch da war. Das Grundstück mit dem Echo gehörte nicht einem Mann allein; ein gewisser Williamson Bolivar Jarvis besaß den einen Hügel, den anderen ein gewisser Harbison J. Bledso; das Tal bildete die Grenzlinie. Während nun mein Onkel Jarvis' Hügel für drei Millionen zweihundertfünfundachtzigtausend Dollar kaufte, erwarb sein Konkurrent Bledsos Hügel für etwas über drei Millionen.

Keiner der beiden Männer war mit diesem geteilten Eigentumsrecht zufrieden, doch wollte keiner seinen Anteil an den anderen verkaufen und schließlich schritt jener andere Sammler – mit einer Böswilligkeit, wie sie nur ein Sammler gegen einen Mitmenschen und Kollegen fühlen kann – dazu, seinen Hügel abzutragen!

Also, da er das Echo selbst nicht erlangen konnte, wollte er es auch keinem anderen gönnen. Alle Vorstellungen meines Onkels waren vergeblich.

Es gelang ihm zwar einen Aufschubsbefehl gegen seinen Konkurrenten zu erwirken, der Letztere appellierte jedoch und brachte die Sache vor eine höhere Instanz. Sie führten den Prozess weiter bis zum obersten Gerichtshof der Vereinigten Staaten. Es entstand ein heilloser Wirrwarr. Zwei von den Richtern waren der Ansicht, ein Echo sei persönliches Eigentum. Obwohl nicht greifbar, sei es doch käuflich und verkäuflich und daher ein besteuerbarer Gegenstand; zwei andere Richter meinten, ein Echo sei ein Liegenschaftsobjekt, weil es offenbar am Grund und Boden hafte und nicht beweglich sei; andere Richter behaupteten, ein Echo sei überhaupt kein Eigentum.

»Es wurde schließlich entschieden, dass ein Echo ein Eigentumsobjekt sei; dass die beiden Prozessierenden getrennte und unabhängige Eigentümer der beiden Hügel, aber gemeinsame Inhaber des Echos seien: Es stehe deshalb dem Beklagten vollkommen frei, seinen Hügel abzutragen, da er ihm allein gehöre, aber er müsse eine Kaution von drei Millionen Dollar stellen als Ersatz für den Schaden, den meines Onkels halber Anteil an dem Echo erleiden könnte. Im Weiteren verbot das Urteil meinem Onkel, ohne die Erlaubnis des Gegners dessen Hügel zur Weckung des Echos zu benutzen; er dürfe dazu nur seines eigenen Hügels sich bedienen; könne er unter diesen Umständen seinen Zweck nicht erreichen, so sei das sehr bedauerlich, aber der Gerichtshof könne daran nichts ändern. In derselben Weise wurde der Gegner in Bezug auf diesen Punkt beschieden. Sie können sich denken, was nun geschah. Keiner von beiden wollte dem anderen die Einwilligung zur Benützung seines Eigentums geben, und so musste das berühmte und erhabene Echo auf seine Betätigung verzichten; seit jenem Tag gleicht das wertvolle Besitztum einer verzauberten Prinzessin, die auf Erlösung harrt.

Eine Woche vor meinem Hochzeitstag, während ich noch in einem Meer der Wonne schwamm und der hohe Adel von fern und nah zur Verherrlichung des Ereignisses sich versammelte, traf die Nachricht vom Tod meines Onkels und zugleich die Abschrift seines Testaments, das mich zu seinem alleinigen Erben einsetzte, ein. Er war dahin – ach! mein teurer Wohlthäter war nicht mehr: Der Gedanke daran belastet mein Herz noch heute, nach so langer Zeit. Ich händigte das Testament dem Grafen, meinem Schwiegervater, aus, da ich es meiner Tränen wegen nicht lesen konnte. Der Graf las es und sagte dann finster: ›Nennen Sie das Reichtum, Sir? Das kann man nur in Ihrem schwindelhaften Amerika. Sie sind nichts weiter als der alleinige Erbe einer um fangreichen Sammlung von Echos, wenn man das eine Sammlung nennen kann, was weit und breit über das ganze amerikanische Festland zerstreut ist. Und das ist nicht alles, Sir; Sie stecken bis über die Ohren in Schulden; nicht ein Echo unter der ganzen Partie, auf dem keine Hypothek ruhte. Ich bin nicht hartherzig, Sir, aber ich muss das Interesse meines Kindes wahren. Wenn Sie nur *ein* Echo hätten, das Sie mit Recht Ihr Eigentum nennen könnten, wenn Sie nur *ein* Echo hätten, das frei wäre von Lasten, sodass Sie sich mit meinem Kind dorthin zurückziehen und es durch unverdrossenen Fleiß kultivieren und verbessern könnten, so würde ich nicht nein sagen; aber ich kann mein Kind an keinen Bettler verheiraten. Verlasse ihn, mein Liebling! Und Sie, Sir, nehmen Sie Ihre hypothekenbelasteten Echos und gehen Sie mir für immer aus den Augen.‹

Meine edle Celestine klammerte sich in Tränen, mit liebenden Armen an mich und schwor, sie wolle gerne, ja mit tausend Freuden die Meine werden, auch wenn ich nicht ein Echo in der Welt hätte. Aber es durfte nicht sein; wir wurden auseinandergerissen – sie, um innerhalb eines Jahres sich langsam zu Tode zu härmen – ich, um allein mich hinzuschleppen auf des Lebens langem, beschwerlichem Pfad, täglich, stündlich betend um die Erlösung, die uns wieder vereinen soll in einem himmlischen Reich. Und nun, mein Sir, wenn Sie so freundlich sein wollen, die Karten und Pläne in meiner Mappe anzusehen; ich kann Ihnen gewiss ein Echo billiger ablassen als irgendjemand. Dieses hier zum Beispiel, welches meinen Onkel vor dreißig Jahren zehn Dollar kostete und eines der entzückendsten in Texas ist, will ich Ihnen für …«

»Einen Augenblick, bitte!«, sagte ich. »Mein Freund, ich habe heute vor lauter Hausierern noch keine Minute Ruhe gehabt. Ich habe eine Nähmaschine gekauft, die ich nicht brauchte; ich habe eine Landkarte gekauft, die voller Fehler ist; ich habe eine Uhr gekauft, die nicht gehen will, ich habe Mottengift gekauft, das die Motten jeder anderen Nahrung vorziehen; ich habe eine endlose Menge nutzloser Erfindungen gekauft, und jetzt bin ich dieser Torheit satt. Ich möchte keines von Ihren Echos auch nur geschenkt. Ich bin auf jeden wütend, der mir Echos zum Verkauf anbietet. Sehen Sie dieses Gewehr? Nun packen Sie Ihre Sammlung zusammen und sputen Sie sich; lassen Sie es nicht zum Blutvergießen kommen.«

Aber er lächelte nur – ein melancholisches, sanftes Lächeln – und zog weitere Pläne heraus. Sie kennen die Geschichte; hat man einmal einem Hausierer die Tür geöffnet, so zieht man immer den Kürzeren.

Nach Ablauf einer unerträglichen Stunde waren wir handelseinig. Ich kaufte zwei doppelläufige Echos in gutem Zustand, ein drittes bekam ich drein, das, wie er sagte, unverkäuflich sei, weil es nur deutsch spräche. »Es war einst vollkommen polyglott«, sagte er, »hat aber irgendwie den größten Teil seiner Sprachfertigkeit eingebüßt.«

Die Liebe des schönen Alonzo Fitz Clarence und der schönen Rosannah Ethelton

I.

Es war am Morgen eines bitterkalten Wintertages. Die Stadt Eastport im Staat Maine lag unter tiefem, frisch gefallenem Schnee begraben. Das gewöhnliche geschäftige Treiben auf den Straßen fehlte; weit und breit auf denselben nichts als eine weiße Decke und entsprechende Stille. Die Trottoirs waren nur noch lange, tiefe Gräben mit steilen Schneehügeln zu beiden Seiten. Hier und da konnte man das schwache, ferne Kratzen einer hölzernen Schaufel vernehmen und ein flüchtiges Bild von einer entfernten, schwarzen Gestalt erhaschen, die sich bückte und in einem jener Gräben verschwand, um im nächsten Augenblick wieder aufzutauchen, mit einer Bewegung, die das Herausschaufeln von Schnee verriet. Aber man musste rasch blicken, denn jene schwarze Gestalt verweilte nicht, sondern ließ bald die Schaufel fallen und lief auf das Haus zu, wobei sie mit den Armen um sich warf, um sich zu wärmen. Ja, es war zu bitterkalt, als dass ein Schneeschaufler oder sonst jemand lange draußen bleiben konnte.

Bald darauf verdüsterte sich der Himmel: Der Wind hatte sich erhoben und wirbelte in heftigen ungleichen Stößen ganze Wolken pulverigen Schnees in die Höhe und nach allen Seiten. Unter der Wucht dieser Windstöße legten sich große weiße Schneehügel wie Gräber quer über die Straßen; einen Augenblick später bettete sie ein anderer Windstoß in anderer Richtung, wobei er einen feinen Sprühregen Schnees von ihren spitzen Kämmen fegte, wie eine frische Brise den Schaum von den Wogen spritzt; einem dritten Stoß gefiel es, den Platz so glatt zu fegen wie einen Tisch. Das war Tändelei, das war Spiel; aber dass es keiner von diesen Windstößen unterließ, einen Haufen Schnee in die Trottoirgräben zu werfen, das gehörte offenbar zum Geschäft.

Alonzo Fitz Clarence saß in seinem behaglichen und eleganten kleinen Empfangszimmer, in einem blauseidenen, mit Aufschlägen und Säumen von karmesinrotem Samt besetzten Schlafrock. Die Überreste seines Frühstücks standen vor ihm, und das zierliche und kostbare Tischzeug fügte der Anmut, Schönheit und dem Reichtum der Ausstattung des Zimmers noch einen weiteren harmonischen Reiz bei. Ein lustiges Feuer prasselte im Kamin.

Ein wütender Windstoß ließ die Fenster erzittern, und eine große Schneewoge rollte gegen sie, wenn man so sagen darf. Der hübsche junge Mann murmelte:

»Das bedeutet – keinen Ausgang heute! Nun, meinetwegen. Aber wie steht's mit der Unterhaltung? Mutter ist ja ganz recht, Tante Susan ebenso; aber diese beiden kann ich immer haben. An einem so bösen Tag bedarf es eines neuen Interesses, eines frischen Elements, um die stumpfe Schneide der Gefangenschaft zu schärfen. Eine hübsche Phrase – hat aber keinen Sinn! Man will ja die Schneide der Gefangenschaft nicht geschärft haben, sondern gerade das Gegenteil.«

Er blickte auf seine hübsche französische Stutzuhr.

»Die Uhr geht wieder falsch; sie weiß kaum je, was die Zeit ist, und wenn sie es weiß, lügt sie mich an, was auf dasselbe hinausläuft. – Alfred!«

Keine Antwort.

»Alfred! Ein guter Diener, aber ebenso unzuverlässig wie die Uhr.«

Alonzo berührte den Knopf einer elektrischen Leitung in der Wand, wartete ein Weilchen und berührte ihn dann nochmals; hierauf wartete er wieder einige Augenblicke und sagte endlich:

»Ohne Zweifel ist die Batterie nicht in Ordnung; nun ich aber einmal darauf aus bin, will ich auch herauskriegen, wie viel Uhr es ist.« Er schritt zu einem Sprachrohr in der Ecke und rief ›Mutter!‹ mit zweimaliger Wiederholung.

»Es hilft nichts. Auch der Mutter Batterie geht nicht. Kann niemand drunten auf die Beine bringen – das ist klar.«

Er setzte sich vor einem Pult aus Rosenholz nieder, lehnte sein Kinn gegen dessen linke Kante und sprach, gleichsam gegen den Fußboden gewendet: »Tante Susan!«

Eine leise, angenehme Stimme antwortet: »Bist du es, Alonzo?«

»Ja. Ich bin zu faul und fühle mich zu behaglich, um die Stiege hinabzugehen; ich bin in größter Not und kann, scheint's, keine Hilfe herbeirufen.«

»Du lieber Himmel, was gibt's?«

»Genug – das kann ich dir sagen!«

»O, lass mich nicht in Ungewissheit, Lieber! Was ist's denn?«

»Ich möchte wissen, wie viel Uhr es ist.«

»Du unartiger Junge; du hast mich recht in Schrecken gejagt! Ist das alles?«

»Alles – auf Ehre. Beruhige dich; sage mir die Zeit und empfange meinen Segen.«

»Gerade fünf Minuten nach neun Uhr. Keine Ursache zum Danken – behalte deinen Segen.«

»Danke schön, Tantchen. Er würde mich nicht gerade ärmer gemacht haben, und dich nicht so reich, dass du ohne andere Mittel leben könntest.« Er stand auf und murmelte: »Gerade fünf Minuten nach neun Uhr«, und stellte sich seiner Uhr gegenüber. »Ah«, sagte er, »du machst deine Sache besser als gewöhnlich. Du gehst nur um vierunddreißig Minuten falsch. Warte ... Warte ... Dreiunddreißig und einundzwanzig ist vierundfünfzig; viermal vierundfünfzig ist zweihundertsechsunddreißig; eins ab, bleibt zweihundertfünfunddreißig. So ist's recht.«*

Er drehte die Uhrzeiger vorwärts, bis sie fünfundzwanzig Minuten auf Eins zeigten und sagte: »Nun sieh, ob du nicht

---

* Tante und Neffe, welche also per Telefon verkehren, sind weit auseinander: sie in San Francisco, er in einer Stadt des Ostens, daher die Zeitdifferenz.
Der Übers.

eine Zeit lang richtig gehen kannst ... sonst werde ich dir kommen!«

Er setzte sich wieder vor das Pult und sagte: »Tante Susan!«
»Ja, Lieber.«
»Gefrühstückt?«
»Gewiss, vor einer Stunde schon.«
»Sehr beschäftigt?«
»Nein – nähe bloß ein wenig. Warum?«
»Gesellschaft bei dir?«
»Nein, aber ich erwarte solche um halb zehn Uhr.«
»Wollte, ich auch. Ich fühle mich einsam und möchte mit jemandem plaudern.«
»Nun gut, so plaudere mit mir.«
»Ja, aber, ich hab was ganz Privates!«
»Sei unbesorgt! Plaudere frisch drauf los; es ist außer mir niemand da.«
»Ich weiß fast nicht, ob ich es wagen soll, aber ...«
»Aber was? Sprich nur! Du weißt, Alonzo, dass du mir vertrauen kannst – du weißt es.«
»Bin überzeugt, Tante; aber die Sache ist sehr ernst; sie berührt mich sehr nahe – mich und die ganze Familie – selbst die ganze Gemeinde.«
»O, Alonzo, sage mir's! Ich werde nie ein Wort davon laut werden lassen. Um was handelt es sich?«
»Soll ich's wagen ...«
»O bitte, tu's! Ich habe dich so lieb und kann dir ganz nachfühlen. Sag mir alles – vertrau mir! Was hast du auf dem Herzen?«
»Das Wetter!«
»Zum Kuckuck mit dem Wetter! Ich weiß nicht, wie du es übers Herz bringen kannst, mir so mitzuspielen, Lon.«
»Nun, nun, lieb Tantchen, es tut mir leid – wirklich, bei meiner Treu, ich will's nicht wieder tun. Vergiebst du mir?«
»Meinetwegen, ich sollte es freilich nicht tun; denn du hältst mich doch wieder zum Besten, sobald ich diesen Streich vergessen habe.«

»Nein, gewiss nicht – mein Wort darauf. Aber solch ein Wetter, o, solch ein Wetter! Man muss seine Lebensgeister künstlich aufrecht erhalten. Schneeig, windig, stürmisch und bitterkalt, alles auf einmal! Wie ist das Wetter bei euch?«

»Warm, regnerisch und trübselig. Es wimmelt auf den Straßen von Regenschirmen, und von dem Ende jedes Fischbeins ergießt sich ein Strom. Der Behaglichkeit wegen brennt ein Feuer in meinem Kamin, und damit es nicht so warm wird, sind die Fenster offen. Aber es ist umsonst: Nichts kommt herein als der linde Hauch des Dezember, geschwängert von den Düften der Blumen, welchen die Außenwelt gehört und die sich ihres wonnigen Lebens freuen, während der Geist des Menschen niedergeschlagen ist, die ihm entgegenleuchten in bunter Pracht, während seine Seele in Sack und Asche gekleidet ist und sein Herz brechen möchte.«

Alonzo öffnete die Lippen, um zu sagen: »Du solltest das drucken und einrahmen lassen«, unterließ es aber, als er seine Tante mit einer anderen Person sprechen hörte. Er trat ans Fenster und schaute hinaus auf das winterliche Straßenbild. Der Sturmwind trieb den Schnee wütender als je vor sich her; die Fensterläden wurden lärmend hin- und hergeworfen; ein verirrter Hund mit gesenktem Kopf und eingezogenem Schweif drängte seinen zitternden Körper gegen eine windgeschützte Mauer, Obdach und Schutz suchend; ein junges Mädchen watete knietief durch die Schneehaufen; sie hatte das Gesicht vom Wind abgewandt, und die Kapuze ihres Regenmantels flatterte von hinten über ihren Kopf. Alonzo schauderte und er sagte mit einem Seufzer: »Lieber Kotpfützen und schwüler Regen, und aufdringliche Blumen als das!«

Er wandte sich vom Fenster ab, machte einen Schritt und blieb dann in lauschender Haltung stehen. Die schwachen, sanften Töne eines wohlbekannten Liedes schlugen an sein Ohr. Er blieb mit vorwärts gebeugtem Kopf stehen und sog die Melodie ein – weder Hand noch Fuß rührte sich, er atmete kaum. Dem Vortrag des Liedes fehlte etwas; unserem Alonzo aber schien das kein Fehler, sondern eher ein weiterer Reiz zu sein. Dieser Fehler bestand in einem auffallenden Sinken der Stimme bei der dritten bis siebenten Note des Refrains oder Chors des Liedes. Als der Gesang zu Ende war, holte Alonzo tief Atem und sagte: »Ah, nie zuvor habe ich ›In the Sweet By-and-By‹ so schön singen hören!«

Er schritt rasch zum Pult, horchte einen Augenblick und sagte dann leise und vertraulich: »Tantchen, wer ist denn diese göttliche Sängerin?«

»Es ist der Besuch, den ich erwartete. Bleibt einen bis zwei Monate bei mir. Will dich ihr vorstellen – Fräulein!«

»Um Gottes willen, warte einen Augenblick, Tante Susan! Du überlegst doch auch gar nicht.«

Er flog in sein Schlafzimmer und kehrte einen Augenblick später, merklich in seiner äußeren Erscheinung verändert, wieder, indem er schnippisch bemerkte: »Bei Gott, sie würde mich diesem Engel in meinem himmelblauen Schlafrock da, mit den feuerroten Aufschlägen, vorgestellt haben. Die Weiber denken doch nie, wenn sie einmal im Eifer sind.«

Er eilte zum Pult, blieb stehen und rief halblaut: »Nun, Tante, bin ich fertig«, worauf er sich mit all der einschmeichelnden Eleganz, die ihm zu Gebote stand, lächelnd verbeugte.

»Sogleich! – Miss Rosannah Ethelton, darf ich Ihnen meinen liebsten Neffen, Mr Alonzo Fitz Clarence vorstellen? So! Ihr seid beide artige Kinder, und so will ich euch denn vertrauen und allein beisammen lassen, derweil ich einiges fürs Haus besorge. Setzen Sie sich, Rosannah; setz dich Alonzo. Adieu; ich werde bald wieder da sein.«

Alonzo hatte sich währenddessen immerzu verbeugt und unsichtbaren jungen Damen unsichtbare Sitze angewiesen, jetzt aber setzte er sich selbst, indem er zu sich sagte: »Na, das nenn ich Glück! Nun mögen die Winde sausen und der Schnee wehen und die Himmel finster drein blicken! Was ficht's mich an!«

Während die jungen Leute sich nun in die Bekanntschaft hineinplaudern, nehmen wir uns die Freiheit, das Schönere und Holdere der beiden genauer zu betrachten. Sie saß allein, in anmutiger Ungezwungenheit, in einem reich möblierten Gemach, welches offenbar das Empfangszimmer einer feinen und reichen Dame war. Neben einem niederen, bequemen Sessel stand ein zierliches Arbeitstischchen, auf dem sich ein fantastisch gestickter flacher Korb erhob, aus dessen offenem Deckel sich Stickgarn von verschiedenen Farben, Litzen und Bänder hervordrängten und in nachlässiger Fülle herabhingen. Auf einem üppigen Sofa, das mit einem weichen indischen, aus schwarzen und goldenen Fäden gewebten und von anderen Fäden in gedämpfteren Farben durchschossenen Stoff überzogen war, lag eine noch unfertige Straminarbeit, einen in reichen Farben prangenden Blumenstrauß darstellend. Die Hauskatze schlief gerade auf diesem Kunstwerk. In einem Bogenfenster stand eine Staffelei mit einem unvollendeten Gemälde, Palette und Pinsel lagen auf einem Stuhl daneben. Bücher, wohin man sah: Robertsons Predigten, Tennyson, Moody und Sankey, Hawthorne, Longfellow, Kochbücher, Gebetbücher, Stickmusterbücher, nicht zu vergessen alle Arten von Büchern über Renaissancemöbel und Majolikas. Auch ein Piano war da mit einem Stoß Musikalien daneben. An den Wänden hing eine Menge Bilder, andere standen auf Kaminsims und Eckbrettern, und wo sich ein Plätzchen dazu fand, waren plastische Figuren, altmodischer Nippsachen-Krimskrams und besonders viel seltenes und kostbares chinesisches Porzellan aufgestellt. Das Bogenfenster ging auf einen Garten, aus dem fremde und einheimische Blumen und blühende Sträucher hervorstrahlten.

Aber das holde junge Mädchen war das reizendste, was dieser Wohnsitz drinnen oder draußen dem Auge bieten konnte: zart geformte Züge von griechischem Schnitt, ihre Gesichtsfarbe der reine Schnee einer Lilie, auf die von einem scharlachfarbenen Gartennachbar ein schwacher Abglanz fällt; große, sanfte blaue Augen mit langen, geschweiften Wimpern befranst; im Gesicht die Treuherzigkeit eines Kindes und die Sanftmut eines Rehs; der hübsche Kopf mit goldglänzendem Haar verschwenderisch reich gekrönt; eine geschmeidige und doch wohlgerundete Gestalt, die in jeder Haltung und Bewegung von natürlicher Anmut erfüllt war.

Ihr Anzug und Schmuck zeigte jene ausgesuchte Harmonie, die nur von einem feinen natürlichen, durch Kultur vervollkommneten Geschmack kommen kann. Ihr Kleid war von einfachem, magentafarbenen Tüll, der Quere nach geschnitten und gekreuzt von drei Reihen hellblauer Falbeln; der Überwurf von dunkelrotbraunem Tarlatan, mit Stickereien von scharlachfarbenem Atlas; kornfarbige Polonaise en panier, mit Perlmuttknöpfen und Silberschnüren besetzt, nach hinten aufgenommen und mit Litzen von lederfarbenem Samt befestigt; Schöße von lavendelfarbenem Rips, mit Valenzienner Spitzen ausgeputzt; Krawatte von kastanienfarbenem Samt, mit zarter Rosaseide eingefasst; Halstuch von einem einfachen dreifaltigen, in der Wolle gefärbten Gewebe von gedämpftem Safrangelb; Korallenarmbänder und Halskette mit Medaillon; Haarschmuck von Vergissmeinnicht und Maiblümchen, die sich zahlreich um eine edle Calla drängten.

Das war alles; doch selbst in diesem schlichten Anzug war sie göttlich schön; was müsste sie erst gewesen sein, wenn geschmückt zum Fest oder Ball?

Ahnungslos, dass wir sie dieser Besichtigung unterzogen, hatte sie mittlerweile eifrig mit Alonzo geplaudert. Rasch enteilten die Minuten, und noch immer plauderten sie. Endlich aber blickte sie zufällig empor und sah auf die Uhr. Ein tiefes Erröten durchschoss ihre Wange und sie rief aus:

»Und nun adieu, Mr Fitz Clarence, ich muss jetzt gehen!«

Sie sprang mit solcher Hast von ihrem Stuhl empor, dass sie kaum des jungen Mannes Abschiedsgruß hörte. Strahlend von Anmut und Schönheit stand sie da und schaute verwundert auf die anklagende Uhr; dann öffneten sich ihre vollen Lippen und sie sagte zu sich:

»Fünf Minuten über elf! Fast zwei Stunden, und es schienen keine zwanzig Minuten zu sein. Du lieber Himmel, was wird er von mir denken!«

In demselben Augenblick starrte Alonzo auf seine Uhr und sagte dann zu sich:

»Fünfunddreißig Minuten über zwei Uhr! Fast zwei Stunden, und ich glaubte, es wären keine zwei Minuten! Am Ende schwindelt die Uhr wieder? Miss Ethelton! Nur einen Augenblick, bitte. Sind Sie noch hier?«

»Ja, aber bitte schnell! Muss sogleich gehen.«

»Möchten Sie so freundlich sein, mir zu sagen, wie viel Uhr es ist?«

Das Mädchen errötete wieder und sagte leise für sich: »Es ist geradezu grausam, mich zu fragen!«, und gab dann laut und mit bewundernswert gespielter Gleichgültigkeit zur Antwort: »Fünf Minuten über elf.«

»So? Ich danke Ihnen! Sie müssen also jetzt wirklich gehen?«

»Ja.«

»Das tut mir leid.«

Keine Antwort.

»Miss Ethelton!«

»Nun?«

»Sie – Sie sind noch da, nicht wahr?«

»Ja, aber bitte, beeilen Sie sich. Was wollten Sie sagen?«

»Nun, ich – nun, nichts Besonderes. Es ist so einsam hier. Es ist viel verlangt, ich weiß es; aber möchten Sie wohl bald wieder mit mir plaudern – das heißt, wenn es Ihnen nicht unangenehm ist?«

»Ich weiß nicht – aber ich will mich besinnen – ich denke, ja.«

»O, tausend Dank! Miss Ethelton? O weh, sie ist fort, und da sind die schwarzen Wolken und der wirbelnde Schnee und die stürmischen Winde wieder! Aber sie sagte adieu! Sie sagte nicht Guten Morgen, sie sagte adieu! Die Uhr ging also doch recht. Wie blitzbeschwingt diese zwei Stunden waren!«

Er setzte sich nieder, blickte eine Weile träumerisch in das Feuer, seufzte dann tief auf und sagte:

»Wie wunderbar! Vor zwei Stündchen noch war ich ein freier Mann, und jetzt ist mein Herz in San Francisco!«

Um dieselbe Zeit saß Rosannah Ethelton, mit einem Buch in der Hand, in der Fensternische ihres Schlafzimmers und blickte zerstreut hinaus über die regnerischen Seen, die das Golden Gate, den Hafen von San Francisco, wuschen, und flüsterte für sich: »Wie ganz anders er doch ist als der arme Burley mit seinem leeren Kopf und seinem einzigen komödiantenhaften Talent der Nachäffung.«

II.

Vier Wochen später unterhielt Mr Sidney Algernon Burley eine fröhliche Frühstücksgesellschaft in einem prächtigen Salon auf Telegraph Hill mit einigen köstlichen Nachahmungen der Stimmen und Gebärden gewisser beliebter Schauspieler, gewisser Literaten aus San Francisco und Bonanzaer Granden.* Er war eine elegante Erscheinung, und – abgesehen von einem unbedeutenden Schielen – ein hübscher Mensch. Er schien sehr guter Stimmung zu sein, trotzdem blickte er von Zeit zu Zeit voll unruhiger Erwartung zur Tür. Endlich erschien ein Lakai, welcher der Frau des Hauses eine Botschaft brachte, worauf die Dame verständnisvoll mit dem Kopf nickte. Das schien Burleys Erwartung ein Ende zu machen; seine Lebhaftigkeit nahm nach und nach ab und sein Gesicht einen niedergeschlagenen Ausdruck an.

Die Gesellschaft entfernte sich, als es an der Zeit war, und er blieb allein mit der Hausfrau, zu der er sagte:

»Es kann kein Zweifel mehr sein: Sie weicht mir aus, sie entschuldigt sich fortwährend. Wenn ich sie nur sehen, nur einen Augenblick mit ihr sprechen könnte – aber diese Ungewissheit …«

---

* Besitzer von großen Farmen, sogenannten Bonanzafarmen. Anm. des Übers.

»Vielleicht ist ihr scheinbares Ausweichen bloßer Zufall. Gehen Sie in das kleine Empfangszimmer droben und warten Sie einen Augenblick. Ich muss rasch einen häuslichen Auftrag geben, der mir eben einfällt, und will dann auf ihr Zimmer gehen. Sie wird sich gewiss bestimmen lassen, Sie zu empfangen.«

Mr Burley ging die Stiege hinauf in der Absicht, das kleine Empfangszimmer aufzusuchen; als er aber an Tante Susans Boudoir vorüberging, dessen Tür ein wenig offen stand, hörte er ein ihm wohlbekanntes fröhliches Lachen; so ging er denn ohne anzuklopfen und unangemeldet hinein. Ehe er aber seine Nähe bemerklich machen konnte, hörte er Worte, die ihm schwer auf die Seele fielen und sein Blut erkalten machten. Er hörte aus dem Telefon eine Stimme sagen: »Liebste, es ist angekommen, es ist da.«

Dann hörte er Rosannah Ethelton, die mit dem Rücken zu ihm stand, antworten: »Das deinige auch, Teuerster!«

Er sah ihre vorgebeugte Gestalt sich noch tiefer herabbeugen; er hörte sie etwas küssen – nicht bloß einmal, sondern wieder und wieder! Seine Galle kochte in ihm. Die herzbrechende Unterredung wurde fortgesetzt:

»Rosannah, ich wusste, dass du schön sein müsstest; aber dein Bild übertrifft meine Ahnung: Ich bin völlig geblendet!«

»Alonzo, es macht mich überglücklich, dass du das sagst. Ich weiß zwar, dass es nicht wahr ist, aber ich bin trotzdem dankbar, dass du es glaubst! Ich wusste, dass du edle Züge haben müsstest, aber die Anmut und Majestät der Wirklichkeit machen die Schöpfung meiner Fantasie zu einem armseligen Schattenbild.«

Burley hörte wieder jenen prasselnden Schauer von Küssen.

»Ich danke dir, meine Rosannah! Die Fotografie schmeichelt mir, aber daran musst du nicht denken. – Mein Schätzchen?«

»Ja, Alonzo?«

»Ich bin so glücklich, Rosannah.«

»O, Alonzo. Jetzt weiß ich, was Liebe ist. Ich schwebe in einem prächtigen Wolkenland, in einem grenzenlosen Himmel zauberhaften und sinnberauschenden Entzückens.«

»O, meine Rosannah! – Denn du bist ja mein, nicht wahr?«

»Ganz, o, ganz dein, Alonzo, jetzt und immerdar! Den ganzen Tag hindurch und in meinen nächtlichen Träumen höre ich immer ein Lied, dessen holder Refrain lautet: Alonzo Fitz Clarence, Alonzo Fitz Clarence aus Eastport im Staat Maine!«

»Verwünscht sei er! Ich habe jetzt wenigstens seine Adresse!«, brüllte Burley innerlich und eilte fort.

Hinter dem ahnungslosen Alonzo aber stand plötzlich seine Mutter, ein Bild des Staunens. Sie war vom Kopf bis zu den Füßen in Pelze gehüllt, sodass außer Augen und Nase nichts von ihr zu sehen war. Sie stand da wie eine gute Allegorie des Winters, über und über mit feinen Schneeflocken bestreut.

Hinter der ahnungslosen Rosannah stand Tante Susan, ein zweites Bild des Staunens. Sie war eine gute Allegorie des Sommers, denn sie war leicht gekleidet und kühlte sich mit einem Fächer das heiße Gesicht.

Beiden Frauen standen Freudentränen in den Augen.

»Haha!«, rief Mrs Fitz Clarence aus, »das erklärt, weshalb dich seit sechs Wochen niemand aus deinem Zimmer zu bringen vermochte, Alonzo!«

»Aha!«, rief Tante Susan aus, »jetzt weiß ich, weshalb Sie in den letzten sechs Wochen eine Einsiedlerin waren, Rosannah!«

Die jungen Lente waren im Nu auf den Füßen und standen betreten da, wie Schmuggler von Gold und Juwelen, die man beim Handwerk ertappt hat.

»Sei gesegnet, mein Sohn! Ich bin glücklich in eurem Glück. Komm in deiner Mutter Arme, Alonzo!«

»Sei gesegnet, Rosannah, um meines lieben Neffen willen. Komm in meine Arme!«

Die Herzen schwammen in Wonne auf Telegraph Hill und in Eastport Square.

An beiden Orten wurden Diener gerufen. Dem einen wurde der Befehl gegeben: »Wirf noch mehr Walnussbaumholz ins Feuer und bring mir ein siedheißes Glas Glühwein.« Dem anderen wurde der Auftrag erteilt: »Lösch das Feuer und bring mir zwei Palmblattfächer und eine Flasche Eiswasser.«

Dann wurden die jungen Leute weggeschickt, und die beiden älteren setzten sich nieder, um die angenehme Überraschung zu besprechen und Hochzeitspläne zu entwerfen.

Einige Minuten vorher stürzte Mr Burley aus dem Haus auf Telegraph Hill, ohne jemandem zu begegnen oder von jemandem förmlichen Abschied zu nehmen. In unbewusster Nachahmung einer bekannten Stelle in einem Melodrama zischte er zwischen den Zähnen hervor: »Sein soll sie niemals werden! Ich hab's geschworen! Ehe die Natur ihren Winterhermelin abgelegt haben wird, um den Smaragdschmuck des Frühlings anzulegen, soll sie mein sein!«

III.

Ein paar Wochen später. – Drei oder vier Tage lang empfing Alonzo alle paar Stunden den Besuch eines sehr schmuck und gottesfürchtig aussehenden Geistlichen, der auf einem Auge schielte; nach seiner Visitenkarte war er Reverend Melton Hargrave aus Cincinnati. Er sagte, er habe sich ›seiner Gesundheit wegen‹ von der Seelsorge zurückgezogen; wenn er gesagt hätte: ›wegen seiner Kränklichkeit‹, würde ihn sein gesundes Aussehen und sein kräftiger Körperbau stark Lügen gestraft haben. Er stellte sich als Erfinder einer Verbesserung an Telefonen vor, der durch Verkauf des bezüglichen Patents sich seinen Lebensunterhalt zu verdienen hoffte. »Heutzutage«, sagte er, »kann jeder, der Lust hat, einen Telegrafendraht anzapfen, welcher ein Lied oder ein Konzert aus einem Staat in einen anderen leitet, sein eigenes Telefon dranhängen und diebisch jene Musik anhören, während sie vorübergleitet. Meine Erfindung wird dem ein Ende machen.«

»Nun«, antwortete Alonzo, »was kann dem Eigentümer der Musik daran liegen, wenn ihm der Diebstahl nichts schadet?«

»Nichts«, sagte der Hochwürdige.

»Nun, also?«, sagte Alonzo fragend.

»Angenommen aber«, antwortete der Hochwürdige, »angenommen, dass statt der Musik, die im Vorübergleiten gestohlen werden kann, der Draht Liebeszärtlichkeiten geheimster und heiligster Natur aussendet?«

Alonzo schauderte vom Scheitel bis zur Zehe. »Sir, ich verstehe, Ihre Erfindung ist unbezahlbar; ich muss sie haben – um jeden Preis.«

Aber die Erfindung, welche aus Cincinnati bestellt war, wollte nicht eintreffen. Alonzo verging vor Ungeduld: Der Gedanke, dass Rosannahs liebe Worte von irgendeinem elenden Neugierigen geteilt würden, war ihm eine Folter. Der Hochwürdige kam häufig und beklagte den Verzug und sprach von Maßregeln, die er getroffen, um die Ankunft zu beschleunigen. Das war ein kleiner Trost für Alonzo.

Eines Vormittags stieg der Reverend die Treppe hinauf und klopfte an Alonzos Tür: Es kam keine Antwort. Er trat ein, blickte forschend umher und eilte dann zum Telefon. Die ausnehmend sanften fernen Töne des ›Sweet By-and-By‹ fluteten durch das Instrument. Die Sängerin nahm wie gewöhnlich die fünf Noten, die den beiden ersten im Chor folgten, um einen halben Ton zu tief, als der Hochwürdige sie – in einer Stimme, welche diejenige Alonzos täuschend, nur mit einem entfernten Anflug von Ungeduld, nachahmte – plötzlich unterbrach:

»Mein Schatz?«

»Ja, Alonzo?«

»Bitte, sing das in dieser Woche nicht mehr – probiere etwas Modernes.«

Ein leichter Schritt, wie er zu einem glücklichen Herzen passt, wurde jetzt auf der Treppe hörbar, worauf der Reverend teuflisch lächelnd rasch Zuflucht hinter den schweren Falten der samtenen Fenstervorhänge suchte. Alonzo trat ein, flog zum Telefon und sagte:

»Liebste Rosannah, wollen wir zusammen singen?«

»Etwas *Modernes*?«, gab sie mit sarkastischer Bitterkeit zurück.

»Ja, wenn dir's recht ist!«

»Singen Sie's selbst, wenn es Ihnen beliebt!«

Dieses schnippische Wesen verblüffte und verletzte den jungen Mann. Er sagte:

»Rosannah, das sah dir nicht ähnlich.«

»Ich denke, es steht mir ebenso wohl an, als Ihre höfliche Rede Ihnen anstand, Mr Fitz Clarence.«

»Mr Fitz Clarence! Rosannah, es lag nichts Unhöfliches in meinen Worten.«

»O, wirklich! Dann habe ich Sie natürlich falsch verstanden und muss Sie demütig um Verzeihung bitten, ha – ha – ha! Ohne Zweifel sagten Sie: ›Singe es *heute* nicht mehr.‹«

»Singe heute – *was* nicht mehr?«

»Natürlich das Lied, das Sie erwähnten. Wie begriffsstutzig wir plötzlich sind!«

»Ich erwähnte gar kein Lied.«

»O, wirklich nicht?«

»Nein, wirklich nicht!«

»Ich sehe mich zu der Bemerkung gezwungen, dass Sie es *taten*!«

»Und ich sehe mich nochmals zu der Erklärung gezwungen, dass ich's *nicht* tat.«

»Eine zweite Grobheit! Das genügt. Ich werde Ihnen nie vergeben: Alles ist aus zwischen uns.«

Dann hörte man ein verhaltenes Schluchzen. Alonzo sagte hastig:

»O, Rosannah, nimm diese Worte zurück! Dahinter steckt ein schreckliches Geheimnis, irgendein entsetzliches Missverständnis. Im vollen Ernst und ganz aufrichtig gesagt, ich habe nichts von einem Lied erwähnt. Ich möchte dich um alles in der Welt nicht verletzen ... Rosannah, Liebste? ... O, sprich mit mir, ich bitte dich!«

Es folgte eine Pause; dann hörte Alonzo des Mädchens Schluchzen wie aus weiter Ferne, sie hatte sich vom Telefon zurückgezogen. Er erhob sich mit einem schweren Seufzer und eilte aus dem Zimmer, vor sich hinmurmelnd: »Ich muss meine Mutter aufsuchen. Sie wird ihr hoffentlich die Überzeugung beibringen, dass ich sie nicht verletzen wollte.«

Eine Minute später krümmte sich der Ehrwürdige über das Telefon, wie eine Katze, welche die Wege ihrer Beute kennt. Er brauchte nicht lange zu warten; nach einigen Minuten hörte man eine sanfte, bereuende, von Tränen zitternde Stimme sagen:

»Lieber Alonzo, ich hatte unrecht; du kannst etwas so Grausames nicht gesagt haben. Es muss jemand gewesen sein, der deine Stimme im Scherz oder aus Bosheit nachahmte.«

Der Reverend antwortete kalt in Alonzos Stimme:

»Sie haben gesagt, dass alles zwischen uns vorüber ist, und so sei es. Ich verschmähe ihre angebotene Reue und verachte Sie!«

Dann entfernte er sich, strahlend vor Triumph, um nie mehr mit seiner vorgeblichen Telefonverbesserung zurückzukehren.

Vier Stunden später kam Alonzo, der seine Mutter bei Bekannten hatte suchen müssen, zurück. Sie riefen ihre Angehörigen in San Francisco an, aber es erfolgte keine Antwort. Sie warteten und warteten am sprachlosen Telefon.

Endlich, als in San Francisco die Sonne unterging, drei und eine halbe Stunde nach der Dämmerung in Eastport, erfolgte eine Antwort auf den oft wiederholten Ruf: ›Rosannah!‹

Aber ach! Es war Tante Susans Stimme, die sprach:

»War den ganzen Tag nicht zu Hause; bin eben heimgekehrt. Will sie sogleich aufsuchen.«

Die Harrenden warteten zwei – fünf – zehn Minuten; dann kamen in erschrockenem Ton folgende verhängnisvolle Worte:

»Sie ist fort, und ihr Gepäck mit ihr – um eine auswärtige Freundin zu besuchen, wie sie den Dienstboten sagte. Auf dem Tisch in ihrem Zimmer aber fand ich eine Notiz mit den Worten: ›Ich bin gegangen; forscht mir nicht nach; mein Herz ist gebrochen; ihr werdet mich nimmer wiedersehen. Sagt ihm, ich werde immer an ihn denken, wenn ich mein armes ›Sweet By-and-By‹ singe, nie aber an die unfreundlichen Worte, die er darüber gesprochen.‹ So lautet ihre Mitteilung. Alonzo, Alonzo, was hat das zu bedeuten? Was ist geschehen?«

Alonzo aber saß blass und starr da wie eine Leiche. Seine Mutter zog die samtenen Vorhänge zurück und öffnete ein Fenster. Die kalte Luft erfrischte den Leidenden, und er erzählte seiner Tante seine trübselige Geschichte. Mittlerweile besichtigte seine Mutter eine Visitenkarte, die auf dem Fußboden zum Vorschein gekommen war, als sie die Vorhänge zurückzog. Auf der Karte stand: Sidney Algernon Burley, San Francisco.

»Der Schurke!«, rief Alonzo und stürzte hinaus, um den falschen Reverend zu suchen und zu vernichten. Die Karte erklärte alles, denn die Liebenden hatten im Verlauf ihrer gegenseitigen Bekenntnisse einander alles erzählt von den Liebsten, die sie je gehabt, und all ihre Mängel und Schwächen unbarmherzig verdammt – das ist bei Liebenden so Brauch: Es hat einen eigenen Reiz für sie, und er kommt gleich nach dem des Girrens und Schnäbelns.

IV.

Während der nächsten zwei Monate ereignete sich viel. Es war bald bekannt geworden, dass Rosannah (die arme duldende Waise!) weder zu ihrer Großmutter zu Portland in Oregon zurückgekehrt war, noch ihr irgendwelche Nachricht gesandt hatte, außer einer Abschrift der leidvollen Notiz, die sie in dem Haus auf Telegraph Hill zurückgelassen hatte. Wer ihr auch ein Obdach gewährte, wenn sie noch lebte, war ohne Zweifel von ihr beredet worden, ihren Aufenthalt nicht zu verraten, denn alle Versuche, sie aufzufinden, waren misslungen.

Gab Alonzo sie auf? Keineswegs. Er sagte bei sich: »Sie wird jenes holde Lied singen, wenn sie schwermütig ist; ich werde sie finden.« Und so nahm er seinen Reisesack und ein tragbares Telefon und schüttelte den Schnee seiner Vaterstadt von seinen Füßen und ging hinaus in die Welt. Er wanderte weit und breit hin und her und durch viele Staaten; wieder und wieder blickten Fremde erstaunt auf einen abgezehrten, blassen, melancholischen Mann, der mühevoll an winterlichen und einsamen Orten eine Telegrafenstange erklomm, dort traurig eine Stunde saß mit dem Ohr an einem kleinen Kästchen, dann seufzend herabkam und müde weiterwanderte. Manchmal wurde auf ihn geschossen, weil man ihn für verrückt und gefährlich hielt. Seine Kleider wurden von Kugeln zerfetzt und er selber am Ende schwer verletzt; aber er ertrug alles geduldig.

So verflossen langsam sieben Wochen, und endlich ergriffen ihn einige Menschenfreunde und brachten ihn in eine Privatirrenanstalt nach New York. Er wehklagte nicht, denn all seine Kraft war dahin, und mit ihr aller Mut und alle Hoffnung. Der Oberaufseher trat ihm mitleidig seine eigenen behaglichen Gemächer, Wohn- und Schlafzimmer ab und pflegte ihn mit liebender Hingebung.

Nach Verlauf einer Woche war der Patient imstande, zum ersten Mal das Bett zu verlassen. Er lag, auf Kissen gestützt, bequem auf dem Sofa und lauschte den Klagelauten der frostigen Märzwinde und dem dumpfen Ton der Fußtritte auf der Straße drunten – denn es war etwa sechs Uhr abends, und New York ging von der Arbeit heim. Er hatte ein helles Feuer und zur Erhöhung der Behaglichkeit zwei Studierlampen, und so war es warm und behaglich drinnen, wenn auch draußen frostig und rau.

Ein schwaches Lächeln glitt über Alonzos Antlitz bei dem Gedanken, dass seine Streifereien aus Liebe ihn in den Augen der Welt zu einem Verrückten gemacht hatten, und er wollte eben seinen Gedankengang weiter verfolgen, als eine schwache, holde Melodie – sozusagen ein Tonschatten, so fern und dünn schien sie – an sein Ohr schlug. Seine Pulse hörten auf zu schlagen; er lauschte mit offenen Lippen und verhaltenem Atem. Das Lied tönte weiter – er harrte, lauschte, erhob sich langsam und unbewusst aus seiner Rückenlage und rief endlich frohlockend aus:

»Sie ist's! Sie ist's! O, die göttlichen, um einen halben Ton zu tiefen Noten!«

Er schleppte sich begierig zu der Ecke, aus der die Töne kamen, riss einen Vorhang auf die Seite und entdeckte ein Telefon. Er beugte sich darüber, und als die letzte Note erstarb, brach er in den lauten Ausruf aus:

»O, dem Himmel sei Dank, endlich gefunden! Sprich mit mir, teuerste Rosannah! Das qualvolle Geheimnis ist enthüllt; es war der schurkische Burley, der meine Stimme nachahmte und dich mit unverschämter Rede beleidigte!«

Es folgte eine atemlose Pause, für den wartenden Alonzo ein Menschenalter; dann kam ein schwacher Laut, der sich zur Rede formte:

»O, sage diese köstlichen Worte nochmals, Alonzo!«

»Sie sind die Wahrheit, die reinste Wahrheit, meine Rosannah, und du sollst den Beweis haben, glänzenden und vollen Beweis!«

»O, Alonzo, bleib bei mir! Verlass mich keinen Augenblick! Lass mich fühlen, dass du mir nahe bist! Sag mir, dass wir nie wieder getrennt sein sollen! O, diese glückliche Stunde, diese gesegnete, denkwürdige Stunde!«

»Wir wollen sie uns ins Gedächtnis einprägen, meine Rosannah; jedes Jahr, wenn die Uhr diese Stunde schlägt, werden wir sie mit Dankgebeten feiern, unser ganzes Leben lang.«

»Das wollen wir, Alonzo – ja, das wollen wir!«

»Vier Minuten nach sechs Uhr abends, meine Rosannah, soll hinfort ...«

»Zwölf Uhr dreiundzwanzig Minuten nachmittags ...«

»Ei, Rosannah, mein Schatz, wo bist du denn?«

»In Honolulu auf den Sandwichsinseln. Und wo bist du? Bleib bei mir, verlass mich keinen Augenblick! Ich könnte es nicht ertragen. Bist du daheim?«

»Nein, Teure, ich bin in New York – ein Patient in ärztlicher Behandlung.«

Ein qualvoller Schrei drang in Alonzos Ohr, es klang wie das scharfe Summen einer verletzten Fliege: Die Reise von ein paar tausend Meilen hatte die Kraft des Lautes abgeschwächt. Alonzo sagte rasch:

»Beruhige dich, mein Kind. Es ist nichts; ich werde bereits wieder gesund durch die Heilkraft deiner holden Nähe. Meine Rosannah!«

»Ja, Alonzo? O, wie du mich erschreckt hast! Fahre fort.«

»Bestimme den Hochzeitstag, Rosannah!«

Es folgte eine kleine Pause; dann antwortete eine schüchterne, leise Stimme: »Ich erröte – aber vor Freude, vor Glück. Möchtest du es gerne bald haben?«

»Noch in dieser Nacht, Rosannah! Nur nicht das Wagnis eines weiteren Verzuges! Warum nicht gleich? Noch in dieser Nacht, in diesem Augenblick!«

»O, du ungeduldiger Mann! Ich habe niemand hier als meinen guten alten Onkel, einen früheren Missionar – niemand als ihn und seine Frau. Es würde mir so von Herzen lieb sein, wenn deine Mutter und deine Tante Susan ...«

»Unsere Mutter und unsere Tante Susan, meine Rosannah!«

»Ja, unsere Mutter und unsere Tante Susan – ich will gerne so sagen, wenn es dir recht ist; es wäre mir so lieb, wenn sie bei der Trauung zugegen wären.«

»Ich möchte es auch. Wie wäre es, wenn du an Tante Susan telegrafiertest? Wie lange würde es dauern, bis sie käme?«

»Der Dampfer geht übermorgen von San Francisco ab und ist acht Tage unterwegs; sie würde also am 31. März hier sein.«

»Dann bestimme den 1. April, teuerste Rosannah!«

»Ums Himmels willen, Alonzo, da würden wir ja zu Aprilnarren!«

»Wir würden dann jedenfalls die glücklichsten, welche die Sonne jenes Tages auf dem ganzen weiten Erdenrund bescheint; was ficht's uns also an? Sage am 1. April, Teure.«

»Nun denn, von Herzen gern, der 1. April soll es sein.«

»Wie herrlich! Bestimme auch die Stunde, Rosannah.«

»Ich liebe den Morgen mit seiner Frische und Heiterkeit. Passt es dir um acht Uhr morgens, Alonzo?«

»Die schönste Stunde des Tages – da sie dich zu der meinigen macht.«

Es folgte eine Pause, während welcher ein Ton hörbar war, als ob körperlose Geister Küsse austauschten; dann sagte Rosannah: »Entschuldige mich nur für einen Augenblick, Lieber; ich muss einen Besuch erwarten, drüben im anderen Zimmer.«

Das junge Mädchen eilte in das Besuchszimmer und nahm an einem Fenster Platz, das die Aussicht auf eine schöne Landschaft gewährte. Zur Linken konnte man das hübsche Nuuanatal, eingesäumt von einer üppigen Fülle tropischer Blumen und graziöser Kokospalmen, überschauen; die anstoßenden niederen Hügel waren in das leuchtende Grün von Zitronen- und Orangenbäumen gekleidet; die geschichtlich berühmte Schlucht drüben, in welcher der erste Kamehameha seine dem Untergang geweihten Feinde hineintrieb, hatte wahrscheinlich ihre grausige Geschichte vergessen, denn wie gewöhnlich am Mittag wölbte sich eine Anzahl von Regenbogen über ihr. Gerade vor dem Fenster sah man die wunderlich gebaute Stadt und hier und da eine Gruppe von dunkelfarbenen Eingeborenen, die sich des fast unerträglich heißen Wetters freuten; und weitab zur Rechten lag der ruhelose Ozean, der seine weiße Mähne im Sonnenschein schüttelte.

Rosannah saß wartend da, in ihrem leichten weißen Gewand, und fächelte ihr erregtes und erhitztes Gesicht; endlich steckte ein halb nackter, mit einem Zylinderhut bedeckter Kanakenknabe den Kopf zur Tür herein und meldete: »Herr aus Frisco*!«

»Weise ihn herein«, sagte das Mädchen, indem sie sich aufrichtete und eine entschiedene Haltung annahm. Mr Sidney Algernon Burley trat ein, von Kopf bis zu Fuß in blendendes Weiß, das heißt in die leichteste und weißeste irische Leinwand gekleidet. Er trat rasch heran, aber das Mädchen machte eine Bewegung mit der Hand und warf ihm einen Blick zu, der ihn plötzlich stehen bleiben ließ. Sie sagte kalt: »Ich bin hier, wie ich versprach. Ich glaubte Ihren Versicherungen, gab ihrem ungestümen Drängen nach und sagte, ich würde den Tag bestimmen. Ich bestimme den 1. April – um acht Uhr morgens. Und nun gehen Sie.«

»O, meine Teuerste, wenn die Dankbarkeit einer Lebenszeit ...«

»Kein Wort mehr. Erlassen Sie mir Ihren Anblick und jeden Verkehr mit Ihnen bis zu jener Stunde. Nein – keine Bitten; ich will es so haben.«

Als er fort war, sank sie erschöpft in einen Stuhl, denn die lange Belagerung des Kummers, die sie ausgehalten, hatte ihre Kraft geschwächt. Gleich darauf sagte sie: »Mit knapper Not entkommen! Wenn er eine Stunde früher gekommen wäre – es schaudert mich, wenn ich daran denke! Denken zu müssen, dass es mit mir dahin gekommen wäre, dass ich mir einbildete, dieses betrügerische, dieses falsche, dieses verräterische Ungeheuer zu lieben! O, er soll seine Schurkerei bereuen!«

---

* Abkürzung für San Francisco.

Wir wollen diese Geschichte jetzt rasch zu Ende führen, denn es ist nur weniges noch zu sagen. Am 2. April enthielt der ›Honoluluer Anzeiger‹ folgende Notiz:

»*Verheiratet.* – Dahier, per Telefon, gestern früh um acht Uhr, durch den hochwürdigen Mr Nathan Hays, unter Assistenz des hochwürdigen Mr Nathaniel Davis aus New York, Mr Alonzo Fitz Clarence aus Eastport in Maine, mit Miss Ethelton aus Portland in Oregon. Zugegen war Mrs Susan Howland aus San Francisco, eine Freundin der Braut, gegenwärtig zu Gast bei Mr und Mrs Hays, dem Onkel und der Tante der Braut. Auch Mr Sidney Algernon Burley aus San Francisco war zugegen, blieb aber nicht bis zum Schluss der Trauungsfeierlichkeit. Kapitän Hawthornes hübsche und geschmackvoll dekorierte Yacht wartete im Hafen, und die glückliche Braut und ihre Freunde brachen gleich darauf zu einem Ausflug nach Lahaina und Haleakala auf.«

Die New Yorker Zeitungen vom selben Datum enthielten folgende Notiz:

»*Verheiratet.* – Dahier, gestern, per Telefon, um halb drei Uhr in der Frühe, durch den hochwürdigen Mr Nathaniel Davis, unter Assistenz des hochwürdigen Mr Nathan Hays aus Honolulu, Mr Alonzo Fitz Clarence aus Eastport in Maine und Miss Rosannah Ethelton aus Portland in Oregon. Die Eltern und mehrere Freunde des Bräutigams waren zugegen. Nachdem die Gesellschaft ein festliches Frühstück genossen und sich bis gegen Sonnenaufgang vergnügt unterhalten, brach sie zu einem Ausflug zum Aquarium auf, da des Bräutigams Gesundheitszustand keine ausgedehntere Reise zulässt.«

Gegen Ende jenes denkwürdigen Tages waren Mr und Mrs Alonzo Fitz Clarence in ein zärtliches Gespräch über die Vergnügungen ihrer beiderseitigen Hochzeitsausflüge vertieft, als plötzlich die junge Frau ausrief: »O Lonny, ich vergaß ganz! Ich tat, was ich mir vorgenommen.«

»Was, Geliebte?«

»Ich machte ihn zum Aprilnarren! Und ich sagte es ihm auch! O, es war eine reizende Überraschung! Da stand er, schmorend in einem schwarzen Anzug, während das Thermometer oben zur Röhre hinauswollte, in Erwartung der Trauung. Du hättest die Miene sehen sollen, die er machte, als ich es ihm ins Ohr flüsterte! Ach, seine Verruchtheit hatte mir viel Herzeleid gebracht und manche Träne erpresst; aber in jenem Augenblick war alles quitt. Das Gefühl der Rache wich gänzlich aus meinem Herzen und ich lud ihn ein zu bleiben und sagte, ich habe ihm alles vergeben; aber er wollte nicht. Er schwur, sich grimmig zu rächen und unser Leben zu einem Fluch für uns zu machen. Aber das kann er nicht, mein Teuerster, nicht wahr?«

»Niemals in dieser Welt, meine Rosannah«, antwortete Alonzo innig.

Tante Susan, die Großmutter in Oregon, das junge Paar und ihre Mutter in Eastport sind alle glücklich, während ich dies schreibe, und werden es wohl auch bleiben. Tante Susan holte die Braut von den Sandwichsinseln ab, begleitete sie über den amerikanischen Kontinent und hatte das Glück, die entzückte Begegnung zweier sich anbetender Ehegatten mit anzusehen, die bis dahin einander nie gesehen hatten.

Ein Wort über den nichtswürdigen Burley, dessen verruchte Ränke beinahe die Herzen unseres lieben jungen Paares gebrochen und ihr Leben elend gemacht hätten, wird genügen. Bei einem Anfall auf einen verkrüppelten und hilflosen Arbeiter, der ihm, wie er sich einbildete, eine geringfügige Beleidigung angetan hatte, zersprang sein Revolver und tötete ihn auf der Stelle.

Mrs McWilliams
beim Gewitter

Ja, fuhr Mr McWilliams fort – dies war nämlich nicht der Anfang seiner Rede – die Furcht vor dem Gewitter ist eine der qualvollsten Schwächen, von denen ein menschliches Wesen heimgesucht werden kann. Sie ist meistens auf Frauen beschränkt, hier und da findet sie sich jedoch auch bei einem kleinen Hund und manchmal auch bei einem Mann. Es ist eine ganz besonders traurige Schwäche, indem sie einem Menschen den Verstand in höherem Grade raubt als irgendeine andere Furcht, da sie sich weder durch Vernunftgründe noch durch Beschämung unterdrücken lässt. Eine Frau, die dem Teufel selber ins Gesicht sehen könnte – oder einer Maus – verliert ihre Schneidigkeit und ist rein weg angesichts eines zuckenden Blitzes.

Also wie ich Ihnen sagte, ich wachte auf an dem halb erstickten von irgendwo herkommenden Schrei: »Mortimer, Mortimer!« Sobald ich meine fünf Sinne zusammenfassen konnte, richtete ich mich in der Dunkelheit auf und antwortete:

»Evangeline, rufst du? Was gibt's? Wo bist du?«

»In die Wäschekammer eingeschlossen! Du solltest dich schämen, dazuliegen und so zu schlafen, während solch ein fürchterliches Gewitter losbricht.«

»Nun, wie kann man sich denn schämen, wenn man schläft? Das hat ja keinen Sinn; ein Mensch kann sich nicht schämen, während er schläft, Evangeline.«

»Das tust du freilich nie, Mortimer, das weiß ich wohl!«

Ich vernahm den Laut unterdrückten Schluchzens. Dieser Klang machte die scharfe Rede, die sich auf meine Lippen drängte, ersterben und ich ließ mich stattdessen folgendermaßen vernehmen:

»Es tut mir leid, Liebe, es tut mir wirklich leid. Ich wollte es nicht tun – komm heraus und ...«

»Mortimer!«

»Himmel, was gibt's, mein Schatz?«

»Ich glaube gar, dass du noch im Bett liegst?«

»Warum nicht? Natürlich.«

»Steh sofort auf. Man sollte meinen, du solltest doch ein klein wenig acht auf dein Leben geben, um meinet- und der Kinder willen, wenn nicht schon um deinetwillen.«

»Aber lieber Schatz ...«

»Hör auf, Mortimer, du weißt, bei einem solchen Gewitter ist der allergefährlichste Platz das Bett. Das steht in allen Büchern. Aber das ist dir einerlei, du bleibst doch darin liegen und wirfst lieber dein Leben rücksichtslos weg, der Himmel weiß warum, höchstens aus ewiger Rechthaberei und ...«

»Aber zum Kuckuck, Evangeline, ich bin ja jetzt nicht mehr im Bett, ich bin –«

Dieser Satz wurde unterbrochen durch einen plötzlichen Blitzstrahl, begleitet von einem unterdrückten Aufschrei meiner Frau und einem furchtbaren Donnerschlag.

»Da! Nun siehst du, wozu das führt. O, Mortimer, wie kannst du so ruchlos sein, bei einem solchen Wetter zu fluchen?«

»Ich habe ja nicht geflucht. Und das kam gar nicht davon her, es wäre ganz ebenso gekommen, auch wenn ich kein Wörtchen gesagt hätte, und du weißt ganz gut, Evangeline, oder solltest es wenigstens wissen, dass, wenn die Atmosphäre mit Elektrizität geladen ist ...«

»O, ja, jetzt habe nur recht und wieder recht und noch einmal recht. Ich begreife nicht, wie du so handeln magst, da du doch weißt, dass wir keinen Blitzableiter haben und dass deine arme Frau und Kinder rein der Gnade der Vorsehung anheimgegeben sind. – Aber was tust du? Ein Zündhölzchen anstecken? Bei einem solchen Wetter, bist du völlig toll?«

»Zum Henker, Frau, was schadet denn das? Es ist ja hier so finster wie in einer Kuh und ...«

»Lösch es aus, lösch es augenblicklich aus! Willst du uns alle geflissentlich zugrunde richten? Du weißt doch, dass nichts so den Blitz anzieht wie ein Licht.«

(Fzt – krach! – bum! – bolum! – bum!)

»O, da höre, jetzt siehst du, was du angerichtet hast.«

»Wieso? Ein Schwefelhölzchen kann allenfalls den Blitz anziehen, aber gewiss ruft es keinen Blitz hervor – ich stehe dafür ein. Sollte aber dieser Schuss dennoch meinem Zündhölzchen gegolten haben, so war er jämmerlich gezielt – eine Leistung, die unter Tausenden kaum einer fertig bringt.«

»Schäme dich, Mortimer. Da stehen wir dem Tode Auge in Auge gegenüber, und doch bist du fähig, in einem so feierlichen Augenblick eine solche Sprache zu führen. Wenn du nicht den Wunsch hast – Mortimer ...«

»Nun?«

»Hast du eigentlich heute ein Nachtgebet gesprochen?«

»Ich – ich – war eben dabei, da fiel mir ein, auszurechnen, wie viel zwölfmal dreizehn ist und ...«

(Fzt – bum! – bum! – bumerumbum! – bang! – krach!)

»O, wir sind verloren, rettungslos verloren. Wie konntest du so etwas versäumen, bei solch einem Wetter!«

»Aber es war ja noch nicht so ein Wetter. Es war kein Wölkchen am Himmel. Wie konnte ich ahnen, dass wegen einer so kleinen Unterlassungssünde all dies Gerumpel und Gepolter losgehen würde? Und ich meine, es ist gerade nicht hübsch von dir, so viel Aufhebens davon zu machen, da du doch weißt, dass es so selten vorkommt. Vorher habe ich es nie versäumt, nie seit dem großen Erdbeben, an dem ich schuld war.«

»Mortimer, wie du sprichst! Hast du das gelbe Fieber vergessen?«

»Meine Liebe, du legst mir immer das gelbe Fieber zur Last, und ich meine doch, das ist ganz sinnlos. Wie soll denn ein kleines Frömmigkeitsvergehen von mir so weit hin wirken? Das Erdbeben will ich meinetwegen auf mich nehmen, weil es in der Nachbarschaft stattfand, aber ich will mich hängen lassen, wenn ich verantwortlich sein soll für jedes lumpige ...«

(Fzt, bum, bum, belum, bum, bang!)

»O Gott, o Gott, gewiss hat es irgendwo eingeschlagen. Wir werden keinen Tag mehr erleben, und dann, wenn wir nicht mehr sind, kann es dir eine Genugtuung sein, zu wissen, dass dein gottloses Gerede – Mortimer!«

»Nun, was ist wieder los?«

»Deine Stimme klingt, wie wenn – Mortimer, stehst du wirklich vor dem offenen Kamin?«

»Das ist allerdings mein Verbrechen in diesem Augenblick.«

»Geh augenblicklich davon weg. Es scheint, du bist entschlossen, Vernichtung über uns alle zu bringen. Weißt du nicht, dass es keinen besseren Leiter für den Blitz gibt als einen offenen Kamin? – Wo bist du nun hingegangen?«

»Da ans Fenster.«

»O, um Gottes willen, hast du den Verstand verloren? Geh weg von dort, augenblicklich! Die kleinsten Kinder wissen, dass es lebensgefährlich ist, während eines Gewitters am Fenster zu stehen. Lieber, Guter, ich weiß, ich erlebe keinen Tag mehr – Mortimer?«

»Ja!«

»Was ist das für ein Rascheln?«

»Ich bin es.«

»Was tust du denn?«

»Ich bemühe mich, das obere Ende meiner Unterbeinkleider zu finden.«

»Schnell, wirf das Zeug weg. Du wirst doch nicht diese Kleidungsstücke bei einem solchen Wetter anziehen wollen? Du weißt doch, dass allen Autoritäten zufolge wollene Stoffe den Blitz anziehen. O, Liebster, Bester, ist es nicht genug, dass man aus natürlichen Ursachen stets in Lebensgefahr schwebt? Und du tust alles Erdenkbare, was die Gefahr vermehren kann. – So singe doch nicht! Wie kannst du auf den Einfall kommen?«

»Nun, was kann denn das schaden?«

»Mortimer, ich habe dir einmal, habe dir hundertmal gesagt, dass Singen Schwingungen in der Atmosphäre verursacht, die den Zug des elektrischen Stroms unterbrechen und – um alles in der Welt, wozu machst du die Thür auf?«

»Gerechter Himmel, Weib, ist auch dabei Gefahr?«

»Gefahr? Der Tod ist dabei. Jeder, der irgend darauf geachtet hat, weiß, dass einen Luftzug verursachen geradezu den Blitz herbeiziehen heißt. Du hast sie nur halb zugemacht, schließe sie fest und mach schnell, oder wir sind alle verloren. O, es ist etwas Fürchterliches, bei einem solchen Wetter mit einem Wahnwitzigen eingeschlossen zu sein. Mortimer, was tust du?«

»Nichts, ich drehe eben den Wasserhahn auf, dieses Zimmer ist zum Ersticken dumpf, ich muss mir Gesicht und Hände netzen.«

»Du hast scheinbar den letzten Rest deines Verstandes verloren. Wo der Blitz einen anderen Gegenstand einmal trifft, schlägt er fünfzigmal ins Wasser. Dreh schnell zu. O, Lieber, ich sehe schon, dass nichts auf dieser Welt uns retten kann, ich glaube, dass – Mortimer, was war das?«

»Es war ein verfl… es war ein Bild, hab's heruntergestoßen.«

»Dann stehst du also hart an der Wand? Eine unerhörte Unvorsichtigkeit. Weißt du nicht, dass es keinen besseren Leiter für den Blitz gibt als eine Wand! Mach, dass du davon wegkommst. Und eben warst du auch wieder nahe daran zu fluchen. O, wie kannst du so verzweifelt gottlos sein, während deine Familie in solcher Gefahr schwebt? Mortimer, hast du ein Federbett hertun lassen, wie ich dich gebeten habe?«

»Nein, hab's vergessen.«

»Vergessen? Es kann dich dein Leben kosten. Hättest du jetzt ein Federbett, um es in die Mitte des Zimmers zu breiten und dich daraufzulegen, so wärst du völlig in Sicherheit.

Komm hier herein – schnell, ehe du noch weitere tolle Streiche machen kannst.«

Ich versuchte es, aber die Kammer vermochte uns beide bei geschlossener Tür nicht zu fassen, wenn wir nicht ersticken wollten. Ich schnappte eine Weile nach Luft, dann stürzte ich hinaus. Meine Frau rief:

»Mortimer, es muss etwas zu deiner Rettung geschehen, gieb mir das deutsche Buch, das auf dem Kaminsims liegt, und ein Licht – aber steck es nicht an. In dem Buch finden sich einige Ratschläge.«

Ich holte das Buch auf Kosten einer Vase und anderer zerbrechlichen Sachen. Meine Frau schloss sich mit ihrem Licht ein, worauf ich einen Augenblick Ruhe hatte, dann rief sie heraus: »Mortimer, was war das?«

»Nur die Katze.«

»O, Jammer. Fang sie und sperr sie in den Waschschrank ein. Rasch, lieber Schatz. Die Katzen sind voll Elektrizität, ich bekomme gewiss noch weiße Haare bei den furchtbaren Gefahren dieser Nacht.«

Ich vernahm wieder das unterdrückte Schluchzen, sonst würde ich weder Hand noch Fuß geregt haben zu einem solchen Beginnen in der Dunkelheit, nämlich über Stühle und alle Arten von Hindernissen, die meist sehr hart und scharfkantig waren, auf die Katze Jagd zu machen. Endlich war es mir gelungen, Mieze in den Schrank zu schließen, freilich auf Kosten von über 400 Dollar an zerbrochenen Möbeln und Schienbeinen. Dann drang es dumpf aus dem Kämmerchen:

»In dem deutschen Buch steht, es sei bei einem Gewitter am sichersten, sich mitten im Zimmer auf einen Stuhl zu stellen – die Stuhlbeine müssen durch Nichtleiter isoliert werden, das heißt, du musst die Stuhlbeine auf Sturzbecher von Glas stellen – (Fzt – bum, bam, krach). O, höre doch. Eile dich, Mortimer, ehe du getroffen wirst.«

Es gelang mir, die Gläser zu finden, es waren die letzten vier. Alle anderen hatte ich zusammengeschlagen. Ich isolierte die Stuhlbeine und bat um weitere Verhaltungsmaßregeln.

»Mortimer, dann heißt es: ›Während eines Gewitters entferne man Metalle, wie zum Beispiel Uhren, Ringe, Schlüssel von sich und halte sich auch nicht an solchen Stellen auf, wo viele Metalle beieinander liegen, oder mit anderen Körpern verbunden sind, wie an Herden, Öfen, Eisengittern u dergleichen.‹ Verstehst du das, Mortimer! Heißt das, dass man Metalle bei sich behalten muss, oder fern von sich halten?«

»Ja, ich weiß auch nicht recht, es kommt mir etwas unklar vor, ich kenne die Sprache nicht so genau. Wenn ich das Deutsch recht verstehe, so scheint es mir zu besagen, dass man Metall an sich haben soll.«

»Ja, so muss es wohl sein, das sagt ja der gesunde Menschenverstand. Es wirkt wie beim Blitzableiter, weißt du. Setz deinen Feuerwehrhelm auf, Mortimer, der ist fast ganz aus Metall.«

Ich holte ihn und setzte ihn auf – ein recht schweres, plumpes und unbequemes Ding, in einer heißen Nacht in einem dumpfen Zimmer. War mir doch schon mein Nachtgewand mehr Bekleidung, als ich eigentlich bedurfte.

»Mortimer, ich glaube, dein Unterleib bedarf auch eines Schutzes, willst du nicht so gut sein und deinen Bürgerwehrsäbel umschnallen?«

Ich willfahrte.

»Jetzt, Mortimer, musst du noch etwas zum Schutz deiner Füße haben, bitte, schnall deine Sporen an.«

Ich tat es, ohne ein Wort zu sagen, und hielt meine gute Laune aufrecht, so gut ich konnte.

»Mortimer, es heißt in dem deutschen Buch weiter: ›Das Gewitterläuten ist sehr gefährlich, weil die Glocke selbst, so wie der durch das Läuten veranlasste Luftzug und die Höhe des Turms den Blitz anziehen könnten.‹ Mortimer, heißt das, dass es gefährlich sei, die Kirchenglocken während eines Gewitters nicht zu läuten?«

»Ja, es sieht so aus. – Wenn dies das Partizip der Vergangenheit im Nominativ Singularis ist – und das scheint mir so –, ja, ich denke, es heißt, dass in Anbetracht der Höhe des Kirchturms und in Ermangelung von Luftzug es sehr gefährlich sein würde, während eines Gewitters die Glocken nicht zu läuten – und außerdem, siehst du nicht, dass gerade der Ausdruck …«

»Schon gut, Mortimer, verliere die kostbare Zeit nicht mit Reden, hol die große Tischglocke, sie ist gerade dort auf dem Vorplatz. Geschwind, lieber Mortimer, wir sind beinahe in Sicherheit; o mein Bester, ich glaube, wir kommen diesmal noch davon.«

Unsere kleine Sommerwohnung steht oben auf einer Hügelreihe, die über ein Tal hineinschaut. Mehrere Bauernhäuser sind in unserer Nachbarschaft, das nächste drei- bis vierhundert Yards entfernt.

Als ich, auf dem Isolierstuhl stehend, die schreckliche Glocke sieben oder acht Minuten lang geläutet hatte, wurden unsere Läden plötzlich von außen aufgerissen und eine Laterne fuhr blendend an das Fenster, während eine Stimme also sprach: »Was in aller Welt ist hier los?«

Das Fenster war voll von menschlichen Köpfen und die Köpfe voll von Augen, welche mein Nachtgewand, mit der kriegerischen Ausrüstung darüber, wild anstierten. Ich ließ die Glocke sinken, sprang verwirrt vom Stuhl herunter und sagte:

»Es ist nichts los, gute Freunde, nur eine kleine Störung wegen des Gewitters, ich habe mich bemüht den Blitz abzuhalten.«

»Gewitter? Blitz? Ei, Mr McWilliams, haben Sie den Verstand verloren? Es ist eine schöne sternenhelle Nacht, keine Spur von Gewitter.«

Ich schaute hinaus und war so erstaunt, dass ich eine Zeit lang kein Wort herausbrachte. Dann sagte ich:

»Ich begreife das nicht, wir sahen das Zucken der Blitze ganz deutlich durch die Vorhänge und Läden und hörten den Donner.«

Die Leute legten sich nacheinander auf den Boden und wälzten sich vor Lachen – zwei lachten sich zu Tode.

Einer von den Überlebenden bemerkte: »Aber, dass Sie nicht daran dachten, ihre Läden aufzumachen und einmal auf den hohen Hügel dort hinauf zu sehen! Was Sie hörten, waren Kanonenschüsse, was Sie sahen, war das Feuer derselben. Wissen Sie, der Telegraf hat gerade um Mitternacht die Kunde gebracht, dass Cleveland ernannt ist, und darum die ganze Geschichte.«

»Ja, Mr Twain, »wie ich gleich zu Anfang sagte«, bemerkte Mr McWilliams zum Schluss, »die Vorschriften, um die Menschen vor Blitzschlag zu bewahren, sind so vortrefflich und so zahllos, dass es mir schlechterdings unbegreiflich ist, wie irgendjemand es fertig bringt getroffen zu werden.«

Mit diesen Worten raffte er sein Bündel und seinen Schirm zusammen und stieg aus, denn der Zug war an seinem Wohnort angekommen.

Was mir der Professor erzählte

Ich war noch jung an Jahren, mit bescheidenen Aussichten und von Beruf Feldmesser. Dass ich einmal Professor an einem College werden würde, ahnte ich damals nicht. Vor mir lag die ganze Welt – ich war bereit sie zu vermessen, wenn mir irgendjemand den Auftrag erteilte. Jetzt führte mich mein Vertrag zu einem Bergwerksbezirk in Kalifornien; die Seereise sollte drei bis vier Wochen dauern.

Mit meinen Reisegefährten hatte ich wenig Verkehr; lesen und träumen war meine Hauptbeschäftigung, und um mich dem ganz hingeben zu können, wich ich so viel wie möglich jeder Unterhaltung aus. An Bord waren drei Spieler von Profession, rohe, widerwärtige Gesellen; natürlich sprach ich nie ein Wort mit ihnen, doch konnte ich nicht umhin, sie häufig zu sehen, wenn ich meinen gewöhnlichen Spaziergang auf dem Vorderdeck machte. Sie saßen dort nämlich früh und spät bei den Karten in ihrer Kajüte, deren Tür offen blieb, um den Tabaksqualm samt den Flüchen und Kraftausdrücken hinauszulassen. Der Anblick war mir in hohem Grad zuwider, allein was half es – ich musste mich drein ergeben.

Ein anderer Passagier, der die Fahrt mitmachte, kam mir aber häufig in den Wurf, da er entschlossen schien, sich mit mir auf freundschaftlichen Fuß zu stellen. Ich hätte ihn nicht loswerden können, ohne ihn zu kränken, und das brachte ich nicht übers Herz; auch nahm mich seine ländliche Einfalt und unaussprechliche Gutmütigkeit sehr für ihn ein. Als ich das erste Mal seiner ansichtig wurde, hatte ich mir gleich gedacht, er müsse ein Wiesenbauer oder Farmer aus den Hinterwäldern im Westen sein – vielleicht aus Ohio – und bei näherer Bekanntschaft stellte sich richtig heraus, dass er Viehzüchter war und aus dem Inneren von Ohio kam. Die Freude über meinen Scharfsinn, mit dem ich den Nagel auf den Kopf getroffen hatte, war wohl der Grund, dass ich sofort für John Backus, so hieß der Mann, ein warmes Interesse empfand.

Täglich pflegten wir nach dem Frühstück zusammenzutreffen und auf dem Deck spazieren zu gehen. Nach und nach teilte er mir in seiner harmlosen Redeseligkeit alles mit, was seine Person betraf, Geschäfts- und Familienangelegenheiten, Verwandtschaften, Aussichten, politische Anschauungen und dergleichen mehr. Daneben ließ er sich auch von mir erzählen; er fragte nach meinem Gewerbe, meiner Herkunft, wollte meine Pläne und Zwecke wissen und meine ganze Lebensgeschichte. Dass ich ihm so bereitwillig Auskunft gab, beweist die Macht seiner sanften Überredungskunst, denn es lag sonst gar nicht in meiner Natur, mit Fremden über meine Privatangelegenheiten zu reden. Einmal äußerte ich etwas über Trigonometrie; das lange Wort schien ihm angenehm aufzufallen und er erkundigte sich nach der Bedeutung, die ich ihm erklärte. Von da ab nannte er mich nie mehr bei meinem eigenen Namen, sondern immer nur ›Trigo‹, und zwar mit so unbefangener Vertraulichkeit, dass ich es ihm nicht übel nehmen konnte.

Für seine Viehzucht war er förmlich begeistert. Bei der bloßen Erwähnung eines Ochsen oder einer Kuh strahlten seine Augen und er geriet in den feurigsten Redefluss, der unaufhaltsam weiterströmte, solange ich ihm geduldig zuhörte. Er kannte und liebte eine jede Rasse und sprach von ihr in den zärtlichsten Ausdrücken. Sooft die Unterhaltung auf sein Rindvieh kam, ging ich stumm und missmutig neben ihm her, bis ich es nicht länger aushielt und die Rede geschickt auf irgendein wissenschaftliches Thema brachte; dann leuchtete mein Auge auf und seines wurde matt; seine Zunge geriet ins Stocken, meine wurde beweglich; ich freute mich meines Lebens und er versank in Traurigkeit.

Eines Tages sagte er in etwas unsicherem, zögernden Ton: »Würden Sie mir wohl den Gefallen tun, Trigo, einen Augenblick in meine Kajüte zu kommen, wegen einer gewissen Angelegenheit, die ich gern mit Ihnen besprechen wollte?«

Ich war sogleich bereit. Nachdem wir eingetreten waren, steckte er noch einmal den Kopf zur Tür hinaus und blickte vorsichtig nach allen Seiten; dann drehte er den Schlüssel um und wir nahmen auf dem Sofa Platz.

»Ich möchte Ihnen einen kleinen Vorschlag machen«, sagte er, »wenn der Ihnen einleuchtet, könnten wir beide unseren Vorteil dabei finden. Zum Spaß gehen Sie doch nicht nach Kalifornien – und ich auch nicht. Wir wollen beide Geschäfte machen, nicht wahr? Nun könnten wir einander gegenseitig recht nützlich sein, wenn es Ihnen passt. Sehen Sie, ich habe viele Jahre lang gespart und zusammengescharrt und habe hier alles bei mir.« Er öffnete einen alten Lederkoffer, wühlte in einem Haufen schäbiger Kleider umher und zog einen kleinen wohlgefüllten Beutel hervor, den er mich einen Augenblick sehen ließ, worauf er ihn wieder in der Tiefe des Koffers begrub und diesen zuschloss. »Die ganze Summe ist darin«, fuhr er in leisem Flüsterton fort – »runde zehntausend Dollar in Goldfüchsen. Ich habe nun so gedacht: Ich weiß alles über die Viehzucht und in Kalifornien kann man einen Haufen Geld damit verdienen. Beim Landvermessen aber – das wissen wir beide – fallen bald rechts bald links auf der ganzen Linie kleine Dreiecke ab, die der Feldmesser gratis erhält. Alles, was Sie nun Ihrerseits zu tun haben, ist, die Sache so einzurichten, dass die Dreiecke auf gutes, fettes Weideland fallen. Dies überlassen Sie dann mir, ich bringe meine Herde hin, ich berechne Ihren Anteil sofort, zahle ihn regelmäßig aus und ...«

Es tat mir leid, ihn mitten in seinem begeisterten Redeschwall zu unterbrechen, allein es ließ sich nicht ändern.

»Das ist nicht die Art, wie ich mein Geschäft zu betreiben pflege«, sagte ich mit ernster Miene, »sprechen wir von etwas anderem, Mr Backus.«

Beschämt und verwirrt stammelte er Entschuldigungen; es ging mir ordentlich zu Herzen, seine peinliche Verlegenheit zu sehen, besonders da er keine Ahnung gehabt zu haben schien, dass man in seinem Vorschlag etwas Anstößiges finden könne. Um ihn über seinen Missgriff zu trösten, wusste ich kein besseres Mittel, als ihm so rasch wie möglich den Genuss einer Unterhaltung über Rinderzucht und Viehhandel zu bereiten. Wir befanden uns gerade vor Acapulco und als wir auf Deck kamen, waren die Matrosen beschäftigt, einige Kühe mittelst Schlingen an Bord zu ziehen. Im Nu war Backus' schwermütige Stimmung verflossen, samt der Erinnerung an seinen misslungenen Schachzug.

»Nein, sehen Sie nur das an!«, rief er. »Du meine Güte, Trigo, was würden wir dazu in Ohio sagen! Wie würden unsere Leute die Augen aufsperren, wenn sie die Art von Behandlung sähen – es ist kaum zu glauben.«

Sämtliche Passagiere ergötzten sich an der Schaustellung; sogar die Spieler waren zugegen. Backus kannte sie alle und hatte schon jeden mit seinem Lieblingsthema gelangweilt. Im Weitergehen sah ich, wie einer der Spieler sich ihm näherte und ihn ansprach; diesem folgte der zweite und dann der dritte. Ich stand still, um zu sehen, was daraus werden würde; bald waren die vier Männer in eifrigem Gespräch, dann zog sich Backus allmählich von ihnen zurück, aber sie folgten ihm und wichen nicht von seiner Seite. Das war mir unbehaglich. Als sie jedoch gleich darauf an mir vorbeikamen, hörte ich, wie Backus in ärgerlichem, abweisenden Ton sagte:

»Sie machen sich ganz unnütze Mühe, meine Herren; ich kann Ihnen nur wiederholen, was ich Ihnen schon über ein Dutzendmal gesagt habe: Ich bin das Ding nicht gewöhnt und will mich nicht darauf einlassen.«

Ich atmete erleichtert auf. »Sein gesunder Sinn wird der beste Schutz für ihn sein«, sagte ich mir.

Während unserer vierzehntägigen Fahrt von Acapulco nach San Francisco sah ich die Spieler öfters eindringlich mit Backus reden. Endlich konnte ich es mir nicht länger versagen, im Gespräch darauf hinzudeuten, um ihn zu warnen. Er lachte wohlgefällig.

»Freilich«, sagte er, »sie zerren die ganze Zeit an mir herum, ich soll doch nur zum Spaß einmal ein Spielchen mit ihnen machen – aber, ich werd mich wohl hüten. Meine

Leute haben mir – wer weiß wie oft – eingeschärft, mich vor dergleichen Pack in acht zu nehmen.«

Die Reise ging weiter und wir näherten uns San Francisco. Es war eine dunkle, stürmische Nacht, doch ging die See nicht sehr hoch. Ich hatte den Abend allein auf Deck zugebracht und wollte mich gegen zehn Uhr eben in meine Kajüte begeben, als ich aus der Spielerhöhle eine Gestalt auftauchen und in der Finsternis verschwinden sah. Ich erschrak heftig, denn es war niemand anderes als Backus. Rasch sprang ich die Schiffstreppe hinunter und spähte überall nach ihm umher, konnte ihn jedoch nicht finden. Dann eilte ich wieder hinauf und kam gerade noch recht, um zu sehen, wie er in das verdammte Schurkennest hineinschlüpfte. Hatte er sich endlich doch verlocken lassen? Höchstwahrscheinlich. Vielleicht war er heruntergegangen, um seinen Beutel mit den Goldstücken zu holen. Voll böser Ahnungen näherte ich mich der Tür. Sie war nur angelehnt, und durch die Spalte sah ich mit bitterem Leidwesen meinen armen Freund am Spieltisch sitzen. Wie sehr bereute ich es jetzt, dass ich nicht eifriger bemüht gewesen war, ihn zu warnen und zu retten statt meinem törichten Zeitvertreib nachzuhängen und mich in meine Bücher und Träumereien zu vertiefen.

Backus spielte nicht nur, er hatte auch bereits dem Champagner fleißig zugesprochen, der anfing ihm zu Kopf zu steigen. Laut verkündete er das Lob des ›Sekts‹, der ihm ganz vortrefflich mundete; so etwas Gutes sei ihm noch nicht über die Zunge gekommen, er wolle weitertrinken, trotz aller Mäßigkeitsvereinler. Ich sah wie die Schurken einander verstohlen zulächelten; sie schenkten alle Gläser voll, aber während Backus das seinige bis auf den Grund leerte, nippten sie nur und gossen den Wein heimlich über die Schulter. Mir war der Auftritt so widerwärtig, dass ich weiterging, um mich durch den Anblick des Meeres und das Rauschen des Windes zu zerstreuen. Eine innere Unruhe trieb mich jedoch alle Viertelstunden wieder nach der Türspalte zurück; jedes Mal sah ich, wie Backus seinen Wein austrank und die anderen ihn fortgossen. In so peinlichen Gefühlen hatte ich noch nie eine Nacht verlebt.

Meine einzige Hoffnung war, dass wir recht bald vor Anker gehen würden – damit wäre zugleich dem Spiel ein Ende gemacht. Um den Lauf des Schiffes zu fördern, schickte ich ein Gebet gen Himmel, und als wir endlich mit vollen Segeln durch das Golden Gate einfuhren, klopfte mein Herz vor Freude. Wieder eilte ich nach der Spalte und sah hinein. Ach – mein Hoffen war vergeblich gewesen; Backus saß da und lallte mit schwerer Zunge, seine schwimmenden Augen waren blutunterlaufen, sein dunkles Gesicht glühte und er wiegte sich trunken hin und her, mit der schwankenden Bewegung des Schiffes. Eben führte er wieder das Glas zum Mund, während die Karten ausgeteilt wurden. Als er seine Hand erhob, leuchteten seine glanzlosen Augen einen Moment in hellem Schein. Die Spieler sahen es und wechselten kaum merkliche Blicke des Einverständnisses.

»Wie viele Karten?«

»Keine«, sagte Backus.

Einer der Schurken – Hank Wiley hieß er – warf eine Karte ab, die anderen jeder drei. Dann fingen sie an zu bieten, anfangs nur kleine Summen, einen oder zwei Dollar, bis sich Backus auf zehn Dollar verstieg. Wiley zögerte einen Augenblick, dann ›hielt er mit‹ und bot zehn Dollar darüber. Die beiden andern ›passten‹ und legten die Karten hin.

Backus bot zwanzig Dollar höher. Wiley sagte:

»Ich halte mit – hundert Dollar mehr!«, lächelnd streckte er die Hand aus, um das Geld einzustreichen.

»Liegen lassen!«, rief Backus in trunkenem Mut.

»Was – Sie wollen höher bieten?«

»Freilich will ich – ich halte mit, und hier sind noch hundert drüber.«

Er griff in seine Rocktasche und legte die erforderliche Summe auf den Tisch.

»Hoho! Wollen Sie da hinaus – dann sage ich fünfhundert an«, versetzte Wiley.

»Und ich biete fünfhundert mehr!«, schrie der betörte Viehzüchter, holte den Betrag heraus und türmte ihn auf den Goldhaufen. Die drei Verschworenen konnten ihre Freude kaum mehr verbergen. Jetzt war von Schlauheit und Verstellung nicht länger die Rede, das Bieten ging Schlag auf Schlag und die goldene Pyramide wuchs zusehends. Endlich lagen zehntausend Dollar beisammen. Wiley warf einen Beutel voll Gold auf den Tisch.

»Fünftausend Dollar drüber! – Nun, mein werter Freund vom Lande, wie steht es jetzt?«

»Aufdecken!«, rief Backus und legte seinen Goldsack auf den Haufen. »Worauf haben Sie geboten?«

»Vier Könige, Sie verdammter Narr!«, lachte Wiley, ihm die Karten zeigend, während er zugleich mit beiden Armen den Einsatz schützte.

»Vier Asse, Sie Dummkopf!«, schrie Backus mit Donnerstimme und hielt seinem Gegenüber einen gespannten Revolver vor. »Ich bin selbst ein Spieler von Profession und habe die ganze Reise über Sprenkel gestellt, um euch Gimpel zu fangen.«

Rumpeldipumpel! Der Anker sank in den Grund und die lange Reise war zu Ende.

Ja, ja, wir leben in einer bösen Welt! Einer von den Spielern war Backus' Spießgeselle. Er hatte die verhängnisvollen Karten auszuteilen und es war verabredet worden, er solle Backus vier Damen geben, aber ach – das hatte er nicht getan.

Eine Woche später stieß ich in der Montgomery Street auf Backus, der nach der feinsten Mode gekleidet war.

»Was ich Ihnen noch sagen wollte«, meinte er, als wir uns voneinander verabschiedeten, »über die fetten Weideplätze – die Dreiecke, wissen Sie – von denen wir sprachen, brauchen Sie sich keine Gedanken mehr zu machen. Ich verstehe eigentlich nichts vom Viehbestand, als was ich in den letzten vierzehn Tagen vor der Abreise in Jersey aufgeschnappt habe. Meine Schwärmerei für Herden und Rinderzucht hat ihren Zweck erfüllt – jetzt ist sie mir nichts mehr nütze.«

MEINE TÄTIGKEIT
ALS REISEMARSCHALL

Es begab sich, dass wir von Aix-les-Bains nach Genf fahren mussten und von dort in einer Reihe von tagelangen und höchst verzwickten Eisenbahnreisen nach Bayreuth in Bayern. Natürlich hätte ich einen Reisemarschall annehmen sollen, der für eine so zahlreiche Gesellschaft wie meine Familie nach dem Rechten sehen konnte.

Aber ich schob es auf die lange Bank. Die Zeit huschte dahin, und als ich eines Morgens aufwachte, kam mir die Tatsache zum Bewusstsein, dass wir abfahren sollten und keinen Reisemarschall hatten. Da fasste ich einen Entschluss; er war, das fühlte ich, wahnwitzig kühn, aber ich war gerade in der richtigen Stimmung dazu. Ich sagte, ich wollte für den ersten Teil der Fahrt ohne jede Hilfe allein die Führung übernehmen. Ich tat es.

Ich brachte die Gesellschaft – vier Personen – höchstselbst von Aix nach Genf. Die Entfernung betrug reichlich zwei Stunden; unterwegs war einmal Wagenwechsel. Es ereignete sich nicht das geringste Missgeschick; allerdings ließ ich eine Reisetasche und einige andere Sachen auf dem Bahnsteig stehen – aber das kann man doch kaum ein Missgeschick nennen, so etwas kommt ja jeden Tag vor. Ich erbot mich daher, für den ganzen Weg bis Bayreuth die Führung der Gesellschaft zu übernehmen.

Das war ein böser Fehler, wenngleich es mir damals nicht so vorkam. Zur Aufgabe gehörten nämlich mehr Unteraufgaben, als ich vermutete. Erstens: Zwei Personen, die wir ein paar Wochen vorher in einer Genfer Pension zurückgelassen hatten, mussten abgeholt und zum Hotel gebracht werden. Zweitens: Ich musste in dem Geschäft am Grand Quai, wo man die Aufbewahrung von Koffern besorgt, Bescheid sagen, dass sieben von unseren aufbewahrten Koffern zum

Hotel gebracht und dafür sieben andere, die die Leute in der Vorhalle aufgestapelt finden würden, wieder abgeholt werden sollten. Drittens: Ich musste ausfindig machen, in welchem Teil von Europa Bayreuth liegt, und sieben Eisenbahnkarten zu diesem Punkt käuflich erwerben. Viertens: Ich musste ein Telegramm an einen Freund in Holland abschicken. Fünftens: Es war jetzt zwei Uhr nachmittags und wir mussten scharf aufpassen, um rechtzeitig zum ersten Nachtzug zu kommen und die Schlafwagenplätze zu besorgen. Sechstens: Ich musste auf der Bank Geld abheben.

Die Schlafwagenplatzkarten waren, so schien es mir, das Allerwichtigste; um sicher zu gehen, begab ich mich daher selber zum Bahnhof; Gasthofbedienstete sind nicht immer allzu schlau. Es war ein heißer Tag, und ich hätte fahren sollen; es schien mir aber sparsamer, zu Fuß zu gehen. Das war indessen, wie sich's herausstellte, ein Irrtum von mir, denn ich verlief mich und brachte dadurch die Entfernung auf das Dreifache. Ich verlangte die Fahrkarten, und man fragte mich, auf welchem Weg ich zu reisen wünschte. Das brachte mich in Verlegenheit und um meine Besinnung, denn es standen so viele Leute um mich herum, und ich hatte keine Ahnung von den Reisewegen und dachte nicht, es könnte zwei verschiedene geben; ich hielt es daher für das Beste, erst wieder ins Hotel zu gehen, den Weg auf der Landkarte auszusuchen und dann wiederzukommen.

Diesmal nahm ich eine Droschke, aber als ich im Hotel die Treppen hinaufstieg, fiel mir ein, dass meine Zigarren alle waren; ich dachte daher, es wäre gut, mir gleich welche zu besorgen, ehe ich's wieder vergäße. Es war gleich um die Ecke, und ich brauchte dazu die Droschke nicht, sagte daher dem Kutscher, er solle warten. Unterwegs dachte ich an das Telegramm und versuchte den Wortlaut desselben in meinem Kopf zu entwerfen; darüber vergaß ich Zigarren und Droschke und ging weiter und immer weiter. Ich kehrte um zum Hotel, um von einem der Angestellten das Telegramm besorgen zu lassen. Da ich aber inzwischen ziemlich in die Nähe des Telegrafenamts gekommen sein musste, so dachte ich, ich wollte es selber tun. Aber es war weiter, als ich vermutet hatte. Schließlich fand ich das Gebäude, schrieb die Depesche und reichte sie durch den Schalter. Der Telegrafenbeamte war ein streng aussehender aufgeregter Mensch; er begann mit einer solchen Zungengeläufigkeit französische Fragen auf mich loszufeuern, dass ich nicht entdecken konnte, wo das eine Wort aufhörte und das andere anfing – und dadurch verlor ich abermals den Kopf. Zum Glück legte sich ein Engländer ins Mittel und sagte mir, der Beamte wünschte zu wissen, wohin er das Telegramm schicken sollte. Das konnte ich ihm nicht sagen, weil es nicht mein Telegramm war, und ich setzte ihm auseinander, dass ich es bloß für ein anderes Mitglied meiner Reisegesellschaft besorgte. Aber nichts konnte die Schreiberseele beruhigen: Er musste durchaus die Adresse haben! Ich sagte ihm daher, wenn er so heikel wäre, so wollte ich nach Hause gehen und sie besorgen.

Es fiel mir indessen ein, ich wollte lieber erst gehen und die beiden fehlenden Personen abholen, denn es sei doch am besten alles systematisch und der Ordnung gemäß zu besorgen, und jedes Ding zu seiner Zeit. Dann fiel mir die Droschke ein, die mich da hinten vor dem Hotel mein schweres Geld kostete; ich rief daher eine andere Droschke an und sagte dem Mann, er solle seinen Kollegen zum Postamt kommen lassen, und da könnten sie warten, bis ich selber käme.

Es kostete mich einen langen heißen Marsch, bis ich zu den abzuholenden Leuten kam; und als ich ankam, sagten sie mir, sie könnten nicht mit, weil sie schwere Reisetaschen hätten und eine Droschke haben müssten. Ich ging weg, um eine zu suchen; bevor mir aber eine in die Quere kam, bemerkte ich, dass ich in der Nachbarschaft des Grand Quai war – oder wenigstens kam es mir so vor – ich dachte daher, ich könnte Zeit sparen, indem ich schnell um die Ecke ginge und die Sache mit den Koffern in Ordnung brächte. Ich ging ungefähr eine Meile weit schnell um die Ecke und fand zwar nicht den Grand Quai, wohl aber einen Zigarrenladen. Da fielen mir denn die Zigarren ein. Ich sagte, ich reise nach Bayreuth und wünschte so viele Zigarren, wie ich unterwegs brauchte. Der Mann fragte mich, welchen Weg ich führe. Ich antwortete, das wüsste ich nicht. Er sagte, er könnte mir empfehlen, über Zürich und verschiedene andere Orte, die er mir nannte, zu reisen, und bot mir sieben direkte Fahrkarten zweiter Klasse zu 110 Francs das Stück an; ich sparte dabei den Rabatt, den die Eisenbahnverwaltungen ihm gewährten. Ich hatte es bereits satt bekommen, mit Fahrkarten erster Klasse stets zweiter Klasse zu reisen; deshalb nahm ich ihm seine ab.

Mit der Zeit fand ich auch das Speditionsgeschäft von Natural & Co.; ich sagte ihnen, sie sollten sieben von unseren Koffern zum Hotel schicken und dort in der Vorhalle aufstapeln. Es kam mir so vor, als ob ich nicht alles bestellte, was ich eigentlich sagen sollte; es war aber alles, was ich in meinem Kopf finden konnte.

Hierauf fand ich die Bank und bat um etwas Geld; aber ich hatte meinen Kreditbrief irgendwo liegen lassen und konnte daher nichts bekommen. Nun fiel mir ein, dass ich ihn jedenfalls auf dem Tisch hatte liegen lassen, an welchem ich das Telegramm geschrieben hatte. Ich nahm also eine Droschke, fuhr zum Postgebäude und ging in den ersten Stock hinauf. Sie sagten mir, der Kreditbrief sei wirklich auf dem Tisch liegen geblieben, er befinde sich aber jetzt in den Händen der Polizeibehörde, und ich müsse mich zu dieser hinbegeben und meine Eigentumsrechte nachweisen. Sie gaben mir einen Jungen mit, und wir gingen zu einer Hintertür hinaus und wanderten ein paar Meilen und gelangten zum Polizeigebäude. Dann fielen mir meine Droschken ein, und ich bat den Jungen, er möchte sie mir zuschicken, wenn er wieder zum Postamt zurückkäme.

Inzwischen war es Nacht geworden, und der Bürgermeister war zum Essen gegangen. Ich dachte, ich könnte ebenfalls zum Essen gehen, aber der diensthabende Beamte dachte anders darüber, und so blieb ich. Um halb elf sprach der Bürgermeister auf dem Büro vor, sagte aber, es sei jetzt zu spät, um am Abend noch irgendetwas zu erledigen. »Kommen Sie morgen früh um halb zehn!« Der Beamte wünschte mich die ganze Nacht dazubehalten und sagte, ich wäre eine verdächtige Person; wahrscheinlich gehöre der Kreditbrief mir überhaupt nicht, und ich wüsste gar nicht mal, was ein Kreditbrief ist, sondern hätte nur gesehen, wie der wirkliche Eigentümer ihn auf dem Tisch hätte liegen lassen, und wollte ihn mir daher aneignen, weil ich wahrscheinlich ein Mensch wäre, der sich überhaupt alles aneignete, was er kriegen könnte, ob es Wert hätte oder nicht. Aber der Bürgermeister sagte, er sähe nichts Verdächtiges an mir, ich scheine ein harmloser Mensch zu sein, dem weiter nichts fehlte, als dass er das bisschen Verstand, das er überhaupt besäße, augenblicklich gerade nicht bei sich hätte. Ich dankte ihm für seine gute Meinung, er ließ mich frei, und ich fuhr in meinen drei Droschken nach Hause.

Da ich hundsmüde und nicht in der Verfassung war, auf Fragen genaue Antworten zu geben, so dachte ich, ich wollte die Expedition bei nachtschlafender Zeit nicht mehr stören. Ich wusste, es war am anderen Ende des Flurs ein leeres Zimmer vorhanden; aber ich kam nicht ganz bis dorthin, denn es war ein Wachtposten ausgestellt gewesen. Die Expedition hatte nämlich den dringenden Wunsch, mich zu sehen. Die Expedition saß steif und unnahbar auf vier Stühlen in einer Reihe, Tücher und Mäntel und alles andere angezogen, Reisetaschen und Reisehandbücher auf dem Schoß. So hatten sie vier volle Stunden schon gesessen, und während dieser ganzen Zeit war das Barometer fortwährend gefallen. Ja, und sie warteten – warteten auf mich. Mir schien, bloß ein plötzlich glücklich ausgedachter und glänzend ausgeführter tour de force könnte diese eiserne Schlachtlinie durchbrechen und eine Wendung zu meinen Gunsten herbeiführen. Ich trundelte daher meinen Hut in die Arena, folgte selber mit einem Hupf und Hops und rief munter:

»Haha! Siehste wohl, da kommt er schon!«

Nichts konnte eindrucksvoller oder stiller sein als der nun folgende gänzlich unhörbare Beifall. Aber ich blieb bei meiner Taktik, obgleich meine vorher bereits recht kümmerliche Zuversicht einen tödlichen Stoß bekommen hatte und tatsächlich bereits völlig geschwunden war.

Ich versuchte, trotz meines schweren Herzens, den Lustigen zu spielen; ich versuchte die anderen Herzen da vor mir zu rühren und den bitterbösen Groll in ihren Gesichtern zu besänftigen, indem ich fröhliche leichte Scherze hervorsprudelte und die ganze Trauergeschichte als einen humorvollen Vorfall darstellte; aber dieser Gedanke fand keine gute Aufnahme. Es war nicht die richtige Atmosphäre dafür. Ich erntete kein einziges Lächeln; keine Linie in diesen beleidigt aussehenden Gesichtern löste sich; den Winter, der mir aus diesen frostigen Augen entgegenblickte, vermochte ich nicht aufzutauen. Noch einmal machte ich krampfhaft einen schwachen Versuch, aber das Haupt der Expedition fiel mir – Plumps! – ins Wort und fragte schneidend: »Wo bist du gewesen?«

Ich merkte an der Wahl der Worte und an ihrer Betonung, dass die Absicht obwaltete, sich auf einen kalten, geschäftlichen Standpunkt zu stellen. Ich begann also von meinen Fahrten zu erzählen, wurde aber wiederum schroff unterbrochen:

»Wo sind die beiden anderen? Wir haben eine fürchterliche Angst um sie ausgestanden.«

»O, die sind wohl und munter. Ich sollte ihnen eine Droschke besorgen. Ich will mich auch nun flugs auf den Weg machen und ...«

»Setz dich! Weißt du denn gar nicht, dass es elf Uhr ist? Wo hast du sie gelassen?«

»In ihrer Pension.«

»Warum brachtest du sie nicht mit her?«

»Weil wir die Reisetaschen nicht tragen konnten. Darum dachte ich ...«

»Dachte! Du solltest nicht versuchen, zu denken. Man kann nicht denken, wenn man nicht den nötigen Mechanismus dazu hat. Es sind zwei Meilen bis zu der Pension. Gingst du denn ohne Droschke dorthin?«

»Ich ... nun ja, ich wollte es eigentlich nicht, es kam nur ganz zufällig so.«

»Wieso kam es denn zufällig?«

»Weil ich auf der Post war, und da fiel mir ein, dass ich eine Droschke hier vor dem Hotel hatte warten lassen, und so, um die Ausgabe zu sparen, schickte ich eine andere Droschke, um ... um ...«

»Um ...?«

»Ach du liebe Zeit, ich kann mich jetzt nicht so schnell darauf besinnen; aber ich glaube, der neue Droschkenkutscher sollte im Hotel Bescheid sagen, dass sie den alten Droschkenkutscher ablohnten und wegschickten.«

»Was sollte das für einen Zweck haben?«

»Was es für einen Zweck haben sollte? Dadurch hätte doch die Ausgabe für die Droschke aufgehört, nicht wahr?«

»Indem die neue Droschke anstelle der alten wartete, und so die Ausgabe fortdauerte?«

Hierauf sagte ich nichts.

»Warum ließest du denn nicht die zweite Droschke zurückkommen, um dich abzuholen?«

»Ach so, das tat ich ja auch! Jetzt fällt mir's ein. Jawohl, das tat ich. Ich erinnere mich nämlich, dass, als ich ...«

»Nun, warum kam sie denn nicht zurück und holte dich ab?«

»Zum Postamt? Aber das tat sie ja!«

»Sehr schön. Wie kamst du denn darauf, zu Fuß zu der Pension zu gehen?«

»Ich – ich weiß nicht mehr so recht, wie das eigentlich zuging. O ja – jetzt hab ich's! Richtig! Ich schrieb die Depesche, die nach Holland geschickt werden sollte, und ...«

»O, Dank dem Himmel! Da hast du doch wenigstens etwas fertig gebracht. Ich hätte dir auch nicht raten mögen, die Absendung zu verbummeln – aber warum siehst du denn so sonderbar nach der Seite? Du versuchst, bei meinem Auge vorbeizublicken. Die Depesche ist das Allerwichtigste auf der ... Du hast die Depesche nicht abgeschickt!!«

»Ich habe nicht gesagt, dass ich sie nicht abschickte.«

»Das brauchst du auch nicht erst zu sagen. Ach Herrje, es ärgert mich mehr als alles auf der Welt, dass gerade dieses Telegramm nicht abgegangen ist. Warum schicktest du es nicht ab?«

»Hm, weißt du, wenn man so viel Verschiedenes zu tun und im Kopf zu behalten hat ... sie nehmen es da so fürchterlich genau, und nachdem ich das Telegramm geschrieben hatte ...«

»Ach, lass es nur, schweigen wir davon. Langes Reden kann es jetzt auch nicht mehr gutmachen. Was soll er aber bloß von uns denken?«

»O, das ist ja ganz einfach, ganz furchtbar einfach. Er wird denken, wir hätten das Telegramm den Hotelleuten zur Besorgung übergeben, und sie ...«

»Nun, natürlich. Und warum gabst du's ihnen denn nicht? Das war ja doch das einzige Vernünftige.«

»Ja, das weiß ich wohl; aber dann fiel mir ein, ich müsste der Sicherheit wegen auf die Bank gehen und etwas Geld abheben.«

»Nun, das lass ich mir denn doch gefallen, dass du wenigstens daran gedacht hast. Ich will dir auch nicht zu nahe treten, aber du musst selber zugeben, dass du uns allen viele Aufregungen verursacht hast und dass einige von diesen nicht nötig gewesen wären. Wie viel hast du dir geben lassen?«

»Hm, ich ... ich habe mir gedacht, dass ...«

»Dass was?«

»Dass ... hm, mir scheint, dass unter den obwaltenden Verhältnissen ... und da wir so viele, weißt du ... und ... und ...«

»Was brummelst du denn da in den Bart? Dreh dein Gesicht herum und lass mich ... wahrhaftig, du hast überhaupt kein Geld abgehoben!«

»Ja, der Bankier sagte ...«

»Einerlei, was der Bankier sagte. Du musst einen ganz besonderen Grund dafür gehabt haben. Oder eigentlich keinen Grund im eigentlichen Sinne des Wortes, sondern etwas, was ...«

»Nun denn, kurz und gut, die einfache Tatsache war die, dass ich meinen Kreditbrief nicht bei mir hatte.«

»Deinen Kreditbrief nicht bei dir?!«

»Meinen Kreditbrief nicht bei mir.«

»Plappere mir nicht so meine Worte nach! Wo war er?«

»Im Postgebäude.«

»Was sollte er denn da?«

»Ach Gott, ich habe ihn da vergessen und auf dem Tisch liegen lassen.«

»Auf mein Wort, ich habe schon recht viele Reisemarschälle gesehen; aber von allen Reisemarschällen, die ich jemals ...«

»Ich habe mein Bestes getan!«

»Nun ja, das hast du, armer Kerl, und es ist unrecht von mir, dass ich dich so ausschelte. Du hast dich ja todmüde gelaufen, während wir hier saßen und bloß an unsere Verdrießlichkeiten dachten, anstatt dir dankbar zu sein für alles, was du für uns zu tun versucht hast. Es wird schon alles zurechtkommen. Wir können ebenso gut morgen früh mit dem Halb-acht-Zug fahren. Hast du die Fahrkarten gekauft?«

»Jawohl – und sogar recht billig, 2. Klasse.«

»Das freut mich. Alle Welt reist jetzt zweiter Klasse, und wir können die große Extraausgabe ganz gut sparen. Wie viel bezahltest du?«

»Hundertzehn Francs für das Stück – direkt bis Bayreuth.«

»So? Das wusste ich nicht, dass man direkte Fahrkarten kaufen könnte. Ich dachte, das könnte man nur in London und in Paris.«

»Manche Leute können's vielleicht nicht – aber manche können's; und zu den Letzteren gehöre ich, wie es scheint.«

»Der Preis kommt mir ziemlich hoch vor.«

»Im Gegenteil, der Händler ließ mir seine Kommissionsgebühr ab!«

»Händler?!«

»Ja – ich kaufte sie in einem Zigarrenladen.«

»Da fällt mir was ein. Wir werden ziemlich früh aufstehen müssen, und deshalb wäre es gut, wenn wir nichts zu packen hätten. Dein Regenschirm, deine Gummischuhe, deine Zigarren ... Was ist denn los?«

»Himmeldonnerwetter! Ich habe die Zigarren in der Bank liegen lassen.«

»Das sieht dir ganz ähnlich. Na, und dein Regenschirm?«

»Das will ich schon in Ordnung bringen. Die Sache hat ja keine Eile.«

»Was soll das heißen?«

»O, es ist schon recht. Ich will dafür sorgen, dass ...«

»Wo ist der Regenschirm?«

»Es ist ja bloß ein Katzensprung: ich brauche ja keine fünf Mi...«

»Wo ist er?«

»Äh ... ich glaube, ich habe ihn im Zigarrenladen stehen lassen, aber auf jeden Fall ...«

»Nimm deine Füße da zwischen den Stuhlbeinen heraus! Das ist also genau so, wie ich's mir gedacht hatte. Wo sind deine Gummischuhe?«

»Die ... äh ...«

»Wo sind deine Gummischuhe?«

»Es ist ja so trocken ... sie sagen ja alle, es sei kein Tropfen Regen mehr zu erw...«

»Wo – sind – deine – Gummischuhe?!«

»Sieh mal – die Sache kam so. Zuerst sagte der Beamte ...«

»Was für ein Beamter?«

»Der Polizeibeamte; aber der Bürgermeister ...«

»Was für ein Bürgermeister?«

»Bürgermeister von Genf; aber ich sagte ...«

»Warte mal! Was ist mit dir los?«

»Mit wem? Mit mir? Nichts. Sie wollten mich beide überreden, ich sollte dableiben, und ...«

»Dableiben? Wo?«

»Die Sache ist nämlich ...«

»Wo bist du gewesen? Was hast du bis halb elf in der Nacht draußen zu tun gehabt?«

»Sieh mal, liebes Kind, als ich meinen Kreditbrief verloren hatte, da ...«

»Du gehst mir wie die Katze um den heißen Brei herum. Nun antworte mir kurz und bündig auf meine Frage! Wo sind die Gummischuhe?«

»Sie ... nun ja denn, sie sind im Kantonsgefängnis.«

Ich zauberte ein versöhnungheischendes Lächeln auf meine Lippen, aber es erstarrte zu Eis. Das Klima war nicht danach. Ein drei- oder vierstündiger Aufenthalt im Kantonsgefängnis schien der Expedition nicht sehr humoristisch vorzukommen. Mir eigentlich auch nicht.

Ich musste nun die ganze Geschichte lang und breit auseinandersetzen, und natürlich stellte sich's heraus, dass wir den Frühzug nicht benützen konnten, weil ich dann meinen Kreditbrief nicht herausbekommen hätte. Es sah so aus, als ob wir in Ärger und Hader zu Bett gehen würden, aber dazu kam es zum guten Glück doch nicht. Zufällig kam die Rede auf die Koffer, und ich war in der Lage, zu sagen, ich hätte diese Angelegenheit besorgt.

»Wirklich? Nun, dann bist du so gut und aufmerksam und eifrig und intelligent gewesen, wie's in deinen Kräften steht, und es ist nicht recht, so viel an dir herumzunörgeln. Und nun soll auch kein Wort mehr darüber gesagt werden. Du hast dich wirklich schön, bewunderungswürdig benommen, und es tut mir leid, dass ich dir überhaupt ein unfreundliches Wort sagte.«

Diese Lobsprüche trafen mich tiefer als alle Scheltworte, und mir wurde unbehaglich dabei zumute, weil ich mich nicht so ganz sicher fühlte, dass ich das Koffergeschäft wirklich richtig besorgt hätte. Es schien mir irgendetwas dabei nicht ganz in Ordnung zu sein, obgleich ich nicht genau wusste, was es eigentlich war; aber ich verspürte keine Neigung, gerade in diesem Augenblick die Sache aufzurühren, denn es war schon spät, und ich dachte bei mir selber: O rühret, rühret nicht daran!

Natürlich gab es am Morgen Musik, als sich's herausstellte, dass wir nicht mit dem Frühzug reisen konnten. Aber ich hatte keine Zeit zu warten; ich genoss nur die ersten Takte der Ouvertüre und machte mich dann sofort auf den Weg, um meinen Kreditbrief wiederzubekommen.

Es schien mir an der Zeit, zunächst mich mal um die Kofferangelegenheit zu bekümmern und sie ins rechte Gleis zu bringen, falls da etwas schiefgegangen wäre, denn ich hatte einen unbestimmten Verdacht, das könnte wohl der Fall sein. Es war zu spät. Der Hausknecht sagte, er habe die Koffer am Abend vorher nach Zürich aufgegeben. Ich fragte ihn, wie er das hätte tun können, ohne unsre Fahrkarten vorzuzeigen.

»Ist in der Schweiz nicht nötig. Man bezahlt für die Koffer und schickt sie, wohin es einem gefällt. Frei geht bloß das Handgepäck.«

»Wie viel bezahlten Sie dafür?«

»140 Francs.«

»28 Dollar! Mit diesen Koffern ist ganz bestimmt irgendwas nicht in Ordnung.«

Dann begegnete ich dem Portier. Er sagte:

»Sie haben nicht gut geschlafen, nicht wahr? Sie sehen abgespannt aus. Wenn Sie vielleicht gern einen Reisemarschall hätten – ein guter ist gestern Abend angekommen und ist für fünf Tage frei. Er heißt Ludi. Wir empfehlen ihn, das heißt: Das Grand-Hotel Beau-Rivage empfiehlt ihn.«

Ich lehnte kalt ab. Mein Geist war noch nicht gebrochen. Und es gefiel mir nicht, dass man mit mir in solcher Art und Weise von meinem Reisemarschallsamt sprach.

Gegen neun Uhr war ich im Kantonsgefängnis in der Hoffnung, der Bürgermeister möchte viel früher als zu seiner Dienststunde aufs Büro kommen. Das tat er aber nicht. Es war langweilig dort. Jedes Mal, wenn ich etwas anfassen oder ansehen oder tun oder nicht tun wollte, sagte der Polizist es wäre ›défendu‹. Ich dachte, ich könnte mich bei ihm ein bisschen im Französischen üben, aber auch davon wollte er nichts wissen. Es schien ihn ganz besonders ärgerlich zu machen, wenn er seine Muttersprache hörte.

Endlich kam der Bürgermeister, und dann ging alles glatt, denn er hatte die Minute vorher den Höchsten Gerichtshof zusammenberufen – das tun sie immer, wenn es sich um Streitfragen über wertvolles Eigentum handelt. Alles ging nach guter Ordnung vor sich, Schildwachen wurden ausgestellt, und der Kaplan sprach ein Gebet. Mein unversiegelter Brief wurde hereingebracht und geöffnet – und es war nichts weiter darin als ein paar Fotografien. Ich hatte nämlich, wie mir nun einfiel, den Kreditbrief herausgenommen, um die Bilder hineinstecken zu können, und hatte den Brief in einer anderen Tasche verwahrt, wie ich zu allgemeiner Zufriedenheit nachwies, indem ich ihn herausnahm und mit nicht geringem freudigem Stolz herumzeigte. Die Herren vom Gerichtshof sahen mit einem eigentümlich nichtssagenden Ausdruck erst einander und dann mich an. Zu guter Letzt ließen sie mich gehen, sagten aber, es sei unvorsichtig, mich frei herumlaufen zu lassen, auch fragten sie mich, welchen Beruf ich hätte. Ich sagte, ich sei Reisemarschall. Sie hoben in einer Art von staunender Ehrfurcht ihre Augen zum Himmel und sagten auf Deutsch: »Du lieber Gott!«, und ich sprach einige höfliche Worte des Dankes für ihre augenscheinliche Bewunderung und rannte spornstreichs zu der Bank.

Da ich aber nun einmal Reisemarschall war, so fühlte ich mich auch bereits als großen Herold der Grundsätze: Ordnung! System! Jedes Ding zu seiner Zeit! Jedes Ding an seinem Ort!

Ich ging daher am Bankgebäude vorüber, bog in eine Nebenstraße ein und begab mich auf den Weg, um die beiden fehlenden Mitglieder der Expedition abzuholen. Eine

Droschke wankte an mir vorüber, und ich ließ mich überreden, sie zu nehmen. An Schnelligkeit gewann ich dadurch nichts, aber es war eine ruhevolle Abwechslung, und ich liebe recht viele Ruhe. Der wochenlange Jubellärm wegen des sechshundertsten Geburtstages der schweizerischen Freiheit und der Begründung der Eidgenossenschaft war auf seinem Höhepunkt, und alle Straßen waren mit wehenden Fahnen behangen.

Pferd und Kutscher waren drei Tage lang betrunken gewesen und hatten während dieser ganzen Zeit weder Stall noch Bett gesehen. Sie sahen aus wie ich mich fühlte: schläfrig und katzenjämmerlich. Aber im Laufe der Zeit kamen wir trotzdem an. Ich ging ins Haus und klingelte, und bat ein Dienstmädchen, sie möchte den fehlenden Mitgliedern sagen, dass sie schnell herauskommen sollten. Sie sagte darauf etwas, was ich nicht verstand, und ich kehrte zu meiner Karre zurück. Wahrscheinlich hatte das Mädchen mir gesagt, die Leute wohnten nicht in ihrem Stockwerk, und es würde ratsam sein, wenn ich höher ginge und von Stockwerk zu Stockwerk läutete, bis ich sie fände; denn in diesen schweizerischen Mietskasernen scheint man jemanden nur dadurch finden zu können, dass man geduldig ist und auf dem Weg von unten nach oben die richtige Wohnung zu erraten trachtet. Ich rechnete mir aus, dass ich fünfzehn Minuten würde warten müssen, da bei derartigen Gelegenheiten stets drei unvermeidliche Umstände vorhanden sind; erstens: die Hüte aufsetzen, herunterkommen, einsteigen; zweitens: Umkehren des einen Mitglieds »um meinen anderen Handschuh zu holen«; drittens: Umkehren des anderen Mitglieds »um meinen ›kleinen Franzosen in der Westentasche‹ zu holen.« Ich beschloss, diese fünfzehn Minuten hindurch mich mit meinen Gedanken zu beschäftigen und mich nicht zu ärgern.

Es folgte eine recht stille und ereignislose Pause; dann fühlte ich eine Hand auf meiner Schulter und fuhr in die Höhe. Der Störenfried war ein Polizist. Ich sah um mich und bemerkte, dass der äußere Anblick der Szenerie sich geändert hatte. Es war eine recht stattliche Menschenmenge versammelt, und die Leute sahen so vergnügt und neugierig drein, wie sie's immer tun, wenn irgendwo irgendwer zu Schaden gekommen ist.

Das Pferd war eingeschlafen, der Kutscher auch, und einige Jungen hatten sie und mich von oben bis unten mit bunten Zierraten behangen, die sie von den unzähligen Fahnenmasten gestohlen hatten. Es war ein empörender Anblick! Der Beamte sagte:

»Es tut mir leid, aber wir können Sie nicht den ganzen Tag hier schlafen lassen.«

Ich war verletzt und sagte voll Würde:

»Ich bitte recht sehr – ich schlief nicht; ich dachte!«

»Nun Sie können ja denken, wenn es Ihnen Spaß macht; aber dann müssen Sie bei sich selber denken, Sie stören ja die ganze Nachbarschaft.«

Es war ein armseliger Witz, aber die Menge lachte darüber. Ich schnarche zuweilen nachts, aber es ist unwahrscheinlich, dass ich bei Tag und auf offener Straße so etwas tun sollte! Der Beamte nahm uns die Zierraten ab; unsere Hilflosigkeit schien ihm leid zu tun, und er gab sich wirklich Mühe, anständig zu sein. Er sagte aber, wir dürften nicht länger mehr auf der Straße halten, sonst müsste er uns in Buße nehmen – so laute die Bestimmung, sagte er. Und weiter bemerkte er in höflicher Weise, ich sähe ein bisschen angegriffen aus, und er möchte gern wissen ...

Ich sah ihn recht hochnäsig von oben bis unten an und sagte, ich wollte doch hoffen, man dürfte solche Tage ein bisschen feiern, besonders wenn sie einen ganz persönlich angingen.

»Persönlich?«, fragte er. »Wieso?«

»Weil vor sechshundert Jahren einer meiner Vorfahren den Bundesvertrag mit unterzeichnete.«

Er dachte einen Augenblick nach, sah mich dann prüfend an und sagte:

»Vorfahre! Ich bin der Meinung, Sie haben ihn selber unterzeichnet. Denn von allen alten historischen Gedenkstücken, die ich jemals ... aber lassen wir das ... Worauf warten Sie hier so lange?«

Ich sagte:

»Ich warte überhaupt gar nicht so lange hier. Ich warte fünfzehn Minuten, bis sie einen Handschuh und ein Buch vergessen haben und wieder umkehren, um sich die Dinger zu holen.«

Hierauf sagte ich ihm, wer die Leute wären, die ich abholen wollte.

Er war sehr gefällig und begann Fragen zu den Köpfen und Schultern hinaufzurufen, die reihenweise aus allen Fenstern über uns heraussahen. Eine Frau rief von ganz oben herunter:

»Die? Für die habe ich ja eine Droschke geholt, und sie sind schon vor langer Zeit von hier abgefahren – so ungefähr um halb neun!«

Das war verdrießlich. Ich warf einen Blick auf meine Uhr, sagte aber nichts. Der Beamte aber bemerkte:

»Wie Sie sehen, ist es dreiviertel zwölf. Sie hätten sich besser erkundigen sollen. Sie haben hier dreiviertel Stunden lang geschlafen – und in was für einer Sonnenglut! Sie sind gebraten – braun gebraten. Es ist großartig! Und Sie werden vielleicht Ihren Zug verpassen. Sie interessieren mich sehr. Was ist Ihr Beruf?«

Ich sagte, ich sei Reisemarschall. Das schien ihn zu wundern, und bevor er sich davon erholt hatte, waren wir fort.

Als ich im dritten Stock des Hotels ankam, fand ich unsere Zimmer verlassen. Das überraschte mich nicht. Sobald ein Reisemarschall das Auge von seinen Schutzbefohlenen abwendet, so laufen sie in die Läden und machen Einkäufe. Je näher es der Abfahrtsstunde ist, desto sicherer sind sie weg. Ich setzte mich und versuchte zu überlegen, was ich nun zunächst tun solle, aber auf einmal kam der Hoteldiener herein und sagte, die Expedition sei vor einer halben Stunde zum Bahnhof gefahren. Es war meines Wissens das erste Mal, dass sie etwas Vernünftiges taten, und diese neue

Erfahrung war sehr geeignet, meine Gedanken in Verwirrung zu bringen. Dies ist eins von den Dingen, die den Beruf eines Reisemarschalls so schwierig und so ungewiss machen. Wenn gerade alles so recht schön im Geleise geht, pardauz, machen seine Leute einen Seitensprung, und aus ist es mit allen so sorgfältig ausgedachten Anordnungen.

Der Zug sollte mit dem Glockenschlag zwölf ab fahren. Jetzt war es zehn Minuten bis zwölf. In zehn Minuten konnte ich auf dem Bahnhof sein. Ich sah also, dass ich nicht mehr viel Zeit zu verlieren hatte, denn unser Zug war der ›Blitzzug‹, und auf dem europäischen Festland setzen die Blitzzüge einen gewissen Stolz darein, zuweilen zur festgesetzten Zeit abzufahren. Meine Angehörigen waren die einzigen Leute, die noch im Wartesaal saßen; alle anderen waren schon hinausgegangen und hatten ›den Zug bestiegen‹, wie man dortzulande sagt. Sie waren ganz erschöpft vor Aufregung und Ärger, aber ich tröstete und munterte sie auf, und wir stürmten hinaus.

Aber nein – wir hatten wiederum Pech. Der Türsteher war nicht mit den Fahrkarten einverstanden. Er prüfte sie vorsichtig, bedächtig, misstrauisch, sah mich eine Weile an und winkte hierauf einen anderen Beamten heran. Die beiden untersuchten die Fahrkarten und riefen einen dritten. Die drei riefen andere und diese Ratsversammlung hielt Reden und Reden und gestikulierte und redete immerzu, bis ich sie bat, sie möchten bedenken, wie flüchtig die Zeit ist, möchten daher schnell ein paar Beschlüsse fassen und uns gehen lassen. Hierauf sagten sie sehr höflich, es sei an den Fahrkarten etwas nicht in Ordnung; wo ich dieselben gekauft hätte?

»Aha!«, dachte ich, »nun weiß ich, was da los ist!« Ich hatte ja die Fahrkarten in einem Zigarrenladen gekauft und natürlich haftete ihnen der Geruch des Tabaks an; ohne Zweifel beabsichtigten sie die Fahrkarten erst der Zollbehörde vorzulegen, um die Steuer für den Geruch zu erheben. Ich beschloss daher, recht frank und frei zu sprechen; das ist zuweilen das Beste. Ich sagte also:

»Meine Herren, ich will Sie nicht länger hintergehen. Diese Eisenbahnfahrkarten ...«

»Ah, Pardon, Monsieur. Das hier sind keine Eisenbahnfahrkarten.«

»O«, sagte ich. »Sitzt da der Haken?«

»Ganz gewiss, Monsieur. Dies sind Lotterielose, jawohl; und zwar Lose von einer Lotterie, die vor zwei Jahren gezogen wurde.«

Ich heuchelte große Heiterkeit. Weiter kann man unter solchen Umständen nichts tun, und dabei nützt es noch nicht mal was. Keiner fällt darauf herein, und man sieht, wie jeder in der Runde einen bedauert und bemitleidet. Ich glaube, es gehört zu den peinlichsten Lebenslagen, wenn man sich ob der kläglichen Rolle, die man selber spielt, ärgern und schämen muss und dabei äußerlich den Verschmitzten und Lustigen zu spielen hat, während neben einem die eigene Expedition steht, die geliebten teuren Wesen, auf deren Liebe und Verehrung man nach dem Herkommen zivilisierter Völker Anspruch hat, und wenn man weiß, dass sie vor Scham vergehen möchten vor all diesen fremden Menschen, deren Mitgefühl ein Brandmal, ein Schandmal ist – ein Brandmal, das einen kennzeichnet als einen – o, ich kann's nicht aussprechen, aber es ist etwas, woran menschliche Gemüter nur mit Schauder denken können.

Ich sagte lustig, es sei schon recht, nur so ein kleines Versehen, wie es wohl jedem mal passieren könne. Ich würde binnen zwei Minuten die richtigen Fahrkarten haben, und wir kämen immer noch zur rechten Zeit in den Zug und hätten außerdem was, worüber wir unterwegs lachen könnten. Ich bekam auch die Fahrkarten rechtzeitig, schön abgestempelt und vollzählig, aber dann stellte sich's heraus, dass ich sie nicht nehmen konnte. Ich hatte mir nämlich mit dem Abholen der beiden fehlenden Mitglieder so viel Mühe gegeben, dass ich darüber die Bank völlig verschwitzt hatte. Ich hatte also kein Geld. So fuhr denn der Zug ab, und es war augenscheinlich nichts anderes zu machen, als zum Hotel zurückzugehen. Das taten wir denn auch, aber es herrschte sozusagen eine melancholische Stimmung, und es wurde nicht viel gesprochen. Ich versuchte ein paarmal eine Unterhaltung in Gang zu bringen, über die schöne Gegend und über Seelenwanderung und dergleichen, aber ich schien damit keinen Anklang zu finden.

Unsere guten Zimmer hatten wir verloren, doch bekamen wir einige andere, die zwar ein bisschen weit auseinander lagen, aber immerhin leidlich waren. Ich dachte, das Wetter würde sich jetzt aufheitern, aber das Haupt der Expedition sagte: »Schick die Koffer herauf!«

Es lief mir kalt über den Rücken. An dieser Koffergeschichte war irgendetwas zweifelhaft. Darauf hätte ich beinahe schwören mögen. Ich wollte einen Vorschlag machen.

Aber ein Wink mit der Hand genügte, um mich zum Schweigen zu bringen, und ich erhielt den Bescheid, wir würden jetzt für drei Tage unser Zelt in Genf aufschlagen und versuchen, ob die Ruhe uns wieder frische Kräfte gäbe.

Ich sagte, mir wär's recht, sie möchten sich nicht die Mühe machen, erst zu klingeln; ich würde hinuntergehen und selber nach den Koffern sehen. Ich nahm eine Droschke und fuhr stracks zu Mr Naturals und fragte, was für einen Auftrag ich dort hinterlassen hätte.

»Sieben Koffer ins Hotel zu schicken.«

»Und sollten Sie nicht welche wieder mitnehmen?«

»Nein.«

»Sie sind sicher, dass ich Ihnen nicht gesagt habe, Sie sollten sieben abholen, die Sie in der Vorhalle aufgestapelt finden würden?«

»Ganz gewiss haben Sie kein Wort davon gesagt.«

»Dann sind sie alle vierzehn nach Zürich oder nach Jericho oder sonst wohin gegangen, und es werden sich in der Umgebung des Hotels noch mehr Bruchstücke vorfinden, wenn die Expedition ...«

Ich sprach den Satz nicht zu Ende. In meinem Gehirn begann nämlich alles rundumzugehen, und wenn es so weit mit einem ist, so denkt man immer, man habe einen Satz zu Ende gesprochen, während man es in Wirklichkeit nicht getan hat. Grübelnd und sinnend geht man weg und kommt erst wieder zum Bewusstsein, wenn ein Droschkengaul oder eine Kuh oder sonst was einen umrennt.

Ich ließ die Droschke vor Naturals Geschäft – ich vergaß sie nämlich – und überlegte mir auf dem Rückweg noch einmal die ganzen Ereignisse und beschloss, meinen Rücktritt vom Amt zu erklären; es schien mir nämlich sonst ziemlich sicher zu sein, dass man mich absetzen würde. Indessen schien es mir nicht das Richtige zu sein, mein Entlassungsgesuch in eigener Person einzureichen; ich konnte das auch durch einen Boten besorgen. Ich ließ mir daher Mr Ludi kommen und setzte ihm aus einander, ein Reisemarschall sähe sich wegen Unerträglichkeit oder Ermüdung oder dergleichen in die Notwendigkeit versetzt, zurückzutreten, und da er, wie ich gehört, auf vier oder fünf Tage frei wäre, so möchte ich gern, wenn er den offenen Posten annehme – falls er dächte, er könnte ihn ausfüllen. Als alles abgemacht war, veranlasste ich ihn, nach oben zu gehen und der Expedition zu sagen, dass wir infolge eines Versehens von Mr Naturals Leuten keine Koffer hier hätten, in Zürich aber einen ganzen Haufen vorfinden würden, und dass es besser wäre, wir nehmen den ersten besten Schnell-, Bummel- oder Güterzug und machten uns auf die Reise.

Er besorgte das und brachte mir von oben eine Einladung mit herunter, ich möchte mal hinaufkommen.

»Ja gewiss«, sagte ich.

Während wir dann zur Bank gingen, um Geld zu holen und meine Zigarren nebst dem Tabak zu uns zu nehmen, und zum Zigarrenladen, um uns das Geld für die Lotterielose zurückgeben zu lassen und meinen Schirm zu holen, und zu Mr Naturals Geschäft, um die Droschke zu bezahlen und wegzuschicken, und zum Kantonsgefängnis, um meine Gummischuhe in Empfang zu nehmen und für den Bürgermeister und die Herren vom Höchsten Gerichtshof

Karten mit p. p. c. zu hinterlassen – während dieser ganzen Zeit beschrieb er mir das Wetter, das in den höheren Regionen bei der Expedition herrschte, und ich sah, dass ich mich da, wo ich war, sehr wohl befand.

Bis vier Uhr nachmittags wanderte ich draußen vor der Stadt in den Wäldern umher; dann begab ich mich zum Bahnhof und kam mit meiner Expedition gerade zur rechten Zeit zum Züricher Drei-Uhr-Express. Die Expedition befand sich jetzt unter der Obhut des Mr Ludi, der ihre verwickelten Geschäfte anscheinend mit geringer Anstrengung und in aller Bequemlichkeit zu erledigen wusste.

So!! Ich hatte also wie ein Sklave gearbeitet, so lange ich im Amt war, und hatte mir die allergrößte Mühe gegeben. Und trotzdem sprachen sie alle nur von den Fehlern meiner Leitung, nicht von den guten Eigenschaften derselben; diese Letzteren schienen in ihrem Gedächtnis gar nicht mehr zu existieren. Tausend gute Eigenschaften übersprangen sie einfach und redeten und redeten immer wieder von einem Umstand, bis ich dachte, nun müssten sie doch endlich müde sein, davon zu sprechen. Und was war das für ein Umstand? – nichts weiter, als dass ich mich in Genf selber zum Reisemarschall aufgeworfen und eine Betriebsamkeit entwickelt hätte, womit ich einen Zirkus nach Jerusalem hätte bringen können – und dass ich damit nicht einmal meine kleine Schar aus der Stadt herausgebracht hätte. Schließlich sagte ich ihnen, ich wünschte von dem Gegenstand nichts mehr zu hören, ich bekäme Kopfschmerzen davon. Und ich sagte ihnen ins Gesicht, ich würde niemals wieder Reisemarschall sein, und wenn ich damit einem Menschen das Leben retten könnte. Und wenn ich lange genug am Leben bleibe, so will ich das beweisen. Meiner Meinung nach ist es ein heikles, hirnermüdendes, nervenzerrüttendes, ganz und gar undankbares Amt, und der Hauptlohn, den man davon hat, ist: ein verärgertes Herz und ein wirbliger Kopf.

Die Romanze
des Eskimo-Mädchens

»Ja, Mr Twain, ich will Ihnen von meinem Leben alles erzählen, was Sie gerne hören möchten«, sagte sie mit ihrer sanften Stimme und dabei sah sie mir mit ihren unschuldigen Augen ruhig ins Gesicht, »denn es ist lieb und nett von Ihnen, dass Sie mich leiden mögen und etwas über mich wissen wollen.«

Sie hatte, in Gedanken versunken, mit einem beinernen Messerchen Walfischfett von ihren Wangen geschabt und es an ihrem Pelzärmel abgewischt und dabei auf das Nordlicht am Himmel geblickt, das seine flammenden Strahlen in reichen Regenbogenfarben über die einsame Schneeebene und die Dome der Eisberge ergoss – ein Schauspiel von fast unerträglich glänzender Schönheit. Aber jetzt schüttelte sie die träumerische Stimmung von sich ab und schickte sich an, mir die einfache kleine Geschichte zu erzählen, um die ich sie gebeten hatte. Sie setzte sich bequem auf dem Eisblock zurecht, der uns als Sofa diente, und ich nahm die Haltung eines aufmerksamen Zuhörers an.

Sie war ein schönes Geschöpf. Ich spreche vom Eskimostandpunkt aus. Andere hätten sie für ein bisschen reichlich fett halten mögen. Sie war gerade zwanzig Jahre alt und galt für das weitaus bezauberndste Mädchen ihres Stammes. Sogar hier in der freien Luft, in ihren schwerfälligen und unförmlichen Pelzröcken, Pelzhosen und Pelzstiefeln und unter der großen Kapuze war wenigstens die Schönheit ihres Gesichtes erkennbar; die Schönheit ihrer Gestalt musste man allerdings auf Treu und Glauben annehmen. Unter allen aus- und eingehenden Gästen hatte ich an ihres Vaters gastlichem Esstrog kein Mädchen gesehen, das man ihrer ebenbürtig hätte nennen können. Und dabei war sie unverdorben! Sie war lieblich und natürlich und aufrichtig, und wenn sie wusste, dass sie eine Schönheit war, so ließ doch nichts in ihrem Gehaben darauf schließen, dass sie diese Kenntnis besaß.

Sie war nun seit einer Woche meine tägliche Kameradin gewesen, und je besser ich sie kennenlernte, desto besser gefiel sie mir. Sie war zärtlich und sorgfältig aufgezogen worden, in einer Lebensluft, die in den Polargegenden als eine außerordentlich verfeinerte gelten konnte, denn ihr Vater war der einflussreichste Mann seines Stammes und stand auf der Höhe der Eskimokultur. Ich machte mit Lasca – so hieß sie – lange Spazierfahrten im Hundeschlitten über die mächtigen Eisfelder und fand ihre Gesellschaft stets liebenswürdig und ihre Unterhaltung angenehm. Ich ging mit ihr auf den Fischfang, aber nicht in ihrem lebensgefährlich schwachen Boot, sondern ich spazierte bloß am Eisrand entlang und sah zu, wie sie mit ihrem unfehlbar treffenden Speer ihr Wild erlegte. Wir segelten miteinander; mehrere Male stand ich dabei, wenn sie und ihre Familie von einem gestrandeten Wal den Speck ernteten, und einmal begleitete ich sie ein Stück Weges auf die Bärenjagd; ich kehrte aber um, ehe es zum Schuss kam, denn im Grunde habe ich Angst vor Bären.

Nun, wie gesagt, sie wollte mir ihre Geschichte erzählen. Hier ist sie:

»Unser Stamm war nach uraltem Brauch wie die anderen Stämme über das gefrorene Meer von Ort zu Ort gewandert, aber vor zwei Jahren wurde mein Vater des Wanderns müde und baute sich dieses große Schloss aus Schneeblöcken – sehen Sie es nur an! Es ist sieben Fuß hoch und drei- oder viermal so lang wie irgendein anderes Haus. Hier haben wir seither immer gewohnt. Er war sehr stolz auf sein Haus und das mit Recht; denn wenn Sie es sich aufmerksam ansahen, so müssen Sie bemerkt haben, wie viel schöner und vollständiger es ist als die üblichen Wohnungen. Haben Sie noch nicht darauf geachtet, so müssen Sie es unbedingt tun, denn Sie werden darin eine luxuriöse Ausstattung finden, die sich hoch über das Gewöhnliche erhebt. Zum Beispiel, an dem Ende, das Sie den ›Empfangssalon‹ genannt haben, da ist die erhöhte Plattform, woran meine Familie und ihre Gäste es sich beim Essen bequem machen. Diese Plattform ist die größte, die Sie je in einem Haus gesehen haben – nicht wahr?«

»Ja, Sie haben vollkommen recht, Lasca, es ist die größte. Wir haben selbst in den schönsten Häusern der Vereinigten Staaten nichts Ähnliches.«

Bei dieser Anerkennung funkelten ihre Augen voll Stolz. Ich bemerkte es und schrieb es mir hinter die Ohren.

»Ich dachte mir's, dass die Plattform Sie überrascht hätte«, sagte sie. »Und noch eins: Der Boden ist viel dicker mit Pelzen belegt als sonst üblich ist. Alle Arten Pelzwerk – vom Seehund, Seeotter, Silberfuchs, Bär, Marder, Zobel – alle Arten Pelzwerk sind im Überfluss vorhanden. Dasselbe gilt von den Eisblockschlafbänken an der Wand, die Sie ›Betten‹ nennen. Sind bei Ihnen zu Hause Plattformen und Schlafbänke besser ausgestattet?«

»Das sind sie wirklich nicht, Lasca – man denkt noch gar nicht mal daran.« Das gefiel ihr wieder. Sie dachte bloß an die Zahl der Pelze, die ihr feinsinniger Vater sich die Mühe nahm aufzubewahren, nicht an deren Wert. Ich hätte ihr sagen können, dass diese Massen von kostbarem Pelzwerk ein Vermögen bedeuteten – oder wenigstens in meiner Heimat bedeuten würden – aber sie hätte das nicht verstanden; solche Sachen galten bei ihrem Volk nicht als Reichtümer. Ich hätte ihr sagen können, dass die Kleider, die sie anhatte, oder die Alltagskleider der gewöhnlichsten Person ihrer Umgebung, zwölf- oder fünfzehnhundert Dollar wert seien, und dass ich bei uns zu Hause keine Dame kenne, die in Zwölfhundert-Dollar-Toiletten fischen ginge. Aber auch dies hätte sie nicht verstanden. Deshalb sagte ich nichts. Sie fuhr fort:

»Und dann die Spülzuber! Wir haben zwei im Empfangssalon und außerdem noch zwei andere im Haus. Es kommt sehr selten vor, dass jemand zwei im Empfangssalon hat. Haben Sie zwei in Ihrem Salon daheim?«

Der bloße Gedanke an diese Spülzuber benahm mir den Atem; ich sammelte mich aber wieder, bevor sie etwas merkte, und sagte voll Wärme:

»Hören Sie, Lasca, es ist schlecht von mir, dass ich meine Heimat bloßstelle, und Sie dürfen es nicht weitersagen, denn ich spreche zu Ihnen im Vertrauen – ich gebe Ihnen mein Ehrenwort, dass nicht mal der reichste Mann in der Stadt New York zwei Spülzuber in seinem Salon hat.«

Sie schlug in unschuldigem Entzücken ihre pelzbekleideten Hände zusammen und rief:

»O, das kann doch nicht Ihr Ernst sein, das kann nicht Ihr Ernst sein!«

»Ja, es ist wirklich mein Ernst, Liebste! Da ist Vanderbilt. Vanderbilt ist ungefähr der reichste Mann auf der ganzen Welt. Nun, und wenn ich auf dem Totenbett läge, so könnte ich Ihnen sagen, dass nicht mal er zwei in seinem Salon hat. Ja, nicht mal einen hat er – ich will auf der Stelle sterben, wenn's nicht wahr ist!«

Ihre lieblichen Augen standen vor Erstaunen weit aufgerissen, und sie sagte langsam, mit einem gewissen Beben in der Stimme: »Wie seltsam – wie unglaublich – man kann es sich gar nicht vorstellen. Ist er geizig?«

»Nein – das ist er nicht. Auf die Ausgabe kommt's ihm nicht an, aber – hm – wissen Sie, es würde protzig aus sehen. Ja, das ist es – so denkt er. Er ist ein einfacher Mann auf seine Art und hat eine Abneigung gegen Entfaltung von Pomp und Prunk.«

»Nun, solche Demut ist ja recht anerkennenswert«, sagte Lasca, »wenn man sie nicht zu weit treibt – aber wie sieht denn nun der Salon aus?«

»Na, natürlich ziemlich kahl und unvollständig, aber ...«

»Das kann ich mir denken. So was habe ich noch nie gehört! Ist es ein schönes Haus – ich meine, abgesehen davon?«

»Ziemlich schön, ja. Man hat eine sehr gute Meinung davon.«

Das Mädchen saß eine Weile schweigend da und knabberte träumerisch an einem Lichtstumpf. Augenscheinlich versuchte sie sich auf das Gehörte einen Reim zu machen. Zuletzt schüttelte sie leise den Kopf und sprach frank und frei ihre Meinung aus:

»Nun, nach meiner Ansicht gibt es eine Art von Demut, die, wenn man ihr auf den Grund geht, doch nur eine Prahlerei ist. Und wenn ein Mann, der sich zwei Spülzuber in seinem Salon leisten kann, es nicht tut, so ist er vielleicht wirklich demütig, aber hundertmal wahrscheinlicher ist es, dass er gerade die Blicke der Welt dadurch auf sich lenken will. Nach meiner Meinung weiß Mr Vanderbilt genau, was er damit bezweckt.«

Ich versuchte diesen Urteilsspruch zu mildern, denn ich fühlte, dass der Besitz von zwei Spülzubern nicht für jedermann der richtige Prüfstein sei, obgleich man in der Eskimogegend nichts dagegen einwenden kann. Aber das Mädchen hatte seinen eigenen Kopf und ließ sich nichts einreden. Plötzlich fragte sie: »Haben die reichen Leute bei Ihnen auch so gute Schlafbänke wie wir, aus so hübschen breiten Eisblöcken gemacht?«

»Na, sie sind ziemlich gut – gut genug – aber aus Eisblöcken sind sie nicht gemacht.«

»Ach gar! Warum sind sie denn nicht aus Eisblöcken?«

Ich erklärte ihr die Schwierigkeiten und machte sie darauf aufmerksam, wie teuer das Eis in einem Land ist, wo man auf seinen Eismann scharf aufpassen muss, damit die Eisrechnung nicht schwerer wird als das Eis selber. Da rief sie:

»Herrje! Kaufen Sie Ihr Eis?«

»Ganz gewiss, mein liebes Kind.«

Sie brach in ein stürmisches, harmloses Lachen aus und sagte: »O, so was Albernes habe ich noch nie gehört! Es ist ja doch massenhaft vorhanden, ist kein kleinstes bisschen wert! Ich gäbe keine Fischblase für das Ganze!«

»Nun, Sie wissen eben den Wert nicht zu beurteilen, Sie kleine Provinzpflanze Sie! Wenn Sie das Eis hier im Hochsommer in New York hätten, so könnten Sie allemal Fische dafür kaufen, die am Markt sind.«

Sie sah mich zweifelnd an und sagte:

»Sprechen Sie die Wahrheit?«

»Die reinste! Ich leiste meinen Eid darauf.«

Das machte sie nachdenklich. Auf einmal sagte sie mit einem kleinen Seufzer:

»Ich wollte, da könnte ich wohnen!«

Ich hatte ihr nur zum Vergleich Werte nennen wollen, von denen sie sich einen Begriff machen konnte; aber meine Meinung war missgedeutet. Ich hatte ihr damit nur den Eindruck erweckt, dass in New York Walfische reichlich vorhanden und billig seien, und hatte ihr den Mund wässrig gemacht. Es schien am besten zu sein, wenn ich den begangenen Fehler zu mildern versuchte; so sagte ich denn:

»Aber Sie würden sich aus Walfischfleisch nichts machen, wenn Sie in New York wohnten. Kein Mensch dort fragt etwas danach.«

»Was?!«

»Nein, wirklich nicht.«

»Aber warum denn nicht?«

»Tja, das weiß ich nicht recht. Es ist ein Vorurteil, denke ich. Ja, das ist's – einfach ein Vorurteil. Wahrscheinlich hat mal irgendwo und irgendwann irgendeiner, der nichts Besseres zu tun hatte, ein Vorurteil dagegen aufgebracht, und Sie wissen ja, wenn so eine Einbildung mal eingewurzelt ist, so dauert es eine endlose Zeit, bis sie wieder ausgetrieben wird.«

»Das stimmt – das stimmt vollkommen!«, sagte das Mädchen nachdenklich. »Gerade so war es hier mit unserem Vorurteil gegen Seife – wissen Sie, unsere Stämme hatten anfangs ein Vorurteil gegen Seife.«

Ich sah sie an. Sprach sie im Ernst? Augenscheinlich ja. Ich zögerte einen Augenblick, dann fragte ich vorsichtig, mit einer gewissen Betonung:

»Entschuldigen Sie: Sie hatten ein Vorurteil gegen Seife? Hatten?«

»Ja. Aber das war bloß zu Anfang. Kein Mensch wollte sie essen.«

»Ach so, ich verstehe. Ich wusste nur nicht gleich, was Sie meinten.«

Sie fuhr fort: »Es war einfach ein Vorurteil. Als zum ersten Mal Seife von den Fremdländischen hierhergebracht wurde, da mochte keiner sie. Sobald sie aber in Mode kam, hatte jeder sie gern und jetzt hat jeder welche, der es sich nur leisten kann. Lieben Sie Seife?«

»O ja, gewiss! Ich würde umkommen, wenn ich keine haben könnte – besonders hier. Haben Sie sie gerne?«

»Ich bete sie geradezu an. Mögen Sie Lichte?«

»Ich betrachte sie als unentbehrliche Notwendigkeit. Lieben Sie sie?«

Ihre Augen tanzten geradezu und sie rief:

»O, sprechen Sie nicht davon! ... Lichte! ... und Seife!«

»Und Fischeingeweide ...!«

»Und Lebertran ...!«

»Und Bratenfett ...!«

»Und Walfischspeck ...!«

»Und recht altes Fleisch von gestrandetem Wal! Und Sauerkraut! Und Bienenwachs! Und Teer! Und Terpentin! Und Sirup! Und ...«

»O bitte, nicht mehr! Halten Sie ein! Mir bleibt die Luft weg vor Wonne ...«

»Und dann alles zusammen in einer Trantonne angerichtet und die Nachbarn dazu eingeladen und dann ...«

Aber dieses Zauberbild eines idealen Festes war zu viel für sie, und sie fiel in Ohnmacht, das arme Ding. Ich rieb ihr das Gesicht mit Schnee und brachte sie wieder zu sich, und nach einer Weile kühlte ihre Erregung sich ab. Allmählich kam sie wieder so weit, dass sie in ihrer Geschichte fortfahren konnte:

»So begannen wir also hier in dem schönen Haus zu wohnen. Aber ich war nicht glücklich. Der Grund war dieser: Ich war zur Liebe geschaffen; ohne Liebe konnte es für mich kein wahres Glück geben. Ich wollte um meiner selbst willen geliebt sein. Ich wollte anbeten und wollte von meinem Angebeteten angebetet werden; nichts Geringeres als gegenseitige Anbetung konnte meine glühende Natur befriedigen. Ich hatte Freier genug – ja übergenug – aber in allem und je dem Fall hatten sie einen verhängnisvollen Mangel; früher oder später entdeckte ich diesen Mangel – kein einziger von ihnen vermochte ihn vor mir zu verhehlen: Sie wollten nicht mich, sondern meinen Reichtum!«

»Ihren Reichtum?«

»Ja; mein Vater ist der allerreichste Mann in unserem Stamm – und überhaupt unter allen Stämmen dieser Gegend.«

Ich fragte mich neugierig, worin wohl ihres Vaters Reichtum bestehen möchte. Das Haus konnte es nicht sein – ein jeder konnte sich so eins bauen. Die Pelze waren es auch nicht – denn die waren hier nichts wert. Der Schlitten, die Hunde, die Harpunen, das Boot, die beinernen Fischhaken, Nadeln usw., das alles konnte es nicht sein – nein, das war alles kein Reichtum. Was konnte es denn also sein, das diesen Mann so reich machte und den Schwarm von habgierigen Freiern in sein Haus brachte? Schließlich dachte ich, es wäre, um dies herauszufinden, das Beste, wenn ich sie fragte. Ich tat es. Das Mädchen war durch diese Frage so augenscheinlich geschmeichelt, dass ich sah, sie hatte sich schmerzlich danach gesehnt. Ihr Mitteilungsbedürfnis brannte sie ebenso sehr wie mich meine Neugier. Sie schmiegte sich traulich an mich an und sagte:

»Raten Sie, wie schwerreich er ist – Sie kriegen es niemals heraus!«

Ich tat, als dächte ich tief über die Sache nach, und sie beobachtete den Ausdruck meiner Denkanstrengungen auf meinem Gesicht mit atemlosem und entzücktem Interesse. Und als ich es endlich aufgab und sie bat, meine Sehnsucht zu stillen und zu mir selbst zu sagen, wie viel dieser Vanderbilt des Nordpols wert sei, da legte sie ihren Mund dicht an mein Ohr und wisperte eindrucksvoll:

»Zweiundzwanzig Angelhaken – keine beinernen, sondern fremdländische – aus echtem Eisen!«

Dann sprang sie mit dramatischer Gebärde zurück, um die Wirkung zu beobachten. Ich gab mir die allergrößte Mühe, sie nicht zu enttäuschen. Ich erbleichte und murmelte:

»Gott Strambach!«

»Es ist so wahr, wie Sie leben, Mr Twain!«

»Lasca, Sie machen mir was weis – Sie können es nicht im Ernst meinen!«

Sie wurde furchtsam und verwirrt und rief aus:

»Mr Twain, jedes Wort davon ist wahr – jedes Wort. Sie glauben mir – Sie glauben mir doch, bitte, nicht wahr? Sagen Sie, dass Sie mir glauben – bitte, bitte, sagen Sie, dass Sie's glauben.«

»Ich ... hm ... na ja, ich glaube – ich bemühe mich, es zu glauben. Aber es kam gar so plötzlich. So plötzlich und so verblüffend. Sie sollten so was nicht so mit einem Mal machen. Es ...«

»O, es tut mir so leid! Hätte ich nur gedacht ...«

»Nun, es ist schon gut ... und ich mache Ihnen keine Vorwürfe mehr, denn Sie sind jung und gedankenlos, und natürlich konnten Sie nicht voraussehen, was für eine Wirkung ...«

»Ach ja, Bester, ich hätte ganz gewiss besser daran denken sollen. Aber wie ...«

»Sehen Sie, Lasca, wenn Sie mit fünf oder sechs Angelhaken angefangen hätten und dann allmählich ...«

»O, ich verstehe, ich verstehe ... dann allmählich einen hinzufügen, und dann zwei und dann ... Ach, warum habe ich denn auch nicht daran gedacht!«

»Nun, gleichviel, Kind; es ist schon recht. Ich fühle mich jetzt besser ... binnen Kurzem werde ich darüber weg sein. Aber ... einem unvorbereiteten und gar nicht sehr kräftigen

Menschen mit sämtlichen zweiundzwanzig auf einmal ins Gesicht springen …!«

»O … es war eine Sünde! Aber Sie verzeihen mir – sagen Sie, dass Sie mir verzeihen! Bitte!«

Nachdem ich ein gut Teil sehr niedlichen Streichelns und Hätschelns und Zuredens eingeheimst hatte, vergab ich ihr, und sie war wieder glücklich und kam nach und nach wieder in ihre Geschichte hinein. Auf einmal entdeckte ich, dass der Familienschatz noch irgendwas anderes Ausgezeichnetes enthalten musste – augenscheinlich irgendein Kleinod – und dass sie versuchte in Andeutungen davon zu sprechen, damit es mich nicht abermals umwürfe. Doch ich wünschte auch von diesen Dingen genau Bescheid zu wissen und drang in sie, mir zu sagen, was es sei. Sie hatte Angst. Aber ich bestand darauf und sagte, diesmal würde ich mich zusammennehmen und den Stoß aushalten. Sie war voll böser Ahnungen, aber die Versuchung, mir das Wunder zu enthüllen und sich an meinem Erstaunen und meiner Bewunderung zu weiden, war zu stark für sie, und sie gestand mir, sie trüge es bei sich, und sagte, wenn sie sicher wäre, dass ich gefasst sei – und so weiter, und so weiter – und damit griff sie in ihren Busen und brachte ein verbeultes viereckiges Messingstück zum Vorschein, wobei ihr Blick erwartungsvoll an meinem Auge hing. Ich sank an ihren Busen in einer ganz vorzüglich gespielten Ohnmacht, die ihr Herz entzückte und zugleich in höchsten Schrecken versetzte. Als ich wieder zu mir kam, erkundigte sie sich begierig, was ich zu ihrem Kleinod sagte.

»Was ich dazu sage? Ich denke, es ist das köstlichste Ding, das ich jemals sah.«

»Denken Sie das wirklich? Wie nett von Ihnen, dass Sie das sagen. Aber es ist auch herzig – ist es nicht?«

»Gewiss, das will ich meinen! Ich wollte es lieber mein eigen nennen als den ganzen Äquator!«

»Ich dachte mir, dass Sie es bewundern würden«, sagte sie. »Ich meine, es ist so herzig! Und es gibt kein zweites in diesen ganzen Gegenden! – Es sind Leute ganz vom offenen Polarmeer hierher gereist, um sich's anzusehen. Sahen Sie jemals früher so was?«

Ich sagte nein; es wäre das erste derartige Juwel, das ich je gesehen hätte. Es gab mir einen schmerzlichen Knacks, diese großmütige Lüge zu sagen, denn ich hatte in meinem Leben eine Million solcher Dinger gesehen – da ihr Kleinod nichts anderes war, als eine verbogene alte New Yorker Bahnhofsgepäckmarke.

»Alle Wetter!«, sagte ich. »Sie gehen doch nicht mit diesem Juwel auf Ihrem Leibe so allein und ohne Schutz herum, und ohne auch nur einen Hund mitzunehmen?«

»Pst! Nicht so laut!«, sagte sie. »Niemand weiß, dass ich's bei mir habe. Sie denken, es liegt bei Papas Schatz. Und da liegt es auch für gewöhnlich.«

»Wo ist der Schatz?«

Das war eine plumpe Frage, und einen Augenblick lang sah sie verdutzt und ein wenig misstrauisch drein; aber ich sagte:

»O, o! Haben Sie doch keine Angst vor mir. Zu Hause sind wir siebzig Millionen Menschen, und – ich sollte es eigentlich nicht selber von mir sagen, aber da ist kein einziger unter ihnen allen, der mir nicht unzählbare Angelhaken anvertrauen würde.«

Dies beruhigte sie wieder und sie erzählte mir, wo die Angelhaken im Hause versteckt lägen. Dann machte sie eine kleine Abschweifung, um ein bisschen mit der Größe der durchscheinenden Eisplatten zu renommieren, die die Fenster ihres Schlosses bildeten, und fragte mich, ob ich zu Hause je ihresgleichen gesehen, und ich bekannte frei und offen, das hätte ich nicht, und das machte ihr solche Freude, dass sie keine Worte finden konnte, ihre Dankbarkeit darin zu kleiden. Es war so leicht ihr Freude zu machen, und eine solche Freude, dies zu tun, dass ich fortfuhr und sagte:

»O, Lasca, Sie sind wirklich ein glückliches Mädchen! Dieses schöne Haus, dies köstliche Juwel, der reiche Schatz, all dieser elegante Schnee und die prachtvollen Eisberge und die grenzenlose Wüste, und die jagdfreien Bären und Walrosse, und edle Freiheit und weite Natur! Und jedermanns Augen ruhen bewundernd auf Ihnen, und jedermanns Ehrfurcht steht Ihnen ungesucht zu Gebote! Jung, reich, schön, umworben, gefeiert, beneidet – von jedem Luxus sind Sie umgeben, jeder Wunsch wird Ihnen erfüllt, ja es gibt nicht einmal etwas, was Sie wünschen könnten – was für ein unermessliches Glück! Ich habe Myriaden von Mädchen gesehen, aber keine, der man alle diese außerordentlichen Dinge mit Recht nachsagen konnte, außer Ihnen. Und Sie sind ihrer würdig – sind ihrer aller würdig, Lasca – das glaube ich in meines Herzens Grunde!«

Es machte sie unendlich stolz und glücklich, mich dies sagen zu hören und sie dankte mir immer und immer wieder für die Schlussbemerkung, und an ihrer Stimme und ihren Augen merkte ich, dass sie wirklich gerührt war. Aber plötzlich sagte sie:

»Und doch, es ist nicht alles Sonnenschein – es sind auch düstere Wolken vorhanden. Die Bürde des Reichtums ist schwer zu tragen. Oftmals habe ich zweifelnd bei mir gedacht, ob es nicht besser wäre, arm zu sein – oder wenigstens nicht so über alle Maßen reich. Es schmerzt mich, wenn Leute von Nachbarstämmen mich anstarren, wenn sie bei mir vorüberkommen, und wenn ich sie ehrfurchtsvoll zueinander sagen höre: ›Da! Das ist sie – die Millionärstochter!‹ Und manchmal sagt einer kummervoll: ›Sie wälzt sich in Angelhaken, und ich – ich habe nichts!‹ Das bricht mir das Herz. Als ich ein Kind war und wir arm waren, da schliefen wir bei offener Tür, wenn wir wollten, aber jetzt – jetzt müssen wir einen Nachtwächter haben. Früher war mein Vater freundlich und höflich zu allen; aber jetzt ist er streng und hochfahrend und kann's nicht leiden, wenn ihm einer vertraulich kommt. Einst war seine Familie sein einziger Gedanke, aber jetzt denkt er, wo er geht und steht, an seine Angelhaken. Und sein Reichtum macht, dass ein jeder untertänigst vor ihm katzbuckelt. Früher lachte niemand über seine Späße, denn sie sind immer fade und weit hergeholt und armselig und mangeln des einzigen Elements, das wirklich einen Spaß rechtfertigen kann – des Humors. Aber nun lacht und kichert ein jeder über diese gräulichen Dinger, und wenn's einer mal nicht tut, so ärgert mein Vater sich tief und lässt es sich merken. Früher fragte kein Mensch nach seiner Meinung, und sie taugte auch wirklich nichts, wenn er sie mal ungefragt abgab; diesen Fehler haben seine Meinungen auch jetzt noch, trotzdem wollen alle sie hören und geben ihren Beifall dazu – und er selbst stimmt in den Beifall ein, denn echtes Zartgefühl hat er gar nicht, dafür aber eine große Masse Taktlosigkeit. Er hat den Ton unseres ganzen Stammes heruntergebracht. Einst war's ein freimütiges, mannhaftes Geschlecht, jetzt sind sie jämmerliche Heuchler und aufgedunsene Liebediener. Von ganzem Herzensgrunde hasse ich all dies Millionärsgetue. Unsere Stammesgenossen waren einst schlichtes, einfaches Volk, zufrieden mit den beinernen Angelhaken ihrer Väter; jetzt sind sie von Habsucht zerfressen und würden jedes Gefühl von Ehre und Würde opfern, um des Fremdlings entwürdigende eiserne Angelhaken zu erlangen. Aber ich darf bei diesen traurigen Geschichten nicht verweilen … Wie ich gesagt, es war mein Traum, um meiner selbst willen geliebt zu werden.

Endlich schien dieser Traum in Erfüllung gehen zu sollen. Eines Tages kam ein Fremder durch, der sagte, sein Name sei Kalula. Ich nannte ihm meinen Namen, und er sagte, er liebe mich. Mein Herz hüpfte hoch vor Dankbarkeit und Glück, denn ich hatte ihn auf den ersten Blick geliebt, und nun sagte ich ihm das. Er zog mich an seine Brust und sagte, er wünschte niemals glücklicher zu sein, als in dem Augenblick. Wir lustwandelten miteinander weit über die Eisfelder, sprachen immerfort von uns selber und planten, ach, die lieblichste Zukunft. Als wir endlich müde wurden, setzten wir uns nieder und aßen, denn er hatte Seife und Lichte bei sich, und ich hatte ein bisschen

Walfischtran mitgenommen. Wir waren hungrig und niemals schmeckte uns etwas so gut.

Er gehörte zu einem Stamm, dessen Jagdgründe fern im Norden lagen, und ich fand heraus, dass er niemals was von meinem Vater gehört hatte, und das machte mich über alle Maßen froh. Das heißt, er hatte wohl von dem Millionär gehört, kannte aber dessen Namen nicht – so konnte er also, verstehen Sie, nicht wissen, dass ich die Erbin war. Sie können sich denken, dass ich ihm nichts davon sagte. Endlich war ich um meiner selbst willen geliebt, und wie zufrieden machte mich das! Ich war so glücklich – o, glücklicher, als Sie sich vorstellen können.

Allmählich wurde es Zeit zum Abendessen, und ich führte ihn zu unserem Haus. Als wir in dessen Nähe kamen, war er erstaunt und rief:

›Wie prachtvoll! Ist das deines Vaters Haus?‹

Es gab mir einen Stich durchs Herz, als ich diesen Ton hörte und den bewundernden Glanz in seinem Auge sah, aber dies Gefühl schwand bald hinweg, denn ich liebte ihn so sehr, und er sah so schmuck und vornehm aus. Meiner ganzen Familie, Tanten, Onkeln, Vettern und Cousinen gefiel er gut, viele Gäste wurden eingeladen, das Haus wurde dicht verschlossen, die Tranlampen angezündet, und als alles heiß und recht zum Ersticken gemütlich war, da begannen wir ein fröhliches Festmahl zur Feier meiner Verlobung.

Als der Schmaus vorüber war, da erlag mein Vater seiner Eitelkeit und konnte der Versuchung nicht widerstehen, mit seinen Reichtümern zu protzen und Kalula sehen zu lassen, in was für ein großes Glück er hineingetappt wäre – und vor allem natürlich wollte er sich an des armen Mannes Erstaunen weiden. Ich hätte weinen mögen – aber es hätte nichts genützt, wenn ich versucht hätte, meinem Vater abzureden; so sagte ich denn nichts, sondern saß nur da und litt schweigend.

Mein Vater ging im Angesicht aller Leute geradeswegs auf das Versteck los und holte die Angelhaken hervor und brachte sie herbei und warf sie streuend über meinen Kopf weg, sodass sie in glitzerndem Durcheinander vor meines Liebsten Knieen auf die Plattform niederfielen. Natürlich stand bei dem erstaunlichen Schauspiel dem armen Burschen der Atem still. Er konnte nur in stumpfsinniger Verblüfftheit auf die Angelhaken starren und sich wundern, wie ein einzelner Mensch so unglaubliche Reichtümer besitzen könne. Dann auf einmal leuchtete sein Antlitz auf und er rief aus:

›Ah, so bist du der berühmte Millionär!‹

Mein Vater und alle Übrigen brachen lärmend in ein glückliches Gelächter aus, und als mein Vater nachlässig den Schatz zusammenkehrte, als wäre es ein gewöhnlicher Plunder ohne alle Bedeutung, und ihn wieder an seinen Platz trug, da war Kalulas Überraschung zum Malen. Er sagte:

›Ist es möglich, dass du solche Sachen fortträumst ohne sie zu zählen?‹

Mein Vater ließ ein prahlerisch wieherndes Lachen erschallen und sagte:

›Gewiss und wahrhaftig, da kann ein Toter sehen, dass du niemals reich gewesen bist, wenn eine Lappalie von einem oder zwei Angelhaken in deinen Augen ein so mächtiges Ding ist!‹

Kalula war verwirrt und senkte den Kopf; dann sagte er:

›Ach, in der Tat, ich besaß niemals auch nur so viel, wie der Widerhaken an einer solchen kostbaren Angel wert ist, und ich habe niemals einen Mann gesehen, der so reich war, dass es sich verlohnt hätte, seinen Hort zu zählen, denn der Wohlhabendste, den ich bis jetzt gekannt, besaß nur drei.‹

Mein törichter Vater brüllte wieder in albernem Entzücken und musste dadurch den Eindruck noch vertiefen, dass er nicht gewöhnt sei, seine Angelhaken zu zählen und scharf zu bewachen. Sehen Sie, das war Renommisterei. Ob er sie zählte? Ei ja, er zählte sie jeden Tag!

Ich hatte meinen Liebling in der ersten Morgendämmerung getroffen und kennengelernt; zu unserem Haus gebracht hatte ich ihn genau drei Stunden später, bei Einbruch der Nacht – denn die Tage waren kurz, da wir uns damals der sechsmonatlichen Nacht näherten. Viele Stunden dauerte unser festliches Gelage; endlich gingen die Gäste fort, und wir Zurückbleibenden verteilten uns die Wände entlang auf die Schlafbänke und bald waren alle in Träume versunken – außer mir. Ich war zu glücklich, zu erregt, um schlafen zu können. Nachdem ich lange, lange Zeit still dagelegen hatte, kam bei mir eine undeutliche Gestalt vorbei, die in dem Dunst am anderen Ende des Raumes verschwand. Ich konnte nicht unterscheiden, wer es war und ob es ein Mann oder eine Frau sein mochte. Plötzlich kam dieselbe Figur oder eine andere in der entgegengesetzten Richtung an mir vorüber. Ich grübelte in mir darüber nach, was wohl dies alles bedeuten könnte; aber das Grübeln half mir nichts, und während ich noch grübelte, schlief ich ein.

Ich weiß nicht wie lange ich schlief – aber plötzlich war ich hellwach und hörte meinen Vater mit schrecklicher Stimme rufen: ›Beim großen Schneegott! Es fehlt ein Angelhaken!‹ Eine innere Stimme sagte mir, dies bedeute Kummer und Sorge für mich – und das Blut in meinen Adern erstarrte vor Kälte. Mein Vorgefühl fand sich im selben Augenblick bestätigt; mein Vater schrie: ›Auf, ihr alle miteinander und packt mir den Fremden!‹ Dann ein Ausbruch von Geschrei und Flüchen auf allen Seiten und ein wildes Rennen schattenhafter Gestalten durch die Dunkelheit. Ich eilte meinem Geliebten zu Hilfe, aber was konnte ich anders tun als warten und die Hände ringen?

Er war bereits durch einen lebenden Wall von mir getrennt, und man war dabei, ihm Hände und Füße zu binden. Erst als sie sich seiner versichert hatten, ließen sie mich zu ihm. Ich warf mich auf seine arme misshandelte Gestalt und weinte meinen Schmerz an seiner Brust aus, während mein Vater und meine ganze Familie auf mich schalten und ihn mit Drohungen und schmählichen Schimpfworten überhäuften. Er ertrug diese schnöde Behandlung mit einer ruhigen Würde, die ihn mir teurer denn je machte und mich mit glücklichem Stolz erfüllte, dass ich mit ihm und für ihn leiden durfte. Ich hörte, wie mein Vater befahl, die Ältesten des Stammes sollten zusammengerufen werden, um über Kalula auf Leben und Tod zu richten.

›Was?!‹, rief ich. ›Bevor überhaupt nach dem verlorenen Haken gesucht worden ist?‹

›Nach dem verlorenen Haken!‹, riefen sie alle höhnisch, und mein Vater fügte spöttisch hinzu: ›Tretet alle beiseite und seid recht ernst, wie sich's gehört – sie geht auf die Jagd nach dem ›verlorenen‹ Haken! O, ohne Zweifel wird sie ihn finden!‹ – worauf sie wieder alle lachten.

Auf mich machte dies keinen Eindruck – ich hatte keine Befürchtungen, keine Zweifel. Ich sagte:

›Jetzt seid ihr daran zu lachen; aber wir kommen auch noch an die Reihe. Wartet ab und seht!‹

Ich ergriff eine Tranlampe. Ich dachte, ich würde das elende kleine Ding in einem Augenblick finden; und ich begab mich mit solcher Zuversicht auf die Suche, dass meine Leute ernst wurden. Es dämmerte ihnen der Gedanke, sie wären doch vielleicht zu voreilig gewesen. Aber ach und je! O, wie bitter war dieses Suchen. Eine Zeit lang, während welcher man zehn- oder zwölfmal seine Finger hätte zählen können, herrschte tiefes Schweigen, dann begann mir das Herz zu sinken, und um mich herum fingen wieder die Spott reden an und wurden immer lauter, bis zuletzt, als ich es auf gab, Salve auf Salve von grausamem Gelächter erscholl.

Kein Mensch kann jemals ahnen, was ich da litt. Aber meine Liebe war mir Stütze und gab mir Kraft, ich stellte mich auf den mir zukommenden Platz an meines Kalula Seite, schlang meinen Arm um seinen Nacken und flüsterte ihm ins Ohr:

›Du bist unschuldig, mein Herzlieb – das weiß ich. Aber sage es selber mir zum Trost. Dann kann ich alles tragen, was immer uns beschieden sein mag.‹

Er antwortete:

›So gewiss ich in diesem Augenblick auf der Schwelle des Todes stehe: Ich bin unschuldig. Tröste dich also, o zertretenes Herz. Sei im Frieden, o du Atemzug meiner Nüstern, Leben meines Lebens!‹

›Nun, so lasst die Ältesten kommen!‹ Und als ich diese Worte sprach, da kam von draußen ein verworrenes Geräusch von knirschendem Schnee, und dann huschten wie Geister gebeugte Gestalten zur Tür herein – die Ältesten!

Mein Vater klagte den Fremden in aller Form an und schilderte die Vorgänge der Nacht in allen ihren Einzelheiten. Er sagte, der Nachtwächter habe vor der Tür gestanden und drinnen sei kein Mensch gewesen außer der Familie und dem Fremden. ›Würde die Familie ihr eigenes Eigentum stehlen?‹ Er hielt inne. Die Ältesten saßen viele Minuten lang schweigend da; zuletzt sagte einer nach dem andern zu seinem Nachbarn: ›Das sieht schlimm aus für den Fremden.‹ Kummer bringende Worte für mich zu hören! Dann setzte mein Vater sich hin. O, ich Elende – Elende ich! In demselben Augenblick hätte ich meines Lieblings Unschuld beweisen können – aber ich wusste es nicht!

Der Vorsitzende des Gerichtes fragte:

›Ist hier jemand, der den Angeklagten verteidigen will?‹

Ich stand auf und sagte:

›Warum sollte er denn den Haken stehlen – einen einzelnen oder sie alle zusammen? Einen Tag darauf wäre er ja der Erbe des ganzen Schatzes gewesen!‹

Ich stand und wartete. Es trat ein langes Schweigen ein; der Atemdampf von den vielen Menschen umwallte mich wie ein Nebel. Endlich nickte ein Ältester nach dem anderen mehrere Male langsam mit dem Kopf und murmelte: ›Es liegt Beweiskraft in dem, was das Kind gesagt hat.‹ O, was für eine Herzerleichterung lag in diesen Worten! Wenn auch flüchtig – wie köstlich war sie doch. Ich setzte mich.

›Wenn einer noch etwas zu sagen wünscht, so möge er jetzt sprechen – später aber schweige er‹, sagte der Vorsitzende.

Mein Vater stand auf und sprach:

›Während der Nacht kam in dem trüben Dämmer eine Gestalt bei mir vorüber, ging zum Schatz und kam plötzlich wieder zurück. Ich glaube jetzt, es war der Fremde.‹

O, ich war einer Ohnmacht nahe! Ich hatte gedacht, es sei mein Geheimnis; nicht der große Eisgott selber hätte es mir aus dem Herzen reißen sollen. Der Vorsitzende Richter sagte ernst zu meinem armen Kalula:

›Sprich!‹

Kalula zauderte, dann antwortete er:

›Ich war's! Die Gedanken an die schönen Angelhaken ließen mich nicht schlafen. Ich ging hin und küsste sie und streichelte sie, um meinen Geist zu beruhigen und mit einer harmlosen Freude einzulullen. Dann legte ich mich wieder hin. Ich habe vielleicht einen fallen lassen, aber gestohlen habe ich keinen!‹

O, was für ein verhängnisvolles Eingeständnis an solchem Ort! Schauerliches Schweigen herrschte! Ich wusste, er hatte sein eigenes Urteil gesprochen, und es war alles vorüber. Auf jedem Antlitz konnte man die Worte eingegraben lesen:

›Es ist ein Geständnis – und ein armseliges, schwächliches!‹

Ich saß und hielt meine schwachen Atemzüge an – und wartete. Auf einmal hörte ich die feierlichen Worte, die, wie ich wusste, kommen mussten. Und jedes Wort, wie es ertönte, fuhr mir wie ein Messer ins Herz:

›Es ist der Befehl des Gerichtshofes, dass der Angeklagte der ›Wasserprobe‹ unterworfen werde.‹

O, Fluch auf das Haupt des Menschen, der die Wasserprobe in unser Land brachte! Sie kam vor Menschenaltern aus irgendeinem fernen Land – wo es liegt, weiß keine Seele. Vorher benutzten unsere Väter Zeichendeutung und andere unsichere Beweismittel, und ohne Zweifel kam dann und wann ein armes Geschöpf trotz seiner Schuld mit dem Leben davon. Nicht so ist es mit der Wasserprobe; denn diese ist von weiseren Männern erfunden worden, als wir armen unwissenden Wilden sind. Durch sie werden die Unschuldigen zweifellos und fraglos für unschuldig befunden, denn sie ertrinken; die Schuldigen aber werden mit derselben Sicherheit als schuldig erkannt, denn sie gehen nicht unter. Das Herz brach mir im Busen, denn ich sagte mir: ›Er ist unschuldig und er wird in die Wogen versinken und ich werde ihn niemals wiedersehen.‹

Von diesem Augenblick an wich ich nicht mehr von seiner Seite. Ich trauerte in seinen Armen all die kostbaren Stunden lang, und er übergoss mich mit dem tiefen Strom seiner Liebe. Zuletzt rissen sie ihn von mir und ich folgte ihnen schluchzend und sah sie ihn in die See schleudern – dann verhüllte ich mein Antlitz mit den Händen. Todesqual? O, ich kenne die tiefsten Tiefen dieses Wortes!

Im nächsten Augenblick brachen die Leute in ein hämisches Freudengeschrei aus; vor Schreck zusammenfahrend nahm ich meine Hände vom Gesicht. O bitterer Anblick: Er schwamm! Augenblicklich wurde mein Herz zu Stein, zu Eis. Ich sagte: ›Er war schuldig – und er log mir!‹ Voll Verachtung wandte ich meinen Rücken und ging meines Weges – nach Hause.

Sie fuhren mit ihm weit hinaus in die See und setzten ihn auf einen Eisberg, der nach Süden trieb – nach Süden zu den großen Gewässern. Dann kam meine Familie heim und mein Vater sprach zu mir:

›Dein Dieb sendet dir seine Todesbotschaft. Er sagt: ›Sage ihr, ich bin unschuldig und alle Tage und alle Stunden und alle Minuten, während ich verhungere und verkomme, werde ich sie lieben und an sie denken und den Tag segnen, da ich ihr süßes Antlitz zuerst erblickte.‹ – Ganz reizend, geradezu poetisch!‹

Ich sagte: ›Pfui, wie schmutzig – lasst mich niemals wieder ihn nennen hören.‹

Und ach – denken zu müssen: Er war unschuldig!

Neun Monate – neun öde traurige Monate gingen dahin und endlich kam der Tag des großen Jahresopfers, wo alle Jungfrauen des Stammes ihr Antlitz waschen und ihr Haar kämmen. Mit dem ersten Strich meines Kammes kam zum Vorschein der verhängnisvolle Angelhaken, kam heraus aus seinem Versteck, wo er diese ganzen neun Monate genistet hatte – und ich fiel ohnmächtig in die Arme meines von Reue gequälten Vaters! Stöhnend sagte er: ›Wir mordeten ihn, und ich werde niemals wieder lächeln.‹ Er hat sein Wort gehalten ... Höre: von diesem Tage bis heute verging kein Monat, dass ich nicht mein Haar kämmte! Aber ach, was nützt das alles jetzt! ...«

So endete der armen Jungfrau bescheidene kleine Geschichte – und wir lernen daraus: Weil hundert Millionen Dollar in New York und zweiundzwanzig Angelhaken am Rande der arktischen Zone dieselbe finanzielle Übermacht darstellen, so ist ein Mann in bedrängten Verhältnissen ein Narr, wenn er in New York bleibt, da er doch nur für zehn Cents Angelhaken zu kaufen und auszuwandern braucht.

Die Erzählung des Kaliforniers

Vor dreiundzwanzig Jahren war ich den Stanislaus aufwärts auf Goldsuche. Den lieben langen Tag wanderte ich mit Spitzhaue, Waschpfanne und Horn, wusch hier einen Hut voll Erde aus und dort einen, und dachte immer, ich würde einen reichen Fund machen. Aber ich machte keinen. Es war eine liebliche Gegend, waldreich mit köstlich würziger Luft. Vor vielen Jahren war sie dicht bevölkert gewesen, aber jetzt waren die Menschen verschwunden und es war einsam in dem entzückenden Paradies. Als das oberflächliche Graben sich nicht mehr lohnte, gingen die Goldsucher fort. An einer Stelle, wo eine betriebsame kleine Stadt mit Bankhäusern und Zeitungen und Feuerwehr und einem Bürgermeister nebst Stadträten gestanden hatte, da war jetzt bloß noch ein weit ausgedehnter smaragdgrüner Rasen und nicht das leiseste Zeichen verriet, dass jemals menschliches Leben sich hier gerührt hatte. Es war in der Nähe von Tuttletown. In der Nachbarschaft, längs den staubigen Landstraßen fand man in Zwischenräumen verstreut die niedlichsten kleinen Landhäuser, nett und kosig und so mit rosenübersätem Weinlaub umsponnen, dass Türen und Fenster völlig dahinter verschwanden – ein Zeichen, dass diese Heimstätten verlassen waren, seit vielen Jahren von enttäuschten Familien aufgegeben, die sie weder verkaufen noch auch nur verschenken konnten. Ab und zu, so etwa jede halbe Stunde einmal, kam man bei einsam liegenden Blockhütten vorbei, die in der Morgenröte der Goldgräberzeit von den ersten Goldgräbern, den Vorläufern der Landhausbesitzer, gebaut waren. In einigen wenigen Fällen waren diese Hütten noch jetzt bewohnt; und wenn man so eine traf, so konnte man sich darauf verlassen, dass der Bewohner der Pionier selbst war, der einst die Hütte gebaut hatte; und noch auf eins konnte man sich verlassen: Er war da, weil er einmal seine Gelegenheit, reich nach den Staaten zurückzukehren, verpasst hatte. Er hatte später seinen Reichtum wieder verloren und dann in seiner Zerknirschtheit beschlossen, alle Verbindungen mit den Verwandten und Freunden daheim abzubrechen und hinfort bei ihnen für tot zu gelten. Über ganz Kalifornien war damals eine Schar von solchen lebendig-toten Männern verstreut. In ihrem Stolz getroffene arme Burschen, grau und alt mit vierzig, hatten sie keine anderen Gedanken als Reue und Sehnsucht: Reue wegen ihres vergeudeten Lebens und Sehnsucht, mit dem Kampf und allem anderen fertig zu sein.

Es war ein einsames Land! In all diesen friedlichen weiten Grasebenen und Wäldern kein Laut als das einschläfernde Summen der Insekten; kein Schimmer von Menschen oder Vieh; nichts, was einem den Sinn aufmuntert und Freude am Leben gibt. So empfand ich denn ein beinahe dankbares Gefühl der Erleichterung, als ich am frühen Nachmittag ein menschliches Wesen zu Gesicht bekam. Es war ein Mann von etwa fünfundvierzig Jahren und er stand an der Gartenpforte von einem jener traulichen rosenumrankten Häuschen, von denen ich vorhin sprach. Dieses hier machte aber keinen veröden Eindruck; man sah ihm im Gegenteil an, dass Menschen darin wohnten und es pflegten und mit Lust und Liebe sauber hielten; und in dem Vorhof war ein Garten mit überreichem, buntem Blumenflor. Natürlich wurde ich gebeten hereinzukommen und es mir behaglich zu machen – so ist es dortzulande Brauch.

Es war ein köstliches Gefühl, in einem solchen Haus zu weilen, nachdem ich wochenlang täglich und nächtlich nur in Goldgräberhütten verkehrt hatte – und das bedeutete schmutzige Fußböden, nie gemachte Betten, Blechteller und -becher, Speck und Bohnen und schwarzen Kaffee, und nichts zum Schmuck als Kriegsbilder, die aus östlichen Zeitschriften herausgerissen und mit Nägeln an den Holzwänden befestigt waren. Überall harte, freudlose, trostlose Verdumpfung – aber hier war ein Nest, wo das ermüdete Auge sich ausruhen konnte. Es ist in der menschlichen Natur ein gewisses Etwas, das, wenn es nach langer Entbehrung auf Erzeugnisse der Kunst trifft – mögen sie auch billig und bescheiden sein – sofort sich bewusst wird, dass es unbewusst nach solcher Speise gehungert und dass es sie jetzt gefunden hat. Ich hätte niemals gedacht, dass ein Lappenteppich mich so heiter, so zufrieden machen könnte oder dass ein Seelentrost in Tapeten und eingerahmten Lithografien läge und in hellfarbigen Sofaschonern und Lampenschirmen, in Lehnstühlen und in lackierten Nippeschränkchen mit Seemuscheln und Büchern und Porzellanvasen darauf und überhaupt in all den unbezeichenbaren Kleinigkeiten, die eine Frauenhand in einem Hauswesen anzubringen weiß – man sieht sie, ohne es zu wissen, und würde sie doch augenblicklich vermissen, wenn sie weggenommen würden. Das Entzücken, das ich im Herzen empfand, sprach sich auf meinem Gesicht aus und der Mann sah es und freute sich darüber; und als antwortete er auf eine Bemerkung von mir, sagte er in liebevollem Ton:

»Alles ihr Werk! Sie machte es alles selber – jedes bisschen«, und er umfasste das Zimmer mit einem Blick voll verehrungsvoller Liebe. Ein japanisches Tuch, so ein Stück von jenem weichen Stoff, womit Frauen sorgfältig-nachlässig den oberen Teil eines Bilderrahmens zu verhängen pflegen, war in Unordnung geraten. Er bemerkte es und brachte es mit vorsichtiger Hand wieder in die richtige Lage, wobei er mehrere Male zurücktrat, um den Eindruck zu beurteilen. Endlich fand er es nach Wunsch, strich zum Schluss noch ein- oder zweimal leicht mit der Hand darüber und sagte: »Sie macht es immer so. Man kann nicht genau sagen, was daran fehlt, aber es fehlt wirklich etwas daran, bis man's ebenso gemacht hat; man sieht es selbst, wenn man damit fertig ist – aber das ist auch alles, was man davon weiß. Warum es so ist, das weiß man nicht; es ist wie wenn eine Mutter zum Schluss ihrem Kind übers Haar streicht, nachdem sie's gekämmt und gebürstet hat; so ist's, wie mir scheint. Ich habe ihr so oft zugesehen, wenn sie all die Dinger hier festmacht, dass ich selber ganz richtig damit umgehen kann, obwohl ich nicht weiß, warum das so und jenes so sein muss. Aber sie kennt auch das Warum. Sie weiß mit dem Wie sowohl wie mit dem Warum Bescheid; ich verstehe vom Warum nichts, ich kenne bloß das Wie.«

Er führte mich in ein Schlafzimmer, wo ich mir die Hände waschen könnte. So ein Schlafzimmer hatte ich seit Jahren nicht gesehen: weiße Bettdecke, weiße Kissen, dielenbelegter Fußboden, Tapeten an den Wänden, Bilder, Putztisch mit Spiegel und Nadelkissen und zierlichen Toilettegegenständen; und in der Ecke ein Waschtisch mit Schüssel und Krug aus echtem Porzellan und mit Seife in einem Porzellannapf und an einem Gestell mehr als ein Dutzend Handtücher – Handtücher so sauber und weiß, dass einem, der an so etwas nicht mehr gewöhnt war, ihr Gebrauch wie eine Verschwendung vorkam. Man musste meinem Gesicht ansehen, was ich empfand, und er freute sich wieder darüber und sagte:

»Alles ihr Werk; sie machte es alles selber – jedes bisschen, kein Ding hier, das nicht die Berührung ihrer Hand gefühlt hat. Nun werden Sie denken ... aber ich darf nicht so viel sprechen ...«

Ich trocknete gerade meine Hände ab und ließ dabei meine Augen im Zimmer herum von einem Gegenstand zum anderen wandern, wie man's gerne tut, wenn man an einem neuen Ort ist, wo jedes Ding, das man sieht, ein Labsal für Auge und Gemüt ist. Und ich merkte – man merkt so etwas manchmal auf unerklärliche Weise – dass da irgendwo irgendwas vorhanden wäre, was ich nach des Mannes Wunsch selber entdecken sollte. Ich wusste das ganz genau und ich merkte auch, dass er mir durch verstohlene Andeutungen mit seinen Augen dabei zu helfen suchte; so gab ich mir denn viele Mühe, dahinterzukommen, denn ich wollte ihm gerne ein Vergnügen machen. Mehrere Male riet ich falsch – ich sah es aus dem Augenwinkel, ohne dass er ein Wort sagte. Zuletzt aber musste ich meinen Blick auf die richtige Stelle gelenkt haben: Ich merkte das an dem Behagen, das in unsichtbaren

Wellen von ihm ausströmte. Er brach in ein glückliches Lachen aus, rieb sich die Hände und rief:

»Das ist es! Sie haben's herausgefunden. Ich wusste, Sie würden es finden! Es ist ihr Bild.«

Ich ging zu dem kleinen Schwarznusspaneel an der anderen Wand und fand dort etwas, was ich bisher noch nicht beachtet hatte – einen Fotografieständer. Der Rahmen umschloss das süßeste Mädchenantlitz und – wie mir's vorkam – das schönste, das ich je gesehen. Der Mann trank die Bewunderung von meinem Gesicht und war völlig befriedigt.

»Neunzehn war sie an ihrem letzten Geburtstag«, sagte er, als er das Bild wieder auf seinen Platz stellte, »und das war der Tag, an dem wir heirateten. Wenn Sie sie sehen – aber warten Sie nur, wenn Sie sie sehen!«

»Wo ist sie? Wann wird sie zurück sein?«

»O, sie ist jetzt gerade verreist. Sie besucht ihre Leute. Sie wohnen vierzig oder fünfzig Meilen von hier. Heute vor vierzehn Tagen reiste sie ab.«

»Wann erwarten Sie sie zurück.«

»Heut ist Mittwoch. Sie wird Samstag wieder da sein, am Abend – wahrscheinlich so um neun Uhr.«

Ich hatte ein schneidendes Gefühl von Enttäuschung. »Das tut mir leid, weil ich dann wieder fort sein werde«, sagte ich voll Bedauern.

»Fort? Nein – warum sollten Sie denn gehen? Gehen Sie nicht. Sie wird so enttäuscht sein!«

Sie würde enttäuscht sein – das schöne Geschöpf. Hätte sie selber mir diese Worte gesagt, sie könnten mir kaum wohler getan haben. Ich fühlte ein tiefes starkes Sehnen danach, sie zu sehen. Ein so sehnsüchtiges, so dringliches Verlangen, dass es mir bange machte. Ich sagte zu mir selbst: Ich will stracks von hier fortgehen – um meines Seelenfriedens willen.

»Wissen Sie, sie liebt es, wenn Leute kommen und bei uns bleiben – Leute, die was verstehen und sprechen können – Leute wie Sie. Da hat sie ihre Wonne dran; denn sie selber weiß – o sie weiß beinahe alles, und kann reden, o, wie ein Vogel – und was für Bücher sie liest – wahrhaftig, Sie würden sich wundern. Gehen Sie nicht; es ist ja nur eine kleine Weile und sie würde so enttäuscht sein.«

Ich hörte die Worte, aber achtete kaum darauf, so tief war ich in den Widerstreit meiner Gedanken verstrickt. Er ließ mich allein, aber ich merkte es nicht. Plötzlich war er wieder da mit dem Fotografiständer in seiner Hand und hielt mir das Bild vor die Augen und sagte:

»Da! Nun sagen Sie ihr ins Gesicht, Sie hätten hierbleiben können um sie zu sehen, und wollten es nicht!«

Dieser zweite Anblick machte alle meine guten Vorsätze zu Schanden. Ich beschloss, auf jede Gefahr hin zu bleiben. Am Abend rauchten wir in Ruhe unsere Pfeife und plauderten bis spät in die Nacht von allerlei, besonders aber von ihr und gewiss hatte ich seit vielen Tagen nicht einen so angenehmen und ruhigen Abend verlebt. Den Donnerstag verbrachten wir in aller Behaglichkeit. In der Dämmerstunde kam ein großer Goldgräber, der drei Meilen entfernt wohnte – einer von den grauhaarigen gestrandeten Pionieren. Er begrüßte uns warm, wenngleich er ernst und nüchtern sprach. Dann sagte er:

»Ich spreche bloß mal schnell ein um zu hören wie es mit dem Frauchen steht und wann sie heim kommt. Gibt's was Neues von ihr?«

»O ja, einen Brief. Möchtest du ihn hören, Tom?«

»Nu, ich denke, das möchte ich wohl, wenn's dir recht ist, Henry.«

Henry holte den Brief aus seinem Taschenbuch hervor und sagte, wenn's uns recht wäre, so wollte er ein paar von den Sätzen über Privatangelegenheiten überschlagen; dann fing er an und las den Hauptteil des Briefes – ein liebevolles ruhiges und ganz reizend anmutiges Stück Arbeit mit einem Postskriptum voll von freundlichen Aufmerksamkeiten und Grüßen für ›Tom und Joe und Charley und andere uns befreundete Nachbarn.‹

Als der Vorleser fertig war, guckte er Tom an und rief:

»Oho, schon wieder! Nimm deine Hand weg und lass mich deine Augen sehen. Du machst es immer so, wenn ich dir einen Brief von ihr vorlese. Warte, das werde ich ihr schreiben!«

»O, nein, das darfst du nicht, Henry! Du weißt, ich werde alt und jede kleine Enttäuschung geht mir zu Herzen, dass ich heulen möchte. Ich dachte, sie wäre selber hier, und nun hast du bloß einen Brief gekriegt.«

»Na nu? Wie hast du dir denn das in den Kopf gesetzt? Ich dachte, jeder wüsste, dass sie erst Samstag kommen soll!«

»Samstag! Richtig, jetzt fällt mir's ein, das wusste ich ja. Ich weiß gar nicht, was in der letzten Zeit mit mir los ist! Gewiss wusste ich's! Wir haben ja alles zu ihrem Empfang fertig. Na, ich muss nun gehen. Aber ich bin wieder da, wenn sie kommt, Alter!«

Am Freitag kam spät nachmittags ein anderer alter Veteran von seinem Blockhaus, ungefähr eine Meile weit, herübergewandert und sagte, die Burschen hätten gern eine kleine Lustbarkeit und wollten sich's am Samstagabend ein bisschen wohl sein lassen, wenn Henry nicht dächte, ›sie‹ würde von ihrer Reise zu müde sein um noch aufbleiben zu können.

»Müde! Sie müde? Nu hör einer an! Joe, du weißt doch, sie würde einem von euch zu Gefallen sechs Wochen lang aufbleiben!«

Als Joe hörte, es wäre ein Brief da, bat er, Henry möchte ihn vorlesen und der liebevolle Gruß, der für ihn drinstand, machte den alten Knaben ganz gerührt. Aber er sagte, er wäre so ein altes Wrack, dass ihm das passieren würde, wenn sie auch bloß seinen Namen erwähnte. »Lieber Gott, wir sehnen uns so nach ihr!«, sagte er.

Am Samstagnachmittag ertappte ich mich darüber, dass ich recht oft die Uhr zog. Henry bemerkte es und sagte mit einem beunruhigten Blick:

»Sie denken doch wohl nicht, sie müsste schon so früh hier sein, was?«

Ich war ein bisschen verlegen, dass er es gemerkt hatte. Aber ich lachte und sagte, es wäre so eine Gewohnheit von mir, wenn ich mich in großer Erwartung befände. Er schien indessen von dieser Erklärung nicht ganz befriedigt zu sein und ich sah ihm seit diesem Augenblick an, dass er sich unbehaglich fühlte. Viermal nahm er mich mit bis an einen Punkt der Landstraße, von wo man eine große Strecke überblicken konnte; da stand er dann und überschattete seine Augen mit der Hand und spähte aus. Mehrere Male sagte er:

»Ich werde aufgeregt – ich werde ganz richtig aufgeregt. Ich weiß, sie kann nicht vor etwa neun Uhr hier sein und doch ist mir's, als wollte irgend eine innere Stimme mir sagen, es sei ihr was zugestoßen. Sie denken doch nicht, es ist ihr was passiert, was?«

Ich fing an, bei mir zu denken, der Mann wäre ja so kindisch, dass es eine Schande wäre. Und zuletzt, als er mir noch einmal wieder seine Frage vorwinselte, verlor ich für den Augenblick die Geduld und fuhr ihn ziemlich grob an. Das schien ihn so einzuschüchtern und so kleinlaut zu machen und er sah nachher so verletzt und so niedergeschlagen drein, dass ich mich selber wegen meiner unnötigen Grausamkeit verwünschte. Und so war ich froh, als Charley, ebenfalls einer von den Veteranen, in der Abenddämmerung ankam und sich an Henry heranmachte, um den Brief lesen zu hören und die Vorbereitungen für ihren Empfang zu besprechen. Charley ließ eine muntere Rede nach der anderen los und tat sein Bestes, um seines Freundes böse Ahnungen und Befürchtungen zu zerstreuen.

»Ihr was *passiert*!? Henry, das ist ja der reine Unsinn! Es gibt ja gar nichts, was ihr passieren könnte, darüber mach dir nur keine Gedanken! Was stand doch im Brief? Dass es ihr gut ginge, nicht wahr? Und dass sie um neun Uhr hier sein würde, nicht wahr? Hast du je bemerkt, dass sie ihr Wort nicht hielt? Du weißt, du hast es nie bemerkt! Na, dann hab also keine Angst; sie *wird* hier sein, das steht unumstößlich fest, das ist so gewiss wie dass du geboren bist. Komm, lass uns jetzt ans Ausschmücken gehen; wir haben nicht mehr viel Zeit.«

Ziemlich bald darauf kamen Tom und Joe an, und dann hatten wir alle Hände voll zu tun, das Haus mit Blumen zu schmücken. Gegen neun sagten die drei Goldgräber, sie hätten ihre Instrumente mitgebracht und könnten nun gleich mal eins aufspielen, denn die Jungens und die Mädels würden ja nun bald kommen und hätten wohl jedenfalls sich schon auf einen guten Tanz nach alter Art gespannt. Eine Fiedel, ein Banjo und eine Klarinette, das waren die Instrumente. Das Trio nahm Platz, einer neben dem anderen, und begann eine betäubende Tanzmusik; dazu stampften sie mit ihren schweren Stiefeln den Takt.

Es war inzwischen nahezu neun Uhr geworden. Henry stand in der Tür und hielt die Augen auf den Weg geheftet und sein Körper schwankte in der Qual seiner Aufregung. Sie hatten mit ihm schon ein paarmal auf seiner Frau Gesundheit und Wohlergehen angestoßen, und jetzt rief Tom: »Nun, Jungens, heran! Noch ein Schluck und sie ist hier!«

Joe brachte die Gläser auf einem Präsentierteller und reichte das Getränk herum. Ich griff nach dem einen von den zweien, die noch auf dem Teller standen, aber Joe brummte halblaut:

»Nicht das! Nehmen Sie das andere!«

Das tat ich denn. Henry bekam zuletzt sein Glas. Kaum hatte er das Getränk hinuntergegossen, so schlug es neun. Er lauschte, bis der letzte Schlag verklungen war, und sein Gesicht wurde bleich und immer bleicher. Dann sagte er:

»Jungens, ich bin ganz krank vor Angst. Helft mir – ich möchte mich hinlegen!«

Sie halfen ihm auf das Sofa. Er legte sich bequem zurecht und fing an einzuschlummern. Aber auf einmal sagte er und es klang, wie wenn einer im Schlaf spricht:

»Hörte ich Hufschlag? Sind sie gekommen?«

Einer von den Veteranen sagte ihm ins Ohr:

»Es war Jimmy Parrish; er hat Bescheid gebracht, die Gesellschaft hätte unterwegs Aufenthalt gehabt, aber sie wären schon auf dem Weg und kämen bald. Ihr Pferd ist lahm, aber in einer halben Stunde wird sie hier sein.«

»O, ich bin so dankbar, dass ihr nichts passiert ist.«

Er war eingeschlafen, bevor die Worte kaum aus seinem Mund waren. In einem Augenblick hatten die behänden Burschen ihm seine Kleider ausgezogen und ihn in die Kammer getragen, wo ich mir die Hände gewaschen hatte. Dort legten sie ihn ins Bett. Sie schlossen die Tür und kamen wieder heraus. Dann schienen sie fortgehen zu wollen, aber ich sagte:

»Bitte, ihr Herren, gehen Sie nicht! Sie würde mich nicht kennen, ich bin ein Fremder.«

Sie sahen einander an; dann sagte Joe:

»Sie? Das arme Ding – sie ist seit neunzehn Jahren tot.«

»Tot?«

»Oder schlimmer als tot. Sie ging ein halbes Jahr nach ihrer Hochzeit zu ihren Verwandten auf Besuch, und auf ihrer Rückreise, an einem Samstagabend, raubten die Indianer sie, fünf Meilen von hier, und man hat niemals wieder was von ihr gehört.«

»Und er hat darüber seinen Verstand verloren?«

»Er hat seither niemals wieder eine vernünftige Stunde gehabt. Aber schlimm wird es mit ihm nur, wenn die Zeit wieder herankommt. Dann fangen wir an, bei ihm vorzusprechen, drei Tage bevor sie kommen soll, und sprechen ihm Mut zu und fragen, ob er was von ihr gehört hat und am Samstag kommen wir alle und putzen das Haus mit Blumen heraus und machen alles zu einem Tanz fertig. So haben wir's seit neunzehn Jahren jedes Jahr gemacht. Am ersten Samstag, da waren wir siebenundzwanzig, ungerechnet die Mädels. Jetzt sind wir bloß noch drei und die Mädels sind alle fort. Wir geben ihm einen Schlaftrunk, sonst würde er wild werden. Dann ist es wieder für ein Jahr ganz in Ordnung mit ihm – er denkt, sie ist bei ihm, bis die letzten drei oder vier Tage herankommen, dann fängt er an nach ihr auszusehen und kriegt seinen armen alten Brief heraus und wir kommen und bitten ihn, uns den Brief vorzulesen. Lieber Gott, was war sie für eine herzige Kleine …«

Mein Reisegefährte, der Reformator

Es war im Frühjahr 1893; ich reiste nach Chicago, um die Weltausstellung zu sehen, sah sie zwar nicht, aber mein Ausflug war doch nicht ganz fruchtlos – ich fand Ersatz für die Ausstellung. In New York machte ich die Bekanntschaft eines Majors von der Armee, der mir sagte, er wolle ebenfalls nach Chicago gehen; wir verabredeten uns, die Reise zusammen zu machen. Ich hatte vorher noch etwas in Boston zu tun, aber das machte ihm nichts; er sagte, er wolle den Umweg machen und mitkommen. Er war ein schöner Mann, von einem Körperbau wie ein Gladiator, indes seine Manieren waren ruhig, seine Sprache war sanft und hatte etwas Überzeugendes an sich. Er war ein unterhaltender Gesellschafter, aber ungemein ruhig; dazu ohne jeglichen Sinn für Humor. Er nahm Interesse an allem, was um ihn herum vorging, allein sein Gleichmut war unerschütterlich; nichts brachte ihn aus der Ruhe, nichts regte ihn auf.

Bevor indessen der Tag zu Ende war, bemerkte ich, dass er tief im Inneren trotz all seiner Ruhe eine Leidenschaft hatte – eine Leidenschaft für die Abstellung kleiner Missstände im öffentlichen Leben. Er schwärmte für Bürgerpflicht – das war sein Steckenpferd. Er war der Meinung, jeder Bürger der Republik müsse sich selber als nichtamtlichen und unbesoldeten Polizisten betrachten und über den Gesetzen und ihrer Beobachtung treue Wacht halten. Seiner Ansicht nach waren die Rechte der Allgemeinheit auf wirksame Weise nur zu wahren und zu schützen, wenn jeder Bürger für sein Teil dazu half, dass jeder Verstoß, der zu seiner persönlichen Kenntnis kam, verhindert oder bestraft wurde.

Der Gedanke war gut; mir wollte nur scheinen, als ob man dabei fortwährend Unannehmlichkeiten haben müsse und nichts anderes mehr zu tun habe, als pflichtwidrig handelnde kleine Beamte absetzen zu lassen, um vielleicht zum Dank dafür bloß ausgelacht zu werden. Aber er sagte nein, ich wäre auf dem Holzweg; es läge keine Veranlassung vor, irgendjemand absetzen zu lassen, ja es dürfe überhaupt niemand entlassen werden; das wäre gänzlich verfehlt – nein, man müsste den Mann reformieren und für die von ihm bekleidete Stelle brauchbar machen.

»Da muss man also den Sünder erst zur Anzeige bringen und dann den Vorgesetzten bitten, ihn nicht zu entlassen, sondern ihm nur einen tüchtigen Rüffel zu geben und ihn zu behalten?«

»Nein, so ist es nicht gemeint; Sie dürfen ihn überhaupt nicht anzeigen, denn damit bringen Sie sein täglich Brot in Gefahr. Sie könnten so tun, als ob Sie ihn anzeigen wollten – wenn alles andere nichts hilft. Aber nur im äußersten Notfall. Das ist schon eine Art von Gewalt, und Gewalt taugt nicht. Diplomatie – das hilft! Wenn nun jemand Takt besitzt – wenn er Diplomatie anwendet ...«

Seit zwei Minuten waren wir vor einem Telegrafenschalter gestanden, und die ganze Zeit über hatte der Major sich bemüht, die Aufmerksamkeit eines der jungen Beamten zu erregen; aber von denen hatte keiner Zeit, weil sie alle Maulaffen feilhielten. Schließlich machte sich der Major bemerklich und bat einen von ihnen, ihm sein Telegramm abzunehmen. Er bekam zur Antwort:

»Sie können wohl eine Minute warten, was?«

Und der junge Mann sah wieder aus dem Fenster.

Der Major sagte ja, er hätte es nicht so eilig. Dann schrieb er ein zweites Telegramm:

»Präsident der Western Union Telegraf Company. Bitte, speisen Sie heute Abend bei mir. Kann Ihnen etwas davon erzählen, wie in einem Ihrer Büros der Dienst gehandhabt wird.«

Der junge Mann, der eben vorher so schnippisch geantwortet hatte, streckte die Hand aus und nahm das Telegramm; als er es las, wurde er ganz blass und begann sich zu entschuldigen. Er sagte, er würde seine Stellung verlieren, wenn dieses furchtbare Telegramm abginge, und vielleicht bekäme er keine andere wieder. Wenn es ihm nur noch diesmal so hinginge, so würde er in Zukunft keinen Anlass zur Klage mehr geben. Daraufhin wurde der Friede geschlossen.

Als wir weitergingen, sagte der Major:

»Nun, sehen Sie, das war Diplomatie – und Sie haben bemerkt, wie sie wirkte. Es hätte gar keinen Zweck gehabt, Lärm zu machen, wie die Leute fortwährend tun – der junge Mensch kann einem mit gleicher Münze heimzahlen, und man zieht fast immer den Kürzeren dabei und ärgert sich bloß über sich selber. Aber, wie Sie gesehen haben, gegen Diplomatie kann er nichts machen. Freundliche Worte und Diplomatie – das sind die Werkzeuge, mit denen man arbeiten muss.«

»Ja, ich verstehe; aber nicht jeder ist in so günstiger Lage, wie Sie in diesem Fall. Es steht eben nicht jedermann auf so vertrautem Fuß mit dem Präsidenten der Western Union.«

»Ich kenne den Präsidenten gar nicht – ich benutzte ihn nur zu diplomatischen Zwecken. Es geschieht zu seinem und zum allgemeinen Besten. Also nichts Böses dabei.«

Ich fragte zögernd und mit bedenklichem Gesicht: »Ist es aber überhaupt wohl jemals recht oder anständig, zu lügen?«

Die gelinde Selbstüberhebung, die in der Frage lag, beachtete er nicht, sondern antwortete mit unerschütterlich ernster Einfachheit:

»Ja, zuweilen. Wenn man lügt, um jemandem Schaden zu zufügen oder um sich selber einen Vorteil zu verschaffen, so ist das nicht zu rechtfertigen. Wenn man dagegen lügt, um einem Nebenmenschen beizustehen oder um des allgemeinen Besten willen – oh, das ist ganz was anderes! Das weiß ja jedes Kind. Aber ganz abgesehen von den Methoden – Sie sehen das Ergebnis. Der junge Mensch wird jetzt ein brauchbarer und höflicher Beamter werden. Er hatte ein gutes Gesicht. Es lohnte sich, ihn zu retten – um seiner Mutter, wenn nicht um seiner selbst willen. Natürlich hat er eine Mutter – auch Schwestern. Hol der Henker die Leute, die das fortwährend vergessen. Wissen Sie, ich habe nie in meinem Leben ein Duell gehabt – nicht ein einziges Mal –, obwohl ich so gut wie andere Leute Herausforderungen erhielt. Ich sah immer meines Gegners unschuldige Frau oder Mutter oder Kinderchen zwischen ihm und mir stehen. Sie hatten ja nichts getan – ich konnte doch nicht ihre Herzen brechen.«

Er verbesserte im Lauf des Tages eine hübsche Menge Missstände, und stets ohne Reibung, stets mit einer feinen und zartfühlenden ›Diplomatie‹, die keinen Stachel zurückließ. Seine Leistungen bereiteten ihm so viel Glückseligkeit und Zufriedenheit, dass ich ihn um seinen Beruf beneidete und mich vielleicht auch darin versucht haben würde, wenn ich die notwendigen Abweichungen von der Wahrheit mit ebensolcher Zuversicht aus meinem Mund hervorbringen könnte, wie es mir mittels einer Feder und hinter der Deckung einer Druckerpresse nach einiger Übung wohl möglich wäre.

Als wir am späten Abend mit der Straßenbahn wieder in die Stadt hineinfuhren, kamen drei Radaubrüder in den Wagen und begannen nach rechts und links mit unflätigen Späßen und Flüchen um sich zu werfen. Die Passagiere, zum Teil Frauen und Kinder, hatten Angst, und kein Mensch wagte, den Knoten entgegenzutreten oder ein Wort zu erwidern; der Schaffner versuchte es mit gütlichem Zureden, aber die Raubeine gaben ihm einfach Schimpfworte zurück und lachten ihn aus. Sehr bald sah ich dem Major an, dass er hier einen Fall seiner Spezialität vor sich hatte; augenscheinlich musterte er in Gedanken seinen Vorrat von diplomatischen Mitteln. Ich sah mit Bestimmtheit voraus, dass ein derartiger Versuch ihm nur Spott und Hohn, vielleicht sogar noch Schlimmeres einbringen würde; aber bevor ich ihm diese Bemerkung zuflüstern konnte, sagte er bereits in gleichmütigem und leidenschaftslosem Ton:

»Schaffner, Sie müssen die Schweine rausschmeißen. Ich will Ihnen dabei helfen.«

Das hatte ich nicht erwartet. Schnell wie der Blitz fuhren die drei Knoten auf ihn los, aber kein einziger kam an ihn heran. Er teilte drei Faustschläge aus, wie man sie außerhalb eines Preisboxerringes zu sehen nicht erwarten konnte, und die drei Kerle blieben liegen, wo sie hingefallen waren. Der Major schleifte sie hinaus und warf sie von der Plattform des einen Moment haltenden Wagens hinunter; hierauf fuhren wir weiter.

Ich war erstaunt; erstaunt darüber, dass ein Lamm so vorgehen konnte; erstaunt über die von ihm entfaltete Kraft und über das klare und allgemeinverständliche Ergebnis; erstaunt über die gewandte und geschäftsmäßige Art, wie er das Ganze gemacht hatte. Die Situation hatte ihre humoristische Seite, insofern ich den ganzen Tag über von diesem schlagfertigen Herrn fortwährend Vorträge über sanfte Überredung und freundliche Diplomatie angehört hatte. Ich hätte ihn gern darauf hingewiesen und einige Sarkasmen darüber angebracht; aber als ich ihn ansah, merkte ich, dass das keinen Zweck haben würde. Auf seinem ruhigen und zufriedenen Gesicht lag keine Ahnung von Humor; er würde mich nicht verstanden haben. Als wir auf einer der nächsten Haltestellen ausgestiegen waren, sagte ich zu ihm:

»Das war ein tüchtiger diplomatischer Streich, oder vielmehr es waren drei tüchtige diplomatische Streiche.«

»Das? Das war keine Diplomatie. Sie sind völlig auf dem Holzweg. Diplomatie ist ganz was anderes. Damit ist bei der Sorte nichts auszurichten; sie würden es nicht verstehen. Nein, das war keine Diplomatie, es war Gewalt.«

»Da Sie das Wort nennen, so – ja, ich glaube, Sie können vielleicht recht haben.«

»Vielleicht? Natürlich habe ich recht. Es war eben Gewalt!«

»Ich glaube selber, es hatte den äußeren Anschein. Versuchen Sie oft, Leute auf diese Art zu bessern?«

»O nein, das kommt beinahe nie vor. Nicht öfter, als jedes halbe Jahr einmal im Durchschnitt.«

»Die Leute werden doch mit dem Leben davonkommen?«

»Mit dem Leben davonkommen? Na, natürlich! Sie sind ganz außer Gefahr. Ich weiß, wie und wohin ich zu schlagen habe. Sie haben wohl bemerkt, dass ich nicht unter die Kinnlade schlug. Das würde sie getötet haben.«

Ich glaubte das. Ich bemerkte – und nach meiner Meinung war es ein ganz guter Witz –, er sei den ganzen Tag über ein Lamm gewesen, habe sich aber jetzt auf einmal zum Bock entwickelt, zum Sturmbock; aber er sagte mit freundlicher Offenheit und Unbefangenheit: Nein, ein Sturmbock sei ganz was anderes und jetzt nicht mehr im Gebrauch. Das war, um aus der Haut zu fahren, und ich wäre beinahe mit der Antwort herausgeplatzt, er habe von Witz nicht mehr Ahnung als ein Trampeltier. Ich hatte das Wort tatsächlich schon auf der Zunge, aber ich sagte es doch nicht, denn mir fiel ein, dass die Sache keine Eile habe, und ich es ebenso gut ein andermal telefonisch abmachen könne.

Am nächsten Nachmittag fuhren wir nach Boston. Die Rauchabteilung im Salonwagen war voll, und wir gingen daher in das gewöhnliche Rauchcoupé. Drüben auf der anderen Seite des Wagenganges, auf dem vordersten Sitz, saß ein bescheiden aussehender alter Mann – dem Anschein nach ein Landmann – mit bleichem, kränklichem Gesicht und hielt mit dem Fuß die Tür offen, um frische Luft zu bekommen. Auf einmal kam polternd ein großer Bremser herein; bei der Tür blieb er stehen, warf dem Landmann einen ganz wütenden Blick zu und schlug mit solcher Kraft die Tür zu, dass der alte Mann beinahe seine Stiefelsohle eingebüßt hätte. Dann machte er sich an seine Verrichtungen. Mehrere von den Passagieren lachten, und der alte Herr sah ganz beschämt und traurig drein.

Ein Weilchen darauf kam der Schaffner durch, und der Major hielt ihn an und stellte in seiner gewöhnlichen höflichen Weise die Frage:

»Schaffner, wo beschwert man sich über unangemessenes Betragen eines Bremsers? Bei Ihnen?«

»Sie können ihn in New Haven anzeigen, wenn Sie das wollen. Was hat er getan?«

Der Major erzählte die Geschichte. Sie schien den Schaffner zu amüsieren. Er sagte mit einer ganz kleinen Beimischung von Sarkasmus zu seinen köstlichen Worten:

»Wenn ich Sie recht verstehe, so sagte der Bremser nichts?«

»Nein, das tat er nicht.«

»Aber er sah den Herrn wütend an, sagten Sie?«

»Ja.«

»Und er warf in unhöflicher Weise die Tür zu?«

»Ja.«

»Und das ist alles, nicht wahr?«

»Ja, das ist alles.«

Der Schaffner lächelte freundlich und sagte:

»Na, wenn Sie ihn anzeigen wollen, meinetwegen; aber ich sehe nicht recht, wohin das führen könnte. Wenn ich recht begriffen habe, so wollen Sie vorbringen, der Bremser habe den alten Herrn hier beleidigt. Man wird Sie fragen, was er gesagt habe. Sie werden antworten, gesagt habe er überhaupt nichts. Dann wird man jedenfalls fragen, wie Sie von einer Beleidigung sprechen können, wenn der Mann, wie Sie selber zugeben, kein Wort gesagt hat.«

Ein Beifallsgemurmel belohnte den Schaffner für seine knappen und bündigen Schlussfolgerungen. Das machte ihm Vergnügen – man konnte es seinem Gesicht ansehen.

Aber der Major war unerschüttert. Er sagte:

»Ja, da haben Sie einen schreienden Übelstand im ganzen Beschwerdewesen berührt. Die Eisenbahnbehörden – wie übrigens auch das Publikum und allem Anschein nach Sie selber – wissen gar nicht, dass es auch Beleidigungen gibt, die nicht in Worten bestehen. Darum wendet sich niemand an die höchste Stelle und beschwert sich wegen Beleidigungen in Manieren, Gebärden, Blicken und so weiter, und trotzdem berühren solche zuweilen empfindlicher als Worte. Sie tun bitterlich weh, weil sie unfassbar sind und weil der Beleidiger, wenn er von seinen Vorgesetzten zur Rede gestellt wird, immer sagen kann, es sei ihm nicht im Traum eingefallen, irgendjemand beleidigen zu wollen. Mir scheint, die Behörden sollten das Publikum dringend ersuchen, auch Beleidigungen und Unhöflichkeiten, die nicht in Worten ausgedrückt waren, zur Anzeige zu bringen.«

Der Schaffner lachte und sagte:

»Na, das hieße denn doch die Fürsorge fürs Publikum recht weit treiben!«

»Aber nicht zu weit, glaube ich. Ich will diesen Fall in New Haven zur Sprache bringen, und ich habe so eine Ahnung, dass man mir dankbar dafür sein wird.«

Des Kondukteurs Gesicht verlor etwas von seinem freundlichen Ausdruck, oder vielmehr es wurde vollkommen kühl und ernst, als der Mann wegging. Ich sagte:

»Sie wollen doch nicht wirklich wegen so einer Lappalie Lärm schlagen?«

»Es ist keine Lappalie. So etwas sollte stets angezeigt werden. Es ist eine öffentliche Angelegenheit, und kein Bürger hat das Recht, darüber hinwegzusehen. Aber ich werde mich über diesen Fall gar nicht zu beschweren brauchen.«

»Wieso?«

»Es wird nicht nötig sein. Diplomatie wird alles in Ordnung bringen. Sie werden schon sehen.«

Nach einiger Zeit kam der Schaffner wieder durch den Wagen; als er beim Major war, beugte er sich zu ihm herüber und sagte:

»Es ist alles in Ordnung. Sie brauchen den Mann nicht anzuzeigen. Er ist mir verantwortlich, und wenn er's noch einmal tut, will ich ihm einen Rüffel geben.«

Der Major antwortete herzlich:

»Nun, so gefällt es mir. Glauben Sie nicht, ich hätte aus Rachsucht so gesprochen, ich tat es aus Pflichtgefühl, weiter nichts. Mein Schwager ist einer von den Direktoren der Bahn, und wenn er erfährt, dass Sie den Bremser das nächste Mal, wenn er einen harmlosen alten Mann gröblich beleidigt, ganz gehörig vornehmen wollen, so wird ihn das freuen, darauf können Sie sich verlassen.«

Der Schaffner sah nicht so heiter drein, wie man vielleicht hätte erwarten können; er machte im Gegenteil den Eindruck, als ob ihm recht unbehaglich zumute wäre. Er dachte eine Weile nach, dann sagte er:

»Ich meine, irgendwas sollte gleich jetzt auf der Stelle mit ihm geschehen. Ich will ihn entlassen.«

»Ihn entlassen? Was sollte das für einen Zweck haben? Glauben Sie nicht, es wäre vernünftiger, ihm bessere Manieren beizubringen und ihn zu behalten?«

»Hm, da liegt was drin ... Was würden Sie vorschlagen?«

»Er beleidigte den alten Herrn in Gegenwart all dieser Herrschaften. Wie wär's, wenn Sie ihn hereinkommen ließen, dass er in ihrer Gegenwart Abbitte tut?«

»Ich werde ihn sofort schicken. Und ich möchte noch eins bemerken: Wenn alle Leute es so machten wie Sie und solche Sachen sofort bei mir meldeten, anstatt ihren Ärger bei sich zu behalten und nachher herumzulaufen und auf die Eisenbahnen zu schimpfen, so sollten Sie mal sehen, wie schnell sich alles ändern würde. Ich bin Ihnen sehr verbunden.«

Der Bremser kam und leistete Abbitte. Als er wieder hinaus war, sagte der Major:

»Sehen Sie wohl, wie einfach und leicht das war? Der gewöhnliche Bürger würde nichts ausgerichtet haben – der Schwager eines Direktors bringt alles fertig, was er nur will.«

»Aber sind Sie wirklich der Schwager von einem der Direktoren?«

»Immer. Immer, wenn das öffentliche Interesse es erfordert. Ich habe einen Schwager in allen Direktionen – überall. Das erspart mir endlose Verdrießlichkeiten.«

»Es ist eine recht ausgebreitete Verwandtschaft.«

»Ja; ich habe ihrer mehr als dreihundert.«

»Wird die Verwandtschaft niemals von einem Schaffner angezweifelt?«

»Es ist mir noch niemals vorgekommen; auf mein Ehrenwort: niemals!«

»Warum ließen Sie ihn denn nicht, wie er es wollte, den Bremser fortjagen? Sie wissen, dass der Mensch es verdiente?«

Der Major antwortete – und in seinem Ton lag wirklich ein an ihm ganz ungewohnter Anflug von Ungeduld:

»Wenn Sie bloß mal einen Augenblick nachdenken wollten, so würden Sie eine solche Frage nicht stellen. Ist ein Bremser ein Hund, und kann man ihn nicht anders erziehen als einen Hund? Er ist ein Mensch und hat wie ein Mensch um seinen Lebensunterhalt zu ringen. Und er hat stets eine Schwester oder eine Mutter oder Weib und Kinder zu erhalten. Immer – Ausnahmen gibt es nicht. Wenn Sie ihm seinen Lebensunterhalt nehmen, so nehmen Sie auch den ihrigen weg – und was haben sie Ihnen getan? Nichts. Und was hat es für Zweck, einen unhöflichen Bremser fortzujagen und einen andern anzustellen, der gerade so ist wie er? Es wäre eine Unklugheit. Sehen Sie denn nicht ein, dass es das einzig Vernünftige ist, den Bremser zu bessern und ihn zu behalten? Das ist doch klar.«

Während der ferneren Fahrt hatten wir bloß noch ein Erlebnis. Zwischen Hartfort und Springfield kam mit dem üblichen Gebrüll der Buchhandlungsjunge durch den Wagen; er hatte einen ganzen Arm voll Bücher und Zeitungen und ließ ein dickes Heft einem schlafenden Herrn in den Schoß fallen, sodass er ganz erschrocken emporfuhr. Er war sehr ärgerlich, und er sowie zwei Freunde ergingen sich in sehr hitzigen Reden über den Frevel. Sie ließen den Salonwagenschaffner kommen, trugen ihm den Fall vor und verlangten, der Junge müsse durchaus fortgejagt werden. Die drei Beschwerdeführer waren reiche Holyoker Kaufleute, und der Schaffner hatte offenbar ziemliche Angst vor ihnen. Er suchte sie zu beschwichtigen und setzte ihnen auseinander, der Junge stehe nicht unter seiner Machtbefugnis, sondern sei Angestellter der Eisenbahnbuchhandlung. Aber all sein Reden nutzte ihm nichts.

Hierauf erbot sich der Major freiwillig, für den Beschuldigten zu zeugen. Er sagte:

»Ich habe alles mitangesehen. Sie, meine Herren, haben nicht übertreiben wollen, haben es aber doch getan. Der Junge hat nichts weiter getan, als was die Bahnzugjungen alle tun. Wenn Sie wünschen, dass er anständigere Manieren annimmt und sich bessert, so bin ich mit Ihnen einverstanden und bereit, Ihnen bei diesen Bemühungen zu helfen; aber es ist nicht recht, ihn einfach wegzujagen, ohne ihm eine Möglichkeit der Besserung zu geben.«

Aber sie waren ärgerlich und wollten von einem Vergleich nichts wissen. Sie wären gut bekannt mit dem Präsidenten der Boston- und Albany-Gesellschaft, sagten sie, und wollten den nächsten Tag alles andere liegen lassen, um nach Boston zu gehen und dem Jungen zu zeigen, wer sie wären.

Der Major sagte, da wollte er auch dabei sein, und er würde alles tun, was in seinen Kräften stände, um den Jungen zu retten. Einer von den Herren sah ihn von oben bis unten an und sagte:

»Da kommt es also offenbar darauf hinaus, wer den größten Einfluss beim Präsidenten der Gesellschaft hat. Kennen Sie Mr Bliss persönlich?«

Der Major sagte in aller Ruhe:

»Ja; er ist mein Oheim.«

Die Wirkung war zufriedenstellend. Ein paar Minuten lang herrschte ein peinliches Schweigen. Dann fingen sie an einzulenken und halbe Zugeständnisse zu machen, dass sie wohl etwas zu hastig und überempfindlich gewesen seien. Und bald war alles wieder friedlich und gemütlich, und es wurde beschlossen, die Sache fallen zu lassen und dem Jungen sein Brot (mit Butter) zu lassen.

Der Präsident der Eisenbahngesellschaft war natürlich nicht des Majors Oheim – nur für diesen Tag und diesen Zug adoptiert!

Auf der Rückreise erlebten wir gar nichts; wahrscheinlich, weil wir mit einem Nachtzug fuhren und den ganzen Weg über schliefen.

Am Samstagabend fuhren wir mit der Pennsylvaniabahn von New York ab. Nach dem Frühstück am anderen Morgen gingen wir in den Salonwagen, fanden es aber dort öde und ungemütlich. Es waren nur ein paar Leute drin und nichts los. Hierauf gingen wir in den kleinen Rauchabteil des Salonwagens und fanden dort drei Herren. Zwei von ihnen schimpften über eine Vorschrift der Bahnverwaltung: dass nämlich Sonntags in den Zügen nicht Karten gespielt werden dürfte. Sie hatten ein unschuldiges Spielchen gemacht, und es war ihnen verboten worden, weiterzuspielen. Der Fall interessierte unseren Major. Er sagte zu dem dritten Herrn:

»Hatten Sie etwas gegen das Spielen einzuwenden?«

»Durchaus nicht. Ich bin Professor an der Yale-Universität und ein religiöser Mann, aber das geht mir zu weit.«

Hierauf sagte der Major zu den beiden anderen:

»Sie können ganz nach freiem Belieben Ihr Spiel wieder aufnehmen, meine Herren; niemand hier hat etwas dagegen einzuwenden.«

Einer von ihnen wollte es nicht riskieren; aber der andere meinte, er wolle gern wieder anfangen, wenn der Major mit ihm spiele. Sie legten also einen Überzieher über ihre Knie, und das Spiel nahm seinen Fortgang. Ziemlich bald nachher kam der Salonwagenschaffner herein und sagte in scharfem Ton:

»Hoho, meine Herren, das geht nicht! Stecken Sie die Karten ein – es ist nicht erlaubt.«

Der Major war gerade beim Mischen. Er mischte ruhig weiter und sagte:

»Auf wessen Befehl ist es verboten?«

»Das ist mein Befehl. Ich verbiete es.«

Der Major fing an zu geben und fragte:

»Ist die Idee von Ihnen?«

»Was für eine Idee?«

»Die Idee, das Kartenspielen an Sonntagen zu verbieten.«

»Nein, natürlich nicht.«

»Von wem dann?«

»Von der Gesellschaft.«

»Dann geht ja eigentlich der Befehl nicht von Ihnen, sondern von der Gesellschaft aus. Stimmt das?«

»Ja. Aber Sie hören ja nicht auf zu spielen; ich muss Sie ersuchen, dass Sie augenblicklich aufhören.«

»Übereilung ist zu nichts gut und tut oft Schaden. Wer ermächtigte die Gesellschaft, einen solchen Befehl zu erlassen?«

»Sir, das geht mich gar nichts an, und …«

»Aber Sie vergessen, dass Sie nicht der einzige sind, der hier in Betracht kommt. Vielleicht geht es mich sehr nahe an. Ja, es ist in der Tat für mich eine Sache von sehr großer Bedeutung. Ich kann eine gesetzmäßige Vorschrift meines Landes nicht verletzen, ohne mich selber zu entehren; ich kann keinen Menschen und keiner Gesellschaft erlauben, meine Freiheit mit ungesetzlichen Vorschriften einzuschränken – was Eisenbahnverwaltungen fortwährend zu tun versuchen – ohne meine Bürgerwürde zu entehren. Ich komme daher auf meine Frage zurück: Auf welche Autorität hin hat die Verwaltung diesen Befehl erlassen?«

»Das weiß ich nicht. Das ist ihre Sache!«

»Meine auch. Ich zweifle, ob die Gesellschaft überhaupt ein Recht hat, eine derartige Vorschrift zu erlassen. Die Bahn führt durch verschiedene Staaten. Wissen Sie, in welchem Staat wir augenblicklich sind, und wie die gesetzlichen Vorschriften dieses Staates in Bezug auf das Kartenspielen am Sonntag lauten?«

»Diese gesetzlichen Vorschriften gehen mich nichts an, wohl aber die Befehle meiner Gesellschaft. Es ist meine Pflicht, dafür zu sorgen, dass dies Spielen aufhört, meine Herren, und es muss aufhören!«

»Kann sein; aber trotzdem brauchen wir uns nicht zu übereilen. In Gasthäusern schlagen sie gewisse Vorschriften in den Zimmern an, aber stets führen sie dabei Paragrafen aus den Staatsgesetzen an. Hier sehe ich nichts derart angeschlagen. Bitte, weisen Sie Ihre Berechtigung nach und lassen Sie uns zum Schluss kommen, denn Sie sehen selber, dass Sie das Spiel aufhalten.«

»So etwas habe ich nicht, aber ich habe meine Befehle, und das genügt. Diesen Befehlen muss gehorcht werden.«

»Wir wollen nicht zu hastig in unseren Folgerungen sein. Es wird besser sein, wenn wir die Sache ohne Hitze und ohne Hast untersuchen und uns erst mal ansehen, wie es steht, bevor einer von uns einen Missgriff macht – denn wenn die Freiheiten eines Bürgers der Vereinigten Staaten beschnitten werden, so ist das ein viel ernsteres Ding, als Sie und die Bahnverwaltungen zu ahnen scheinen, und ich für meine Person lasse es mir nicht gefallen, wenn der Betreffende mir nicht die Berechtigung seines Vorgehens nachweist. Nun ...«

»Sir, wollen Sie Ihre Karten hinlegen?«

»Alles zu seiner Zeit – vielleicht. Es kommt darauf an. Sie sagen, diesem Befehl muss gehorcht werden. Muss. Das ist ein starkes Wort. Sie sehen selber, wie stark es ist. Eine vernünftige Verwaltung wird Sie – natürlich! – nicht mit einem so drastischen Befehl bewaffnen, ohne eine Buße auf jede Verletzung der Vorschrift zu legen. Sonst könnte es leicht ein toter Buchstabe und ein lächerlicher Befehl bleiben. Wie viel beträgt die Buße für Übertretung dieses Gesetzes?«

»Buße? Davon habe ich niemals etwas gehört.«

»Unfraglich müssen Sie sich irren. Ihre Gesellschaft befiehlt Ihnen, hier hereinzukommen und in schroffer Weise eine unschuldige Unterhaltung zu verbieten, und gibt Ihnen kein Mittel an die Hand, um dem Befehl Geltung zu verschaffen? Sehen Sie nicht ein, dass das Unsinn ist? Was tun Sie denn, wenn Leute sich weigern, dem Befehl zu gehorchen? Nehmen Sie ihnen die Karten weg?«

»Nein.«

»Weisen Sie den Frevler auf der nächsten Haltestelle aus dem Zug?«

»Na, das können wir doch natürlich nicht, wenn einer seine Fahrkarte hat!«

»Verklagen Sie ihn vor Gericht?«

Der Schaffner schwieg; augenscheinlich war er verwirrt. Der Major gab neue Karten und sagte:

»Sie sehen selber, dass Sie hilflos sind und dass die Gesellschaft Sie in eine lächerliche Stellung gebracht hat. Man überträgt Ihnen das Amt, eine anmaßende Vorschrift durchzuführen, Sie machen das mit Lärmen und Toben, und wenn Sie näher zusehen, so finden Sie, dass Sie kein Mittel haben, sich Gehorsam zu erzwingen.«

Hierauf sagte der Schaffner mit kühler Würde:

»Meine Herren, Sie haben den Befehl gehört, und damit habe ich meine Schuldigkeit getan. Ob Sie dem Befehl nachkommen oder nicht, das werden Sie machen, wie's Ihnen gut erscheint.« Damit wandte er sich zum Gehen.

»Bitte, warten Sie doch noch. Die Sache ist noch nicht zu Ende. Ich glaube, Sie irren sich, wenn Sie meinen, Ihre Schuldigkeit getan zu haben; aber wenn das wirklich der Fall ist, so habe ich jetzt selber eine Schuldigkeit zu erfüllen.«

»Wie meinen Sie das?«

»Werden Sie meinen Ungehorsam bei der Direktion in Pittsburgh zur Anzeige bringen?«

»Nein. Wozu auch?«

»Sie müssen mich anzeigen, oder ich werde Sie anzeigen!«

»Anzeigen – weswegen?«

»Wegen Ungehorsams gegen die Befehle Ihrer Gesellschaft, indem Sie nicht unserem Spiel Einhalt getan haben. Als Bürger habe ich die Pflicht, den Eisenbahngesellschaften beizustehen, dass ihre Angestellten den Dienst ordentlich versehen.«

»Meinen Sie das im Ernst?«

»Ja, in vollem Ernst. Ich habe nichts gegen Sie als Menschen, aber ich muss Ihnen als Beamtem den Vorwurf machen, dass Sie Ihren Befehl nicht ausgeführt haben, und wenn Sie mich nicht anzeigen, muss ich Sie anzeigen. Und das werde ich auch tun.«

Der Schaffner sah ganz verblüfft drein und dachte einen Augenblick nach; dann rief er:

»Ich habe mich da, wie es scheint, selber in eine nette Patsche gebracht. Das Ganze ist ja ein großer Kuddelmuddel; ich werde absolut nicht mehr klug daraus. So was ist mir noch niemals vorgekommen. Die Leute haben sich stets gefügt und nie ein Wort gesagt, daher habe ich auch gar nicht bemerkt, wie lächerlich der dumme Befehl ohne Strafbestimmungen ist. Ich wünsche niemanden anzuzeigen, wünsche aber auch selber nicht angezeigt zu werden – um Gottes willen, davon könnte ich ja endlose Scherereien haben! Bitte, spielen Sie nur ruhig weiter – spielen Sie den ganzen Tag, wenn Sie Lust haben –, und reden wir nicht mehr davon!«

»Nein, ich habe bloß diesen Platz hier eingenommen, um die Rechte dieses Herrn hier zu vertreten – jetzt kann er selbst weiterspielen. Doch bevor Sie gehen – wollen Sie mir nicht vielleicht sagen, weshalb nach ihrer Meinung die Gesellschaft diese Vorschrift erlassen hat?«

»Der Grund für die Vorschrift ist vollkommen klar und einfach; sie ist erlassen aus Rücksicht auf die Gefühle, ich meine die religiösen Gefühle der Mitfahrenden. Es ist vielen unter ihnen peinlich, wenn durch Kartenspielen auf den Eisenbahnen der Sonntag entheiligt wird.«

»So dachte ich es mir auch. Sie finden nichts dabei, den Sonntag durch Reisen zu entheiligen, aber sie wollen nicht dulden, dass andere Leute …«

»Wahrhaftig, Sie haben den Nagel auf den Kopf getroffen. Auf diesen Gedanken war ich noch nie gekommen. Aber es ist wirklich eine alberne Vorschrift, wenn man genauer zusieht.«

In diesem Augenblick kam der Zugführer herzu und wollte sehr von oben herab das Kartenspielen untersagen, aber der Schaffner nahm ihn auf die Seite, um ihm den Fall auseinanderzusetzen. Wir hörten kein Wort mehr von der Geschichte.

In Chicago lag ich elf Tage lang krank zu Bett und bekam daher von der Weltausstellung keinen Schimmer zu sehen, denn ich war genötigt, in den Osten zurückzukehren, sobald ich wieder reisefertig war. Am Tag vor unserer Abreise bestellte der Major eine Salonabteilung in einem Schlafwagen und bezahlte den Preis dafür. Ich hatte also einen bequemen großen Raum zur Verfügung; als wir aber auf dem Bahnhof ankamen, stellte es sich heraus, dass aus Versehen unser Wagen nicht angehängt worden war. Der Schaffner hatte ein Abteil für uns freigehalten – mehr könne er nicht tun, sagte er. Aber der Major sagte, wir hätten es nicht so eilig und wollten warten, bis der Wagen angehängt sei. Hierauf antwortete der Schaffner mit freundlicher Ironie:

»Mag sein, dass Sie es nicht eilig haben, wie Sie soeben sagten, aber wir haben es eilig. Bitte, einsteigen, meine Herren, einsteigen! Lassen Sie uns nicht warten!«

Aber der Major wollte nicht einsteigen und ließ auch nicht zu, dass ich es tat. Er verlangte seinen Wagen und sagte, er müsse ihn haben. Dies machte den vor Geschäftigkeit schwitzenden Schaffner ungeduldig, und er rief:

»Wir haben unser Möglichstes getan – Unmögliches können wir nicht fertigbringen. Sie werden dieses Abteil nehmen oder gar keins. Es ist ein Versehen vorgekommen, und das kann nicht in diesem letzten Augenblick wieder gutgemacht werden. So etwas kommt ab und zu vor, und man kann nichts anderes tun, als sich so gut wie möglich dareinzufinden. Andere Leute machen es auch so.«

»Ach ja, das ist es eben! Hätten sie auf ihren Rechten bestanden, so würden Sie jetzt nicht versuchen, die meinigen so mir nichts dir nichts mit Füßen zu treten. Ich habe durchaus nicht den Wunsch, Ihnen unnötigerweise Verlegenheiten zu bereiten, aber es ist meine Pflicht, den nächsten, dem das Gleiche passieren könnte, vor Derartigem zu bewahren. Ich muss also meinen Wagen haben. Sonst werde ich in Chicago warten und die Eisenbahngesellschaft wegen Verletzung des mit mir abgeschlossenen Vertrages verklagen.«

»Die Gesellschaft verklagen? Wegen so einer Kleinigkeit?«
»Gewiss.«
»Ist das wirklich Ihre Absicht?«
»Allerdings.«

Der Schaffner sah den Major mit einem erstaunt prüfenden Blick an; dann sagte er:

»Donnerwetter, so was! Das war noch nicht da – ist mir noch niemals vorgekommen. Aber ich will darauf schwören. Sie täten es. Hören Sie, ich will den Bahnhofsvorsteher holen.«

Der Bahnhofsvorsteher war nicht wenig ärgerlich – auf den Major, nicht auf den Mann, der das Versehen gemacht hatte. Er war ziemlich kurz angebunden und stellte sich auf den gleichen Standpunkt wie anfangs der Schaffner; aber das rührte den Artilleristen durchaus nicht; er bestand mit seiner freundlichen Ruhe darauf, er müsse seinen Wagen haben. Offenbar lag in diesem Fall der ganze Vorteil des Rechts nur auf der einen Seite, und zwar auf der des Majors. Der Stationsvorsteher gab sein ärgerliches Wesen auf und wurde höflich; er bat sogar halb und halb um Entschuldigung. Dies war eine gute Eröffnung von Vergleichshandlungen, und der Major gab nun auch etwas nach. Er sagte, er wolle auf die bestellte und bezahlte Salonabteilung verzichten, aber eine Salonabteilung müsse er haben. Nach einigem Suchen wurde eine gefunden, deren Inhaber sich überreden ließ; er vertauschte sie mit unserem Sonderabteil und wir fuhren endlich ab.

Am Abend besuchte der Schaffner uns und war freundlich und höflich und zuvorkommend. Wir hatten ein langes Gespräch miteinander und wurden schließlich gut Freund. Er sagte, er wünsche, das Publikum beschwere sich öfter – das würde von guter Wirkung sein. Man könnte nicht erwarten, dass die Bahnverwaltungen den Reisenden gegenüber ihre Schuldigkeit täten, solange nicht die Reisenden sich selber darum bekümmerten.

Ich hoffte, wir hätten jetzt auf unserer Reise genug reformiert, aber dem war nicht so. Am anderen Morgen bestellte der Major, als wir im Speisewagen saßen, ein gebratenes Huhn. Der Kellner sagte:

»Es steht nicht auf der Speisekarte, Sir; wir servieren nichts, was nicht auf der Karte steht.«

»Der Herr da drüben isst Huhn.«

»Ja, das ist aber was anderes. Er ist Betriebsdirektor bei der Gesellschaft.«

»Dann muss ich erst recht gebratenes Huhn haben. Solche Unterscheidung liebe ich nicht. Bitte schnell – bringen Sie mir ein gebratenes Huhn!«

Der Kellner kam mit dem Steward, und dieser setzte leise und höflich dem Major auseinander, es ließe sich unmöglich machen – es wäre gegen die Vorschrift, und die Vorschrift laute auf das Strengste.

»Sehr wohl; dann müssen Sie sie entweder unparteiisch anwenden oder sie unparteiisch brechen. Sie müssen dem Herrn sein Huhn wegnehmen oder mir auch eins bringen.«

Der Steward wusste nicht, was er machen sollte. Er begann eine unzusammenhängende Erklärung vom Stapel zu lassen, und in diesem Augenblick kam der Schaffner vorbei und fragte, wo es fehle. Der Steward setzte ihm auseinander, da wäre ein Herr, der durchaus ein Huhn haben wollte, ob wohl das doch gegen die Vorschrift wäre und jenes Gericht nicht auf der Speisekarte stände. Der Schaffner sagte:

»Halten Sie sich an Ihre Vorschrift – eine andere Wahl gibt es nicht für Sie. Aber warten Sie mal einen Augenblick – ist das der Herr?« Dann lachte er und fuhr fort: »Lassen Sie lieber Ihre Vorschriften – ich rate Ihnen – und ich weiß warum –, geben Sie ihm alles, was er verlangt, und wenn Sie es nicht haben, so lassen Sie den Zug halten und besorgen Sie es.«

Der Major aß das Huhn, aber er sagte mir, er täte es nur aus Pflichtgefühl und des Prinzips wegen, denn eigentlich möge er Huhn gar nicht.

Ich verfehlte allerdings die Weltausstellung, aber ich lernte dafür ein paar diplomatische Kunstgriffe kennen, die sich mir und dem Leser vielleicht im Laufe der Zeit als bequem und praktisch erweisen werden.

Tom Sawyer als Detektiv

Von Huck Finn erzählt

Erstes Kapitel*

Ein Jahr war herum, seitdem Tom Sawyer und ich unseren alten Neger Jim befreit hatten, der auf der Farm von Toms Onkel Silas in Arkansas als fortgelaufener Sklave in Ketten gelegt worden war. Nun wurde es Frühling; der gefrorene Boden taute auf und mildere Lüfte wehten. Immer näher winkte die Zeit, wo man wieder barfuß gehen konnte; dann kam das Murmelspiel an die Reihe, später Kreisel und Reifen oder man ließ den Drachen steigen, und wenn es endlich Sommer geworden war, ging es zum Schwimmen. Doch das lag unabsehbar fern, und der Gedanke, wie lange es noch dauern muss, bis der Sommer kommt, macht unsereinen ganz schwermütig. Dann schleicht so ein armer Junge trübselig umher; er seufzt und stöhnt und weiß nicht, was ihm fehlt. Er sucht sich ein einsames Fleckchen hoch oben am Berghang, wo er weit hinausschauen kann, wie der große Mississippi sich um eine Landzunge nach der anderen windet, bis er mit der dämmerigen Ferne verschwimmt. Alles ist so still und feierlich wie beim Begräbnis, und man wünscht, man wäre selber tot und begraben, damit das Erdenleid ein Ende hätte.

Wisst ihr, wie die Krankheit heißt? Man nennt sie Frühlingsfieber. Und wenn sie einen befällt, hat man immerzu Herzweh, man weiß nicht, wonach. Man möchte weit weg von dem ewigen Einerlei der alltäglichen Dinge, die einem zum Überdruss sind. Etwas Neues sehen und als Wanderer in fremde Länder ziehen, wo alles wunderschön, geheimnis-

---

* Die Leser von Mark Twains Knabengeschichten: »Tom Sawyers Abenteuer und Streiche« und »Huckleberry Finns Abenteuer und Fahrten« werden die hier folgende Erzählung: »Tom Sawyer als Detektiv« mit Freuden begrüßen, in der die beiden Helden Tom Sawyer und Huck Finn wiederkehren.

voll und noch nie dagewesen ist – ja, danach sehnt man sich. Doch nimmt man allenfalls auch mit einer kleinen Wanderschaft vorlieb und ist froh, wenn man überhaupt fort kann.

Also, wir beide litten stark am Frühlingsfieber, Tom Sawyer und ich. Aber es war gar keine Aussicht vorhanden, dass Tom etwa die Schule versäumen und über Land gehen durfte; seine Tante Polly hielt das für Zeitverschwendung und hätte es nie zugegeben. Recht mutlos und niedergeschlagen saßen wir eines Tages gegen Sonnenuntergang draußen auf den Steinstufen und bliesen Trübsal; da kam Tante Polly mit einem Brief in der Hand gegangen.

»Tom«, sagte sie, »du wirst wohl dein Bündel schnüren müssen, um dich nach Arkansas auf den Weg zu machen – Tante Sally verlangt nach dir.«

Ich hätte vor Freude aus der Haut springen mögen und glaubte nicht anders, als dass Tom seiner Tante um den Hals fallen und sie halbtot herzen würde; aber er saß stockstill da und tat keinen Mucks. Warum er nur solch ein Narr war, die herrliche Gelegenheit, die sich ihm bot, nicht beim Schopf zu fassen? Sie konnte ihm leicht entgehen, wenn er jetzt nicht bald den Mund auftat und sagte, wie froh und dankbar er wäre. Ich war ganz außer mir und dem Weinen nahe, als er immer weiter lernte und lernte und zuletzt ganz gelassen sagte:

»Es tut mir sehr leid, Tante, aber davon kann wirklich jetzt keine Rede sein!« – Da hätte ich ihn totschießen können.

Tante Polly war wie vor den Kopf geschlagen und so voll Zorn über die freche Antwort, dass sie eine ganze Minute lang sprachlos dastand und mir Zeit ließ, Tom einen Puff zu geben und ihm zuzuflüstern:

»Bist du denn übergeschnappt? Wie kannst du ein solches Glück wegwerfen und mit Füßen treten?«

Aber das machte ihm keinen Eindruck. »Schweig still, Huck Finn«, brummte er, »soll sie etwa merken, dass ich für mein Leben gern hin möchte? Gleich würden ihr tausend Zweifel kommen – lauter eingebildete Krankheiten, Gefahren und Hindernisse. Im Handumkehren hätte sie die Erlaubnis zurückgenommen. Lass mich nur machen, ich weiß schon, wie man sie behandeln muss.«

Na, so was wäre mir nie eingefallen; aber Tom hatte recht, wie immer. Ein Schlaukopf erster Sorte und nie unbesonnen – der lässt sich nicht verblüffen. Jetzt hatte Tante Polly sich vom Schreck erholt, und nun ging es los:

»So – davon kann nicht die Rede sein? Hat man je so was gehört! Und das sagst du mir ins Gesicht? – Auf der Stelle gehst du hinauf und packst deine Siebensachen. Kein Wort mehr, das bitt ich mir aus – sonst setzt's Hiebe.«

Sie gab ihm noch eine Kopfnuss mit dem Fingerhut als wir uns duckten und rasch an ihr vorbeiliefen. Tom fing an zu flennen und wir sprangen die Treppe hinauf. Oben in seinem Zimmer fiel er mir um den Hals und war wie wahnsinnig vor Freude, weil es nun auf die Reise ging.

»Sie wird es bald bereuen, dass sie mich fortgelassen hat«, sagte er. »Aber nun weiß sie keinen Ausweg und kann's nicht wieder rückgängig machen, dazu ist sie viel zu stolz.«

In zehn Minuten war Tom mit dem Packen fertig, bis auf das, was seine Tante und Mary an Sachen dazu tun würden; dann wartete er noch zehn Minuten, damit sich ihr Zorn abkühlen und sie wieder sanft und freundlich werden sollte. »Wenn sie nur halb aus dem Häuschen ist«, sagte er, »braucht sie zehn Minuten um sich zu erholen; habe ich sie aber ganz wild gemacht, dann dauert es zwanzig Minuten, und das ist jetzt so ein Fall.« Nun gingen wir rasch hinunter, weil wir vor Neugierde brannten zu hören, was Tante Sally eigentlich geschrieben hatte.

Der Brief lag auf Tante Pollys Schoß und sie saß ganz in Gedanken versunken da. Als wir Platz genommen hatten, sagte sie:

»Unsere Leute dort unten sind in großer Trübsal; sie hoffen, ihr werdet sie zerstreuen, du und Huck Finn, und ein rechter Trost für sie sein. Na, ihr beide seid mir ein paar nette Tröster! – Die Sache ist nämlich so: Ein Nachbar von ihnen, Brace Dunlap, hat vor drei Monaten um die Hand ihrer Benny angehalten. Sie haben lange mit der Antwort gezögert und ihm endlich geradeheraus erklärt, dass aus der Heirat nichts werden konnte. Das hat er ihnen sehr übel genommen, und nun machen sie sich Kummer darüber. Mir scheint, sie wollen es nicht ganz mit dem Nachbar verderben, denn um ihn zu versöhnen haben sie seinen nichtsnutzigen Bruder als Gehilfen auf der Farm in Dienst genommen, obgleich ihre Mittel das kaum erlauben und der Mensch ihnen sowieso nur im Weg ist. Wer sind denn diese Dunlaps?«

»Sie wohnen etwa eine Meile von Onkel Silas' Besitzung, Tante – alle Farmen dort in der Gegend sind gleich weit voneinander entfernt. Brace Dunlap ist viel reicher als die anderen Nachbarn und hat einen ganzen Haufen Neger. Er ist ein kinderloser Witwer, sechsunddreißig Jahre alt, dabei sehr stolz und hochfahrend, sodass alle Welt vor ihm zu Kreuze kriecht. Vermutlich hat er gedacht, er brauchte nur bei irgendeinem Mädchen anzuklopfen, das er zur Frau wollte; es wird ihn nicht wenig gewundert haben, dass er Benny nicht bekommen kann. Sie ist nur halb so alt wie er und das süßeste, reizendste – na, du kennst Benny ja selbst. Mir tut nur der arme alte Onkel Silas leid, der sich aufs Äußerste einschränken muss und einen Tunichtgut wie den Jupiter Dunlap in Dienst nimmt, bloß um seinem hochnäsigen Bruder einen Gefallen zu tun.«

»Ist das ein Name – Jupiter! Wo hat er den her?«

»Es ist nur ein Spitzname; wie er eigentlich heißt, weiß wohl kein Mensch mehr. Man nennt ihn schon siebenundzwanzig Jahre lang so, seit er zum ersten Mal baden ging. Da sieht der Schulmeister, dass er am linken Bein über dem Knie ein rundes braunes Mal hat, so groß wie ein Centstück und vier kleinere Mäler drum herum und sagt, es erinnere ihn an Jupiter und seine Monde. Den Kindern kam das komisch vor, sie fingen an ihn Jupiter zu nennen, und der Name ist ihm geblieben bis auf den heutigen Tag. Er ist groß und faul, verschmitzt, hinterhältig und feige, dabei aber doch wieder gutmütig. Keinen roten Heller nennt er sein eigen; Brace gibt ihm das Gnadenbrot und seine abgelegten Kleider, auch seine Verachtung obendrein. Jupiter trägt langes Haar, aber keinen Bart; er ist ein Zwilling.«

»So? Wie sieht denn der andere Zwillingsbruder aus?«

»Man sagt, er gleicht Jupiter auf ein Haar; wenigstens früher – jetzt hat man ihn seit sieben Jahren nicht gesehen. Als er neunzehn oder zwanzig Jahre alt war, wurde er bei einem Einbruchsdiebstahl ertappt und ins Gefängnis gesteckt. Aber er entkam in den Norden und beging bald hier bald dort Raub oder Diebstahl; doch das ist lange her. Jetzt ist er tot; das heißt, die Leute behaupten es – man hört eben nichts mehr von ihm.«

»Wie heißt denn der?«

»Jack.«

Es entstand eine Pause; die alte Dame war offenbar mit ihren Gedanken beschäftigt. Endlich sagte sie:

»Am meisten macht sich Tante Sally Sorge darüber, dass der Onkel immer in so furchtbaren Zorn gerät über diesen Jupiter.«

»Was«, rief Tom verwundert, »Onkel Silas! Das ist wohl nur ein Scherz – der kann ja gar nicht zornig werden!«

»Die Tante schreibt, er wird oft so wütend, dass sie immer fürchtet, er könnte sich tätlich an dem Mann vergreifen.«

»Da hört aber alles auf! – Onkel ist ja so sanft wie ein Lamm.«

»Er soll wie ausgewechselt sein durch das ewige Zanken und Streiten. Die Nachbarn reden schon darüber und schieben alle Schuld auf den Onkel, weil er ein Prediger ist und Frieden halten müsste. Tante Sally sagt, er schämt sich ordentlich, auf die Kanzel zu steigen; auch hat die Gemeinde das Vertrauen zu ihm verloren und er ist gar nicht mehr so beliebt wie früher.«

»Wie sonderbar! Onkel war doch immer so sanft und freundlich, so zerstreut, so träumerisch, so voller Einfalt und Herzensgüte, kurz ein wahrer Engel. Wie kann das nur zugegangen sein?«

Zweites Kapitel

Wir hatten riesiges Glück. Auf einem Raddampfer, der vom Norden her gerade in die Sumpfgegend von Louisiana steuerte, kamen wir den ganzen Mississippi bis zur Farm in Arkansas hinunter und brauchten nicht einmal in St. Louis das Boot zu wechseln. Eine Fahrt von fast tausend Meilen in einem Zug.

Man fühlte sich recht einsam auf dem Dampfer, denn die wenigen Passagiere waren alte Männer, die weit voneinander auf Deck saßen und schliefen oder sich still verhielten. Vier Tage dauerte die Fahrt auf dem Oberen Mississippi, weil wir so oft auf den Grund gerieten, aber langweilig fanden wir Jungen es gar nicht – wie kann man sich langweilen, wenn man auf Reisen ist!

Gleich nach der Abfahrt hatten Tom und ich herausgebracht, dass in der Kajüte neben unserer jemand krank liegen müsse, weil das Essen immer hineingetragen wurde. Wir erkundigten uns danach, und der Kellner sagte, der Mann da drinnen sähe gar nicht krank aus.

»Aber, er muss doch krank sein.«

»Wohl möglich – ich weiß nicht – mir scheint, er stellt sich nur an.«

»Woher glaubt Ihr das?«

»Na, wenn er krank wäre, würde er sich doch mal ausziehen, aber das tut er nicht. Wenigstens seine Stiefel behält er immer an.«

»Ist das möglich? Auch wenn er zu Bett geht?«

»Auch dann.«

Ein Geheimnis! Das war Wasser auf Toms Mühle.

»Wie heißt denn der Mann?«

»Phillips; in Alexandria ist er an Bord gekommen.«

»Und hat er noch andere Eigenheiten?«

»Nein – nur schrecklich ängstlich ist er. Tag und Nacht hält er seine Tür verschlossen, und wenn man klopft, macht er nur ein Ritzchen auf und guckt erst, wer da ist.«

»Wahrhaftig, den möchte ich gern zu sehen bekommen. Sagt mal – könntet Ihr nicht die Tür weit aufmachen, wenn Ihr wieder hineingeht, sodass ...«

»Bewahre. Das würde auch wenig nützen. Er stellt sich immer hinter die Tür.«

Tom dachte eine Weile nach.

»Wisst Ihr was? Gebt mir Eure Schürze und lasst mich morgen das Frühstück hineintragen. Ihr bekommt auch einen Vierteldollar.«

Der Kellner war es zufrieden, wenn der Oberkellner nichts dagegen hätte.

»Mit dem will ich's schon abmachen«, sagte Tom. Und richtig, am nächsten Morgen hatten wir jeder eine Schürze um und trugen die Speisen hinein.

Tom hatte die ganze Nacht wach gelegen und sich den Kopf zerbrochen über Phillips und sein Geheimnis. Das war verlorene Müh nach meiner Ansicht; viel besser, wir kamen selbst dahinter wie die Sachen wirklich standen, statt uns erst allerlei Falsches auszudenken. »Ich kann's ja abwarten«, dachte ich und ließ mich im Schlaf nicht stören.

Als Tom morgens an die Tür klopfte, guckte der Mann durch die Spalte, ließ uns herein und schloss rasch hinter uns zu. Aber, Donnerwetter – als wir ihn ansahen, hätten wir vor Schreck fast die Kaffeebretter fallen lassen.

»Du meine Güte – Jupiter Dunlap – wo kommt Ihr denn her?«, rief Tom.

Natürlich war der Mann überrascht und zuerst sah er aus, als ob er nicht wüsste, sollte er sich fürchten oder freuen. Er war ganz bleich geworden, doch bald bekam er wieder Farbe im Gesicht und fing an mit uns zu plaudern, während er sein Frühstück aß.

Nach einer Weile sagte er: »Ich bin gar nicht Jupiter Dunlap; doch heiß ich auch nicht Phillips. Wenn ihr schwören wollt, reinen Mund zu halten, will ich euch offenbaren, wer ich bin.«

»Wir verraten nichts«, rief Tom; »aber wenn Ihr nicht Jupiter Dunlap seid, braucht Ihr mir Euren Namen nicht erst zu sagen.«

»Wieso?«

»Weil Ihr ihm gleicht wie ein Ei dem anderen. Ihr seid sein Zwillingsbruder Jack.«

»Da kannst du recht haben. Aber, sag mal, Junge, woher kennst du uns denn alle beide?«

Nun erzählte ihm Tom, was wir im vergangenen Sommer für Abenteuer auf Onkel Silas' Farm erlebt hatten. Als er hörte, dass wir alle seine Familienverhältnisse und seine eigene Lebensgeschichte kannten, wurde er ganz offenherzig und mitteilsam. Er sagte, er wäre von jeher ein Tunichtgut gewesen, auch jetzt sei er ein schlechter Kerl und würde wohl sein Lebtag ein Taugenichts bleiben. Freilich sei es ein gefährliches Ding und –

Er brach plötzlich ab und hielt die Hand ans Ohr um zu lauschen. Wir sprachen kein Wort; ein paar Sekunden blieb alles mäuschenstill. Man hörte nichts als das Knarren des Holzwerks und das Bumbum der Maschine im Schiffsraum.

Um ihn zu beruhigen fingen wir an, ihm allerlei von seiner Familie zu berichten: dass Brace seine Frau vor drei Jahren verloren hätte und als er Benny heiraten wollte, von ihr einen Korb bekommen habe, dass Jupiter bei Onkel Silas in Arbeit stehe, der immer in Streit mit ihm sei, und dergleichen mehr. Auf einmal lachte er laut auf.

»Jungens«, rief er, »euer Geplapper versetzt mich ganz in alte Zeiten zurück; mir wird ordentlich wohl dabei. Seit länger als sieben Jahren hab ich so was nicht mit angehört. Was spricht man denn aber von mir in der Nachbarschaft?«

»Von Euch spricht man schon lange nicht mehr; höchstens alle Jubeljahr wird Euer Name einmal erwähnt.«

»Ist's möglich! Und wie kommt denn das?«

»Weil man Euch für längst gestorben hält.«

»Wirklich? Sprichst du auch die Wahrheit?« Er war in großer Erregung aufgesprungen.

»Mein Wort zum Pfand. Kein Mensch glaubt, dass Ihr noch am Leben seid.«

»Hurra, dann bin ich gerettet! Ich kann mich nach Hause wagen. Gewiss werden mir meine Verwandten beistehen und mich verbergen. Nicht wahr, ihr haltet reinen Mund! Schwört mir es noch einmal. Schwört, dass ihr mich nun und nimmermehr verraten werdet. Jungs, habt Erbarmen mit mir armem Teufel, der Tag und Nacht keine Ruhe findet und sich nirgends sehen lassen darf. Ich hab euch nie etwas zuleide getan und meine es nur gut mit euch, so wahr Gott im Himmel ist. Schwört, dass ihr schweigen wollt, und rettet mir das Leben.«

Natürlich taten wir ihm den Willen und leisteten den Schwur. Er dankte uns von ganzem Herzen, der arme Kerl, ich glaube, er hätte uns am liebsten umarmt und geküsst.

Wir plauderten noch lange zusammen; dann holte er einen kleinen Reisesack herbei, öffnete ihn und bat, wir möchten nicht hinsehen. Wir drehten ihm den Rücken zu, und als wir uns wieder umwenden durften, war er ganz und gar verändert. Er hatte eine blaue Brille auf und einen langen braunen Knebel- und Schnauzbart, der ihm sehr natürlich zu Gesicht stand. Seine eigene Mutter hätte ihn nicht wieder erkannt. »Sehe ich jetzt noch meinem Bruder Jupiter ähnlich?«, fragte er.

»Nein«, sagte Tom, »nichts erinnert mehr an ihn, außer Euer langes Haar.«

»Das lasse ich mir kurz scheren, ehe ich nach Hause komme. Er und Brace werden mein Geheimnis bewahren und ich kann als Fremder bei ihnen wohnen, ohne dass die Nachbarn Argwohn schöpfen. Wie gefällt euch mein Plan?«

Tom dachte eine Weile nach, dann sagte er:

»Huck und ich, wir werden natürlich kein Wort verraten, aber wenn Ihr nicht selber schweigt, so lauft Ihr doch Gefahr, erkannt zu werden. Es würde den Leuten auffallen, dass Eure Stimme genauso klingt wie die von Jupiter, und dann erinnern sie sich vielleicht an den Zwillingsbruder, den sie für tot gehalten haben und der sich die ganze Zeit unter einem falschen Namen verborgen haben kann.«

»Alle Wetter, bist du klug!«, rief er; »aber recht hast du. Ich muss mich taubstumm stellen, sobald ein Nachbar in meine Nähe kommt. Es hätte eine schöne Geschichte gegeben, wäre mir das nicht eingefallen. Aber ich wollte ja eigentlich gar nicht nach Hause, sondern nur an irgendeinen Ort, wo ich vor den Burschen sicher bin, die mich verfolgen. Dann dachte ich den Bart und die Brille anzulegen, auch andere Kleider und …«

Mit einem Mal lief er zur Tür, hielt das Ohr daran und horchte. Er war bleich geworden und sein Atem flog.

»Es klang ganz, als würde der Hahn einer Flinte gespannt«, flüsterte er. »Herr des Himmels, ist das ein erbärmliches Leben!« Matt und kraftlos sank er auf einen Stuhl und wischte sich den Schweiß von der Stirn.

Drittes Kapitel

Von da ab waren wir fast immer bei ihm; meist schlief einer von uns in seiner oberen Koje. Er hatte sich so schrecklich einsam gefühlt und es war ihm ein Trost in seiner Not, jemanden um sich zu haben, mit dem er reden konnte. Wir brannten natürlich vor Neugier, hinter das Geheimnis zu kommen; aber Tom sagte, wir sollten uns ja nichts merken lassen, dann würde er einmal ganz von selbst anfangen davon zu sprechen. Wollten wir ihn ausfragen, so würde er gleich Argwohn schöpfen und verschwiegen sein wie eine Auster. Es traf auch genauso ein. Dass er uns alles gern erzählt hätte, merkte man ihm leicht an, aber jedes Mal, wenn wir dachten: jetzt kommt's, überfiel ihn die Angst und er lenkte das Gespräch auf etwas anderes. Wir erfuhren es aber doch noch, und das ging so zu: Er hatte angefangen, uns in scheinbar gleichgültigem Ton nach den Passagieren im Zwischendeck zu fragen, die heraufkamen, um sich am

Schanktisch Branntwein zu kaufen; wir versuchten sie zu beschreiben, aber das genügte ihm nicht, er wollte alle Einzelheiten wissen. Tom gab sich die größte Mühe und als er bei der Schilderung eines der rohesten und zerlumptesten Kerle angekommen war, fuhr Jake Dunlap schaudernd zusammen.

»O Jemine, das ist einer von ihnen! Sie sind wahrhaftig an Bord – dachte ich mir's doch! Ich hoffte, ich wäre ihnen entwischt, aber zweifelhaft war es mir immer. Nur weiter!«

Als Tom nun noch einen anderen groben und schäbigen Zwischendecks-Passagier beschrieb, wurde Dunlap schreckensbleich. »O weh, das ist der zweite, was fang ich nur an? Hätten wir doch eine stürmische pechfinstere Nacht und ich könnte das Ufer erreichen. Aber sie haben gewiss jemanden bestochen, den Stiefelputzer oder den Kofferträger, um mich zu bewachen. Gelänge es mir auch unbemerkt fortzukommen, so würde keine Stunde vergehen, bis sie es wüssten.«

Unruhig ging er auf und ab. Es dauerte gar nicht lange, da fing er an zu erzählen, wie es ihm bald gut, bald schlecht ergangen sei, und ehe wir es uns versahen, kam er ins rechte Fahrwasser.

»Wir hatten alles genau verabredet«, sagte er. »Es handelte sich um zwei wunderschöne Diamanten, so groß wie Haselnüsse, in einem Juwelierladen in St. Louis, die von jedermann bewundert wurden. Wir zogen feine Kleider an und spielten den Streich bei hellem Tage. Die Diamanten ließen wir uns ins Hotel kommen, als ob wir sie kaufen wollten, wenn sie uns gefielen, und schickten dem Juwelier statt dessen zwei Glaspasten, die wir in Bereitschaft gehalten hatten, mit dem Bescheid zurück, die Diamanten seien nicht vom reinsten Wasser und wir fänden den Preis von zwölftausend Dollar zu hoch.«

»Zwölf – tausend – Dollar!«, rief Tom. »Waren sie denn wirklich so viel Geld wert?«

»Keinen Cent weniger.«

»Und ihr habt euch damit aus dem Staub gemacht?«

»Ohne alles Weitere. Der Juwelier weiß vielleicht heutigen Tages noch nicht, dass er bestohlen worden ist. Aber wir hielten es doch für unklug, in St. Louis zu bleiben. Wir überlegten hin und her und beschlossen nach dem Oberen Mississippi zu reisen. Vorher aber wickelten wir die Diamanten in ein Papier, schrieben unsere Namen darauf und übergaben das Päckchen dem Hoteldiener mit der Anweisung, es keinem von uns wieder auszuhändigen, wenn nicht die beiden anderen als Zeugen zugegen wären. Dann machten wir einen Gang in die Stadt, aber jeder für sich allein; ich glaube, wir hatten alle den gleichen Plan, obgleich ich es nicht gewiss behaupten will.«

»Welchen Plan?«, fragte Tom.

»Die anderen zu berauben.«

»Was – einer sollte alles nehmen, nachdem er es erst mit Hilfe der anderen bekommen hatte?«

»So meine ich es.«

Tom war ganz empört darüber; er sagte, es wäre der schändlichste, niederträchtigste Streich, von dem er je gehört hätte. Aber Jake Dunlap versicherte ihm, dass es in seiner Zunft nichts Ungewöhnliches sei. Wer sich einmal diesem Beruf gewidmet hätte, müsste selber auf seinen Vorteil bedacht sein, weil kein anderer Mensch das für ihn besorgen würde. Dann fuhr er in seinem Bericht fort:

»Es war natürlich schwierig, zwei Diamanten unter drei Leute zu teilen, das werdet ihr wohl einsehen. Hätten wir drei Diamanten gehabt, ja dann – Aber, wozu noch weiter darüber reden; mehr als zwei waren es nun einmal nicht. So trieb ich mich denn in den Hintergassen umher und dachte nach, wie ich es wohl anstellen könnte, der Diamanten habhaft zu werden. War mir dies geglückt, dann wollte ich mich so verkleiden, dass mich niemand erkennen sollte, und auf und davon gehen. Ich kaufte mir zu diesem Zweck den falschen Bart, die blaue Brille und den bäurischen Anzug, in dem ihr mich hier seht, und tat alles in einen Reisesack, den ich mitgenommen hatte. Als ich vor einem Laden vorbeikam, in dem allerlei Waren feilgeboten wurden, sah ich durchs Fenster. Drinnen stand Bud Dixon, einer von meinen Spießgesellen. ›Ich will doch mal sehen, was der kauft‹, dachte ich bei mir und verbarg mich, beobachtete aber alles genau. Na, was glaubt ihr wohl, dass er gekauft hat? – Doch das ratet ihr euer Lebtag nicht, Jungs. Nichts als einen winzig kleinen Schraubenzieher.«

»Wie sonderbar. Was wollte er denn damit?«

»Das fragte ich mich auch. Ich zerbrach mir den Kopf, konnte aber nicht ins Reine kommen. Bei einem Trödler erstand er nun noch ein rotes Flanellhemd und zerlumpte Kleider; dieselben, die er jetzt anhat nach eurer Beschreibung. Nachdem ich das gesehen hatte, ging ich zur Werft und versteckte meine Sachen auf dem Flussboot, mit dem wir fahren wollten. Als ich dann abermals durch die Straßen schlenderte, sah ich auch meinen anderen Kameraden seine Einkäufe machen. Gegen Abend holten wir uns die Diamanten aus dem Hotel und gingen an Bord.

Jetzt waren wir alle übel daran, denn wir durften uns nicht zu Bett legen; wie hätten wir sonst ein wachsames Auge aufeinander haben können. Es war nämlich schon seit ein paar Wochen böses Blut zwischen uns, und wir hielten nur zusammen, solange es das Geschäft erforderte. Zwei Diamanten für drei Personen, das war eben die Verlegenheit. Erst aßen wir zu Abend, dann rauchten wir und schlenderten dabei auf dem Deck umher bis gegen Mitternacht. Endlich gingen wir in meine Kajüte, schlossen die Tür zu, überzeugten uns, ob die Diamanten wirklich noch im Papier waren und legten sie auf die untere Koje, wo wir sie alle drei im Auge behalten konnten. Nun saßen wir stockstill und wurden immer schläfriger. Bud Dixon ließ sich endlich von der Müdigkeit übermannen; der Kopf sank ihm auf die Brust und er schnarchte, dass es eine Art hatte. Da deutete Hal Clayton zuerst auf die Diamanten und dann nach der Tür. Ich verstand ihn, streckte die Hand nach dem Papier aus und nahm es an mich. Wir warteten nun eine Weile, aber Bud schlief fort und regte sich nicht. Leise drehte ich den Schlüssel um und drückte auf die Klinke, dann schlichen wir auf den Zehen hinaus und machten die Tür geräuschlos hinter uns zu.

Das Boot glitt ruhig durch die Flut, Wolken verbargen den Mond und wir wurden von niemandem bemerkt. Ohne ein Wort zu reden schritten wir geradewegs hinauf zum Sturmdeck und setzten uns am äußersten Ende neben das Deckfenster. Was das zu bedeuten hatte, wussten wir beide; es bedurfte keiner Erklärung. Wenn Bud Dixon aufwachte und sah, dass die Diamanten fort waren, würde er gleich hinter uns herkommen, denn er kannte keine Furcht. Dann wollten wir ihn über Bord werfen, oder bei dem Versuch unser Leben lassen. Mir schauderte, wenn ich nur daran dachte, denn ich bin nicht so mutig wie mancher andere; doch durfte ich meine Angst nicht zeigen, das wäre mir schlecht bekommen. Ich hoffte immer noch, das Boot würde irgendwo anlegen, sodass wir ans Land springen und allen Skandal vermeiden könnten, denn mit Bud Dixon war nicht zu spaßen.

Aber eine Stunde nach der anderen verging, wir schifften immer weiter und der Mensch kam nicht auf Deck. Als der Morgen zu dämmern anfing und Bud sich noch nicht sehen ließ, erwachte unser Argwohn: ›Er hält uns vielleicht zum Narren, meinte Hal, mach das Papier auf!‹ Das tat ich und meiner Seel, es war nichts darin, als ein paar Zuckerkrümel. Deshalb also hatte er die ganze Nacht so ruhig schnarchen können. Ein schlauer Kerl, so wahr ich lebe. Er muss zwei ganz gleiche Papiere bereitgehalten und sie vor unserer Nase vertauscht haben.

Wir waren nicht wenig verblüfft, doch hatten wir bald einen neuen Plan fertig. Es schien uns am klügsten, leise in die Kajüte zurückzuschleichen, das Papier wieder an Ort und Stelle zu legen und zu tun, als hätten wir nicht gemerkt, dass er uns mit seinem verstellten Schnarchen nur zum Besten hielt. Wir wollten ihm nicht von der Seite gehen und ihn am ersten Abend nach der Landung betrunken machen, seine Kleider durchsuchen, die Diamanten nehmen und ihm womöglich den Garaus machen; denn er würde uns immer auf den Fersen sein, um uns die Beute wieder abzujagen, und wir wären keinen Augenblick unseres Lebens sicher. Das Gelingen des Plans war mir jedoch sehr zweifelhaft. Bud betrunken zu machen, hatte keine Schwierigkeit, aber was nützte es, wenn wir hernach suchten und suchten und doch nichts fanden.

Plötzlich fuhr mir ein Gedanke durch den Kopf, der mir fast den Atem raubte; doch dann wurde mir auf einmal ganz froh und leicht zumute. Ich hatte nämlich gerade meinen Stiefel in der Hand, um ihn anzuziehen, und als ich einen Blick auf die Sohle warf, musste ich an den rätselhaften kleinen Schraubenzieher denken. Erinnert ihr euch noch daran?«

»Das will ich meinen«, rief Tom ganz aufgeregt.

»Na, wie ich den Absatz ansah, wusste ich auf einmal, wo Bud die Diamanten versteckt hatte. Schaut her – das Stahlplättchen hier ist mit kleinen Schrauben festgemacht; die einzigen Schrauben, die der Mensch an sich trug, waren an seinem Stiefelabsatz, und wenn er einen Schraubenzieher brauchte, so wusste ich wohl wozu.«

»Ist das nicht famos, Huck?«, rief Tom dazwischen.

»Als wir in die Kajüte kamen, schnarchte Bud Dixon noch immer, und auch Hal Clayton schlief bald ein, aber ich nicht – in meinem Leben war ich noch nicht so wach gewesen; ich spähte auf dem Boden umher nach einem Stückchen Leder. Lange konnte ich nichts entdecken, aber endlich fand ich es. Es war ein rundes, kleines Pflöckchen, fast von der Farbe des Teppichs und etwa so dick wie die Spitze meines kleinen Fingers. ›Aha‹, dachte ich, ›in dem Nest, wo das herausgekommen ist, liegt jetzt ein Diamant.‹ Auch das zweite Pflöckchen fand ich nach einigem Suchen.

Nun stellt euch einmal diese Unverschämtheit vor! Der Kerl hatte sich ganz genau überlegt, was wir tun würden, und wir Dummköpfe waren blindlings in die Falle gerannt. Während wir ihn oben auf dem Sturmdeck erwarteten, um ihn ins Wasser zu werfen, saß er unten, schraubte sich in aller Gemütsruhe die Stahlplättchen ab, schnitt Löcher in seine Absätze, steckte die Diamanten hinein und schraubte die Plättchen wieder fest. Ein Schlaufuchs erster Sorte, nicht wahr?«

»Nein, so was ist mir noch nicht vorgekommen!«, rief Tom.

Viertes Kapitel

»Es war ein saures Stück Arbeit, den ganzen Tag über noch so zu tun, als ob wir einander beobachteten, das versichere ich euch. Gegen Abend landeten wir bei einem Städtchen in Missouri, kehrten in einer Schenke ein und ließen uns nach dem Nachtessen ein Schlafzimmer zu dreien im oberen Stock geben. Der Wirt ging mit dem Licht voran und wir im Gänsemarsch hinterdrein, die Treppe hinauf. Ich kam zuletzt und schob meinen Reisesack unter den tannenen Tisch auf dem dunkeln Vorplatz. Wir ließen uns eine tüchtige Portion Whisky bringen und spielten Karten um Fünfcentstücke. Als wir die Wirkung des Whiskys spürten, hörten wir beide auf zu trinken, schenkten aber Bud immer wieder ein, bis er toll und voll war. Er fiel vom Stuhl, lag am Boden und schnarchte.

Nun ging es ans Geschäft. Ich schlug vor, wir wollten ihm die Stiefel ausziehen und unsere auch, damit es keinen Lärm machte, wenn wir ihn um und um kehrten und ihn durchsuchten. Das geschah, und ich stellte meine Stiefel neben Buds, damit ich sie bei der Hand hätte. Wir zogen ihn aus, befühlten alle Nähte seiner Kleider, suchten in seinen Taschen und Socken, auch inwendig in seinen Stiefeln, kurz überall; auch sein Bündel machten wir auf, fanden aber keine Diamanten. Als der Schraubenzieher zum Vorschein kam, fragte Hal: ›Was kann er wohl damit wollen?‹ Ich sagte, das wüsste ich nicht, aber sobald er sich abwandte, steckte ich ihn ein. Endlich sah Hal ganz niedergeschlagen aus und meinte, wir müssten es aufgeben. Darauf hatte ich nur gewartet.

›Etwas haben wir noch nicht durchsucht.‹

›Was denn?‹, fragte er.

›Seinen Magen.‹

›Wahrhaftig, daran habe ich nicht gedacht. Das ist die Lösung des Rätsels, so wahr ich lebe. Wie wollen wir es anfangen?‹

›Na‹, sagte ich, ›bleib du hier bei ihm, und ich will in die Apotheke gehen und ein Mittel holen, das die Diamanten rasch ans Tageslicht fördern soll.‹

Er war damit zufrieden, und ich zog vor seiner Nase Buds Stiefel anstatt meiner eigenen, ohne dass er es merkte. Ein wenig zu groß waren sie mir freilich, aber das schadete nicht so viel, als wenn sie zu klein gewesen wären. Ich tappte im Dunkeln durch den Vorplatz, nahm den Reisesack mit und war in der nächsten Minute zur Hintertür hinaus.

Mit Siebenmeilenschritten ging's nun am Fluss entlang; mir war dabei gar nicht schlecht zu Mut, ich marschierte ja auf Diamanten. Nach der ersten Viertelstunde hatte ich schon eine große Strecke zurückgelegt. Alle fünf Minuten dachte ich daran, wie Hal Clayton auf meine Rückkehr wartete und immer unruhiger wurde. ›Jetzt fängt er an zu fluchen‹, sagte ich zu mir, ›und allmählich geht ihm ein Licht auf. Er bildet sich ein, ich hätte die Diamanten gefunden, als wir Bud durchsuchten, sie heimlich in die Tasche geschoben und mir nichts anmerken lassen. Natürlich wird er gleich meiner Spur folgen, aber ich habe doch wenigstens einen guten Vorsprung.‹

Indem kam ein Mann auf einem Maultier dahergeritten, und ohne zu überlegen sprang ich ins nächste Gebüsch. Das war dumm! Eine Weile hielt der Mann still, um zu sehen, ob ich wieder herauskäme, dann ritt er weiter. Das konnte mir sehr zum Nachteil gereichen, wenn er etwa auf Hal Clayton stieß und der ihn ausfragte.

Um drei Uhr morgens kam ich nach Alexandria und als ich den Raddampfer vor Anker liegen sah, war ich heilfroh und glaubte, jetzt sei ich gerettet. Es dämmerte bereits und ich ging an Bord, ließ mir die Kajüte hier geben, zog diese Kleider an und setzte mich neben das Ruderhaus, damit mir nichts entgehen könne. Ich wartete mit großer Ungeduld auf die Abfahrt des Bootes, aber es rührte sich nicht. Die Maschine wurde erst ausgebessert, doch davon hatte ich keine Ahnung.

Es wurde Mittag, bis wir absegelten und ich hatte mich längst in der Kajüte eingeschlossen. Schon vor dem Frühstück sah ich nämlich von fern einen Mann herankommen, dessen Gang mich an Hal Clayton erinnerte und mir wurde übel und weh. Wenn er mich hier auf dem Boot ausfindig machte, so saß ich wie eine Ratte in der Falle. Er brauchte nur zu warten bis ich ans Land ging und mir zu folgen. An einem abgelegenen Ort würde er mich zwingen die Diamanten herauszugeben und dann – ja dann war's um mich geschehen. O, es ist grässlich – entsetzlich! Und wenn ich mir nun vorstelle, dass der andere auch an Bord ist! Sagt selbst, Jungs, ist das nicht ein schreckliches Missgeschick? – Aber, nicht wahr, ihr verlasst mich nicht! Ihr helft einem armen Teufel durch, den man zu Tode hetzen will. Auf den Knien will ich euch verehren, wenn ihr mir beisteht und mich rettet.«

Wir taten, was wir konnten, um ihn zu beruhigen: Wir versprachen ihm unsere Hilfe, machten allerlei Pläne und redeten ihm seine übergroße Furcht aus. Da wurde er bald wieder zuversichtlicher und zuletzt schraubte er gar die Plättchen von seinen Absätzen und hielt die Diamanten bald so, bald so gegen das Licht. Nein, wie sie funkelten und glitzerten und ihr Feuer nach allen Seiten ausstrahlten! Es war schön, das muss ich sagen. Aber er kam mir doch vor wie ein rechter Narr. Ich an seiner Stelle hätte den beiden Spießgesellen die Diamanten ausgeliefert und ihnen gesagt, nun sollten sie ans Land gehen und mich in Ruhe lassen. Doch das fiel ihm gar nicht ein. Er meinte, es wäre ein ganzes Vermögen; der Gedanke es zu verlieren schien ihm unerträglich.

Zweimal mussten wir anlegen, um die Maschine in Ordnung zu bringen, was eine ganze Weile dauerte. Die Nacht war aber nicht dunkel genug; er hätte sich schwerlich unbemerkt aus dem Staub machen können. Gegen ein Uhr nachts kamen schwarze Wolken am Himmel herauf, ein Gewitter war im Anzug. Wir hatten an einem Holzhof angelegt, noch etwa vierzig Meilen von Onkel Silas' Farm, und Jake hielt die Gelegenheit für günstig. Es regnete stark, der Sturm brach los, und die Leute, die das Holz einluden, zogen sich zum Schutz grobe Säcke über den Kopf. Auch Jake verschafften wir einen. Er nahm seine Reisetasche, lief aufs Hinterdeck, kam dann wie die anderen Matrosen nach vorn marschiert und ging mit ihnen ans Land. Als er aus dem Bereich der Fackeln war und in der Finsternis verschwand, holten wir tief Atem und waren voller Dank und Freude. Allein das Vergnügen dauerte nicht lange. Kaum zehn Minuten vergingen, da stürmten die beiden schlimmen Gesellen auf Deck; sie sprangen ans Ufer und wir sahen sie nicht wieder. Bis zum Morgengrauen warteten wir und hofften sie würden zurückkommen, allein vergebens. Vielleicht hatten sie aber doch Jake nicht mehr einholen können und seine Spur verloren; darauf setzten wir unser ganzes Vertrauen.

Er wollte am Fluss entlanggehen und sich in dem Ahornwäldchen hinter Onkel Silas' Tabakfeld verbergen. Dort hatten wir versprochen ihn zu treffen, sobald es dämmerig würde und ihm Nachricht zu bringen, ob seine Brüder Brace und Jupiter zu Hause wären und keinen Besuch hätten.

Tom und ich sprachen lange darüber, wie es ihm wohl ergehen würde. Rannten seine Verfolger flussaufwärts statt abwärts, dann war er gerettet. Aber das ließ sich kaum erwarten. Wahrscheinlich, meinte Tom, würden sie ihm tagsüber auf den Fersen bleiben, ohne dass er Argwohn schöpfte, und sobald es dunkelte, ihn umbringen und ihm die Stiefel fortnehmen. – Das betrübte uns sehr.

Fünftes Kapitel

Erst spät am Nachmittag war die Maschine fertig ausgebessert. Als wir nicht weit von Onkel Silas' Farm anlegten, ging die Sonne bereits unter. So liefen wir denn zuerst spornstreichs zu dem Ahornwäldchen, um Jake den Grund der Verzögerung mitzuteilen, damit er auf uns wartete, bis wir bei Brace gewesen wären und wüssten, wie die Sachen standen. Gerade als wir keuchend um die Ecke bogen und die Ahornbäume schon von fern sahen, kamen zwei Männer quer über den Weg in das Wäldchen gesprungen und wir hörten einen grässlichen Hilfeschrei, der sich mehrmals wiederholte. »Jetzt haben sie den armen Jake umgebracht«, sagten wir und flohen voll Todesangst ins Tabakfeld. Kaum hatten wir uns dort versteckt und zitterten noch wie Espenlaub, als wir abermals zwei Männer an uns vorbeilaufen und in dem Wäldchen verschwinden sahen. Schon im nächsten Augenblick kamen ihrer vier wieder heraus: zwei hatten die Flucht ergriffen und zwei verfolgten sie.

Kalter Angstschweiß perlte uns auf der Stirn, während wir auf dem Boden lagen und horchten; doch vernahmen wir keinen anderen Laut als das Pochen unserer Herzen. Immer mussten wir an den Ermordeten drüben im Wäldchen denken und uns gruselte, als wäre uns ein Gespenst in nächster Nähe. Plötzlich kam der Mond hinter den Baumwipfeln hervor, groß, rund und glänzend, wie ein Gesicht, das durch die Eisenstäbe der Gefängniszelle guckt. Schwarze Schatten und weiße Flecken huschten hierhin und dorthin; es war unheimlich still ringsum, nur der Nachtwind stöhnte in den Zweigen. Da flüsterte Tom auf einmal: »Sieh! – was ist das?«

»Du brauchst mich nicht noch unnötig zu erschrecken; ich bin sowieso schon halb tot«, rief ich.

»Aber, so sieh doch, was da aus dem Ahornwäldchen herauskommt!«

»Hör auf, Tom!«

»Eine riesige Gestalt; sie kommt auf uns zu!«

Er hatte vor Erregung kaum Atem genug zum Flüstern. Ich wollte nicht hinsehen und doch tat ich es. Wir knieten jetzt beide auf der Erde, stützten das Kinn auf den Lattenzaun und starrten in Schweiß gebadet die Straße runter. Die Gestalt ging im Schatten der Bäume, man konnte sie erst ordentlich sehen, als sie dicht in unserer Nähe war und ins helle Mondlicht hinaustrat. Da fielen wir um wie vom Donner gerührt – kein Zweifel, es war Jake Dunlaps Geist!

Ein paar Minuten lagen wir regungslos da; als wir wieder aufsahen, war das Gespenst verschwunden.

»Du«, flüsterte Tom, »Gespenster sehen doch immer grau und neblig aus, als ob sie lauter Dunst wären; aber dieses gar nicht.«

»Nein; ich hab seine Brille und den Schnurrbart ganz deutlich erkannt.«

»Ja, und den Anzug – die grün und schwarz gewürfelten Hosen ...«

»Die feuerrote Weste aus Baumwollsamt mit den gelben Punkten ...«

»Die ledernen Stege unten am Hosenbein – einer war nicht angeknüpft ...«

»Ja, und der Hut – eine richtige hohe Angströhre mit breiter Krempe.«

»Glaubst du, Huck, dass es ebensolches Haar hatte wie er?«

»Ja – doch bin ich nicht ganz sicher.«

»Ich auch nicht; aber den Reisesack hab ich in seiner Hand gesehen.«

»Haben denn Gespenster einen Reisesack, Tom?«

»Warum nicht, Huck? Aber natürlich aus Gespensterstoff, wie die Kleider und alles. Stell dich doch nicht so dumm an!«

Jetzt kamen Bill Withers und sein Bruder Jack an uns vorüber. Sie waren in ihr Gespräch vertieft, wir verstanden aber alles, was sie sagten:

»Es sah aus, als konnte er es kaum mehr schleppen«, meinte Bill.

»Jawohl, schwer schien es zu sein. Es war gewiss ein Neger, der dem alten Pfarrer Silas Korn gestohlen hat«, sagte Jack.

»Das dachte ich gleich und tat, als bemerkte ich ihn nicht.«

»So hab ich's auch gemacht. Hahaha!«

Also, Onkel Silas war so unbeliebt geworden, dass die Leute lachten, wenn ihm ein Dieb sein Korn stahl! Wie war das nur möglich?

Bald hörten wir wieder Stimmen; je näher sie kamen, umso lauter wurde das Gespräch. Es waren zwei Nachbarn, Lem Beebe und Jim Lane.

»Wer?«, fragte Jim – »Jupiter Dunlap?«

»Ja, ganz gewiss«, entgegnete Lem.

»Hm. Vor etwa einer Stunde, eben als die Sonne unterging, hab ich ihn mit dem Spaten gesehen; sie gruben ein Stück Land um, er und der Pfarrer. Seinen Hund wollte er uns leihen, sagte er, aber er selber käme heute Abend wahrscheinlich nicht.«

»Er wird wohl zu müde sein von der schweren Arbeit.«

»Verlass dich drauf. Haha!«

Sie gingen lachend weiter; Tom sprang auf und wir folgten ihnen von fern. Dem Gespenst ganz allein zu begegnen, wäre doch gar zu unbehaglich gewesen.

Dies alles geschah am 2. September, einem Sonnabend. Den Tag werde ich nie vergessen; man wird bald erfahren, weshalb.

Sechstes Kapitel

Schon sahen wir die Lichter vom Haus zu uns herüberscheinen, und die Hunde kamen alle herbeigelaufen, uns zu begrüßen. Da sagte Tom:

»Warte noch einen Augenblick. Wenn wir jetzt reinkommen, meinst du wohl, ich müsste gleich unser ganzes Abenteuer erzählen, dass alle Mund und Nase aufsperren vor Verwunderung?«

»Versteht sich, solche Gelegenheit wirst du dir doch nicht entgehen lassen, Tom.«

»Na, da irrst du dich gewaltig. Kein Sterbenswörtchen verraten wir davon und zwar aus sehr naheliegenden Gründen. Sag mal Huck – ging das Gespenst barfuß?«

»Bewahre, es hatte ja Stiefel an.«

»Hast du das wirklich gesehen? Kannst du einen Eid darauf leisten?«

»Jawohl, das kann ich.«

»Ich auch. Und das ist der beste Beweis dafür, dass die Diebe die Diamanten nicht gefunden haben. Natürlich nicht – die zwei anderen Männer haben sie ja vertrieben, ehe sie der Leiche die Stiefel ausziehen konnten; deshalb trug sie das Gespenst auch noch.«

»Stiefel aus dem Geisterstoff wie die anderen Kleider, nicht wahr, Tom?«

»Freilich. Und weißt du, Huck, was nun geschieht? Die zwei Männer erzählen, sie hätten das Geschrei gehört, die Mörder verjagt, aber den Fremden nicht retten können. Nun kommt die Totenschau, besichtigt alles an Ort und Stelle, und ehe man die Leiche begräbt, werden ihre Sachen versteigert, um die Kosten herauszuschlagen. Dann ist unser Glück gemacht.«

»Wieso?«

»Na, das ist doch klar: Wir kaufen die Stiefel für zwei Dollar.«

»Und kriegen die Diamanten?«

»Versteht sich. Eines schönen Tages wird man eine hohe Belohnung dafür bieten – wenigstens tausend Dollar. Und das ist unser Geld. – Jetzt komm ins Haus; aber von den Räubern, den Diamanten und dem Mord weißt du keine Silbe – das merke dir.«

»Wie sollen wir es aber Tante Sally erklären, wenn sie fragt, wo wir so lange geblieben sind?«

»Das überlasse ich dir; du wirst schon eine Ausrede finden.«

Das sah Tom ganz gleich. Er war viel zu wahrheitsliebend um selbst eine Lüge zu sagen.

Wir gingen nun quer über den Hof, wo wir zu unserer Freude alles unverändert fanden, und kamen in den bedeckten Gang zwischen dem Holzschuppen und der Küche. Da hingen noch mancherlei Gegenstände, die wir kannten, unter anderem auch Onkel Silas' grüner Arbeitskittel mit der Kapuze und dem weißen Flicken zwischen den Schultern, der immer aussah, als hätte ihn jemand mit einem Schneeball geworfen. Rasch drückten wir auf die Klinke der Stubentür und traten ein.

Tante Sally wirtschaftete im Zimmer herum; in einer Ecke saßen die Kinder auf einem Häufchen, in der anderen las der Onkel im Gebetbuch. Tante fiel uns gleich vor Freude um den Hals, dann zauste sie uns bald an den Haaren, bald drückte sie uns ans Herz, während ihr helle Tränen über die Backen liefen, so froh war sie, uns wiederzusehen.

»Wo habt ihr Taugenichtse euch denn so lange herumgetrieben?«, rief sie. »Ich hab mir um euch schier die Seele aus dem Leib geängstigt. Eure Siebensachen sind schon vor einer Ewigkeit angekommen, und viermal hab ich das Essen wieder aufgewärmt, damit ihr nicht zu warten braucht. Die Haut sollte man euch über die Ohren ziehen. Aber nun setzt euch nur, ihr müsst ja halb verhungert sein; setzt euch, ihr armen Jungen, und lasst's euch schmecken.«

O, wie behaglich saß sich's dort an der reich besetzten Tafel! Onkel Silas sprach sein längstes Tischgebet und bald stand ein aufgehäufter Teller an meinem Platz. Als ich gerade im besten Schmausen war, fragte die Tante plötzlich, wo wir denn gewesen wären.

Ich hatte mir es schon im Voraus überlegt:

»Wir sind zu Fuß durch den Wald gegangen«, sagte ich, »da sind uns Lem Beebe und Jim Lane begegnet und haben uns aufgefordert mit ihnen Heidelbeeren zu suchen; Jupiter Dunlap wollte ihnen seinen Hund dazu leihen, das hatte er ihnen gerade versprochen ...«

»Wo haben sie ihn gesehen?«, fiel mir der alte Silas auf einmal so hastig in die Rede, dass ich verwundert dreinschaute und ganz verwirrt wurde, weil er mich mit durchbohrenden Blicken ansah. Aber ich nahm mich zusammen und antwortete: »Als Ihr mit ihm das Stück Land umgrubet, bei Sonnenuntergang.«

»Hm«, sagte er mit enttäuschter Miene und nahm weiter keine Notiz von mir, während ich fortfuhr: »Wir gingen mit, und —«

»Schweig still mit deinem Unsinn, Huck Finn«, rief jetzt Tante Sally entrüstet; »wer hat je davon gehört, dass man bei uns im September Heidelbeeren pflückt und obendrein zur Nachtzeit? Was soll der Hund dabei – vielleicht die Heidelbeeren aufspüren?«

»Sie sagten – sie hätten eine Laterne …«, stammelte ich.

»An dem allen ist kein wahres Wort. Ich weiß, ihr habt irgendeinen dummen Streich gemacht, da müsste ich euch beide nicht kennen. Na, Tom, heraus mit der Sprache, nicht erst lange gefackelt.«

Tom nahm eine gekränkte Miene an. »Wie kannst du nur den armen Huck schelten, Tante, bloß, weil er sich versprochen hat. Er meint natürlich Erdbeeren, wenn er Heidelbeeren sagt. Das weiß doch jedes Kind, dass man in der ganzen Welt – nur nicht hier in Arkansas – einen Hund und eine Laterne mitnimmt, wenn man Erdbeeren suchen geht.«

Nun riss aber Tante Sally der Geduldsfaden; sie wurde ernstlich böse und schüttete einen ganzen Schwall von Worten, die sie gar nicht schnell genug heraussprudeln konnte, über unsere schuldigen Häupter aus. Darauf hatte Tom aber wie gewöhnlich gerechnet. Er ließ sie sich immer in Zorn reden und schwieg mäuschenstill, bis ihre Hitze verflogen war; dann wollte sie meist vor Ärger keine Silbe mehr über die ganze Angelegenheit hören. So kam es auch diesmal. Als sie sich heiser gesprochen hatte und einen Augenblick Atem schöpfen musste, sagte Tom in aller Seelenruhe:

»Und trotzdem weiß ich doch, Tante …«

»Schweig still«, rief sie; »du tust den Mund nicht mehr auf, das sage ich dir!«

So kamen wir aus aller Verlegenheit und von der Verzögerung unserer Ankunft war nicht mehr die Rede. Das hatte Tom wirklich schlau eingerichtet.

Siebentes Kapitel

Benny machte ein sehr ernstes Gesicht und seufzte auch hin und wieder; aber bald fing sie an sich nach Toms Geschwistern Mary und Sid zu erkundigen und besonders nach Tante Polly. Allmählich erheiterte sich auch Tante Sallys Miene, ihre gute Laune kehrte zurück, sie fragte uns dieses und jenes und war wieder so gut und lieb wie immer, sodass unser Abendessen noch einen ganz lustigen Verlauf nahm. Nur der alte Silas beteiligte sich nicht an der Unterhaltung; er war unruhig und zerstreut, auch stieß er oft so tiefe Seufzer aus, dass es einem in der Seele wehtat, ihn so verstört und bekümmert zu sehen.

Eine Weile nach dem Abendessen klopfte es an die Tür; ein Neger steckte den Kopf herein, er trug seinen alten Strohhut in der Hand und sagte unter vielen Bücklingen und Kratzfüßen, sein Herr, Massa Brace, warte draußen am Zaun und lasse den Massa Silas fragen, wo sein Bruder wäre, der zum Essen nicht nach Hause gekommen sei.

Da fuhr Onkel Silas so heftig auf, wie ich es noch nie von ihm gehört hatte: »Bin ich etwa seines Bruders Hüter?« Gleich nachher war es ihm aber wieder leid, er sank in sich zusammen und sprach im sanftesten Ton:

»Du brauchst ihm das nicht zu wiederholen, Billy, ich bin seit einigen Tagen gar nicht wohl und so reizbar, dass ich meine Worte nicht wägen kann. Er ist nicht hier, sag ihm das.«

Als der Neger fort war, ging der alte Mann ruhelos in der Stube auf und ab, wobei er fortwährend unverständliche Worte murmelte und sich mit den Händen ins Haar fuhr. Es war recht jämmerlich anzusehen; doch Tante Sally flüsterte uns zu, nicht acht auf ihn zu geben. Sie sagte, seit so viel Missgeschick über ihn gekommen sei, gerate er oft tief in Gedanken und wisse kaum mehr, was er tue und treibe. Auch bei Nacht wandle er viel häufiger als früher im Schlaf, entweder nur im Haus oder auch draußen im Freien. Wenn wir ihn einmal dabei beträfen, sollten wir ihn ruhig gehen lassen und ihn ja nicht aufwecken. Es könne ihm niemand helfen, außer Benny, die ihn am besten zu behandeln verstehe.

Auch diesmal schlich sie sich an seine Seite, als er anfing müde zu werden von dem ewigen Hin- und Herwandern. Sie schlang ihren Arm um ihn und ging mit, bis er lächelnd auf sie herabschaute und sich niederbeugte um sie zu küssen. Allmählich wich der gequälte Ausdruck aus seinem Gesicht und er ließ sich von ihr auf sein Zimmer geleiten. Es war eine Freude, den liebevollen Verkehr von Vater und Tochter zu sehen.

Tante Sally musste nun die Kinder zu Bett bringen und da Tom und ich anfingen uns zu langweilen, machten wir noch einen Gang bei Mondschein in das Feld, wo die reifen Wassermelonen standen. Wir aßen nach Herzenslust und besprachen dabei mancherlei. Tom meinte, er hege nicht den geringsten Zweifel, dass Jupiter ganz allein an dem Streit schuld sei. Bei erster Gelegenheit werde er sich Gewissheit darüber verschaffen und dann Onkel Silas nach Kräften bereden ihn fortzuschicken.

Wohl zwei Stunden lang schwatzten, rauchten und schmausten wir dort. Als wir ins Haus zurückkehrten, war es ganz still und dunkel; alle hatten sich zur Ruhe begeben.

Tom, dem nichts entging, bemerkte jetzt, dass der alte grüne Arbeitskittel seltsamerweise von dem Nagel verschwunden war, wo er ihn noch vorhin hatte hängen sehen. Dann suchten wir unsere Schlafkammer auf.

Im Nebenzimmer hörten wir Benny noch lange herumhantieren; sie sorgte sich gewiss um ihren Vater und fand keinen Schlaf. Auch wir waren viel zu aufgeregt, um zu Bett zu gehen; so blieben wir denn wach, unterhielten uns im Flüsterton und waren in recht trübseliger Stimmung. Wir sprachen immer wieder von dem Ermordeten und dem

Gespenst, bis uns so unheimlich und gruselig zumute wurde, dass von Einschlafen keine Rede sein konnte.

Es war schon spät in der Nacht, als mich Tom plötzlich mit dem Ellenbogen stieß und zum Fenster deutete. Ich sah hin; drunten im Hof trieb sich ein Mann herum, doch konnte ich ihn bei der Dunkelheit nicht erkennen. Jetzt kletterte er über den Zaun und da kam gerade der Mond heraus und schien auf den weißen Flicken des alten Arbeitskittels.

»Siehst du den Nachtwandler«, sagte Tom. »Ich wollte, wir dürften ihm folgen und sehen, wo er hingeht mit der langen Schaufel, die er über der Schulter trägt. Er biegt nach dem Tabakfeld ein – nun ist er verschwunden. Der arme Onkel – es tut mir so leid, dass er gar keine Ruhe findet.«

Wir warteten lange, aber er kam nicht zurück; vermutlich hatte er einen anderen Heimweg eingeschlagen. So legten wir uns denn endlich nieder und verfielen in einen unruhigen Schlaf, der uns mit tausenderlei Beängstigungen quälte. Im Morgengrauen waren wir schon wieder wach; ein Gewitter war heraufgezogen, Blitze zuckten, der Donner krachte, der Wind schüttelte die Bäume, der Regen fuhr in Strömen nieder und die Rinnsteine wurden zu rauschenden Bächen.

»Hör mal, Huck«, sagte Tom, »mir kommt es sehr seltsam vor, dass man noch gar nichts von Jake Dunlaps Ermordung gehört hat. Die Männer, von denen Hal Clayton und Bud Dixon verjagt wurden, haben die Sache doch in der nächsten halben Stunde sicherlich überall erzählt und sie muss sich wie ein Lauffeuer von Farm zu Farm verbreitet haben. Solche große Neuigkeit kommt doch alle dreißig Jahr höchstens zwei Mal vor. Es ist wirklich merkwürdig, Huck, ich kann es nicht begreifen. Wäre nur erst das Gewitter vorüber, damit wir hinauskönnten um zu sehen, ob nicht irgendjemand auf der Straße davon anfängt. Wir müssen dann natürlich sehr überrascht und entsetzt sein.«

Es war schon hellichter Tag, als der Regen aufhörte. Wir schlenderten die Straße hinunter, begrüßten jeden, der uns begegnete, sagten, wann wir angekommen wären, wie wir die Unsrigen verlassen hätten, wie lange wir zu bleiben gedächten, und dergleichen mehr; aber kein Mensch äußerte eine Silbe über den Mord, was uns höchlich wundernahm. Tom meinte, wenn wir in das Ahornwäldchen gingen, würde die Leiche ganz einsam und verlassen daliegen und keine Menschenseele weit und breit zu sehen sein. Wahrscheinlich hätten die Verfolger die Mörder tief in den Wald hineingejagt, diese hätten sich endlich umgewendet und sich auf sie geworfen. Nachdem sie einander alle umgebracht, wäre natürlich niemand mehr am Leben gewesen, um die Nachricht zu verbreiten.

Während dieser Reden waren wir unversehens zu dem Ahornwäldchen gekommen. Mir lief der kalte Schweiß den Rücken hinunter und ich wäre um nichts in der Welt auch nur einen Schritt weitergegangen. Doch Tom ließ es keine Ruhe – er musste wissen, ob der Ermordete die Stiefel noch anhatte. So kroch er denn ins Dickicht, kam aber schon im nächsten Augenblick in größter Erregung wieder heraus.

»Huck, er ist fort«, rief er.

»Im Ernst, Tom?«, fragte ich starr vor Staunen.

»Jawohl, er ist wirklich fort; es ist nichts mehr von ihm zu sehen. Der Boden ist nur etwas zertrampelt, und wenn blutige Spuren da waren, hat sie der Regen verwaschen; es ist lauter Schmutz und Morast da drinnen.«

Nun fasste ich mir ein Herz und überzeugte mich mit eigenen Augen, dass kein Leichnam mehr da war.

»Verwünscht«, rief ich, »die Diamanten sind weg!«

»Glaubst du nicht, dass die Mörder zurückgekommen sind und ihn fortgeschleppt haben?«

»Höchstwahrscheinlich. Wo meinst du wohl, dass sie ihn versteckt haben können?«

»Wie soll ich das wissen?«, sagte er ärgerlich. »Es ist mir auch einerlei. Mir war nur an den Stiefeln etwas gelegen. Nach der Leiche werde ich den Wald nicht durchsuchen; meinetwegen mag sie sein, wo sie will. Die Hunde werden sie sowieso bald aufspüren.«

Wir schlichen betrübt und enttäuscht nach Hause zurück. Mein Lebtag hatte mich noch keine Leiche so geärgert und betrogen wie diese.

Achtes Kapitel

Beim Frühstück ging es nicht sehr munter zu. Tante Sally sah alt und müde aus; sie ließ die Kinder untereinander zanken und streiten ohne ihnen zu wehren, wie sie es sonst immer tat. Tom und ich waren so voller Gedanken, dass wir gar nicht sprachen, und Benny mochte wohl die ganze Nacht kein Auge zugetan haben. Sooft sie den Kopf ein wenig hob und zu ihrem Vater hinschaute, musste sie mit den Tränen kämpfen. Der Alte ließ das Essen auf seinem Teller kalt werden, er rührte keinen Bissen an, redete kein Wort, sondern sann und sann nur immer vor sich hin.

Als die Stille am allerdrückendsten war, steckte der Neger wieder den Kopf durch die Tür und sagte, Massa Brace hätte schrecklich Angst um seinen Bruder Jupiter, der noch immer nicht heimgekommen wäre. Massa Silas sollte doch so gut sein und –

Das Wort erstarb ihm auf den Lippen, denn Onkel Silas hatte sich plötzlich aufgerichtet. Er sah den Neger an und zitterte dabei so, dass er sich am Tisch festhalten musste. Die Kehle war ihm wie zugeschnürt; erst nach einer Weile stammelte er mühsam:

»Er glaubt wohl – er glaubt wohl – was denkt er sich eigentlich? – Sag ihm – sag ihm ...« Kraftlos sank er wieder in seinen Stuhl zurück. »Geh fort – geh fort!«, murmelte er so leise, dass man es kaum verstehen konnte.

Der Neger machte sich erschrocken aus dem Staub, während Onkel Silas die Hände rang und seine Augen verdrehte, als läge er im Sterben; es war ein schrecklicher Anblick. Wir saßen alle da, wie festgebannt, nur Benny erhob sich leise, Tränen liefen ihr die Wangen herunter, sie trat neben den Stuhl ihres Vaters, bettete sein graues Haupt an ihrer Brust und streichelte ihn sanft und liebevoll. Dann winkte sie uns, wir sollten fortgehen, und wir verließen das Zimmer so still, als läge ein Toter darin.

In furchtbar ernster Stimmung schlugen Tom und ich den Weg zum Wald ein. Wie ganz anders war es doch hier bei unserem Besuch letzten Sommer gewesen: alles so glücklich und friedevoll, Onkel Silas so heiter, so wunderlich und voll kindlicher Einfalt und dabei so hoch geachtet von jedermann. Jetzt hat er entweder den Verstand schon verloren, oder man musste doch jeden Augenblick fürchten, dass er von Sinnen käme.

Es war ein sonniger, herrlicher Tag; weiter und weiter gingen wir über die Hügel in Richtung der Ebene und konnten uns nicht satt sehen an den Bäumen und Blumen ringsum. Dass es in dieser schönen Welt auch Unglück gab, schien uns unbegreiflich. Traurig zu sein, kam uns wie ein Unrecht vor.

Auf einmal fühlte ich, dass mir der Atem stockte; ich hielt Tom am Arm fest und mein Herz pochte wie ein Schmiedehammer.

»Da ist es!«, rief ich; wir sprangen hinter einen Busch und Tom flüsterte:

»St! – Mach keinen Lärm.«

Es saß gerade am Ende der kleinen Waldwiese auf einem Holzblock und stützte den Kopf in die Hand. Vergebens bemühte ich mich, Tom zur Flucht zu überreden; er rührte sich nicht vom Fleck denn er meinte, vielleicht würde er sein Lebtag keine so günstige Gelegenheit mehr haben, ein Gespenst zu sehen, deshalb wollte er dieses nach Herzenslust betrachten und wenn es sein Tod wäre. So blieb ich denn auch da und riss die Augen auf, obgleich es mir gar nicht wohl da bei zumute war.

»Der arme Jack«, raunte mir Tom zu, denn schweigen konnte er nicht; »alle seine Sachen hat er an, wie er's uns vorausgesagt hat. Auch das Haar hat er sich kurz geschoren.

Dass ein Gespenst so natürlich aussehen könnte, hätte ich nie gedacht.«

»Ich auch nicht; man würde es überall wiedererkennen.«

»Ganz wie bei Lebzeiten. Und am meisten wundert mich noch, dass es bei Tage umgeht. Die anderen kommen immer erst nach Mitternacht zum Vorschein. Du, Huck, mit dem ist's nicht ganz richtig; es hat kein Recht, sich jetzt hier herumzutreiben, das kannst du mir glauben. Jake wollte sich taubstumm stellen, weil ihn die Nachbarn sonst an der Stimme erkannt hätten. Meinst du, das Gespenst würde das auch tun, wenn ich's jetzt anriefe?«

»Tom, ums Himmels willen, du wirst doch so was nicht wagen!«

»Sei nur ganz ruhig, ich denke nicht dran. Aber, was ist das – jetzt kratzt es sich am Kopf – ein Gespenst kann es doch nicht jucken, das ist ja aus lauter Dunst! Wahrhaftig, Huck, ich glaube, es ist gar kein wirkliches Gespenst, es müsste doch sonst ...«

»Was denn, Tom?«

»*Durchsichtig* sein, sodass man die Büsche dahinter sehen könnte.«

»Du hast recht, sein Körper ist so fest wie der einer Kuh. Weißt du, ich fange an zu glauben ...«

»Jetzt nimmt es den Mund voll Tabak und fängt an zu kauen – das ist ja unmöglich, es hat doch keine Zähne. Höre, Huck!«

»So sprich doch!«

»Es ist gar kein Gespenst, sondern Jake Dunlap, wie er leibt und lebt! – Haben wir etwa eine Leiche im Ahornwäldchen gefunden?«

»Nein, keine Spur.«

»Weißt du auch, warum? – Weil nie eine da war.«

»Aber Tom, wir haben doch das Geschrei gehört!«

»Ist das etwa ein Beweis, dass jemand umgebracht worden ist? – Erst sahen wir vier Männer laufen und dann kam dieser aus dem Wald gegangen. Wir hielten ihn für einen

Geist, aber es war so wenig ein Geist wie du einer bist. Es war Jake Dunlap selbst und der sitzt jetzt dort drüben und spielt den Fremden und Taubstummen, ganz wie er es mit uns verabredet hatte. Der – ein Gespenst! Nein, Fleisch und Bein ist er, da wett ich alles drauf.«

Ich sah nun auch unseren Irrtum ein, und wir waren beide herzlich froh, dass Jake nicht umgebracht worden war. Was sollten wir aber jetzt tun? Ihn anreden oder vorgeben, ihn nicht zu kennen? Tom hielt es für das Beste, ihn selber zu fragen, wie er es haben wolle. Also ging er geradenwegs auf ihn zu, während ich mich etwas im Hintergrund hielt, für den Fall, dass es doch ein Gespenst wäre.

Als Tom ganz nahe bei ihm war, sagte er: »Guten Tag! Wir freuen uns sehr, Euch wiederzusehen, Huck und ich. – Fürchtet nur nicht, dass wir Euch verraten. Wenn Ihr es für besser haltet, wollen wir tun, als hätten wir Euch nie gekannt. Sagt nur, ob Euch das recht ist. Ihr könnt Euch dann fest auf uns verlassen; wir würden uns eher die Hand abhacken als Euch Schaden tun.«

Zuerst zeigte er sich sehr überrascht uns zu sehen und keineswegs erfreut; aber bei Toms Rede erhellte sich sein Gesicht und zuletzt lächelte er, nickte mehrmals mit dem Kopf, machte allerlei Zeichen mit den Händen und sagte: »Goo – goo – goo – goo«, ganz wie ein Taubstummer.

Indessen sahen wir ein paar von Steffen Nickersons Angehörigen, die jenseits der Wiese wohnten, daherkommen. »Ihr macht Eure Sache ganz ausgezeichnet«, sagte Tom, »natürlich müsst Ihr Euch üben so viel Ihr könnt, an uns so gut wie an den anderen, damit Ihr auf Eurer Hut seid und niemals aus der Rolle fallt. Wir wollen Euch auch so wenig wie möglich in den Weg kommen und keiner Seele verraten, dass wir Euch kennen. Lasst es uns aber ja wissen, wenn Ihr einmal Hilfe braucht.«

Als wir den Nickersons begegneten, hielten sie uns natürlich an und wollten wissen, wer der Fremde dort drüben sei, wie er heiße, woher er komme, ob er Baptist oder Methodist, liberal oder konservativ wäre und was dergleichen Fragen mehr sind, die wir Amerikaner bei jeder neuen Erscheinung gleich auf der Zunge haben. Tom erwiderte jedoch, er hätte aus den Zeichen des Taubstummen und seinen Naturlauten nicht klug werden können. Mit großer Spannung beobachteten wir nun von ferne, wie sie Jake auszuforschen begannen. Erst als wir ihn seine Zeichen machen sahen und wussten, dass alles gut ablaufen würde, beruhigten wir uns wieder und machten, dass wir weiter kamen, weil wir gern während der Zwischenstunde beim Schulhaus sein wollten.

Es war recht ärgerlich, dass uns Jake nicht erzählen konnte, was sich in dem Ahornwäldchen zugetragen hatte und ob er fast umgebracht worden wäre; aber Tom bemerkte ganz richtig, dass ein Mensch in Jacks Lage nicht vorsichtig genug sein könne und am besten täte still zu schweigen, um sich keiner Gefahr auszusetzen.

In der Zwischenstunde ging es sehr lustig zu, alle Knaben und Mädchen freuten sich, uns wiederzusehen. Die beiden Hendersons waren auf ihrem Schulweg dem Taubstummen begegnet und wurden deshalb von den Übrigen sehr beneidet, da alle vor Neugier brannten, ihn zu sehen, und von gar nichts anderem reden mochten.

Es kostete Tom keine kleine Überwindung, nichts zu verraten. Hätten wir alles erzählen dürfen, wie würde man uns bewundert haben! Aber viel heldenhafter war es doch noch, Stillschweigen zu bewahren. Unter Millionen Jungen hätte man nicht zwei finden können, die das fertigbrachten. Davon war Tom wenigstens überzeugt und schließlich musste er es doch am besten wissen.

Neuntes Kapitel

In den nächsten zwei oder drei Tagen ging der Taubstumme bei den Nachbarn aus und ein und war bald allgemein beliebt. Jeder war stolz, mit einer so merkwürdigen Persönlichkeit zu verkehren; man lud ihn zum Frühstück, zu Mittag und zum Abendessen ein, bewirtete ihn aufs Beste und wurde nicht müde, ihn anzustarren. Gern hätten die Leute mehr über ihn erfahren, aber seine Zeichen verstanden sie nicht – er wusste wohl selbst nicht, was sie bedeuteten. Seine Naturlaute bewunderten sie dagegen sehr und freuten sich, sooft er sie hören ließ. Auch reichte er eine Tafel herum nebst Schieferstift, damit man Fragen an ihn stellen könne; die Antworten, die er aufschrieb, konnte aber niemand lesen, außer Brace Dunlap, dem es freilich auch Mühe machte; doch fand er häufig wenigstens den Sinn heraus. Er sagte, der Taubstumme käme von weit her und habe früher im Wohlstand gelebt, dann sei er Schwindlern in die Hände gefallen, die sein Vertrauen missbraucht hätten. Jetzt sei er arm und wüsste nicht, wie er sein Brot erwerben solle.

Man lobte Brace allgemein, dass er sich des Fremden so hilfreich annahm. Er hatte ihm ein kleines Blockhaus zur Wohnung angewiesen, seine Neger mussten es in Ordnung halten und ihm zu essen bringen so viel er wollte.

Auch in unser Haus kam der Taubstumme öfter, weil es Onkel Silas Trost gewährte, einen Menschen zu sehen, der auch von Trübsal heimgesucht war wie er. Tom und ich taten, als hätten wir ihn noch nie erblickt, und auch er stellte sich uns gegenüber ganz fremd. Der Familienkummer wurde in seiner Gegenwart ohne Scheu besprochen, was ja im Grunde nichts schadete. Gewöhnlich schien er gar nicht acht darauf zu geben, aber manchmal tat er es doch.

Als drei Tage vergangen waren, fingen die Nachbarn an, sich über Jupiter Dunlaps Ausbleiben zu beunruhigen. Einer fragte den anderen, wo er wohl hingeraten sein könne; man schüttelte den Kopf und fand es höchst seltsam und unerklärlich. Abermals verstrichen ein paar Tage; da entstand ein Gerücht, dass er vielleicht ermordet wäre. Das machte natürlich großes Aufsehen und ein endloses Gerede. Am Samstag zogen die Leute truppweise in den Wald, um die Leiche aufzustöbern. Tom und ich gingen auch mit und halfen suchen. Tom konnte vor Aufregung tagelang weder essen noch schlafen und glühte vor Eifer, weil er meinte, wenn wir den Leichnam fänden, würden wir berühmt werden und unser Name in aller Munde sein.

Die anderen bekamen es zuletzt satt und gaben das Suchen auf. Aber Tom Sawyer dachte nicht daran, er war unermüdlich. Die ganze Nacht schloss er kein Auge, er sann über einen Plan nach und als der Morgen dämmerte, war ihm ein Licht aufgegangen. In größter Hast kam er und holte mich aus dem Bett.

»Rasch Huck, wirf deine Kleider über«, rief er, »ich hab's! Wir brauchen einen Schweißhund.«

Zwei Minuten später liefen wir im Dunkeln am Fluss entlang zum Dorf. Der alte Schmied Jeff Hooker hatte einen Hund, den wollte sich Tom von ihm borgen.

»Die Spur ist zu alt«, sagte ich, »und geregnet hat es auch.«

»Das schadet nichts, Huck. Wenn der Leichnam irgendwo im Wald steckt, findet ihn der Hund gewiss. Er wird es schon wittern, an welcher Stelle man den Ermordeten verscharrt hat. Auch auf die Spur des Mörders wird er uns helfen, und wenn wir die erst haben, verfolgen wir sie ohne Unterlass, bis wir den Kerl fangen. Dann werden wir berühmt, so wahr ich lebe.«

»Na, lass uns nur erst die Leiche finden«, sagte ich, um sein Feuer etwas zu dämpfen, »daran werden wir wohl für heute genug haben. Wer weiß, ob überhaupt eine da ist; vielleicht ist der faule Jupiter einfach durchgebrannt und gar nicht ermordet worden.«

Doch davon wollte Tom nichts hören. »Wie kannst du nur so reden, Huck, das ist ganz abscheulich. Schämst du dich nicht, ein solcher Spielverderber zu sein, wenn wir gerade die beste Gelegenheit haben uns auszuzeichnen und unseren Ruhm zu begründen.«

»Ach was, ich nehme alles zurück; mach es nur ganz wie du willst, Tom. Ob Jupiter tot ist oder lebendig, kümmert mich im Grunde wenig.«

Bald war Tom wieder Feuer und Flamme für das Unternehmen, bis wir vor die Schmiede des alten Jeff Hooker kamen, der seine Begeisterung gewaltig abkühlte.

»Den Hund könnt ihr haben«, sagte er, »aber ihr werdet keinen Leichnam finden, weil keiner da ist. Die Leute haben ganz recht, dass sie nicht weiter suchen. Sobald sie anfingen nachzudenken, musste sich eben jeder sagen, dass von einem Mord gar keine Rede sein kann. Ich will euch auch sagen weshalb: Wenn jemand einen Menschen umbringt, tut er es doch nicht ganz ohne Grund, das werdet ihr mir zugeben. Na, und warum sollte man wohl dem Jupiter Dunlap, diesem Schafskopf, nach dem Leben trachten? Etwa aus Rache? Meint ihr, dass irgendjemand einen Groll gegen einen solchen Menschen hat?«

Tom fand kein Wort der Erwiderung; von diesem Gesichtspunkt aus hatte er sich die Sache noch nicht überlegt.

»Oder glaubt ihr, man hätte ihn berauben wollen? Haha! Das wird's wohl sein. Die Hosenschnallen hat man ihm gestohlen und deshalb ...«

Der Alte wollte sich vor Lachen ausschütten; er musste sich die Seiten halten, um nicht zu bersten. Tom machte ein ganz verblüfftes Gesicht; ich sah's ihm an, dass er sich meilenweit weg wünschte, während Jeff Hooker von Neuem anhub: »Wer irgend Grütze im Kopf hat, musste sich's ja gleich sagen, dass der Faulpelz nur ausgekniffen ist, weil er nach seiner schweren Arbeit eine Weile herumbummeln wollte, passt auf, nach ein paar Wochen kommt er wieder und lacht sich ins Fäustchen. – Wenn du aber nach seinem Leichnam suchen willst, Tom, so nimm den Hund und tu's, ich werd dich nicht hindern.«

Tom war zu weit gegangen, er konnte nicht mehr zurück. »Na, also, macht ihn nur von der Kette los«, sagte er. Der Alte tat es und sah uns lachend nach, während wir beschämt abzogen.

Der Hund kannte uns, wedelte mit dem Schwanz und sprang mit lustigen Sätzen vor uns her, im Genuss seiner

Freiheit. Aber Tom verzog keine Miene, er war tief gekränkt, dass der alte Hooker ihn lächerlich gemacht hatte, und verwünschte das ganze Abenteuer.

In düsterem Schweigen schlichen wir durch die Hintergassen heim. Als wir eben um die Ecke unseres Tabakfeldes bogen, stieß der Hund ein klägliches Geheul aus. Wir eilten hinzu und sahen, wie er mit aller Macht die Erde aufwühlte und dann und wann den Kopf laut heulend zur Seite wandte.

In dem vom Regen durchweichten Boden ließ sich deutlich ein eingesunkenes längliches Viereck erkennen, das aussah wie ein Grab. Stumm standen wir da und sahen einander an. Der Hund hatte kaum ein paar Zoll tief gegraben, als er einen Gegenstand zu packen bekam und ihn herauszerrte; es war ein Männerarm, der im Ärmel steckte.

»Komm fort, Huck«, stieß Tom keuchend heraus, »die Leiche ist gefunden.«

Mich durchrieselte es kalt. Rasch liefen wir zur Landstraße und holten die ersten besten Leute, die uns begegneten. Sie nahmen einen Spaten mit und gruben den Leichnam aus. Nein, war das eine Aufregung! Sein Gesicht konnte man nicht mehr erkennen, aber das war auch nicht nötig. Alle riefen:

»Der arme Jupiter; das sind die Kleider, die er zuletzt getragen hat.«

Ein paar Männer eilten ins Dorf, um die Nachricht zu verbreiten und dem Friedensrichter Anzeige zu machen, damit die Totenschau gehalten werden könnte. Auch Tom und ich liefen sporntreichs nach Hause; ganz atemlos kamen wir zu Onkel Silas, Tante Sally und Benny hereingestürzt und Tom rief:

»Wir zwei, ich und Huck, haben ganz allein mit einem Schweißhund Jupiter Dunlaps Leiche gefunden. Alle hatten es aufgegeben; ohne uns hätte man sie niemals entdeckt. Er ist doch ermordet worden, mit einem Knüttel hat man ihn totgeschlagen; aber ich will den Mörder schon finden, er soll mir nicht entgehen, so wahr ich Tom heiße.«

Tante Sally und Benny sprangen bleich und erschrocken auf, aber Onkel Silas fiel vorn über vom Stuhl auf den Boden und rief ächzend: »Gott erbarme sich meiner – du hast ihn schon gefunden!« –

Zehntes Kapitel

Bei diesen grässlichen Worten standen wir wie zu Stein erstarrt und konnten wohl eine Minute lang kein Glied rühren. Sobald wir uns etwas von dem Schreck erholt hatten, hoben wir den alten Mann auf und setzten ihn wieder in seinen Stuhl; er ließ sich von Benny streicheln und küssen, auch die arme Tante versuchte ihn zu beruhigen. Doch waren sie beide so verwirrt und außer sich, dass sie kaum wussten, was sie taten. Am allerunglücklichsten war aber Tom selbst. Dass er seinen Onkel vielleicht ins Verderben gestürzt hatte, war ihm fürchterlich. Hätte er nicht solchen Ehrgeiz gehabt, berühmt zu werden und hätte das Suchen nach der Leiche aufgegeben, wie die anderen Leute, so wäre es ja am Ende nie herausgekommen. Doch nicht lange, da besann er sich und änderte seine Gedanken:

»Sag das nicht noch einmal, Onkel Silas; solche Reden sind gefährlich und es ist auch kein Körnchen Wahrheit daran«, versicherte er mit Bestimmtheit.

Tante Sally und Benny atmeten erleichtert auf bei diesen Worten; aber der Onkel schüttelte traurig den Kopf.

»Nein, nein – ich hab's getan – der arme Jupiter – ich hab's getan!«, sagte er im Ton der Verzweiflung, während ihm die Tränen über die Backen liefen. Es war schrecklich mitanzuhören.

Dann erzählte er weiter, es sei an dem Tag geschehen, als Tom und ich ankamen, bei Sonnenuntergang. Jupiter hatte ihn gequält und geärgert, bis ihn der Zorn übermannte und er ihm mit seinem Stock über den Kopf schlug, dass er zu Boden stürzte. Sofort bereute er seine Hitze; er kniete neben Jupiter hin, hob ihm den Kopf auf und bat, er solle doch sprechen und sagen, dass er nicht tot sei. Der kam auch bald wieder zu sich; doch als er sah, wer ihm den Kopf hielt, sprang er, wie zu Tode erschrocken, auf, war mit einem Satz über den Zaun, lief zum Wald und verschwand. Da hoffte Onkel natürlich, er hätte ihm keinen Schaden getan.

»Aber ach«, fuhr er fort, »nur die Furcht hatte ihm dies letzte Fünkchen Lebenskraft eingeflößt, das rasch erlosch; im Gebüsch ist er dann zusammengebrochen, wo ihm niemand beistehen konnte, und ist gestorben.«

Der alte Mann jammerte und weinte, er sagte, er sei ein Mörder, er trüge das Kainszeichen und brächte seine Familie in Schande und Schmach. Seine Missetat würde entdeckt werden und ihn an den Galgen bringen.

»Davon ist gar keine Rede«, sagte Tom. »Du hast ihn gar nicht umgebracht. Ein einziger Schlag ist nicht gleich tödlich. Den Mord hat ein anderer begangen.«

»Nein, ich habe es getan, sonst niemand. Wer hätte auch außer mir etwas gegen ihn haben sollen?«

Er sah uns an als hoffte er, wir würden jemanden nennen können, der dem harmlosen Menschen grollte; allein das war vergebens, wir mussten alle verstummen. Als er das sah, überfiel ihn die Trauer von Neuem; seine jammervolle Miene war zum Erbarmen.

»Aber halt«, rief Tom plötzlich, »jemand muss ihn doch begraben haben. Wer kann das denn …«

Weiter kam er nicht. Ich wusste wohl warum, und es überlief mich kalt. Hatten wir doch beide Onkel Silas in jener Nacht mit der langen Schaufel über der Schulter gesehen. Auch Benny musste ihn bemerkt haben; sie hatte einmal etwas davon erwähnt. Tom war nun eifrig bemüht, Onkel zu überreden, dass er sich nicht verraten solle; wir anderen stimmten ihm bei und sagten, wenn Onkel schwiege, würde man es nie erfahren und er dürfe sich nicht selbst anklagen, weil es uns allen das Herz brechen würde, wenn ihm ein Leid geschähe. Es würde niemand Nutzen bringen und die Seinigen nur unglücklich machen. Zuletzt versprach er es denn auch und wir suchten ihn nun nach Kräften zu trösten und aufzuheitern. Über die ganze Sache würde bald Gras wachsen, sagten wir, und kein Mensch würde mehr daran denken. Gegen Onkel Silas Verdacht zu schöpfen, könne niemand auch nur im Traum einfallen; er stehe in viel zu gutem Ruf und sei so lieb und freundlich zu jedermann.

»Überlegt es doch nur«, sagte Tom mit großem Nachdruck, »es liegt ja auf der Hand: Seit so und so vielen Jahren ist Onkel Silas hier Prediger gewesen ohne einen Pfennig Gehalt; alles mögliche Gute hat er getan, von Alt und Jung wird er geliebt und geachtet. Wie sollte er, der friedliebendste Mensch von der Welt, der sich nie in fremde Angelegenheiten gemischt hat, dazu kommen, sich tätlich an jemandem zu vergreifen? Es kann gar kein Argwohn gegen ihn entstehen; das ist ebenso gut ein Ding der Unmöglichkeit wie …«

»Im Namen und Auftrag des Staates Arkansas verhafte ich Euch als den Mörder des Jupiter Dunlap«, rief in diesem Augenblick der Sheriff an der Tür.

Es war furchtbar. Tante Sally und Benny klammerten sich weinend und schreiend an Onkel Silas und wollten ihn nicht fortlassen; auch die Neger liefen heulend herbei, es war ein herzzerreißender Auftritt und ich verschwand.

Als er zu dem kleinen Dorfgefängnis geführt wurde, begleiteten wir ihn alle, um ihm Lebewohl zu sagen. Tom hatte schon einen Plan fix und fertig im Kopf, wie wir ihn in einer dunklen Nacht heldenmütig befreien wollten. Aber als er gegenüber dem Onkel etwas davon verlauten ließ, kam er übel an. Der arme Alte meinte, es sei seine Pflicht, zu dulden, was das Gesetz über ihn verhänge; selbst wenn die Tür des Gefängnisses offen stünde, würde er von dort nicht wanken und weichen. Natürlich war Tom sehr enttäuscht, doch musste er sich drein ergeben. Den Gedanken, seinen Onkel zu befreien, gab er aber deshalb noch lange nicht auf; er betrachtete das als seine Schuldigkeit, denn er fühlte sich gewissermaßen verantwortlich für ihn.

Er versprach auch Tante Sally, dass er Tag und Nacht nicht ruhen würde, bis er Onkels Unschuld ans Licht gebracht hätte, sie solle sich nur keinen Kummer machen. Tante umarmte ihn zärtlich, dankte ihm und sagte, sie sei überzeugt, er werde alles tun, was in seinen Kräften stehe. Dann bat sie uns noch, wir möchten Benny helfen das Haus und die Kinder zu versorgen, und nachdem wir mit Tränen von ihr Abschied genommen hatten, kehrten wir zur Farm zurück. Tante wollte bei der Frau des Gefängniswärters bleiben, bis im Oktober die Gerichtsverhandlung stattfand.

Elftes Kapitel

Der nächste Monat war für uns alle sehr traurig. Die arme Benny nahm sich zusammen, so gut sie konnte; auch Tom und ich trugen unser Möglichstes zur allgemeinen Aufheiterung bei, aber das half wenig. Wir besuchten die alten Leute jeden Tag, was furchtbar trübselig war. Onkel Silas hatte meist schlaflose Nächte oder er wandelte im Schlaf; sein Aussehen war erbärmlich, auch nahm er körperlich und geistig so sehr ab, dass wir alle fürchteten, er würde vor Kummer krank werden und sterben.

Wenn wir ihm Mut zusprachen, schüttelte er nur den Kopf und meinte, wir wüssten nicht, welche Last es wäre, einen Mord auf der Seele zu tragen, sonst würden wir anders reden. Wie oft wir ihm auch wiederholten, dass es kein Mord, sondern fahrlässiger Totschlag wäre, er ließ sich nicht davon abbringen. Ja, als der Tag der Verhandlung näher rückte, war er ganz bereit einzugestehen, er habe den Mann mit Vorbedacht getötet. Das verschlimmerte die Sache natürlich hundertfach; Tante Sally und Benny verzehrten sich fast vor Angst. Doch nahmen wir Onkel das Versprechen ab, dass er im Beisein anderer keine Silbe von dem Mord sagen wolle und das war wenigstens ein Trost.

Den ganzen Monat über zerbrach sich Tom den Kopf, um einen Ausweg zu finden. Viele Nächte musste ich mit ihm aufbleiben und Pläne schmieden, aber wir arbeiteten uns nur unnütz ab, es führte alles zu nichts. Ich war zuletzt so mutlos und niedergeschlagen, dass ich Tom riet es aufzugeben; doch er war anderer Meinung und ließ nicht nach, sich mit immer neuen Entwürfen das Hirn zu zermartern.

So kam Mitte Oktober der Tag der Gerichtsverhandlung. Wir waren alle da und der Saal natürlich gedrängt voll. Der arme alte Onkel Silas sah selbst fast aus wie ein Toter, so hohläugig, abgezehrt und jämmerlich. Benny und Tante Sally saßen ihm rechts und links zur Seite, tief verschleiert und gramerfüllt. Aber Tom saß bei unserem Verteidiger und redete in alles mit herein; der Anwalt ließ ihn gewähren und der Richter auch. Manchmal hielt er es für besser, dem Verteidiger die Sache ganz aus der Hand zu nehmen, denn der war nur ein Winkeladvokat und verstand so gut wie gar nichts.

Die Vereidigung der Geschworenen war vorüber und der öffentliche Ankläger hielt seine Rede. Er sagte so schreckliche Dinge von Onkel Silas, dass Tante Sally und Benny zu weinen anfingen. Was er über den Mord berichtete, nahm uns fast den Atem, es war so ganz anders als Onkels Erzählung. Er sagte, er werde beweisen, dass zwei zuverlässige Zeugen gesehen hätten, wie Onkel Silas den Jupiter Dunlap umgebracht habe. Es sei mit Vorbedacht geschehen, denn er habe gerufen, er wolle ihn kalt machen, während er mit dem Knüttel zuschlug, dann habe er Jupiter ins Gebüsch geschleppt, der sei aber schon ganz tot gewesen. Später sei Onkel Silas wiedergekommen und habe die Leiche ins Tabakfeld geschafft, was zwei Männer bezeugen könnten. In der Nacht habe er sie dann begraben und sei auch dabei von jemandem beobachtet worden.

Ich sagte mir, der arme alte Onkel müsse uns belogen haben, weil er sich darauf verließ, dass ihn niemand gesehen hätte und er Tante Sally und Benny nicht das Herz brechen wollte. Daran hatte er ganz recht getan; jeder, der nur das geringste Gefühl im Leib hatte, würde auch gelogen haben, um den beiden, die doch gar nichts dafür konnten, Kummer und Herzeleid zu ersparen. Unser Verteidiger machte ein bedenkliches Gesicht und auch Tom war einen Augenblick wie auf den Mund geschlagen, doch nahm er sich rasch wieder zusammen und tat ganz zuversichtlich – aber es war ihm schlecht dabei zumute, das weiß ich. Unter den Zuhörern entstand eine furchtbare Aufregung während der Rede.

Als der Ankläger fertig war, setzte er sich und die Zeugen wurden aufgerufen. Zuerst kamen mehrere um zu beweisen, dass Onkel Silas dem Ermordeten feindlich gesinnt gewesen war. Sie sagten, sie hätten ihn öfter Drohungen gegen Jupiter ausstoßen hören; es sei zuletzt so schlimm geworden, dass alle Welt darüber gesprochen habe. Der Ermordete, dem um sein Leben bangte, habe mehrmals geäußert, Onkel Silas würde ihn gewiss noch einmal umbringen.

Das Kreuzverhör, das Tom und unser Verteidiger mit diesen Zeugen anstellten, nützte nichts; sie beharrten bei ihrer Aussage.

Zunächst betrat Lem Beebe den Zeugenstand. Das rief mir den Tag unserer Ankunft ins Gedächtnis, wie Lem mit Jim Lane an uns vorbeigegangen war und gesagt hatte, er wollte sich einen Hund von Jupiter Dunlap borgen. Alles zog wieder an meiner Erinnerung vorüber: Bill und Jack Withers, die von einem Neger redeten, der Onkel Silas Korn gestohlen hatte, und unser Geist, der aus dem Ahornwäldchen kam und uns so erschreckte. Der saß jetzt leibhaftig vor mir und nahm als Taubstummer und Fremder obendrein einen besonderen Stuhl innerhalb der Schranken ein; da konnte er gemütlich die Beine übereinanderschlagen, während die übrigen Zuhörer so zusammengepfercht waren, dass sie kaum Platz zum Atemholen hatten.

Lem Beebe leistete den Eid und begann: »Am zweiten September gegen Sonnenuntergang ging ich mit Jim Lane am Zaun des Angeklagten vorbei. Da hörten wir lautes Reden und Schreien, ganz in unserer Nähe, nur das Haselgebüsch war dazwischen. Wir erkannten die Stimme des Angeklagten, welche rief: ›Ich hab dir's oft gesagt, ich bringe dich noch um!‹ Dann sahen wir einen Knüttel, der hoch empor gehoben wurde und wieder hinter dem Gebüsch verschwand; wir hörten einen dumpfen Schlag und gleich darauf ein Ächzen. Nun krochen wir leise näher und als wir durch den Zaun guckten, sahen wir Jupiter Dunlap tot am Boden liegen und neben ihm stand der Angeklagte mit dem Knüttel in der Hand. Er schleppte die Leiche fort, um sie zu verbergen; wir aber duckten uns, damit wir nicht gesehen würden und machten, dass wir wegkamen.«

Es war schrecklich. Den Zuhörern erstarrte fast das Blut in den Adern und im ganzen Saal herrschte lautlose Stille. Erst als der Zeuge fertig war, hörte man die Leute seufzen und stöhnen und sie sahen einander mit entsetzten Mienen an.

Am meisten musste ich mich aber über Tom wundern. Bei den ersten Zeugen hatte er aufgepasst wie ein Schweißhund und sobald einer mit seiner Aussage zu Ende war, fuhr er drauflos und tat alles, was er konnte, um ihn auf Unwahrheiten zu ertappen und sein Zeugnis zu entkräften. Auch jetzt, als Lem anfing und nichts davon sagte, dass er mit Jupiter gesprochen hatte und sich seinen Hund borgen wollte, glühte Tom vor Eifer und ich merkte, wie er nur darauf lauerte, Lem ins Kreuzverhör zu nehmen. Dann dachte ich, würden wir beide als Zeugen auftreten und erzählen, was wir aus Lems eigenem Mund gehört hatten. Ich sah wieder zu Tom hin, aber der war auf einmal wie ausgewechselt. Er hörte gar nicht mehr auf das, was Lem sagte, sondern saß ganz in sich versunken da, als schweiften seine Gedanken in weiter, weiter Ferne. Als Lem fertig war, stieß unser Verteidiger Tom mit dem Ellenbogen an; einen Augenblick sah er verwirrt auf und meinte: »Nehmen Sie den Zeugen ins Verhör, wenn Sie wollen; aber mich lassen Sie in Ruhe – ich muss nachdenken.«

Na, da hörte doch alles auf; es ging über meine Begriffe. Ich sah auch wie Benny und ihre Mutter den Schleier zurückschoben und mit angstvoller Miene zu Tom hinschauten, um seinem Blick zu begegnen, aber sie bemühten sich vergebens, er starrte immer nur auf einen Fleck. Der Winkeladvokat nahm zwar den Zeugen vor, brachte aber nichts heraus und verdarb die Geschichte noch vollends.

Dann wurde Jim Lane aufgerufen; er erzählte den Vorgang genau ebenso. Tom aber gab gar nicht acht; er saß noch immer in tiefen Gedanken da und merkte nicht, was um ihn her vorging. Der Verteidiger musste wieder ganz allein fragen, und auch das Ergebnis war das gleiche. Nun schaute der öffentliche Ankläger sehr befriedigt drein, aber der Richter machte ein verdrießliches Gesicht, denn Tom versah fast die Stelle eines richtigen Advokaten. In Arkansas durfte der Angeklagte nämlich nach dem Gesetz, wen er wollte, zum Beistand seines Verteidigers wählen. Tom hatte Onkel Silas überredet, ihm den Fall anzuvertrauen, und nun tat er nichts zur Sache, was dem Richter natürlich unangenehm war.

Schließlich fragte der Verteidiger Lem und Jim: »Warum habt ihr nicht gleich angezeigt, was ihr gesehen hattet?«

»Wir fürchteten, selbst in die Sache verwickelt zu werden«, lautete die Antwort. »Als wir aber hörten, dass nach dem Leichnam gesucht wurde, sind wir gleich zu Brace Dunlap gegangen und haben ihm alles erzählt.«

»Wann war das?«

»Samstagabend, den 9. September.«

Hier ließ sich der Richter vernehmen:

»Sheriff«, sagte er, »verhaften Sie diese beiden Zeugen als Hehler des Mordes.«

»Herr Richter«, rief der Ankläger in großer Erregung, »ich erhebe Einspruch gegen dieses außergewöhnliche —«

»Setzen Sie sich«, erwiderte der Richter und legte sein Dolchmesser vor sich auf den Tisch. »Ich bitte, dass Sie dem Gerichtshof die schuldige Achtung erweisen.«

Der nächste Zeuge war Bill Withers.

Nach seiner Vereidigung sagte er aus: »Ich kam am Samstag, den 2. September gegen Sonnenuntergang mit meinem Bruder Jack am Feld des Gefangenen vorbei, da sahen wir einen Mann, der eine schwere Last auf dem Rücken trug. Wir konnten ihn nur undeutlich sehen, aber es schien, als schleppe er einen Menschen, dessen Glieder so schlaff herabhingen, dass wir meinten, er müsse wohl betrunken sein. Nach dem Gang des Mannes zu urteilen, war es Pastor Silas und wir dachten, er hätte vielleicht den Trunkenbold Sam Cooper, den er schon lange zu bessern versucht, im Straßengraben gefunden und schaffte ihn nun nach Hause.«

Den Leuten grauste, als sie sich vorstellten, wie der alte Onkel Silas den Ermordeten in seine Tabakpflanzung geschleppt hatte, wo der Hund hernach die Leiche aufwühlte. Viel Mitgefühl war aber nicht in den Gesichtern zu lesen, und einer sagte zu seinem Nachbar: »Schauderhaft, den Toten so herumzutragen und dann im Boden zu verscharren wie das erste beste Tier – und so was kann ein Pastor tun!«

Auch diesen Zeugen musste der Verteidiger allein vornehmen; Tom war wie blind und taub, er rührte sich nicht.

Nach Bill kam Jack Withers und wiederholte alles, was sein Bruder gesagt hatte.

Dann wurde Brace Dunlap aufgerufen. Der sah so kummervoll aus, als ob ihm das Weinen nahe wäre. Im Saal entstand eine große Bewegung; alle horchten auf, um ja kein Wort zu verlieren; die Weiber flüsterten: »Der arme Mensch!«, und viele sah man sich die Augen trocknen.

Brace Dunlap leistete den Eid, dann sagte er:

»Ich war schon lange in Sorge um meinen armen Bruder, doch hoffte ich immer noch, die Sachen stünden nicht so schlimm wie er sie schilderte. Wie hätte ich auch denken sollen, dass es irgendjemand übers Herz bringen würde, einem so harmlosen Geschöpf ein Leid anzutun. Und dass gar der Pastor ihm nach dem Leben trachtete, konnte mir gar nicht in den Sinn kommen. Aber nie, nie werde ich mir vergeben, dass ich der Sache nicht gleich ein Ende gemacht habe; hätte ich das getan, so wäre mein armer unschuldiger Bruder heute noch am Leben, und nun liegt er dort drüben – grausam ermordet.« Die Rührung übermannte ihn; er musste eine Weile warten, weil ihm die Stimme versagte. Von allen Seiten wurden teilnahmsvolle Worte laut und die Weiber weinten. Dann entstand eine feierliche Stille; nur der arme alte Onkel Silas stöhnte aus tiefster Brust, sodass es jedermann hörte.

Brace fuhr fort: »Samstag, den 2. September kam er nicht zum Nachtessen heim. Als es spät wurde, schickte ich einen meiner Neger zur Wohnung des Angeklagten; aber dort war mein Bruder nicht. Meine Unruhe wuchs; zwar legte ich mich zu Bett, aber an Schlaf war nicht zu denken. In der Nacht stand ich noch einmal auf, ging zum Haus des Angeklagten und irrte da lange umher in der Hoffnung, meinen armen Bruder zu treffen. Ach, ich wusste ja nicht, dass er schon aus aller Not in ein besseres Jenseits entrückt war.« Wieder versagte ihm die Stimme und man hörte die Weiber schluchzen. Bald nahm Brace einen neuen Anlauf: »Das Warten war vergebens. Ich ging heim und legte mich nieder. Ein paar Tage später gerieten die Nachbarn auch in Sorge und fingen an, von den Drohungen zu reden, die der Angeklagte ausgestoßen hatte. Ihre Ansicht, dass mein Bruder ermordet sei, teilte ich nicht; aber das Gerücht verbreitete sich, man fing an, nach der Leiche zu suchen. Ich war der Meinung, mein Bruder habe sich irgendwohin geflüchtet, um etwas Ruhe zu haben und er werde über kurz oder lang zurückkehren. Da kamen am Samstag, den 9. Lem Beebe und Jim Lane noch spätabends zu mir und erzählten mir alles – so erfuhr ich den grässlichen Mord, der mir fast das Herz brach. Zugleich erinnerte ich mich an einen Umstand, auf den ich vorher kein großes Gewicht legte, weil ich gehört hatte, der Angeklagte sei ein Nachtwandler und tue im Schlaf allerlei, wovon er kein Bewusstsein habe. In jener schrecklichen Nacht, am Sonnabend nämlich, als ich voll Sorge und Kummer umherirrte, kam ich auch an die Tabakpflanzung des Angeklagten und hörte ein Geräusch, als ob der Boden aufgegraben würde. Ich schlich näher und sah durch die Hecke einen Mann, der Erde in ein Loch schaufelte, das schon fast zugefüllt war. Er stand mit dem Rücken zu mir, aber im

Mondlicht erkannte ich den Angeklagten an seinem alten grünen Arbeitskittel mit dem weißen Flicken zwischen den Schultern, der aussieht, als hätte ihn jemand mit einem Schneeball geworfen. Er war gerade beschäftigt, den Mann, den er erschlagen hatte, im Boden zu verscharren.«

Weinend und schluchzend sank Brace auf seinen Stuhl nieder und durch den ganzen Saal ging ein Klagegestöhn. »Wie schauderhaft, wie grässlich!«, klang es von allen Seiten; die Unruhe nahm mit jeder Minute zu. Da auf einmal erhob sich der alte Onkel Silas; er sah so weiß aus wie ein Tuch und rief:

»Es ist alles buchstäblich wahr – ich habe ihn kaltblütig umgebracht!«

Die Leute waren erst starr vor Schrecken, dann entstand ein wilder Lärm. Jeder sprang von seinem Sitz auf und reckte den Hals, um besser sehen zu können. Der Richter schlug mit dem Hammer auf den Tisch und der Sheriff kreischte: »Ruhe und Ordnung im Gerichtssaal – Ruhe!«

Von alledem schien Tom Sawyer nicht das Mindeste zu merken. Wahrhaftig, da saß er, starrte ins Leere und schaute auch nicht ein einziges Mal zu Onkel Silas hin.

Unterdessen stand der alte Mann noch immer hoch aufgerichtet, mit glühenden Blicken und an allen Gliedern bebend da. Er wehrte seine Frau und Tochter ab, die sich an ihn klammerten und flehten, er solle schweigen. Nein, er wollte das Verbrechen nicht mehr auf der Seele haben, er wollte die Last abwälzen, unter der er erliegen musste, keine Stunde länger wollte er sie tragen. Und während alle Zuschauer ihn entsetzt anstarrten, während der Richter, die Geschworenen, die Anwälte nach Atem rangen, während Benny und Tante Sally schluchzten, dass es einen Stein erbarmen konnte, floss dem alten Mann sein grausiges Bekenntnis über die Lippen, wie ein Strom, der aus seinen Ufern bricht:

»Ich habe ihn umgebracht. Ich bin der Schuldige! Doch hatte ich noch nie im Leben daran gedacht, ihm Schaden oder Leid zuzufügen, bis zu dem Augenblick, als ich den Stock erhob. Dass ich ihm schon früher gedroht haben soll, ist nicht wahr. Ganz plötzlich wurde es mir eiskalt ums Herz, alles Mitleid war verflogen, ich wollte ihn töten und schlug zu. In dem Moment kam mir alles zum Bewusstsein, was ich erlitten hatte, aller Schimpf, den mir der Mann und sein schurkischer Bruder dort angetan, die zusammen darauf ausgegangen waren, mich bei den Leuten in Verruf zu bringen, mir den guten Namen abzuschneiden und mich so lange zu quälen, bis ich eine Tat beging, die mich und die Meinigen ins Verderben stürzte, während wir ihnen doch, weiß Gott, nie etwas zuleide getan hatten. Es war nichts als gemeine Rache von ihnen. Und wofür? – Bloß weil meine arme unschuldige Tochter hier den reichen, frechen und feigen Nichtsnutz, den Brace Dunlap, nicht heiraten wollte, der jetzt solchen Schmerz um seinen Bruder heuchelt, dem er sein Lebtag nichts Gutes gegönnt hat. – In jenem Augenblick vergaß ich mein Seelenheil und dachte nur an meinen bitteren Groll – ich schlug zu, um meinen Feind zu töten – verzeih mir's Gott! – Sofort tat es mir von Herzen leid, mich überfiel die Reue; doch dachte ich an die Meinigen und um ihretwillen wollte ich meine Missetat verbergen. Erst schleppte ich die Leiche ins Gebüsch und später in das Tabakfeld. Im nächtlichen Dunkel schlich ich mich dorthin und begrub den Erschlagenen ...«

Auf einmal schnellte Tom von seinem Sitz in die Höhe: »Jetzt hab ich's«, rief er triumphierend und streckte die Hand mit förmlich hoheitsvoller Gebärde nach dem alten Mann aus.

»Setz dich, Onkel! Es ist zwar ein Mord verübt worden, aber du bist es nicht gewesen, der ihn begangen hat.«

Im Nu wurde es totenstill im Saal. Der Alte sank verwirrt auf seinen Stuhl; Tante Sally und Benny starrten Tom mit offenem Mund an und auch die übrigen Anwesenden wussten kaum, wo ihnen der Kopf stand, vor maßlosem Staunen und unbeschreiblicher Überraschung.

»Darf ich reden, Herr Präsident?«

»Um Gottes willen ja – so sprich doch!«, rief der Richter, der seinen Ohren nicht traute.

Tom stand und wartete noch ein paar Sekunden – um die Wirkung zu erhöhen, wie er es nennt – dann begann er mit größter Gelassenheit:

»Seit etwa zwei Wochen ist hier vorn am Gerichtshaus eine Bekanntmachung angeschlagen, in der eine Belohnung von 2000 Dollar für die Wiedererlangung von zwei großen Diamanten geboten wird, die in St. Louis gestohlen worden sind. Die Diamanten sind zwölftausend Dollar wert. Doch darauf komme ich später zurück. Jetzt will ich von dem Mord reden und sagen, wie es dazu kam, wer ihn begangen hat – und alle Einzelheiten.«

Nein, wie sie alle die Köpfe vorstreckten und horchten, damit ihnen kein Wort entginge! –

»Der Mann hier, der jetzt so um seinen toten Bruder jammert, für den er, solange er lebte, keinen Pfifferling gegeben hätte, wie ihr recht wohl wisst – dieser Brace Dunlap wollte das junge Mädchen dort heiraten, aber sie nahm ihn nicht. Da drohte er Onkel Silas, das sollte ihnen noch allen teuer zu stehen kommen. Onkel wusste, dass er gegen solchen Mann nichts auszurichten vermochte; das ängstigte ihn sehr und er tat alles Erdenkliche, um ihn zu besänftigen und wieder zu versöhnen. Er nahm sogar seinen nichtsnutzigen Bruder Jupiter als Arbeiter auf die Farm und sparte sich und den Seinigen den Lohn, den er ihm zahlte, am eigenen Leib ab. Jupiter aber tat alles, was sein Bruder nur ersinnen konnte, um Onkel Silas zu beleidigen, zu ärgern und zu quälen, damit Onkel sich vom Zorn fortreißen ließe und so um seinen guten Ruf kam. Der Plan gelang. Alle wandten sich von Onkel ab und glaubten den ausgestreuten Verleumdungen. Das nahm sich der alte Mann so zu Herzen, dass er vor lauter Kummer und Trübsal oft gar nicht recht bei Sinnen war.

An jenem schrecklichen Sonnabend nun kamen die zwei Zeugen Lem Beebe und Jim Lane an dem Acker vorüber, wo Onkel Silas und Jupiter bei der Arbeit waren – so viel von ihrer Aussage ist wahr, das Übrige sind lauter Lügen. Sie haben weder Onkel Silas sagen hören, dass er Jupiter umbringen wollte, noch haben sie ihn den Schlag führen sehen. Den Leichnam haben sie auch nicht erblickt und ebenso wenig, dass Onkel etwas im Gebüsch verborgen hat. – Seht sie nur an, wie sie jetzt dasitzen und wünschen, sie hätten ihre Zungen besser im Zaum gehalten. Sie werden noch ganz andere Gesichter machen, wenn ich alles erst ins Reine gebracht habe.

An dem nämlichen Sonnabendabend haben Bill und Jack Withers gesehen, wie ein Mann den anderen auf der Schulter fortschleppte. So weit haben sie die Wahrheit gesprochen, das andere ist erlogen. Zuerst glaubten sie, ein Neger hätte dem Onkel Silas Korn gestohlen. – Seht nur, wie verdutzt sie jetzt dreinschauen, weil sie erfahren, dass jemand sie das hat sagen hören. Später ist's ihnen sonnenklar geworden, wer die Leiche fortgeschafft hat, und sie wissen recht gut, warum sie hier vor Gericht geschworen haben, sie hätten Onkel Silas am Gang erkannt. Er war's aber doch nicht, und das wussten die meineidigen Zeugen ebenfalls.

Es ist möglich, dass ein Mann beim Mondschein gesehen hat, wie der Leichnam in der Tabakpflanzung vergraben wurde – aber Onkel Silas hat nichts damit zu tun gehabt. Der lag zu selbiger Zeit daheim in seinem Bett.

Ehe ich weiter erzähle, möchte ich die Anwesenden noch daran erinnern, dass viele Menschen, wenn sie tief in Gedanken geraten oder innerlich erregt sind, die Gewohnheit haben, irgendetwas mit ihren Händen zu tun, ohne es zu wissen. Sie fassen sich ans Kinn oder an die Nase, drehen an einem Knopf oder ihrer Uhrkette, streichen sich übers Haar oder den Bart. Manche zeichnen sich auch mit dem Finger ein Bild oder einen Buchstaben ins Gesicht. Das ist meine Manier. Wenn mich etwas quält oder ärgert, oder wenn ich recht nachdenke, male ich mir immerfort ein großes V auf die Backe oder das Kinn und meistens merke ich selbst gar nichts davon.«

Komisch! Mir geht das ebenso. Nur mache ich ein O. Ich sah auch, wie die Leute im Saal einander anstießen und zunickten, was so viel heißen sollte, wie: Ja, so ist's!

»Am selben Sonnabend – nein, es war am Abend vorher ...«, fuhr Tom fort, »lag ein Dampfboot an der Landungsbrücke vierzig Meilen flussaufwärts von hier; es stürmte und regnete, was nur vom Himmel wollte. An Bord war der Dieb, der die zwei großen Diamanten gestohlen hatte, von denen die Bekanntmachung hier am Gerichtshaus redet. Er schlich sich mit seinem Reisesack ans Land, ging in die dunkle Sturmnacht hinaus und hoffte, diese Stadt mit heiler Haut zu erreichen. Allein auf dem Dampfboot hielten sich auch zwei seiner Genossen verborgen, welche, wie er wusste, nur auf die Gelegenheit lauerten, ihn umzubringen, um die Diamanten zu bekommen. Die drei Spießgesellen hatten die Edelsteine nämlich miteinander gestohlen, jener erste Dieb aber hatte sie eingesteckt und sich damit aus dem Staub gemacht.

Na, er war kaum zehn Minuten fort, als seine Genossen Lunte rochen. Sie sprangen ans Land und jagten hinter ihm drein. Wie sie seine Spur gefunden haben, weiß ich nicht, aber den ganzen Sonnabend über blieben sie ihm auf den Fersen und gaben dabei acht, dass er sie nicht zu Gesicht bekam. Gegen Sonnenuntergang erreichte er das Ahornwäldchen bei Onkel Silas' Tabakpflanzung und schlich hinein, um die Verkleidung anzulegen, die er im Reisesack trug und in der er sich den Leuten zeigen wollte. – Das geschah ungefähr zur selben Zeit, als Onkel Silas den Jupiter Dunlap mit dem Knüttel schlug – denn, dass er ihn geschlagen hat, ist richtig.

Kaum hatten aber die Verfolger ihren Diebesgenossen in das Wäldchen treten sehen, als sie aus dem Gebüsch sprangen und ihm nachliefen. Ohne Gnade und Barmherzigkeit fielen sie über ihn her und schlugen ihn tot, wie laut er auch heulte und schrie.

Zwei Männer, die auf der Straße gelaufen kamen, hatten das Angstgeschrei gehört; sie drangen in das Wäldchen ein – das ohnehin ihr Ziel gewesen war – verjagten die Mörder und verfolgten sie in atemloser Hast. Aber nur eine Strecke weit; dann kehrten die zwei Männer verstohlen zum Ahornwäldchen zurück.

Was taten sie aber dort? – Das will ich euch sagen: Sie fanden den Ermordeten samt dem Reisesack, der alles enthielt, was zu der Verkleidung gehörte. Die legte nun einer der Männer an, nachdem er seine eigenen Kleider ausgezogen hatte.«

Hier machte Tom eine kleine Pause – natürlich wegen der Wirkung – dann sagte er mit Nachdruck: »Der Mann, welcher die Verkleidung des Erschlagenen anlegte, war – Jupiter Dunlap!«

»Gerechter Himmel!« Ein Schrei der Überraschung ging durch den Saal und in Onkel Silas' Gesicht spiegelte sich maßloses Erstaunen.

»Ja, es war Jupiter Dunlap, der folglich nicht tot sein konnte. Er zog dem Ermordeten die Stiefel aus und vertauschte sie gegen seine eigenen abgetragenen Schuhe; diese, sowie seine übrigen Sachen wurden der Leiche angelegt. Jupiter Dunlap blieb nun, wo er war, der andere Mann aber schleppte den Leichnam im Dämmerlicht zur Tabakpflanzung; um Mitternacht schlich er sich dann in Onkel Silas' Haus, nahm den grünen Arbeitskittel von dem Nagel im Gang zwischen dem Haus und der Küche, wo er immer hängt, zog ihn an, holte die große Schaufel und ging damit zum Feld, wo er den Toten begrub.«

Jetzt stand Tom wohl eine Minute schweigend da. Dann fuhr er fort: »Wer aber glaubt ihr, dass der Ermordete war? – Kein anderer als Jake Dunlap, der längst verschollene Einbrecher!«

»Gerechter Himmel!«

»Und der Mann, der ihn begraben hat, war sein Bruder – Brace Dunlap.«

»Gerechter Himmel!«

»Der Fremde dort aber, der jetzt ein so blödsinniges Gesicht macht und sich seit Wochen gestellt hat, als ob er taub und stumm wäre, das ist – Jupiter Dunlap!«

Solches Gebrüll, solcher Wirrwarr wie jetzt entstand, ist mir all mein Lebtag nicht vorgekommen. Tom sprang auf Jupiter zu, er riss ihm die Brille samt dem falschen Bart herunter und siehe, da stand der Ermordete leibhaftig da und war ganz und gar nicht tot. Tante Sally und Benny fielen Onkel Silas um den Hals und erstickten ihn fast mit ihren Küssen und Liebkosungen, sodass der alte Mann noch erstaunter und verwirrter dreinschaute als je zuvor.

Nun aber fing die ganze Versammlung an zu schreien: »Tom Sawyer, Tom Sawyer! Er soll weiter reden! Stille! Stille! Tom Sawyer soll uns alles berichten!«

Na, das schmeichelte Tom nicht wenig. Ich weiß, ihm ist nichts lieber, als wenn er in der Öffentlichkeit auftreten und eine Heldenrolle spielen kann, wie er's nennt. Als sich der Lärm wieder gelegt hatte, sagte er:

»Der Rest ist bald erzählt. Es war dem Brace Dunlap gelungen, Onkel Silas durch seine Quälereien so zur Verzweiflung zu bringen, dass er fast von Sinnen kam und seinem nichtsnutzigen Bruder den Schlag versetzte. Nun lief Jupiter zum Wald, um sich da zu verstecken, und der Plan war vermutlich, dass er bei Nacht außer Landes gehen sollte. Dann konnte Brace das Gerücht verbreiten, Onkel Silas habe seinen Bruder umgebracht und die Leiche irgendwo versteckt. Dadurch war Onkel zugrunde gerichtet; er musste den Ort verlassen, ja er kam vielleicht an den Galgen. Als die beiden aber den Toten im Wäldchen fanden – ohne zu wissen, dass es ihr Bruder war, denn die Mörder hatten ihn arg zugerichtet – da änderten sie den Plan. Sie verkleideten alle beide, begruben Jake und als die Leiche aufgefunden wurde, hatte sie Jupiters Kleider an. Jim Lane und die anderen Zeugen ließen sich bestechen, ein paar Lügen zu beschwören, die in Brace Dunlaps Kram passten. Seht nur, wie übel ihnen jetzt zumute ist – ich hab's ja vorausgesagt.

Wir sind nämlich auf dem Dampfboot mit den Dieben flussabwärts gefahren, Huck Finn und ich. Da erzählte uns der Tote von den Diamanten und sagte, seine Genossen würden ihn umbringen, sobald sie könnten und wir versprachen ihm nach Kräften beizustehen. Eben wollten wir zum Ahornwäldchen, da hörten wir sein Todesgeschrei; als wir aber am frühen Morgen nach dem Gewitter wieder hinkamen, fanden wir keine Leiche und meinten, es wäre am Ende gar kein Mord begangen worden. Wir sahen Jupiter in derselben Verkleidung herumstolzieren, die Jake uns gezeigt hatte und die er anziehen wollte. Natürlich glaubten wir, es wäre Jake selbst, der sich taubstumm stellte, wie verabredet war.

Nun suchten wir, Huck und ich, nach der Leiche, als die anderen es aufgaben; wir fanden sie auch und waren zuerst stolz darauf. Aber Onkel Silas jagte uns einen furchtbaren Schreck ein mit der Behauptung, er hätte Jupiter totgeschlagen.

Da der Leichnam durch uns ans Tageslicht gekommen war, fühlten wir uns verpflichtet, für Onkels Rettung zu sorgen; aber das war ein schweres Stück Arbeit, denn Onkel wollte sich nicht aus dem Gefängnis befreien lassen, wie damals unser alter Neger Jim.

Den ganzen Monat lang dachte ich über ein Mittel nach, Onkel Silas loszukriegen, doch mir fiel nichts ein. Als ich heute zur Gerichtsverhandlung ging, wusste ich weder Rat noch Hilfe, mir kam kein rettender Gedanke. Nicht lange aber, da beobachtete ich etwas, nur eine winzige Kleinigkeit, aber sie brachte mich zum Nachdenken. Während ich nun scheinbar im Sinnen verloren dasaß, war ich fortwährend auf der Lauer und richtig, gerade als Onkel Silas uns all den Unsinn auftischte, wie er Jupiter Dunlap umgebracht hatte, sah ich das Ding wieder. Da sprang ich auf und unterbrach die Verhandlung, weil ich wusste, dass Jupiter Dunlap dort leibhaftig vor mir saß. Ich erkannte ihn an etwas, das er zu tun pflegte, als ich letztes Jahr hier war und das er jetzt wieder tat.«

Tom wartete die Wirkung ein Weilchen ab, machte dann eine Bewegung, als ob er sich setzen wollte und sagte in gleichgültigem Ton: »Na, ich glaube, das ist alles!«

Ein Geschrei aus hundert Kehlen ging durch den Saal: »Was hat er getan? Was war es, das du gesehen hast? Bleib stehen, du Teufelsjunge und sag es uns. Denkst du, wir lassen uns so abspeisen, nachdem du uns den Mund wässerig gemacht hast!«

»O, es war gar nicht viel. Ich sah, wie er immer ängstlicher und aufgeregter wurde, während sich Onkel Silas um den Hals redete, wegen eines Mordes, der gar nicht begangen worden war – auf einmal fuhr er mit den Händen hin und her, hob seine Linke in die Höhe und zeichnete sich mit dem Finger ein Kreuz auf die Backe – da war ich meiner Sache sicher.«

Nun begann ein Beifallklatschen, ein Stampfen und Hochrufen, bis Tom Sawyer sich kaum zu lassen wusste vor lauter Stolz und Glück. Der Richter blickte über den Tisch zu ihm hin und sagte:

»Mein Sohn, hast du denn die verschiedenen Einzelheiten dieser seltsamen Verschwörung und Tragödie, die du uns schilderst, alle selbst gesehen?«

»Nein, Herr Präsident, gesehen habe ich nichts davon!«

»Nichts gesehen? – Aber du hast uns ja die ganze Geschichte von Anfang bis zu Ende erzählt, als ob du Augenzeuge gewesen wärest. Wie ist das möglich?«

»Ich habe nur die Tatsachen zusammengestellt, und dies und jenes daraus gefolgert«, erwiderte Tom leichthin. »Es war ein kleines Stück gewöhnliche Detektiv-Arbeit, die jedermann ausführen könnte.«

»Ganz und gar nicht! Unter Millionen hätten das nicht zwei fertiggebracht. Du bist wirklich ein merkwürdiger Junge!«

»Tom Sawyer hoch! Hurra, Tom Sawyer!«, klang es wieder durch den Saal, und Tom hätte den Triumph nicht für eine ganze Silbermine hergegeben. Dann sagte der Richter:

»Bist du denn aber auch sicher, dass sich die Geschichte ganz so verhält, wie du sagst?«

»Jawohl, Herr Richter. Da sitzen ja die Zeugen und niemand weiß ein Wort dagegen zu sagen, weder Brace Dunlap noch sein Bruder. Auch die anderen, die sich ihre Lügen haben bezahlen lassen, sind jetzt mucksmäuschenstill. Falls aber Onkel Silas Widerspruch erheben sollte, so würde ich ihm nicht glauben und wenn er es eidlich versicherte.«

Das kam den Zuhörern sehr komisch vor; sogar der Richter gab seine würdevolle Haltung auf und lachte. Tom strahlte ordentlich vor Freude, und als alle sich wieder gefasst hatten, sagte er:

»Herr Präsident, hier im Saal ist ein Dieb.«

»Was, ein Dieb?«

»Ja. Er hat die Diamanten für zwölftausend Dollar bei sich.«

»Wo – wo ist er? – Wer ist es? – Zeig ihn uns!«, schrien alle durcheinander.

»Nenne ihn mir, mein Sohn, der Sheriff soll ihn festnehmen. Wer ist es?«, sagte der Richter.

»Jupiter Dunlap, der Totgeglaubte.«

Wieder entstand die grenzenloseste Aufregung; aber Jupiter, der vorher schon ganz verdutzt gewesen war, schien jetzt förmlich versteinert vor Überraschung. Endlich rief er in weinerlichem Ton:

»Herr Präsident, das ist wirklich erlogen. Ich bin ja schon schlecht genug ohne das. Alles andere habe ich getan und bereue es jetzt sehr. Brace hat mich dazu überredet und mir versprochen, er wollte mich über kurz oder lang zum reichen Mann machen. Aber die Diamanten habe ich nicht gestohlen. Gewiss und wahrhaftig, ich habe keine Diamanten, der Sheriff kann mich durchsuchen, so viel er will.«

»Herr Präsident«, warf Tom ein, »es war vielleicht nicht richtig, dass ich ihn einen Dieb genannt habe. Er hat die Diamanten gestohlen, ohne es zu wissen. Sein Bruder Jake stahl sie den anderen Dieben und Jupiter stahl sie seinem

Bruder Jake, als er tot am Boden lag. Seit einem Monat läuft er mit den Zwölftausend-Dollar-Diamanten hier herum, als wenn er ein armer Mann wäre. Auch jetzt trägt er diesen ganzen Reichtum bei sich.«

»Durchsucht ihn, Sheriff«, sagte der Richter.

Der Sheriff durchsuchte ihn von Kopf bis zu Fuß: seinen Hut, die Socken, die Nähte seiner Kleider, die Stiefel, kurz, alles. Tom stand ruhig dabei und passte auf den geeigneten Moment. Endlich gab es der Sheriff auf. Enttäuschung malte sich in allen Mienen und Jupiter sagte:

»Da seht ihr doch, dass ich recht hatte!«

»Diesmal hast du dich wohl geirrt, mein Sohn«, äußerte der Richter.

Tom nahm eine nachdenkliche Stellung an; er schien sich aus allen Kräften zu besinnen und kratzte sich verlegen den Kopf. Plötzlich machte er ein vergnügtes Gesicht.

»Jetzt hab ich's«, sagte er aufschauend. »Ich hatte es bloß vergessen.«

Tom sprach nicht die Wahrheit, das wusste ich; doch er fuhr ruhig fort:

»Will jemand so gut sein mir einen kleinen Schraubenzieher zu leihen? In dem Reisesack Eures Bruders, den Ihr Euch angeeignet habt, Jupiter, ist einer gewesen, aber den habt Ihr wohl nicht mitgenommen?«

»Nein, ich konnte ihn nicht brauchen und hab ihn weggegeben.«

»Weil Ihr nicht wusstet, wozu er dienen sollte.«

Sobald Tom den Schraubenzieher bekam, forderte er Jupiter auf, der nach der Durchsuchung die Stiefel wieder angezogen hatte, einen Fuß auf den Stuhl zu stellen; dann kniete er nieder und schraubte das Plättchen vom Absatz ab. Als er den großen Diamanten zum Vorschein brachte und ihn im Sonnenschein funkeln ließ, waren die Leute ganz außer sich vor Verwunderung. Nun holte Tom auch den Diamanten aus dem anderen Absatz und Jupiters Miene wurde immer trübseliger. Er mochte wohl denken, dass er hätte auf und davongehen und als ein reicher, gemachter Mann im Ausland leben können, wäre er klug genug gewesen, zu erraten, wozu der Schraubenzieher im Reisesack steckte. Jetzt erntete Tom Lob und Ruhm nach Herzenslust. Der Richter nahm die Diamanten an sich, stand auf, schob seine Brille in die Höhe, räusperte sich und sagte:

»Ich werde sie verwahren und dem Eigentümer Anzeige machen. Wenn er sie dann abholen lässt, wird es mir ein großes Vergnügen bereiten, dir, mein Sohn, die zweitausend Dollar Belohnung auszuhändigen. Du hast aber nicht nur dieses Geld verdient, sondern auch den aufrichtigen Dank der ganzen Bürgerschaft. Durch dich ist eine unschuldige Familie vor Schmach und Verderben gerettet worden und ein ehrenwerter Mann vor dem Verbrechertod. Obendrein ist es dir gelungen, die Schändlichkeit eines grausamen, verruchten Schurken und seiner elenden Helfershelfer ans Licht zu ziehen und der Gerechtigkeit einen großen Dienst zu erweisen.«

Wäre nur noch ein Musikchor zur Stelle gewesen, um einen Tusch zu blasen, so hätte nach meiner Meinung die Sache gar keinen schöneren Abschluss finden können; darin stimmte Tom Sawyer ganz mit mir überein.

Der Sheriff nahm nun Brace Dunlap und seine Spießgesellen in Haft; einige Wochen später wurde ihnen der Prozess gemacht und sie erhielten ihre gerechte Strafe. Onkel Silas und die Seinigen aber standen von jetzt ab wieder in hohem Ansehen bei der Gemeinde; seine kleine alte Kirche war immer gedrängt voll und man erwies ihnen so viel Liebes und Gutes wie man nur konnte. Mit der Zeit kam der alte Mann auch wieder zu Verstand und seine Predigten waren nicht besser und nicht schlechter, als sie früher waren. So war denn die ganze Familie seelenvergnügt und Tom Sawyer wurde aus lauter Dankbarkeit gepflegt und verhätschelt wie noch nie; ich aber auch, obgleich ich nichts getan hatte. Als dann die zweitausend Dollar kamen, gab mir Tom die Hälfte ab und sagte keinem ein Wort davon, worüber ich mich gar nicht verwunderte, denn ich kannte ihn ja.

Eine Geschichte ohne Ende

Abends, wenn wir Männer uns nach dem öden, einförmigen Tageslauf im Rauchzimmer erfrischen wollten, vertrieben wir uns manchmal die Zeit damit, unvollendete Geschichten zu vervollständigen. Das heißt, jemand erzählte eine Geschichte bis auf das Ende und die anderen versuchten den Schluss aus eigener Erfindung zu ergänzen. Wenn jeder, der wollte, seine Lesart zum Besten gegeben hatte, fügte der erste Erzähler den ursprünglichen Schluss hinzu und überließ uns die Wahl. Manchmal gefiel uns eines der neuen Enden besser als das alte. Eine Geschichte jedoch, mit der wir uns am eifrigsten und längsten beschäftigten, hatte überhaupt keinen Schluss, man konnte daher auch keinen Vergleich anstellen, ob eine unserer Erfindungen besser gewesen wäre. Der Erzähler sagte, er könne die einzelnen Tatsachen nur bis zu einem gewissen Punkt berichten, weiter wisse er selber nichts. Er hätte die Geschichte vor fünfundzwanzig Jahren gelesen, sei aber unterbrochen worden, ehe er ans Ende kam. Nun wolle er demjenigen, der einen befriedigenden Schluss dazu fände, fünfzig Dollar geben; wir möchten Richter aus unserer Mitte wählen, die zu entscheiden hätten, wem der Preis gebühre. Das taten wir und gingen der Geschichte wacker zu Leibe; aber, obgleich wir uns dieses und jenes Ende ausdachten, so verwarfen die Richter doch alles, was vorgebracht wurde – und sie hatten recht. Einen befriedigenden Schluss für diese Geschichte hätte nur der Verfasser selbst möglicherweise finden können, und wenn ihm das gelungen ist, so möchte ich wohl wissen wie. Ihr Inhalt ist etwa folgender:

John Brown, ein guter, sanfter, ängstlicher und schüchterner Mensch von einunddreißig Jahren, wohnte in einem friedlichen Dorf des Staates Missouri, wo er das Amt eines Vorstands der presbyterianischen Sonntagsschule bekleidete. Das war an sich nichts Großes, aber doch das Einzige, womit er in die Öffentlichkeit trat. Er betrieb es mit Treue und Eifer und war in aller Bescheidenheit stolz darauf. Jedermann kannte seine große Menschenfreundlichkeit und die Leute sagten, er sei ganz aus Güte und Schüchternheit zusammengesetzt. Auf seine Hilfe könne man immer rechnen, wo sie gebraucht werde und auch auf seine Schüchternheit, mochte sie am Platz sein oder nicht.

Mary Taylor, ein sittsames, liebenswürdiges und schönes Mädchen von dreiundzwanzig Jahren, war sein Ein und Alles, und auch ihr Herz gehörte ihm fast ganz. Noch schwankte sie zwar, ob sie ihm ihr Jawort geben sollte, aber er war doch voller Hoffnung. Ihre Mutter hatte am Anfang allerlei Einwände gehabt; jetzt neigte sie sich zu seinen Gunsten. Offenbar hatte sein warmes Interesse für ihre beiden Schützlinge und seine Beisteuer zu deren Unterhalt ihr Herz gerührt und erobert. Diese Schützlinge waren nämlich zwei alte einsame Schwestern, die in einer Holzhütte an einem entlegenen Kreuzweg, vier Meilen weit von Mrs Taylors Farm wohnten. Eine der Schwestern war irrsinnig und manchmal sogar gewalttätig, aber das kam nicht häufig vor.

Eines Tages glaubte Brown, dass der rechte Augenblick für den entscheidenden Antrag gekommen sei. Er nahm allen Mut zusammen und beschloss, der Mutter, um sie günstig zu stimmen, die doppelte Summe wie gewöhnlich zu überreichen. War erst ihr Widerstand gebrochen, so durfte er eines schnellen Sieges gewiss sein.

An einem schönen Sonntagnachmittag machte er sich also bei mildem Sommerwetter auf den Weg, gehörig ausstaffiert, wie es die Gelegenheit verlangte. Er war ganz in weiße Leinwand gekleidet, trug ein blaues Band als Krawatte und enge Lackstiefel; sein Einspänner war der feinste aus dem ganzen Mietstall, mit einer nagelneuen, weißleinenen Wagendecke, deren breiter, gestickter Rand an Schönheit und Kunst seinesgleichen suchte.

Schon war er vier Meilen gefahren, als er in einsamer Gegend über eine hölzerne Brücke kam; da flog ihm der

Strohhut vom Kopf, fiel in den Fluss und wurde stromabwärts getrieben, bis er an einem Balken hängen blieb. Brown besann sich, was er tun sollte; den Hut musste er wiederbekommen, das verstand sich von selbst, aber wie ließ sich das bewerkstelligen?

Da kam ihm ein Gedanke. Die Straße war menschenleer, nichts regte sich. Ja, er wollte es wagen. Nachdem er sein Tier an den Rain geführt hatte, wo es nach Belieben grasen konnte, zog er sich aus, legte seine Kleider in den Wagen, streichelte dem Pferd den Hals, zum Zeichen beiderseitigen Wohlwollens, und eilte zum Fluss. Er schwamm zu dem Balken und gelangte rasch wieder in Besitz seines Hutes; als er aber ans Ufer zurückkehrte, waren Pferd und Wagen fort.

Der Schrecken fuhr ihm in alle Glieder. Da er aber sah, wie das Pferd im Schritt den Weg weiter verfolgte, trabte er hinterher. »Halt, halt«, rief er, »warte, mein gutes Tier!« Aber sooft er nahe genug herankam und sich im Sprung auf den Wagen schwingen wollte, lief das Pferd schneller und vereitelte sein Bemühen. In Todesangst rannte der nackte Mann immer weiter, jeden Augenblick fürchtend, einen Menschen zu Gesicht zu bekommen. Er bat, er beschwor das Tier stillzustehen; aber erst als er nicht mehr weit von Mrs Taylors Behausung war, gelang es ihm endlich, in den Wagen zu springen. Rasch warf er das Hemd über, band seine Krawatte um, schlüpfte in den Rock und langte nach den – aber ach, zu spät! Er setzte sich plötzlich nieder und zog die Wagendecke in die Höhe, denn er sah jemanden durch das Hoftor kommen – eine Frau, wie ihm schien. Eilig lenkte er das Pferd zur Linken auf den Kreuzweg. Der war schnurgerade und von allen Seiten sichtbar, aber in einiger Entfernung kam eine Waldecke, wo die Straße eine scharfe Krümmung machte. Er pries sich glücklich, als er die Stelle erreicht hatte, ließ das Pferd im Schritt gehen und langte nach den Ho – aber leider wiederum zu spät.

Gerade als er um die Ecke bog, stieß er auf Mrs Enderby, Mrs Glossop, Mrs Taylor und Mary, die zu Fuß einherkamen und sehr müde und aufgeregt schienen. Sie traten an den Wagen, schüttelten Brown die Hand und versicherten alle zusammen aufs Lebhafteste, wie froh sie wären ihn zu sehen und was für ein Glück es sei, dass er da wäre. Mrs Enderby fügte mit großem Nachdruck hinzu:

»Mag es auch wie ein Zufall aussehen, dass er gerade jetzt kommt, so halte ich es doch für eine Sünde, das anzunehmen – nein, er ist uns gewisslich vom Himmel gesendet.«

Alle waren gerührt und Mrs Glossop flüsterte mit ehrfurchtsvoller Scheu:

»Da hast du ein wahres Wort gesprochen, Sarah Enderby. Es ist kein Zufall, sondern die Vorsehung hat es so gewollt. Als Engel hat sie ihn uns geschickt; er kommt als ein Retter und Befreier. Nun soll mir noch jemand sagen, dass es keine besonderen Fügungen des Himmels gibt; wir haben hier den klarsten Beweis vor uns.«

»Ja«, fiel Mrs Taylor begeistert ein, »das ist auch meine Überzeugung. Wahrhaftig, John Brown, ich könnte vor Ihnen niederknien und Sie anbeten. Fühlten Sie es nicht im Herzen – trieb Sie nicht eine innere Stimme hierher? O, ich könnte den Saum Ihrer Wagendecke küssen.«

Er brachte kein Wort heraus; Scham und Furcht lähmten ihm die Zunge.

»Mag man die Sache betrachten wie man will, Julia Glossop«, fuhr Mrs Taylor fort, »in allem lässt sich die Hand der Vorsehung sichtbarlich erkennen. Gegen Mittag sahen wir den Rauch aufsteigen. ›Die Hütte der alten Schwestern brennt, Julia‹, sagte ich. Nicht wahr, du kannst es bezeugen?«

»Jawohl, Nancy, ich stand dicht bei dir und habe es deutlich gehört. Du warst ganz blass geworden und sahst so weiß aus wie hier die Wagendecke.«

»Kein Wunder! Und dann rief ich Mary zu, der Knecht solle gleich das Gefährt anspannen, wir müssten den Ärmsten zu Hilfe eilen. Aber der war aufs Land gefahren, um seine Angehörigen zu besuchen. Ich hatte ihm selbst erlaubt, über den Sonntag zu bleiben, es jedoch ganz vergessen. So gingen wir denn zu Fuß und trafen Sarah unterwegs.«

»Ja, und ich ging mit euch«, fiel Mrs Enderby ein. »Wir fanden die Hütte in Asche liegen; die Irrsinnige hatte sie in Brand gesteckt. Die beiden alten Geschöpfe waren so schwach und hinfällig, dass wir sie nicht mitnehmen konnten. Wir führten sie an einen schattigen Platz, machten es ihnen behaglich, so gut es ging und zerbrachen uns den Kopf, wie wir es anfangen sollten, um sie bis nach Nancys Haus zu schaffen. Da brach ich das Schweigen, und wisst ihr noch, was ich gesagt habe? ›Wir wollen es der Vorsehung anheimstellen!‹ Ja, das waren meine Worte.«

»Richtig, das hatte ich ganz vergessen. So wahr ich lebe, du hast es gesagt. Wie wunderbar!«

»Dann sind wir zusammen zwei Meilen weit bis zu Mosleys gegangen, aber wir fanden niemand zu Hause, alle waren im Feldgottesdienst. Wir kamen die zwei Meilen zurück und dann noch eine Meile hierher. Und nun schickt uns die Vorsehung Hilfe in der Not, das seht ihr ja selbst.«

Alle blickten einander an, hoben die Hände empor und riefen wie aus einem Mund:

»Es ist zu wunderbar!«

»Wie wollen wir es nun aber machen?«, fragte Mrs Glossop. »Soll Mr Brown die alten Schwestern einzeln zu Mrs Taylor fahren oder sie alle beide auf einmal in den Wagen setzen und das Pferd am Zügel führen?«

Brown holte tief Atem.

»Ja, das ist recht schwierig zu entscheiden«, meinte Mrs Enderby. »Wir sind alle todmüde, und wenn Mr Brown die beiden schwachen Geschöpfe in den Wagen heben soll, so muss eine von uns mitgehen und ihm helfen; allein bringt er das nicht fertig.«

»Wie wär's denn aber, wenn ich mit Mr Brown hinführe?«, sagte Mrs Taylor, »und ihr anderen ginget zu meinem Haus, um alles in Bereitschaft zu setzen? Wir heben die eine Alte zusammen in den Wagen und fahren mit ihr ...«

»Wer wird denn aber unterdessen auf die andere achtgeben?«, fragte Mrs Enderby. »Sie kann doch nicht allein im Wald bleiben – die Irrsinnige schon gar nicht. Bis man hin- und zurückkommt dauert es gute anderthalb Stunden.«

Alle hatten sich, um auszuruhen, neben den Wagen ins Gras gesetzt und dachten schweigend nach, um einen Ausweg zu finden.

»Jetzt hab ich's«, rief endlich Mrs Enderby, frohlockend. »Dass wir nicht mehr zu Fuß gehen können, ist klar; seit Mittag haben wir neun Meilen zurückgelegt ohne einen Bissen zu essen – vier Meilen hin, zwei Meilen zu Mosley macht sechs, und dann noch bis hierher – es ist kaum zu glauben! Also, eine von uns muss mit Mr Brown hinfahren und mit einer Alten zurückkommen; Brown leistet der anderen Gesellschaft. Die Übrigen gehen zu Nancys Wohnung, ruhen sich aus und warten; dann fährt eine von uns zurück, holt die andere Alte, und Mr Brown geht zu Fuß.«

»Vortrefflich«, riefen die Damen, »das können wir tun, so lässt sich's machen!«

Mrs Enderbys Plan wurde sehr gelobt, und um ihren Scharfsinn zu ehren, beschloss man, dass sie zuerst mit Brown zurückfahren solle. Glücklich und leichten Herzens standen alle vom Rasen auf, strichen ihre Kleider glatt und schickten sich zur Heimkehr an, während Mrs Enderby schon den Fuß auf den Wagentritt setzte, um einzusteigen. Da endlich konnte Brown Worte finden und stieß keuchend hervor:

»Bitte, rufen Sie die Damen zurück – ich fühle mich unwohl – ich kann nicht zu Fuß gehen – es ist mir völlig unmöglich.«

»O, lieber Mr Brown, Sie sehen wirklich ganz blass aus! Weshalb habe ich das nur nicht gleich bemerkt? Kommt alle zurück, hört ihr? Mr Brown ist krank. Ach, es tut mir so leid. Kann ich Ihnen helfen? Haben Sie Schmerzen?«

»Nein, o nein, mir fehlt nichts, ich fühle mich nur in letzter Zeit zu schwach – sonst hat es gar nichts auf sich.«

Die Damen kehrten um und waren voller Teilnahme und Mitgefühl. Auch machten sie sich bittere Vorwürfe, weil ihnen Browns blasses Aussehen nicht sofort aufgefallen war. Augenblicklich entwarfen sie einen neuen Plan und kamen bald überein, dass es sich so am allerbesten machen würde: Zuerst wollten sie alle zu Mrs Taylor gehen; dort sollte sich Mr Brown im Wohnzimmer auf das Sofa legen und sich von Mary und ihrer Mutter pflegen lassen, während die anderen Damen erst eine der alten Schwestern abholten und dann die andere, welcher eine von ihnen inzwischen Gesellschaft geleistet hatte, und –

Unter solchen Beratungen waren sie zu dem Pferd getreten und schickten sich an, den Wagen zu wenden. Aber in der höchsten Gefahr fand Brown die Stimme wieder und das war seine Rettung.

»Meine Damen«, sagte er, »Sie übersehen einen Umstand, der den Plan unausführbar macht. Wenn Sie die eine alte Schwester nach Hause bringen und jemand mit der anderen dort bleibt, so sind drei Personen an Ort und Stelle, wenn eine von Ihnen zurückkommt, um die andere Alte zu holen. Aber drei haben nicht Platz im Wagen und jemand muss doch kutschieren.«

»Ganz recht, so ist es«, riefen alle in großer Bestürzung.

»Was sollen wir nur anfangen?«, sagte Mrs Glossop seufzend; »eine so verwickelte Geschichte ist mir noch nie vorgekommen. Die Sache mit dem Wolf, der Ziege und dem Kohlkopf ist dagegen nur ein Kinderspiel.«

Ganz ermattet setzten sie sich abermals nieder, um sich aufs Neue das Hirn zu zermartern und einen Ausweg zu suchen. Mary hatte bisher noch keinen Vorschlag gemacht, endlich tat sie aber den Mund auf:

»Ich bin jung, stark und gut zu Fuß«, sagte sie, »auch habe ich jetzt eine Weile ausgeruht. Bringt Mr Brown in unser Haus und sorgt für ihn – man sieht ihm ja an, wie sehr er der Pflege bedarf. Inzwischen will ich die beiden Alten behüten, in einer halben Stunde kann ich dort sein. Ihr anderen aber führt unseren ersten Plan aus und passt auf, bis ein Wagen auf der Landstraße vorbeifährt, den schickt ihr hin und lasst uns alle drei holen. Die Pächter kommen jetzt bald aus der Stadt zurück, da braucht ihr nicht lange zu warten. Der alten Polly will ich schon zureden, dass sie Geduld hat und guten Mutes bleibt – bei der Irrsinnigen ist das nicht nötig.«

Der Plan ward reiflich erwogen und für gut befunden; etwas Besseres ließ sich unter den Umständen nicht tun, und den beiden Alten wurde gewiss die Zeit schon lang. Brown fühlte sich wie erlöst und von Herzen dankbar. Wenn er nur erst auf der Landstraße war, wollte er schon Mittel und Wege finden, dem Unheil zu entgehen.

»Die Abendkühle wird früh hereinbrechen«, sagte jetzt Mrs Taylor, »und die armen Abgebrannten haben nichts, um sich zu erwärmen. Nimm die Wagendecke mit, liebes Kind, das ist wenigstens ein Notbehelf.«

»Das kann ich ja tun, Mutter, wenn du meinst«, versetzte Mary. Sie trat zum Wagen und streckte die Hand nach der Decke aus –

Weiter ging die Geschichte nicht. Der Passagier, der sie uns erzählte, sagte, er sei vor fünfundzwanzig Jahren, als er sie im Eisenbahnwagen las, an diesem Punkt unterbrochen worden, weil der Zug von einer Brücke ins Wasser stürzte.

Zuerst glaubten wir, es würde ein Leichtes sein, die Geschichte zu Ende zu bringen und gingen sehr zuversichtlich ans Werk. Bald stellte sich jedoch heraus, dass die Sache keineswegs so einfach war, sondern im Gegenteil höchst verworren und schwierig. Daran war Browns Charakter schuld – seine Großmut und Güte, verbunden mit außerordentlicher Schüchternheit und Befangenheit, besonders in Gegenwart von Damen. Ferner kam seine Liebe zu Mary mit ins Spiel, die zwar sehr hoffnungsvoll, aber noch keineswegs der Erhörung sicher war – das heißt, gerade in einem Stadium, wo die größte Vorsicht geboten schien, um weder einen Missgriff zu begehen, noch Anstoß zu erregen. Und es galt die Mutter zu berücksichtigen, die noch schwankte, ob sie einwilligen solle, und die sich vielleicht jetzt oder nie gewinnen ließ, wenn man sie geschickt zu behandeln wusste. Im Wald warteten die beiden hilflosen Alten – ihr Schicksal und Browns künftiges Lebensglück hing von der nächsten Sekunde ab. Mary streckte die Hand nach der Wagendecke aus; es war keine Zeit zu verlieren.

Natürlich konnte der Preis nur jemandem zuerkannt werden, der die Sache zu einem glücklichen Ende brachte. Browns Ansehen bei den Damen durfte nicht geschmälert, seine Selbstlosigkeit nicht in Frage gestellt, sein Anstandsgefühl nicht verletzt werden. Er musste helfen die beiden Alten aus dem Wald zu holen, sodass man ihn als ihren Wohltäter pries, sein Lob in aller Munde war und sein Name mit Stolz und Freude genannt wurde.

Wir versuchten es so einzurichten; aber auf allen Seiten stellten sich uns unüberwindliche Schwierigkeiten entgegen. Natürlich würde Brown aus Scham und Befangenheit die Wagendecke nicht hergeben wollen. Dies mussten Mary und ihre Mutter übel nehmen, und auch die anderen Damen würden sich sehr darüber verwundern, denn ein solches Benehmen, wo es den unglücklichen Alten zu helfen galt, passte nicht zu Browns Charakter; er war ja als Engel vom Himmel gesandt und konnte unmöglich so eigennützig handeln. Hätte man eine Erklärung von ihm verlangt, so wäre er viel zu schüchtern gewesen, um die Wahrheit zu bekennen, und aus Mangel an Übung und Erfindungsgeist würde ihm keine glaubhafte Lüge eingefallen sein.

Wir arbeiteten bis drei Uhr morgens an dem schwierigen Problem herum; aber noch immer langte Mary nach der Wagendecke. Da gaben wir es auf und ließen sie weiter die Hand danach ausstrecken. – Nun kann sich der Leser selbst das Vergnügen machen, zu entscheiden, was aus der Sache geworden ist.

Ed Jackson und Vanderbilt

Schon einige Jahre vor Ausbruch des Bürgerkrieges erkannten einsichtige Leute an deutlichen Zeichen, dass die Stadt Memphis in Tennessee bald ein grosser Stapelplatz für den Tabakhandel werden würde. Memphis hatte ein Werftboot zum Löschen der Güter, an welches die einlaufenden Dampfer anlegten. Aller Warenverkehr zwischen den Schiffen und dem Ufer ging über das breite Deck des Werftbootes hinüber und herüber. Zur Aufsicht war dabei eine Anzahl junger Beamter angestellt, die natürlich während einiger Stunden sehr viel zu tun hatten, aber den Rest des Tages müssiggingen und sich sterblich langweilten. In ihrem Jugendübermut griffen sie mit Wonne nach dem ersten besten Zeitvertreib und fanden ihr Hauptvergnügen darin, einander irgendwelchen Schabernack zu spielen. Zur Zielscheibe ihrer Späße wählten sie meist ihren Kameraden Ed Jackson, der selbst nie jemand etwas zuleide tat und sich leicht anführen liess, weil er alles aufs Wort glaubte.

Eines Tages teilte er den Gefährten seinen Plan für die Ferien mit. Er wollte in diesem Jahr weder auf die Jagd noch auf den Fischfang gehen, sondern mit dem Sümmchen, das er von seinen vierzig Dollar Monatsgehalt erspart hatte, eine Reise nach New York machen.

Das war ein grossartiges Unternehmen; etwa so merkwürdig wie heutzutage eine Reise um die Welt. Zuerst glaubten die jungen Leute, Ed sei ein wenig übergeschnappt; als sie aber sahen, dass es sein Ernst war, kamen sie sofort überein, dass man die Gelegenheit nicht vorbeigehen lassen dürfe, ohne ihm einen Streich zu spielen. Es fand eine geheime Beratung statt und bald war der Plan fertig. Man beschloss, dass einer der Verschwörer einen Empfehlungsbrief für Ed an Kommodore Vanderbilt, den berühmten New Yorker Millionär, verfassen solle. Das liess sich ohne Schwierigkeit ausführen, auch konnte man Ed leicht überreden, den Brief abzugeben. Aber, was er bei seiner Rückkehr nach Memphis tun würde, war eine ernstere Frage. Bisher hatte er zwar in seiner Gutherzigkeit alle Späße geduldig ertragen, diese waren jedoch harmlos gewesen und nicht dazu angetan, ihn öffentlich zu beschämen. Das grausame Spiel aber, welches die Kameraden jetzt vorhatten, konnte ihnen gefährlich werden. Er war ein Südländer und er würde sicherlich die Verschwörer vor Wut umbringen wollen, sobald sie ihm in die Hände fielen! Den Plan aufzugeben war aber unmöglich. Der herrliche Spaß musste ausgeführt werden, mochte daraus werden, was wollte.

So wurde denn der Empfehlungsbrief mit aller Sorgfalt und Ausführlichkeit in durchaus freundschaftlichem Ton entworfen und mit ›Alfred Fairchild‹ unterschrieben. Der Überbringer – hieß es darin – sei der beste Freund vom Sohn des Briefstellers, ein wackerer junger Mann und trefflicher Charakter, den der Kommodore mit Wohlwollen aufnehmen möge. »Vielleicht«, so fuhr der Schreiber fort, »hast du mich, deinen alten Schulkameraden, in den langen Jahren ganz vergessen, doch wird mein Andenken sofort wieder bei dir lebendig werden, wenn ich dich daran erinnere, wie wir an jenem Abend den Obstgarten des alten Stevenson zusammen geplündert haben. Weißt du noch, wie er auf der Straße hinter uns herlief und wir querfeldein rannten, durch das Hintergässchen zurückkamen und uns bei seiner eigenen Köchin die gestohlenen Äpfel für einen Hut voll Dampfnudeln eintauschten? Und dann damals, als wir ...« So ging es in dem Brief immer weiter; alle möglichen erfundenen Namen früherer Schulgefährten und ihre gemeinsamen lustigen Streiche und Abenteuer wurden auf die anschaulichste und geschickteste Weise hineingeflochten.

Als nun der junge Fairchild seinen Kameraden mit großer Ernsthaftigkeit fragte, ob er einen Brief an Kommodore Vanderbilt zu haben wünsche, war Ed Jackson sehr erstaunt, wie sich nicht anders erwarten ließ.

»Was«, rief er, »du kennst den großen Vanderbilt?!«

»Ich nicht, aber mein Vater. Sie waren zusammen auf der Schule. Wenn du willst, könnte ich meinen Vater schon bitten, dir einen Empfehlungsbrief zu schreiben. Ich weiß, er tut es mir zuliebe; in drei Tagen hast du ihn in Händen.«

Ed fand kaum Worte um seine Freude und Erkenntlichkeit auszudrücken. Als die drei Tage um waren, erhielt er das Empfehlungsschreiben und reiste ab, nachdem er noch allen ein herzliches Lebewohl gesagt und Fairchild dankbar die Hand gedrückt hatte. Als er fort war, wollten sich die Kameraden im Jubel über den gelungenen Spaß zuerst vor Lachen ausschütten, dann aber stiegen allerlei Zweifel in ihnen auf, ob die Täuschung nicht schlimme Folgen haben könne, und sie gerieten in eine recht kleinlaute Stimmung.

Bald nach seiner Ankunft in New York begab sich der junge Jackson zu dem Geschäftshaus von Kommodore Vanderbilt und wurde in ein großes Vorzimmer geführt, wo ein paar Dutzend Leute geduldig harrten, bis die Reihe an sie käme, auf zwei Minuten bei dem Millionär vorgelassen zu werden. Ein Diener verlangte Jacksons Visitenkarte und erhielt stattdessen den Brief.

Gleich darauf wurde Ed in das Privatbüro geführt. Mr Vanderbilt war allein und hielt den offenen Brief in der Hand.

»Bitte, nehmen Sie Platz, Mr – hm ...«

»Jackson.«

»Richtig – also, bitte, Mr Jackson, setzen Sie sich. Nach der Einleitung zu urteilen kommt dieser Brief von einem Jugendfreund. Sie entschuldigen wohl – ich will nur rasch sehen, was er enthält. Da steht, wir hätten – ja aber, wer schreibt denn das?« Er wandte das Blatt und sah nach der Unterschrift. »Alfred Fairchild – hm – Fairchild – der Name ist mir nicht erinnerlich. Kein Wunder – wie viele tausend Namen habe ich mit der Zeit vergessen. Und er weiß das alles noch – hm – hm – aber das ist wirklich gut – ein köstlicher Spaß! Ganz deutlich erinnere ich mich nicht daran – nur eine leise Ahnung habe ich noch, aber es wird mir wohl alles wieder einfallen. Ja, wahrhaftig, mir ist, als sähe ich es vor mir – nur undeutlich – aber doch – es ist ja auch schon so lange her – auf einige von den Namen besinne ich mich nicht genau – aber es wird mir ganz warm ums Herz dabei, als hätte ich meine verlorene Jugend wieder! – Doch zu Gefühlen ist jetzt keine Zeit, das Alltagsleben verlangt sein Recht – das Geschäft eilt und die Leute draußen warten – ich will mir den Schluss für heute Nacht versparen, wenn ich zu Bett gehe – und von meinen Jugendtagen träumen. – Wenn Sie Fairchild wiedersehen – habe ich ihn nicht damals Alf genannt? – so danken Sie ihm herzlich in meinem Namen und sagen Sie ihm, dass sein Brief mich mitten in meiner Arbeitslast ordentlich erfrischt und verjüngt hat. Er soll mich stets bereitfinden, für ihn oder einen seiner Freunde alles zu tun, was in meinen Kräften steht. Sie aber, lieber Jackson, sind mein Gast. Bleiben Sie nur noch ein Weilchen hier sitzen, bis ich die Leute, die mich sprechen wollen, abgefertigt habe, dann gehen wir zusammen nach Hause. Verlassen Sie sich auf mich, mein Sohn, ich werde schon für Sie sorgen.«

Ed blieb eine Woche da und war glückselig. Er hatte keine Ahnung davon, dass Vanderbilts scharfes Auge ihn täglich beobachtete, um seine Gaben und Kräfte genau zu prüfen. In seinem Hochgenuss schrieb er gar nicht nach Hause, sondern sparte alles auf, um es den Gefährten bei der Heimkehr brühwarm zu erzählen.

Zweimal erinnerte er in größter Bescheidenheit daran, dass sein Besuch wohl jetzt lange genug gewährt habe; doch der Kommodore erwiderte nur: »Nein, gehen Sie noch nicht – ich will Ihnen schon sagen, wann es Zeit ist.«

Damals war Vanderbilt gerade mit seinen gewaltigsten Kombinationen beschäftigt, welche darauf ausgingen, die verschiedenen kleinen, zerstreuten Eisenbahnen in ein einheitliches System zu bringen und dem ungewiss schwankenden Handel und Verkehr einen festen Mittelpunkt zu geben. Unter anderem hatte sein weitschauender Blick auch die bereits erwähnten, wunderbar günstigen Konjunkturen für die

Entwicklung eines großartigen Tabakhandels in Memphis erspäht, die er für seine Zwecke auszubeuten gedachte.

Als eine Woche um war, rief der Kommodore den jungen Jackson zu sich. »Sie können nun abreisen«, sagte er. »Aber zuvor möchte ich noch einmal mit Ihnen von geschäftlichen Dingen reden: In Betreff jener Tabakangelegenheit sind Sie vollkommen unterrichtet; Sie wissen, dass ich das Geschäft machen will, weil ich es für vorteilhaft halte; auch in meine darauf bezüglichen Pläne habe ich Sie eingeweiht. Ihren Charakter und Ihre Fähigkeiten kenne ich jetzt so genau wie Sie sich selber kennen – vielleicht besser. Ich brauche einen zuverlässigen Mann, der imstande ist, die Verwaltung einer so wichtigen Sache zu übernehmen und mich in Memphis zu vertreten. Diese Stelle habe ich für Sie bestimmt.«

»Für mich!«

»Ja. Sie werden natürlich als mein Vertreter ein hohes Gehalt beziehen, das sich mit der Zeit steigern kann. Auch müssen Sie eine Anzahl Gehilfen haben; gehen Sie bei der Wahl sorgfältig zu Werke, stellen Sie nur brauchbare Leute an; wenn Sie tüchtige Freunde haben, geben Sie diesen den Vorzug. Nun leben Sie wohl, mein Sohn, und danken Sie Alf, dass er Sie mir geschickt hat.«

Sobald Ed in Memphis angekommen war, eilte er zu der Werft, denn er brannte vor Verlangen, den Gefährten die große Nachricht zu verkünden und ihnen nochmals für den Brief an Mr Vanderbilt zu danken. Es war Mittagszeit, die Sonne glühend heiß und die Werft wie ausgestorben. Als Ed sich jedoch zwischen den Warenballen durchdrängte, sah er unter einem Schattendach eine Gestalt in weißem Leinwandanzug auf den Kornsäcken ausgestreckt im Schlummer liegen.

»Das ist ja Charley Fairchild«, rief er erfreut, trat hinzu und legte die Rechte zärtlich auf des Schläfers Schulter. Dieser rieb sich die Augen, blickte auf, wurde totenblass, glitt von den Säcken herunter und lief davon wie der Wind.

Ed sah ihm verwundert nach. Hatte Fairchild plötzlich den Verstand verloren? Was bedeutete diese schnelle Flucht?

Langsam und nachdenklich schritt er zu dem Werftboot hin; als er an einem Haufen Frachtgüter vorbeikam, sah er zwei der Kameraden in heiterem Gespräch beisammen stehen. Kaum hatten sie ihn erkannt, so verstummte ihr Lachen, sie stoben auseinander und sprangen wie gehetzt über Ballen und Fässer davon. Ed wusste nicht, ob er wache oder träume und fand keine Erklärung für dies wunderliche Benehmen. Auf dem Werftboot angekommen, lehnte er sich gedankenvoll an das Geländer. Da stürzte plötzlich eine weiße Gestalt an ihm vorbei und sprang über Bord; prustend und keuchend tauchte sie wieder auf und eine Stimme rief:

»Geh fort! Tu mir nichts! Ich bin's nicht gewesen. Wahrhaftig, ich hab's nicht getan!«

»Was soll denn das heißen? So komm doch herauf! Warum lauft ihr alle vor mir davon, ich habe doch nichts verbrochen!«

»Ja, bist du denn gar nicht böse auf uns?«

»Bewahre – weshalb? Ich denke nicht daran.«

»Der Tausend«, brummte der junge Mann im Wasser, »der Mensch hat Lunte gerochen und den Brief gar nicht abgegeben! Na, meinetwegen, ich werde mich hüten die Geschichte zur Sprache zu bringen.« Mit triefenden Kleidern kam er wieder an Bord gestiegen und schüttelte Ed die Hand. Nun schlichen auch die übrigen Verschwörer – bis an die Zähne bewaffnet – einer nach dem anderen herbei. Als sie die friedliche Lage der Dinge erkannten, feierten sie gleichfalls ein Wiedersehen.

Auf alle Fragen Eds, was ihr sonderbares Benehmen ihm gegenüber zu bedeuten habe, antworteten sie ausweichend, es sei nur ein Spaß gewesen, und jeder dachte bei sich: »Er hat den Brief nicht abgegeben, und diesmal sind wir die Angeführten. Aber zum Glück weiß er es nicht, und keiner von uns wird dumm genug sein, es ihm zu sagen.«

Nun sollte aber Ed von der Reise erzählen. Er ließ ein paar Flaschen Wein auf Deck bringen und als sie alle gemütlich beisammen saßen und die Zigarren brannten, begann er seinen Bericht:

»Als ich Mr Vanderbilt den Brief übergab …«

»Donnerwetter!«

»Was ist denn los – was erschreckt ihr mich so?«

»Ach nichts – es fuhr uns nur eben heraus.«

»Nun, wie gesagt, als ich den Brief übergab –«

»Hast du ihn wirklich abgegeben?«

Sie sahen einander ganz verblüfft an und hörten dann Eds Mitteilungen mit offenem Mund zu. Die wunderbare Geschichte benahm ihnen schier den Atem, sie waren stumm vor Staunen und zwei Stunden lang saßen sie wie versteinert da, ohne einen Laut von sich zu geben. Endlich war Ed Jackson bis zum Schluss seines Romans gekommen.

»Und euch, Jungs«, sagte er, »verdanke ich das alles; dafür will ich mich auch erkenntlich zeigen. Welcher Mensch hat wohl je so gute Freunde gehabt! Jeder von euch bekommt eine Stelle, denn ihr seid tüchtige Kerle, wenn ihr auch dann und wann einen schlechten Spaß macht. Dich aber, Charley Fairchild, ernenne ich zu meinem ersten Gehilfen, weil ich weiß, was du für ein kluger Geschäftsmann bist, und weil du mir den Brief verschafft hast. Auch möchte ich damit deinem Vater eine Freude machen, der den Brief geschrieben hat, und Mr Vanderbilt, an den er gerichtet war. Und nun stoßt alle mit mir an, auf das Wohl des großen Mannes! Hoch soll er leben, dreimal hoch!«

Die Tabakspekulation hatte einen glänzenden Erfolg und so war auch hier der rechte Mann zur rechten Zeit erschienen, trotzdem er erst hatte von weither kommen müssen und nur mithilfe eines Schabernacks entdeckt worden war.

Wie Hadleyburg verderbt wurde

I.

Vor vielen, vielen Jahren war Hadleyburg in der ganzen Gegend wegen seiner Rechtschaffenheit allgemein bekannt. Es hatte sich diesen Ruhm, der seinen größten Stolz ausmachte, schon seit drei Generationen unbefleckt erhalten. Damit der Stadt nun auch in Zukunft nichts davon verloren ginge, war man eifrig bemüht, bereits dem Säugling in der Wiege feste Grundsätze der Ehrlichkeit in Handel und Wandel einzuflößen und die ganze spätere Erziehung der Kinder auf solchen Lehren weiterzubauen. Man sorgte vor allem dafür, dass ihnen während der Entwicklungsjahre jede Versuchung ferngehalten wurde, damit die redliche Gesinnung Zeit hätte, sich zu befestigen und ihnen sozusagen in Mark und Knochen überzugehen. Alle Nachbarstädte waren eifersüchtig, weil Hadleyburg sie an Rechtschaffenheit weit übertraf, und spotteten darüber, dass es sich auf seinen Ruf so viel einbildete. Aber trotzdem konnten sie nicht umhin, anzuerkennen, dass in der Stadt wirklich die unbestechlichste Redlichkeit herrschte, ja sie mussten sogar zugeben, dass es für jeden jungen Mann, der aus Hadleyburg stammte, keiner anderen Empfehlung bedurfte, wenn er seinen Geburtsort verließ, um sich auswärts eine Vertrauensstellung zu suchen.

Einmal hatte die Stadt jedoch im Laufe der Zeit das Unglück gehabt, einem durchreisenden Fremden eine – vielleicht ganz absichtslose – Kränkung zuzufügen. Die Hadleyburger machten sich natürlich keinen Kummer über so etwas, denn sie waren sich selbst genug und das Urteil fremder Leute ließ sie völlig gleichgültig. Dennoch hätten sie klüger getan, sich diesen Fall mehr zu Herzen zu nehmen, weil der Beleidigte ein verbitterter Mensch von rachsüchtiger Gemütsart war. Ein ganzes Jahr lang dachte er auf allen seinen Wanderungen nur an die erlittene Kränkung und benutzte jeden freien Augenblick, um auf ein Mittel zu sinnen, wie er sich volle Genugtuung verschaffen könne. Ihm fiel mancher gute Plan ein, aber keiner, der ihn ganz befriedigte. Das alles hätte nur eine mehr oder minder große Zahl der Bewohner geschädigt, und er wollte etwas ausfindig machen, wobei die ganze Stadt in Mitleidenschaft gezogen würde und auch nicht ein einziger Mensch mit heiler Haut davon käme. Endlich geriet er auf einen glücklichen Gedanken und helle Schadenfreude blitzte ihm aus den Augen, als der Plan ihm durch den Kopf fuhr. Sofort stand sein Entschluss fest: »Ja, so will ich's machen«, sagte er bei sich, »ich will die Stadt verführen und verderben.«

Ein halbes Jahr war vergangen, da fuhr der Fremde eines Abends gegen zehn Uhr vor dem Haus des alten Bankkassierers in Hadleyburg vor. Er holte einen Sack aus seinem Einspänner, lud ihn auf die Schulter und schwankte unter der Last über den Hof bis zur Haustür, wo er anklopfte. »Herein!«, rief eine Frauenstimme. Der Fremde betrat das Wohnzimmer, stellte den Sack hinter den Ofen und wandte sich dann in höflichem Ton an die alte Dame, die, in ihrem Missionsblatt lesend, bei der Lampe saß:

»Ich will Sie nicht stören; behalten Sie bitte Platz, Madame. So, jetzt habe ich den Sack so gut wie möglich verborgen; kein Mensch würde etwas davon merken. Könnte ich wohl ihren Mann einen Augenblick sprechen?«

»Nein; er ist nach Brixton gefahren und wird schwerlich vor morgen früh heimkehren.«

»So? – Nun, das schadet weiter nichts. Ich wollte ihm nur diesen Sack übergeben, mit der Bitte, ihn seinem rechtmäßigen Eigentümer zuzustellen, sobald dieser sich findet. Ich bin hier fremd und Ihr Mann kennt mich nicht. Auf meiner Durchreise wünschte ich, diese Sache, welche mir schon lange am Herzen liegt, ein für alle Mal zu erledigen. Das ist jetzt geschehen, und ich kann stolz und zufrieden weiterziehen. An dem Sack ist ein Zettel befestigt, aus dem Sie alles Nähere erfahren werden. Gute Nacht, Madame!«

Die alte Dame war froh, als der geheimnisvolle Fremde wieder fortging, denn sie fürchtete sich vor dem großen, starken Mann. Doch konnte sie ihre Neugierde nicht lange bezähmen; sie band das Papier von dem Sack los und begann zu lesen:

»Sie haben die Wahl, ob Sie dies veröffentlichen, oder auf privatem Weg Erkundigungen nach dem richtigen Mann einziehen wollen; eins ist so gut wie das andere. – Der Sack enthält Goldmünzen im Gewicht von 160 Pfund vier Loth ...«

»Ums Himmels willen – und die Tür ist nicht verschlossen!«

An allen Gliedern bebend, stürzte Mrs Richards zur Tür und drehte den Schlüssel um. Dann schloss sie auch die Fensterläden und blieb mitten in der Stube in ängstlichem Sinnen stehen, ob sie nicht noch etwas für die Sicherung des Goldes und ihrer eigenen Person tun könne. Eine Weile horchte sie gespannt auf etwaige Einbrecher, dann trieb die Neugierde sie wieder zu ihrer Lampe zurück und sie las die Schrift bis ans Ende:

»Ich bin ein Ausländer und kehre jetzt in meine Heimat zurück, die ich nicht wieder zu verlassen denke. Für alles Gute, das ich unter dem Schutz des Sternbanners genossen habe, werde ich Amerika stets erkenntlich bleiben. Ganz besonderen Dank schulde ich aber einem amerikanischen Bürger und Bewohner Hadleyburgs, der mir vor etwa zwei Jahren die größte Freundlichkeit erwies. Eigentlich hat er mir sogar einen doppelten Dienst geleistet, wie ich des Näheren erklären will: Ich hatte mich beim Glücksspiel zu Grunde gerichtet und kam spätabends hungrig und ohne einen Heller in der Tasche hier im Ort an. Bei Tag hätte ich mich geschämt zu betteln, aber im Dunkel der Nacht bat ich einen Herrn auf der Straße um Hilfe. Ich war an den Rechten gekommen. Er schenkte mir zwanzig Dollar und gab mir dadurch nicht nur das Leben wieder, sondern machte mich auch zum reichen Mann. Denn mit jenen zwanzig Dollar gewann ich mir ein Vermögen am Spieltisch. Zugleich aber tat er eine Äußerung, die ich bis auf den heutigen Tag nicht vergessen kann; sie hat mich zur Besinnung gebracht und mir geholfen, meine Spielerleidenschaft zu überwinden. Jetzt bin ich ganz davon geheilt. Leider habe ich keine Ahnung, wer der Mann ist, doch wünsche ich, ihn zu entdecken, denn für ihn ist dies Gold bestimmt. Er kann damit tun, was er will, es verschenken, es fortwerfen oder behalten, ganz nach Belieben. Es soll nur der Ausdruck meiner Dankbarkeit sein. Könnte ich mich längere Zeit hier aufhalten, so würde ich selbst nach ihm suchen, bis ich ihn fände; aber ich zweifle nicht, dass man es auch ohne meinen Beistand bewerkstelligen wird, und setze mein ganzes Vertrauen auf die wohlbekannte Rechtschaffenheit der Bewohner dieser Stadt. Mein Wohltäter wird sich gewiss noch der Äußerung erinnern, die er mir gegenüber getan hat und sich dadurch als der richtige Mann ausweisen.

»Falls Sie vorziehen, die Nachforschung auf privatem Weg zu betreiben, brauchen Sie bloß den Inhalt dieses Schreibens demjenigen Ihrer Mitbürger kundzutun, welcher Ihrer Ansicht nach der richtige Mann sein könnte. Sagt er dann: ›Ja, der bin ich, meine Äußerung lautete so und so‹, dann machen Sie die Probe: Wenn Sie den Sack öffnen, werden Sie darin einen versiegelten Umschlag finden, der die bewusste Äußerung enthält. Stimmt dieselbe mit den Worten des Mannes überein, so kann er den Sack ohne alles Weitere mitnehmen, denn er ist sicherlich der Rechte.

Ziehen Sie aber ein öffentliches Verfahren vor, dann lassen Sie meine Zuschrift im hiesigen Tageblatt abdrucken, nebst den folgenden Bedingungen: Am dreißigsten Tag nach dem heutigen Datum soll sich der Bewerber um acht Uhr abends auf dem Rathaus einfinden und dem Mr Pastor Burgess (falls dieser so freundlich sein will, die Mühe zu übernehmen) ein versiegeltes Papier abgeben, welches die bewusste Äußerung enthält. Hierauf soll Mr Burgess die Siegel des Sacks zerbrechen, denselben öffnen und sich überzeugen, ob die Worte gleichlautend sind. Ist dies der Fall, so bitte ich ihn, meinem wiedergefundenen Wohltäter das Gold als Beweis meiner aufrichtigen Dankbarkeit aushändigen zu wollen.«

Der Zettel hatte Mrs Richards ungewöhnlich aufgeregt, sie musste sich niedersetzen. Bald war sie ganz in Gedanken versunken, die ihr im Kopf durcheinander schwirrten. »Was für eine sonderbare Geschichte! ... Der gute Mann, der damals aufs Geratewohl so großmütig war, kann wirklich von Glück sagen! ... Wenn es nur mein Edward gewesen wäre – wir sind zwei so arme alte Leute und hätten es gut brauchen können! ...« Sie seufzte. – »Mein Mann würde einem Fremden nicht zwanzig Dollar geben, nein, sicher nicht ... Leider, leider ist das außer Frage ... Aber das Gold ist ja im Spiel gewonnen! Mir schaudert, wenn ich nur daran denke. Es ist Sündengeld! Das könnten wir doch nicht annehmen; nicht mit einem Finger würden wir es berühren. Schon seine bloße Nähe scheint mir eine Entwürdigung.« – Sie rückte ihren Stuhl in die äußerste Ecke ... »Wenn nur Edward käme und den Sack auf die Bank trüge. Es ist zu schrecklich, so ganz allein mit dem Gold bleiben zu müssen, ohne Schutz vor Dieben.« –

Um elf Uhr kehrte Mr Richards heim. »Wie freue ich mich, dass du wieder da bist«, rief ihm seine Frau entgegen. Er aber grollte: »Ich bin ganz abgehetzt und müde zum Umfallen. Es ist wirklich arg, dass ich so arm bin und noch in meinem Alter diese elenden Fahrten machen muss. Fort und fort in der Tretmühle stecken bei dem lumpigsten Gehalt – Sklavenarbeit für einen anderen tun, der unterdessen behaglich daheim im Lehnstuhl sitzt – es ist nicht zum Aushalten!«

»Du weißt wohl, Edward, wie leid mir das tut. Aber wir haben doch unser tägliches Brot und unseren guten Namen, das ist wenigstens ein Trost.«

»Freilich, freilich, Mary, das ist die Hauptsache. Höre nur nicht auf mein Gerede. Mich hat der Ärger einen Augenblick übermannt; es hat nichts auf sich. Gib mir einen Kuss! So, jetzt ist schon alles wieder gut; du sollst keine Klage mehr hören. Was hast du denn aber bekommen? Was ist in dem Sack?«

Nun erzählte die Frau das große Geheimnis, und ihm wurde zuerst ganz schwindelig zumute. Endlich sagte er:

»Der Sack ist hundertsechzig Pfund schwer. Aber Mary – das sind ja vierzigtausend Dollar – ich bitte dich – ein ganzes Vermögen, wie es kaum zehn Menschen hier am Ort besitzen. Wo ist der Zettel?«

Er überflog ihn hastig. »Das klingt ja wie ein Roman«, rief er. »Solche abenteuerlichen Begebenheiten stehen wohl in Büchern, aber im Leben sind sie mir noch nie vorgekommen.« Alle Müdigkeit war jetzt von ihm gewichen. In der besten Laune tätschelte er seiner alten Frau die Wangen.

»Denke doch nur, Mary«, scherzte er ausgelassen, »wir sind jetzt mit einem Mal reiche Leute. Lass uns das Gold vergraben und die Papiere verbrennen. Wenn der Glücksspieler je wiederkommt, brauchen wir nur kaltblütig auf ihn herabzuschauen und zu sagen: ›Was reden Sie da für ungereimtes Zeug? Ich habe weder von Ihnen noch von Ihrem Goldsack je etwas gehört oder gesehen.‹ Dann würde er ein verblüfftes Gesicht machen und …«

»Höre nur jetzt auf mit deinen Späßen und schaff das Geld fort, ehe die Diebe es holen.«

»Da hast du recht. Aber wie wollen wir's machen – soll ich private Nachforschungen anstellen? – Nein, lieber nicht; dabei ginge alle Romantik verloren. Besser, wir betreiben die Sache öffentlich. Stell dir nur vor, was das für Aufsehen machen wird. Alle anderen Städte werden uns beneiden, denn sie wissen recht gut, dass der Fremde keiner einzigen solches Vertrauen schenken würde, wie er Hadleyburg erweist. Es ist ein Haupttreffer für uns. Jetzt will ich nur schnell in die Druckerei gehen, es wird sonst zu spät.«

»Nein, nein, bleib, Edward. Lass mich nicht allein mit dem Gold!«

Aber er war schon fort, doch nicht für lange. Wenige Schritte vor seinem Haus begegnete er dem Chefredakteur und Eigentümer des Tageblatts, gab ihm den Zettel und sagte: »Hier bringe ich Ihnen etwas Gutes, Cox, lassen Sie es einrücken!«

»Wenn noch Zeit ist, Mr Richards; ich will sehen, ob es sich tun lässt.«

Als der Bankkassierer wieder daheim war, hatte er noch ein langes Gespräch mit seiner Frau über das wundervolle Geheimnis. Schlafen konnten sie beide nicht. Die erste zu lösende Frage, wer wohl der Bürger sein könne, der dem Fremden die zwanzig Dollar geschenkt hatte, bot keine Schwierigkeiten; sie beantworteten dieselbe wie aus einem Mund:

»Barclay Goodson.«

»Jawohl, dem sähe es ähnlich; er hätte so etwas tun können; aber sonst niemand in der ganzen Stadt.«

»Das wird dir keiner bestreiten, Edward. Seit Goodson vor einem halben Jahr gestorben ist, haben wir am Ort lauter ehrliche, engherzige, selbstgerechte und geizige Bürger, wie das von jeher so war.«

»Wenigstens hat er es immer behauptet, noch bis zu seiner Todesstunde, und vor aller Ohren.«

»Deshalb konnte ihn auch niemand leiden.«

»Freilich, aber er machte sich nichts daraus. Es war wohl kein Mensch in Hadleyburg so verhasst wie er, ausgenommen der Pastor Burgess.«

»Burgess – nun ja, dem geschieht es ganz recht; von dem hat sich die Gemeinde ein für alle Mal losgesagt. Kommt es dir nicht sonderbar vor, Edward, dass der Fremde gerade Burgess gewählt hat, um das Geld abzuliefern?«

»Hm – ich weiß nicht. Vielleicht kennt der Fremde den Pastor Burgess besser als unsere Stadt ihn kennt.«

»Umso schlimmer für Burgess.«

Mr Richards schien um eine Antwort verlegen und wich dem fest auf ihn gerichteten Blick seiner Frau so viel wie möglich aus. Endlich sagte er mit unsicherer Stimme:

»Weißt du, Mary, ein schlechter Mensch ist Burgess nicht.«
Sie sah ihn mit unverhohlenem Staunen an.

»Nein, er ist nicht schlecht; du kannst es mir glauben. Seine Unbeliebtheit gründete sich einzig und allein auf jene gewisse Sache – die damals so viel Lärm gemacht hat.«

»Ich meine doch, jene Sache genügte an und für sich vollkommen, um zu beweisen ...«

»Freilich, freilich! Nur war er unschuldig daran.«

»Was redest du da für Unsinn. Kein Mensch zweifelte doch an seiner Schuld.«

»Mary – mein Wort darauf – er hatte die Tat nicht begangen.«

»Das glaube ich nun und nimmermehr. Woher solltest du es auch wissen?«

»Ich schäme mich, es dir einzugestehen, aber es muss heraus: Ich war der einzige Mensch, der seine Unschuld kannte; ich hätte ihn zu retten vermocht, aber – aber – du weißt ja, wie aufgebracht alle Welt gegen ihn war – ich hatte nicht den Mut, mir die ganze Stadt auf den Hals zu hetzen. Zwar fühlte ich, wie erbärmlich das war; doch dem allgemeinen Hass zu trotzen ging über meine Kräfte.«

Mary schwieg eine Weile bekümmert still. Endlich stammelte sie:

»Nein, nein, das wäre nichts für dich gewesen. Man muss auch die öffentliche Meinung – berücksichtigen – und darf nicht ...« Sie war vom geraden Weg abgekommen und in den Sumpf geraten. Nach einer Weile begann sie von Neuem: »Freilich, er tut einem leid – aber – Nein, wirklich, Edward, das hätten wir nicht auf uns nehmen können. Ich wäre trostlos gewesen, hättest du es getan.«

»Ich würde eine Menge Leute vor den Kopf gestoßen haben, Mary – sie hätten uns ihr Wohlwollen entzogen, und – und ...«

»Es liegt mir nur schwer auf dem Herzen, was Burgess selbst wohl von uns denken mag, Edward.«

»O, er ahnt nicht, dass ich um seine Unschuld weiß.«

»Wirklich? Das ist mir eine große Erleichterung. Sonst würde er doch – nein, das ändert die Sache gewaltig. – Ich hätte es mir übrigens denken können, dass er keine Ahnung hat; würde er uns sonst wohl bei jeder Gelegenheit so freundlich begegnen, ohne die geringste Aufmunterung von unserer Seite? Öfters haben mich die Leute schon deswegen verspottet. Die Wilsons, Harkness und Wilcox machen sich förmlich ein Vergnügen daraus, mit mir von ›meinem Freund Burgess‹ zu reden, weil sie wissen, wie mich das in Harnisch bringt. Wenn er nur aufhören wollte, uns mit seiner besonderen Zuneigung zu beehren! Ich begreife gar nicht, was ihn dazu treibt.«

»Das will ich dir auch bekennen; bis jetzt habe ich es selbst vor dir geheim gehalten: Als das Ding zuerst ruchbar wurde, und alle so entrüstet waren, dass man beschloss, Lynchjustiz an ihm zu üben, quälte mich mein Gewissen so sehr, dass ich's nicht länger aushielt. Ich warnte ihn insgeheim, sodass er die Stadt noch rechtzeitig verlassen konnte; erst als ihm keine Gefahr mehr drohte, kam er zurück.«

»O Edward! Wenn die Leute dahinter gekommen wären!«

»Schweig still! Mir läuft noch jetzt die Gänsehaut über, wenn ich nur daran denke. Es reute mich auch gleich nachher; nicht einmal dir wagte ich es zu sagen, weil ich fürchtete, man möchte es deinem Gesicht ansehen. Vor lauter Angst schloss ich die ganze Nacht kein Auge zu. Aber niemand hegte Argwohn gegen mich; schon nach einigen Tagen wurde ich ruhiger, und später freute ich mich ordentlich, es getan zu haben. Ja, ich bin noch heute von ganzer Seele froh darüber.«

»Ich auch, Eduard. Es wäre gar zu entsetzlich gewesen. Du warst ihm das wirklich schuldig. – Wie aber, wenn es eines Tages doch noch entdeckt würde? was dann?«

»Das ist ganz ausgeschlossen.«

»Wieso?«

»Weil jedermann denkt, Goodson hätte Burgess gewarnt.«

»Das lag sehr nahe.«

»Natürlich. Und er machte sich nichts aus dem falschen Verdacht. Der arme alte Sawlsberry wurde zu ihm hinübergeschickt, ihn der Tat zu beschuldigen. Goodson musterte ihn eine Meile mit unaussprechlicher Verachtung von Kopf bis zu Fuß. ›So?‹, sagte er dann, ›Sie stellen wohl die Untersuchungskommission vor?‹ ›Jawohl‹, erwiderte Sawlsberry und warf sich in die Brust. ›Hm! Wünschen die Herren etwa alle Einzelheiten zu wissen, oder würde ihnen eine allgemeine Antwort genügen?‹ ›Geben Sie mir nur eine allgemeine Antwort, Mr Goodson; falls Einzelheiten verlangt werden, will ich wiederkommen.‹ ›Sehr wohl; so sagen Sie den Herren nur, sie sollen sich zur Hölle scheren – das wird wohl allgemein verständlich sein. Ihnen, Sawlsberry, möchte ich aber obendrein den Rat geben, wenn Sie wiederkommen gleich einen Korb mitzubringen, um die Überreste aufzulesen, die noch von Ihnen vorhanden sein könnten.‹«

»Das sieht Goodson ganz ähnlich; man würde ihn gleich daran erkennen. Allen Leuten guten Rat zu erteilen war seine einzige Schwäche; er glaubte das besser zu verstehen als jeder andere.«

»Es war unsere Rettung, Mary. Die Sache hatte damit ihr Bewenden; man ließ sie ein für alle Mal ruhen.«

»Du meine Güte, das verstand sich wohl von selbst.« –

Sie kamen nun wieder mit großem Eifer auf den Geldsack zu sprechen. Bald entstanden jedoch Pausen in ihrer Unterhaltung, weil einmal der Mann, einmal die Frau in tiefes Schweigen versank. Immer längere Unterbrechungen des Gesprächs traten ein, bis Mr Richards sich endlich ganz seinen Gedanken überließ. Lange starrte er wie abwesend auf den Fußboden, dann machte er mit den Händen allerlei nervöse Bewegungen, die seinen geheimen Ärger verrieten. Auch die Frau sprach kein Wort, doch zeugten ihre Gebärden von großem Unbehagen. Zuletzt stand Mr Richards auf, ging wie ein Nachtwandler, der böse Träume hat, ziellos im Zimmer hin und her und fuhr sich mit den Händen durchs Haar, plötzlich schien er einen Entschluss zu fassen; stumm griff er nach seinem Hut und schritt eilig zur Tür hinaus. Seine Frau saß indessen da und brütete vor sich hin, ohne auch nur zu merken, dass sie allein war. Von Zeit zu Zeit bewegte sie die Lippen: »Führe uns nicht in Ver... aber ach, wir sind so arm! Führe uns nicht ... Wem würde es denn Schaden bringen? – Kein Mensch hätte es je erfahren ... Führe uns ...« Sie murmelte nur noch unverständliche Laute. Nach einer Weile sah sie auf; Schrecken und Freude zugleich malten sich in ihren Zügen.

»Er ist fort«, rief sie. »Aber ach, vielleicht kommt er zu spät – zu spät ... Doch wäre es ja möglich, dass er noch zur Zeit ...« Sie erhob sich, presste die Hände krampfhaft ineinander, und während ihr ein Schauer durch alle Glieder lief, sagte sie stöhnend: »Verzeih mir's Gott – das sind schreckliche Gedanken – aber ... was hilft's – wir sind doch nun einmal schwache Geschöpfe!«

Sie drehte die Lampe herunter, lief verstohlen zu dem Sack hin, kniete sich auf den Boden, befühlte ihn von allen Seiten und strich liebkosend mit der Hand über jede unebene Stelle. Ihre alten Augen schwelgten förmlich in dem Anblick. Von Zeit zu Zeit erwachte sie wie aus einem Traum und murmelte vor sich hin: »Wenn wir doch gewartet hätten – nur eine kleine Weile, statt die Sache so zu überstürzen!«

Cox, der Tagblattbesitzer, war inzwischen aus dem Büro nach Hause gegangen und hatte seiner Frau alles erzählt, was sich Wunderbares zugetragen. Sie besprachen das Ereignis aufs Lebhafteste und kamen überein, dass keiner ihrer Mitbürger, außer dem verstorbenen Goodson, großmütig genug wäre um einem armen Fremdling zwanzig Dollar zu schenken. Doch bald entstand eine Stille; beide Ehegatten blickten nachdenklich zu Boden; gleich darauf wurden sie unruhig und aufgeregt; endlich murmelte die Frau wie im Selbstgespräch: »Niemand weiß um dies Geheimnis, außer die Richards und wir ... kein einziger Mensch.«

Cox schreckte aus seinen Gedanken auf, sah seine Frau, die ganz blass geworden war, verständnisvoll an, stand zögernd auf, blickte verstohlen bald auf seinen Hut, bald nach seiner Ehehälfte – eine stumme Frage. Mrs Cox schluckte ein paarmal und räusperte sich, dann nickte sie leise mit dem Kopf. Im nächsten Augenblick war sie allein im Zimmer und die Haustür fiel klirrend ins Schloss.

Von zwei entgegengesetzten Richtungen eilten jetzt Mr Richards und Cox durch die menschenleeren Straßen. Ganz außer Atem kamen sie gleichzeitig an der Treppe der Druckerei an und schauten einander beim Laternenschein ins Gesicht.

»Weiß außer uns niemand etwas davon?«, fragte Cox im Flüsterton.

»Keine Menschenseele, auf Ehrenwort«, gab der andere leise zurück. »Vielleicht ist es noch nicht zu spät, um …«

Eben schickten sich die Männer an hinaufzusteigen, als ein Junge zu ihnen trat.

»Bist du das, Johann?«

»Ja, Mr Cox.«

»Du brauchst die Morgenpost noch nicht wegzuschicken. Lass alles liegen, bis ich es dir sage.«

»Die Postsachen sind schon fort.«

»Schon fort?« Es klang unsagbare Enttäuschung aus den Worten.

»Ja. Der neue Fahrplan für Brixton und Umgegend ist heute ausgegeben worden. Die Zeitungen mussten eine Viertelstunde früher auf der Bahn sein. Ich bin gelaufen, was ich konnte; wäre ich zwei Minuten später dagewesen, so …«

Die Herren entfernten sich langsam, ohne das Ende seiner Rede abzuwarten. Eine Weile schritten sie stumm nebeneinander her, endlich sagte Cox ärgerlich:

»Was hat Sie nur geplagt, die Sache so zu übereilen. Es ist mir vollkommen unbegreiflich.«

Mr Richards war ganz betreten. »Jetzt sehe ich's freilich ein«, sagte er, »vorher hatte ich es mir gar nicht überlegt, bis es zu spät war. Das nächste Mal will ich gewiss …«

»Das nächste Mal«, hohnlachte Cox. »So was kommt in tausend Jahren nicht wieder!«

Die Freunde trennten sich ohne Gruß und schleppten sich mühselig nach Hause, als hätte sie ein schwerer Schicksalsschlag getroffen. In atemloser Spannung warteten die Frauen daheim; sie lasen den Eintretenden die Entscheidung vom Gesicht ab, es bedurfte keiner Worte. Nun folgte in beiden Häusern eine sehr heftige, wenig freundliche Erörterung, wie sie bisher zwischen den Ehegatten noch niemals stattgefunden. Die Sache verlief hier und dort fast auf die gleiche Weise:

»Hättest du nur gewartet, Edward«, sagte Mrs Richards, »aber nein, in deiner Gedankenlosigkeit läufst du stehenden Fußes zur Druckerei und posaunst es in der ganzen Welt aus.«

»Auf dem Zettel stand doch, es sollte veröffentlicht werden.«

»Ach was! Es war dir freigestellt, es auch unter vier Augen abzumachen. Das kannst du doch nicht leugnen.«

»Ich weiß wohl. Aber wenn ich an das Aufsehen dachte, und wie schmeichelhaft es für Hadleyburg ist, dass ein Fremder solches Vertrauen in unsere Redlichkeit setzt –«

»Das brauchst du mir nicht noch erst lang und breit vorzuhalten. Aber bei einigem Nachdenken hättest du dir doch sagen müssen, dass sich der rechte Mann gar nicht mehr auffinden lässt, weil er im Grab ruht, und weder Kind noch Kegel, kein einziger Verwandter von ihm am Leben ist. Hätte da das Geld nicht Leuten zugutekommen können, die es so nötig brauchen wie wir? Kein Mensch wäre dadurch geschädigt worden, und – und ...«

Tränen erstickten ihre Stimme; der Mann zerbrach sich vergebens den Kopf, womit er sie trösten könne; endlich sagte er:

»So beruhige dich doch, Mary, die Vorsehung hat es nun einmal so gefügt und deshalb muss es zu unserem Heil dienen; ja, ja, es wird wohl so am besten sein, sonst wäre es nicht geschehen.«

»Eine bequeme Ausrede, wenn man eine Dummheit begangen hat. – War es nicht ebenso gut eine Fügung des Himmels, dass das Geld gerade uns zugeschickt wurde? Und du erdreistest dich, die Absicht der Vorsehung zu durchkreuzen – mit welchem Recht, wenn ich fragen darf? Nichts als gotteslästerliche Anmaßung ist es, die einem demütigen Christenmenschen durchaus nicht zukommt.«

»Aber du weißt doch, Mary, dass die ganze Erziehung in Hadleyburg darauf ausgeht, und auch wir unser Leben lang gewöhnt waren, uns keinen Augenblick zu besinnen, wenn es sich um ein Gebot der Redlichkeit handelt; das ist uns zur zweiten Natur geworden.«

»Ja, ja doch. Man hat uns das immer und immer wieder vorgepredigt und uns von der Wiege an jede nur mögliche Versuchung aus dem Weg geräumt. Und was ist dadurch erreicht worden? Man hat eine künstliche Ehrlichkeit groß gezogen, die wie Butter an der Sonne zerrinnt, sobald sie einmal auf die Probe gestellt wird – das haben wir diese Nacht gründlich erfahren. Gott weiß, mir wäre auch nie der Schatten eines Zweifels an meiner durch und durch redlichen Gesinnung gekommen, und die erste wirkliche Versuchung wirft alle meine Grundsätze über den Haufen. Du kannst mir glauben, Edward, mit der Redlichkeit der ganzen Stadt ist es um kein Haar besser bestellt; sie ist gerade so fadenscheinig wie meine und deine. Die Leute hier sind engherzig und geizig, und ihre einzige Tugend, auf die sie sich so viel einbilden und deretwegen sie allenthalben berühmt sind, ist auch nicht weit her. Tritt einmal eine große Versuchung an sie heran, so wird ihr ganzer Ruhm zusammenfallen wie ein Kartenhaus – verlass dich drauf. So – nach diesem Bekenntnis ist mir schon leichter ums Herz. Mein Leben lang habe ich der Welt etwas vorgeschwindelt, ohne es zu wissen. Mich soll niemand wieder eine redliche Frau nennen – das verbitte ich mir gehorsamst.«

»Wahrhaftig, Mary, du hast mir ganz aus der Seele gesprochen. Merkwürdig – ich hätte das nie für möglich gehalten!«

Sie schwiegen lange still; beide waren mit ihren Gedanken beschäftigt. Endlich schaute die Frau auf.

»Ich weiß, woran du denkst, Edward.«

Mr Richards machte ein verlegenes Gesicht. »Fast schäme ich mich, es dir einzugestehen, Mary.«

»Lass gut sein, Edward; mir geht dieselbe Frage im Kopf herum.«

»Wirklich? Und die wäre?«

»Du hast gedacht: ›Wenn unsereins doch nur erraten könnte, was das für eine Äußerung war, die Goodson dem Fremden gegenüber getan hat.‹«

»Ja, ich will es nicht leugnen. Es ist eine Sünde und Schande. Schämst du dich nicht auch?«

»Nein, ich bin darüber hinaus. Aber lass uns die Sicherheitskette vorhängen. Wir sind für den Sack verantwortlich, bis er morgen früh in das Bankgewölbe geschafft werden kann. – Du liebe Zeit – hätten wir nur nicht die Torheit begangen!«

Während der Mann die Tür fest verwahrte, sagte Mary:

»Wer doch wüsste, was das ›Sesam, öffne dich‹ ist. Wie kann nur die Äußerung gelautet haben? – Aber komm, lass uns zu Bett gehen.«

»Und einschlafen?«

»Nein, nachdenken.«

»Ja, das wollen wir.« –

Das Ehepaar Cox hatte unterdessen seinen Wortwechsel, der mit einer Versöhnung schloss, gleichfalls zu Ende geführt und sich zur Ruhe begeben. Doch der Schlaf floh auch ihr Lager. Unruhig wälzten sie sich hin und her und zermarterten sich das Hirn, was Goodson dem verarmten Fremden wohl gesagt haben mochte. Was für goldene Worte mussten das doch gewesen sein – sie waren ja vierzigtausend Dollar wert. –

An jenem Abend blieb das städtische Telegrafenamt länger offen als sonst und zwar aus guten Gründen: Der bei Cox'

Zeitung angestellte Faktor war zugleich offizieller Berichterstatter für die Vereinigte Presse der Union. Im gewöhnlichen Lauf der Dinge war dies ein bloßes Ehrenamt, das er bekleidete, denn mehr als viermal im Jahr brachte er keine Depesche zusammen, die als verwendbar angenommen wurde. Doch heute verhielt sich die Sache anders. Auf das Telegramm, in welchem er die große Begebenheit meldete, war eine umgehende Antwort erfolgt:

»Telegrafieren Sie die ganze Geschichte mit allen Einzelheiten – zwölfhundert Wörter.«

Ein riesiger Auftrag! Aber der Faktor führte ihn aus und war über die Maßen stolz auf seine Leistung. Schon am nächsten Morgen zur Frühstückszeit war in ganz Amerika, von Montreal bis zum Golf von Mexico, und von der Gletscherwelt Alaskas bis zu Floridas Orangenhainen nur Hadleyburg und seine unbestechliche Redlichkeit auf aller Lippen. Viele Millionen Menschen sprachen von dem Fremden und seinem Goldsack; man stritt hin und her, ob sich der rechte Mann wohl finden würde, und wartete gespannt auf weitere Nachricht, die hoffentlich in kürzester Frist eintreffen würde.

II.

Als Hadleyburg an jenem Morgen erwachte, war es eine weltberühmte Stadt; man staunte, man freute sich und war stolz darauf – unbeschreiblich stolz. Die neunzehn angesehensten Bürger und ihre Frauen schüttelten sich mit überseligem Lächeln die Hände, sooft sie einander trafen, und wünschten sich Glück, dass Hadleyburg von nun an in jedem Konversationslexikon als Muster der Unbestechlichkeit zu finden sein würde; ja selbst die unbedeutenderen Bürger samt ihren Frauen folgten diesem Beispiel. Alt und Jung lief auf die Bank, wo der Geldsack zu sehen war, und schon zur Mittagszeit kamen die bekümmerten und neidischen Bewohner

Brixtons und der Nachbarstädte in Scharen herbeigeströmt. Gegen Abend und am folgenden Tag trafen Berichterstatter aus allen Himmelsgegenden ein, die den Sack in Augenschein nahmen, sich die Geschichte bestätigen ließen, sie mit allen Einzelheiten von Neuem zu Papier brachten und durch kühne Bleistiftskizzen illustrierten. Sie zeichneten nicht nur den Sack ab, sondern auch Mr Richards Haus, das Bankgebäude, die Kirchen der Presbyterianer- und der Baptistengemeinde, den Marktplatz und das Rathaus, wo die Probe angestellt und der Sack ausgehändigt werden sollte. Ja sie entwarfen sogar scheußliche Porträts von dem Ehepaar Richards, dem Bankier Pinkerton, von Cox und dem Faktor, von Pastor Burgess, vom Postmeister und selbst von Jack Halliday, einem gutmütigen, respektlosen Menschen und allgemeinen Lustigmacher, dem Freund aller kleinen Buben und herrenlosen Hunde, der sich als Fischer, Jäger oder Bummler im Ort herumtrieb. Der knauserige Pinkerton zeigte den Sack mit selbstgefälligem Grinsen jedem neuen Ankömmling, rieb sich vergnügt die Hände und erging sich in salbungsvollen Reden über den alten, fest begründeten Ruf unantastbarer Rechtlichkeit, dessen sich die Stadt erfreute, was jetzt wieder auf so wunderbare Weise bestätigt worden sei. Er hoffe und glaube nun, dass dies Beispiel in ganz Amerika Nachahmung finden und eine allgemeine sittliche Wiedergeburt erzeugen werde.

Im Verlauf der nächsten Woche wurden die Gemüter nach und nach ruhiger; der wilde, stolze Freudenrausch verwandelte sich in ein stilles, wonniges Entzücken, in ein Gefühl tiefen, unaussprechlichen Behagens. Der Ausdruck friedevoller Glückseligkeit lag auf allen Gesichtern.

Doch das dauerte nicht lange. Ganz allmählich trat eine Veränderung ein, was zuerst niemand bemerkte, außer Jack Halliday, dem selten etwas entging und der über alles seine Späße machte, es mochte sein, was es wollte. Er fing mit allerlei beißenden Bemerkungen an, weil dieser und jener nicht mehr solche glückstrahlende Miene zur Schau trug wie vor ein paar Tagen. Dann behauptete er, die Leute würden immer schwermütiger; später schienen sie ihm von unbesiegbarer Trauer ergriffen, und endlich versicherte er sogar, alle seien in einem Grad verstimmt, gedankenvoll und geistesabwesend, dass er sich anheischig machen wolle, selbst dem ärmsten Wicht einen Cent aus der Hosentasche zu stehlen, ohne ihn aus seinem Traumzustand zu wecken.

Als die Angelegenheit diesen Punkt erreicht hatte, konnte man zur Schlafenszeit in den neunzehn angesehensten Häusern der Stadt tiefe Seufzer hören, worauf das Haupt der Familie gewöhnlich in die Worte ausbrach:

»Ach, was für eine Äußerung kann denn Goodson nur getan haben!«

»Schweig still«, rief die Hausfrau zusammenschauernd. »Was für schreckliche Dinge wälzest du in deinem Hirn herum. Ums Himmels willen schlage sie dir aus dem Kopf!«

Aber am zweiten Abend erfolgte derselbe Ausruf, und der Widerspruch der Frau war schon etwas schwächer. Als der Mann dann am dritten und den folgenden Abenden die Frage immer angstvoller wiederholte, fuhr die Frau nur noch unruhig mit den Händen hin und her; sie öffnete den Mund, sagte aber nichts. Zuletzt fanden beide jedoch die Sprache wieder und seufzten sehnsuchtsvoll: »O, könnten wir es doch erraten!« –

Hallidays Bemerkungen wurden von Tag zu Tag unangenehmer und abfälliger. Er ging in der ganzen Stadt umher und machte sich bald über jeden Einzelnen, bald über die gesamte Einwohnerschaft lustig. Außer ihm lachte aber niemand mehr weit und breit, seine Fröhlichkeit bildete den grellsten Gegensatz zu der allgemeinen Trauer; kein Lächeln war irgendwo zu erblicken. Der Spaßvogel trug jetzt eine Zigarrenkiste auf einem Holzgestell mit sich herum, als wäre es eine Kamera für Momentaufnahmen. Alle Vorübergehenden hielt er an, stellte seinen Apparat auf und rief: »Fertig! – Etwas freundlicher, wenn ich bitten darf!« Aber selbst bei diesem köstlichen Witz erheiterte sich keines der trübseligen Gesichter.

So vergingen drei Wochen – noch acht Tage, dann sollte es sich entscheiden. Es war Samstagabend; Hadleyburg hatte schon zur Nacht gespeist. Statt der Geschäftigkeit und Unruhe in den Läden und dem fröhlichen Stimmengewirr, das sonst um diese Zeit auf den Straßen herrschte, war alles wie ausgestorben. Mr Richards und seine alte Frau saßen schweigsam und nachdenklich im Wohnzimmer, jedes in seiner Ecke. So trieben sie es jetzt Abend für Abend, während sie früher behaglich beisammen gesessen hatten, lesend, strickend und plaudernd, wenn sie nicht bei den Nachbarn Besuch machten oder diese bei ihnen vorsprachen. Aber das alles schien begraben und vergessen, als sei es nie gewesen – und war doch erst zwei oder drei Wochen her. Niemand plauderte jetzt, man las nicht, man machte keine Besuche. Alle Leute saßen stumm daheim und quälten sich unter Seufzen und Stöhnen, jene rätselhafte Äußerung zu erraten.

Der Postbote brachte einen Brief. Mr Richards sah die Aufschrift von unbekannter Hand und den Poststempel gleichgültig an, warf das Schreiben auf den Tisch und verfiel dann wieder in sein nutzloses Grübeln, das ihn ganz elend machte. Zwei oder drei Stunden später stand seine Frau schwerfällig auf, um ohne Gutenachtgruß zu Bett zu gehen – nach ihrer jetzigen Gewohnheit. Bei dem Brief blieb sie jedoch stehen und starrte eine Weile gedankenlos darauf hin; dann öffnete sie ihn und überflog den Inhalt. Mr Richards, der in sich zusammengesunken an der Wand saß, hörte plötzlich einen schweren Fall – seine Frau lag auf dem Boden. Er eilte hin, um ihr zu helfen, aber sie rief:

»Lass mich, lass mich, mein Glück ist zu groß. Hier den Brief musst du lesen!«

Er tat es. Jedes Wort verschlang er, während sich alles mit ihm im Kreis zu drehen schien. Der Brief kam aus einem entfernten Staat und lautete:

»Ich wende mich an Sie, um Ihnen eine Mitteilung zu machen, obgleich ich Ihnen ganz fremd bin. Nach meiner soeben erfolgten Rückkunft aus Mexico wurde mir erzählt, was sich in Ihrer Stadt zugetragen. Natürlich wissen Sie nicht, wer die Äußerung getan hat, aber ich weiß es. Ich bin der einzige Mensch auf der Welt, der Ihnen sagen kann, dass es Goodson gewesen ist. Wir kannten uns schon seit Jahren und auf meiner Durchreise war ich an jenem Abend bei ihm zu Gast, bis zur Abfahrt des Mitternachtzuges. Ich stand dabei, als er im Dunkeln in der Hale Alley jene Äußerung dem Fremden gegenüber tat; auch unterhielten wir uns noch auf dem Heimweg darüber, und bei der Zigarre in seinem Haus. Im Laufe des Gesprächs kam die Rede noch auf viele Ihrer Mitbürger, über die er sich jedoch keineswegs schmeichelhaft aussprach; etwas günstiger beurteilte er nur zwei oder drei derselben, zu denen Sie gehörten, soviel ich weiß. Irgendwelche Zuneigung sprach er zwar für keinen einzigen aus, doch erinnere ich mich, dass er sagte, ein Hadleyburger – ich glaube, er nannte Ihren Namen, doch bin ich meiner Sache nicht ganz gewiss – hätte ihm einmal einen großen Dienst erwiesen, vermutlich ohne dessen Tragweite selbst zu kennen. Wenn er ein Vermögen besäße, würde er es Ihnen bei seinem Tod vermachen und jedem der anderen Bürger seinen Fluch hinterlassen. Waren Sie also derjenige, welcher ihm den Dienst geleistet hat, so sind Sie sein rechtmäßiger Erbe und können den Goldsack als Ihr Eigentum beanspruchen. Ich weiß, dass ich mich auf Ihre Treue und Redlichkeit verlassen kann, denn diese Tugenden erbt ja jeder Hadleyburger ohne Ausnahme von seinen Vätern. So will ich Ihnen denn jene Äußerung mitteilen, da ich überzeugt bin, Sie werden, falls Sie nicht selbst der rechte Mann sind, nach demselben suchen, bis Sie ihn gefunden haben, und Sorge tragen, dass Goodsons Dankesschuld für den bewussten Dienst wirklich gezahlt wird. Die Äußerung, um die es sich handelt, lautete: ›Ihr seid noch lange kein schlechter Mensch. – Geht hin und bessert Euch.‹

Howard L. Stephenson.«

»O Edward, das Geld gehört uns, wie froh und dankbar bin ich. Gib mir einen Kuss, das hast du seit einer Ewigkeit nicht getan – mein Verlangen war gar zu groß – nach dem Geld – nun kannst du dich von Pinkerton und seiner Bank losmachen, du brauchst keines Menschen Sklave mehr zu sein. Es ist, als ob ich Flügel hätte, so leicht wird mir ums Herz vor lauter Freude.«

Die halbe Stunde, die das Ehepaar unter Liebkosungen auf dem Sofa zubrachte, gehörte zu den glücklichsten in ihrem Leben. Es war, als sollte die gute alte Zeit noch einmal wiederkehren, die mit dem Brautstand begonnen und keine Unterbrechung erlitten hatte, bis der Fremde das unheilvolle Gold ins Haus brachte. Nach einer Weile sagte die Frau:

»Weißt du, Edward, es war doch ein rechtes Glück, dass du dem braven Goodson solchen großen Dienst geleistet hast. Bisher mochte ich ihn nicht leiden, aber jetzt habe ich ihn ordentlich lieb. Du hast nie damit geprahlt, auch keine Andeutung gemacht – das war ein schöner und edler Zug von dir. Aber deiner Frau hättest du es doch anvertrauen sollen; mir scheint, das warst du mir schuldig.«

»Ja, siehst du, Mary – das ging doch nicht an …«

»Mach jetzt keine Umschweife, Edward, sondern sag es mir. Ich habe dich immer lieb gehabt, aber heute bin ich stolz auf dich. Die Leute glaubten, es gäbe nur einen guten, hochherzigen Menschen in der Stadt, und nun stellt sich heraus, dass du – so sprich doch, Edward.«

»Nein, Mary, ich kann wirklich nicht.«

»Du kannst nicht? Aber weshalb?«

»Siehst du – nun ja – ich habe es ihm versprechen müssen.«

Sie maß ihn mit großen Blicken.

»Du hast versprochen, mit niemand davon zu reden?«, fragte sie eindringlich. »Ist das wirklick der Fall?«

»Glaubst du, ich würde dir etwas vorlügen?«

Sie schwieg eine Weile sichtlich beunruhigt; dann reichte sie ihm die Hand.

»Nein, nein«, rief sie, »Gott behüte! Wir sind schon weit genug vom rechten Weg abgeirrt. All dein Lebtag ist dir noch keine Lüge über die Lippen gekommen – aber jetzt scheint ja selbst der festeste Grund unter unseren Füßen zu wanken, da – da ...« Die Stimme versagte ihr einen Augenblick, dann stammelte sie: »Führe uns nicht in Versuchung ... Ich glaube an dein Versprechen, Edward. Lass es dabei bewenden. Ich will nicht weiter in dich dringen. Nun alle Not ein Ende hat, wollen wir unser Glück genießen und es uns durch keinen Schatten trüben lassen.«

Für Edward war das leichter gesagt als getan; seine Gedanken irrten ruhelos umher, während er sich zu besinnen suchte, was für einen Dienst er Goodson geleistet hatte.

Fast die ganze Nacht tat das Ehepaar kein Auge zu. Mary überlegte voll innerer Befriedigung, was sie mit dem Gold tun wolle. Edward war bemüht, sich den Dienst ins Gedächtnis zurückzurufen. Zuerst hatte er Gewissensbisse wegen der Lüge. Freilich, eine Lüge war und blieb es. Aber hatte das denn solche ungeheure Bedeutung? Unser tägliches Tun und Treiben ist ja voller Unwahrheit. War etwa Mary besser als er? – O nein; während er fortgeeilt war, um seinen Auftrag redlich zu erfüllen, hatte sie dagesessen und gejammert, dass man die Papiere nicht vernichtet habe, um das Gold behalten zu können. Ist denn Stehlen weniger schlecht als Lügen? –

Über diesen Punkt war er also beruhigt – die Lüge trat in den Hintergrund und störte seinen Frieden nicht mehr. Nun kam die nächste Frage an die Reihe: Hatte er den Dienst wirklich geleistet? – Goodsons eigenes Zeugnis, von dem Stephensons Brief berichtete, sprach dafür und war der beste und vollgültigste Beweis. Das lag auf der Hand. Also konnte man auch diesen Punkt für erledigt ansehen ... Nein, doch nicht so ganz. Mr Richards erinnerte sich mit Unbehagen, dass jener Stephenson nicht bestimmt hatte behaupten können, ob er, Richards, oder ein anderer, den Dienst geleistet habe, und, o Jammer, er verließ sich auf seine Ehrenhaftigkeit. Mr Richards selbst sollte entscheiden, wem das Gold zukäme, und Stephenson war überzeugt, dass er rechtschaffen genug sein würde, den richtigen Mann aufzusuchen, falls er der falsche wäre. Es war ganz abscheulich, einen Menschen in solche Lage zu versetzen. Wozu hatte nur Stephenson diesen Zweifel überhaupt aufgebracht? Das hätte doch recht gut aus dem Brief wegbleiben können.

Wie kam es aber, überlegte Reichard weiter, dass gerade sein Name dem Briefsteller im Gedächtnis geblieben war? Das sah doch ganz so aus, als müsste er der rechte Mann sein. Wirklich, es war ein sehr gutes Zeichen; je mehr er darüber nachdachte, umso besser erschien es ihm, und zuletzt betrachtete er es als einen entschiedenen Beweis. Wenn aber etwas einmal erwiesen ist, tut man am besten, sich den Kopf nicht mehr darüber zu zerbrechen, das fühlte Richards instinktmäßig und schlug sich die Sache sofort aus dem Sinn.

Ihm war jetzt schon viel behaglicher zumute, nur eine Kleinigkeit ließ ihn noch nicht zur Ruhe kommen. Dass er den Dienst geleistet hatte, stand fest; aber was war es nur für ein Dienst gewesen? Das musste ihm erst noch einfallen – dann würde er mit voller Gemütsruhe die Augen schließen und schlafen können. So dachte er denn hin und her an jede nur mögliche Dienstleistung, aber nichts schien ihm groß und bedeutend genug, um Goodsons Wunsch zu rechtfertigen, ihm dafür ein Vermögen hinterlassen zu können. Und leider erinnerte er sich auch gar nicht, etwas der Art wirklich getan zu haben. Was war es denn nur, wodurch man einen Menschen zu so außergewöhnlichem Dank verpflichten konnte? Vielleicht wenn man seine Seele rettete? Ja, das musste es sein. Hatte er es sich nicht einmal zur Aufgabe gemacht, Goodson zum Glauben zu bekehren? Gewiss – und wie lange hatte er daran gearbeitet? – Zuerst meinte er, wohl ein Vierteljahr, doch bei Licht besehen schrumpfte es zu einem Monat zusammen, dann zu einer Woche, und schließlich blieb gar nichts übrig. Er erinnerte sich jetzt zu seinem größten Leidwesen mit vollkommener Deutlichkeit, dass Goodson ihm gesagt hatte, er solle zum Donnerwetter machen, dass er fortkäme und sich um seine eigenen Angelegenheiten kümmern; ihm sei ganz und gar nichts daran gelegen, mit den Hadleyburgern in den Himmel zu kommen.

Mr Richards war recht entmutigt. Also Goodsons Seele hatte er nicht gerettet, das stand fest. Vielleicht aber sein Haus und Gut. Nein, damit war's auch nichts – er besaß keines. Sein Leben? Natürlich – auf jeden Fall. Daran hätte er doch gleich denken sollen. Nun war er endlich auf der rechten Spur und seine Einbildungskraft hatte freien Spielraum.

Zwei Stunden lang beschäftigte er sich eifrig damit, Goodson auf jede erdenkliche und meist sehr gefahrvolle Weise das Leben zu retten. Immer gelang ihm die Heldentat bis zu einem gewissen Punkt, aber gerade wenn er auf dem besten Weg war, sich zu überzeugen, dass die Sache wirklich geschehen sei, trat ein lästiger Umstand dazwischen, der dies zur Unmöglichkeit machte. Beim Ertrinken zum Beispiel: Mr Richards war weit hinausgeschwommen und hatte Goodson in bewusstlosem Zustand glücklich ans Land gebracht, während die Menge am Ufer stand und ihm zujauchzte. Er hatte es alles so schön ausgedacht und seine Erinnerung daran wurde immer lebhafter, aber da kam der Rückschlag: Unmöglich – die ganze Stadt hätte es doch erfahren; Mary würde davon gewusst haben, und in seinem eigenen Gedächtnis wäre die Tat unauslöschlich verzeichnet gewesen; so etwas vergisst man nicht wieder, es ist auch kein Dienst, dessen ›Tragweite man nicht kennt‹. Obendrein fiel ihm zu guter Letzt noch ein, dass er ja gar nicht schwimmen könne.

Halt – diesen Punkt hatte er von vornherein übersehen: Es musste ein Dienst sein, den er möglicherweise geleistet haben konnte, ›ohne dessen ganze Tragweite zu kennen.‹ Das erleichterte die Sache wesentlich. Nach einigem weiteren Kopfzerbrechen kam er denn auch wirklich zu einem befriedigenden Ergebnis: Vor langen Jahren war Goodson einmal nahe daran gewesen, ein liebes, hübsches Mädchen Namens Nancy Hewitt zu heiraten; er hatte jedoch die Verlobung aus irgendeinem Grund wieder aufgelöst. Bald darauf starb das Mädchen, und Goodson wurde mit der Zeit ein verbitterter Hagestolz, der seine Menschenverachtung ganz offen zur Schau trug. Nach Nancy Hewitts Tod hatte sich in der Stadt das Gerücht verbreitet, dass das Mädchen nicht ausschließlich von Weißen abstamme, sondern ein paar Tropfen Negerblut in den Adern gehabt habe. Richards wälzte diesen Umstand so lange in seinem Haupt, bis ihm war, als tauchten aus der Tiefe seiner Erinnerung allerlei Einzelheiten auf, an die er lange nicht mehr gedacht haben mochte. War er es denn nicht gewesen, der den Flecken in des Mädchens Stammbaum entdeckt und die Sache stadtbekannt gemacht hatte? Natürlich erfuhr Goodson, von wem die Nachricht ausgegangen war und wer ihn davor bewahrt hatte, die entehrende Heirat einzugehen. Und diesen wertvollen Dienst hatte er ihm geleistet, ohne es selbst zu ahnen, also auch, ohne dessen Tragweite zu kennen. Goodson aber, der wohl wusste, mit wie genauer Not er der Gefahr entronnen war, blieb seinem Wohltäter dankbar bis ans Grab und wünschte sich ein Vermögen, um es ihm zu hinterlassen. Das war alles klar und einfach, je mehr Mr Richards darüber nachdachte, umso einleuchtender wurde es ihm; ja, als er sein Haupt jetzt beglückt und zufrieden in die Kissen schmiegte, stand ihm das Ganze so deutlich vor der Seele, als hätte er es erst gestern erlebt. Mary hatte sich unterdessen für sechstausend Dollar ein Haus gekauft und ein Paar Pantoffeln zum Geschenk für ihren Pastor; dann war sie friedlich eingeschlummert. –

An ebendemselben Samstagabend hatte der Postbote auch jedem der anderen angesehenen Hadleyburger einen Brief gebracht – neunzehn Briefe alles in allem. Die Kuverts waren ganz verschieden und nicht zwei Adressen von der nämlichen Hand, aber die Briefe selbst glichen einander völlig. Es waren genaue Abschriften desjenigen, welchen Richards erhalten hatte, auch alle von Stephenson selbst geschrieben, nur mit dem einzigen Unterschied, dass darin der Name des jedesmaligen Adressaten an Stelle von Richards Namen stand.

Die ganze Nacht hindurch taten die achtzehn angesehenen Männer, was ihr Mitbürger Richards um dieselbe Zeit getan hatte – sie waren aus Leibeskräften bemüht, sich auf den wichtigen Dienst zu besinnen, den sie – ohne es zu wissen – Barclay Goodson geleistet hatten. Die Arbeit kostete ihnen manchen Schweisstropfen, aber sie wurden doch damit fertig. Was ihre neunzehn Ehegattinnen unterdessen taten, war nicht so schwer. Sie gaben durchschnittlich siebentausend Dollar von den vierzigtausend aus, die der Sack enthielt – einhundertdreiunddreissigtausend Dollar im Ganzen, wenn man die Summen zusammenzählt.

Tags darauf war Jack Halliday höchstlich überrascht, zu sehen, dass die Gesichter der neunzehn angesehensten Bürger und ihrer Frauen wieder den früheren glückstrahlenden Ausdruck trugen. Es schien ihm unfasslich und ihm fiel auch nicht die kleinste witzige Bemerkung ein, um diese himmlische Ruhe zu stören. Das machte ihn nun seinerseits missmutig und ärgerlich. Wie sehr er sich auch bemühte, dem Rätsel auf den Grund zu kommen, es wollte ihm nicht gelingen. Als er Mrs Wilcox begegnete und in ihr verklärtes Antlitz sah, dachte er bei sich: »Ihre Katze hat Junge gekriegt«, aber das war nicht der Fall, wie er auf seine Erkundigung von der Köchin erfuhr. Hatte Billsons Nachbar vielleicht das Bein gebrochen? War Gregor Yates Schwiegermutter gestorben? Hatte Pinkerton ein Zehncentstück einkassiert, das er schon für verloren gehalten? – Dies und noch vieles andere riet Jack Halliday, als er die seelenvergnügten Mienen der Leute sah; aber meistens erfuhr er, dass er fehlgeschossen hatte, und in den übrigen Fällen blieb die Sache zweifelhaft. Nur eins stand fest, nämlich dass neunzehn Hadleyburger Familien sich augenblicklich wie im Himmel fühlten, und mit dieser Gewissheit musste sich Halliday fürs Erste beruhigen.

Ein Bauunternehmer aus dem Nachbarstaat hatte sich vor Kurzem am Ort niedergelassen und ein Geschäft eröffnet. Schon seit acht Tagen hing sein Schild heraus, aber noch war kein Kunde gekommen. Das entmutigte ihn sehr und er fing bereits an, sein Unternehmen zu bereuen, als der Wind plötzlich umschlug. Die Frauen der ersten Bürger der Stadt fanden sich eine nach der anderen bei ihm ein, um ihn auf den oder jenen Tag der nächsten Woche zu sich zu bestellen. »Reden Sie einstweilen noch nicht davon«, hieß es; »wir haben den Plan, uns ein Haus zu bauen, möchten aber nicht, dass es gleich unter die Leute käme.«

Der Mann erhielt elf Aufträge an einem Tag und schrieb noch denselben Abend an seine Tochter, sie solle ihre Verlobung mit dem Studenten auflösen, da sie jetzt eine weit bessere Partie machen könne.

Der Bankier Pinkerton und noch ein paar andere wohlhabende Herren gedachten sich Landhäuser zu kaufen – doch warteten sie die Sache erst ab. Menschen dieses Schlages machen die Rechnung nie ohne den Wirt.

Bei Wilsons hatte man den großen Plan gefasst, ein Kostümfest zu geben. Man äußerte zwar noch nichts Bestimmtes, sondern erging sich den Bekannten gegenüber nur in allgemeinen vertraulichen Andeutungen. »Wir haben es uns vorgenommen«, hieß es, »und wenn es dazu kommt, werden Sie natürlich auch eingeladen.« Alles war erstaunt darüber. »Wie können die armen Wilsons nur an so etwas denken«, sagte einer zum anderen; »ihre Mittel erlauben es ihnen doch nicht.« Einige Damen aus der Zahl der Neunzehn meinten aber, der Gedanke wäre nicht schlecht, und beschlossen zu warten, bis die armselige Geschichte vorüber sei, und dann einen Ball zu geben, der jenen ganz in den Schatten stellen sollte.

Je näher die Zeit rückte, umso mehr wuchs die Verschwendungssucht, immer wilder wurden die Wünsche, immer leichtsinniger die Ausgaben. Es hatte ganz den Anschein, als ob jede einzelne der neunzehn Familien nicht nur mit den 40 000 Dollar fertig werden, sondern sich auch darüber hinaus in Schulden stürzen wollte, noch ehe die Entscheidung gefallen war. In ihrer Sorglosigkeit begnügten sich manche nicht damit, Pläne zu schmieden, sie machten wirkliche Einkäufe – auf Kredit. Bauplätze, Hypotheken, Wiesen und Äcker, Börsenpapiere, kostbare Kleider, Wagen und Pferde nebst vielen anderen Dingen schafften sich die Leute an, zahlten ein Draufgeld und machten sich verbindlich, den Rest nach Ablauf von zehn Tagen zu entrichten.

Dieser erste Rausch war jedoch bald wieder verflogen und auf vielen Gesichtern begann sich eine entsetzliche Sorge und Angst zu spiegeln, wie Halliday zu seiner Verwunderung bemerkte. Das Rätsel wurde ihm nur noch unerklärlicher. »Die Kätzchen bei Wilcox sind nicht gestorben, weil gar keine zur Welt gekommen waren«, dachte er bei sich; »niemand hat das Bein gebrochen, alle Schwiegermütter sind noch am Leben – da werde nun einer klug daraus!«

Auch ein anderer Hadleyburger war über die Vorgänge in der Stadt höchlichst verblüfft, nämlich der Pastor Burgess. Tagelang konnte er nirgends hingehen, ohne dass jemand ihm folgte oder ihm auflauerte. Kam er an irgendeinen entlegenen Ort, so tauchte sicher dieser oder jener seiner Mitbürger auf, drückte ihm verstohlen einen Briefumschlag in die Hand, flüsterte: »Am Freitagabend im Rathaus zu öffnen«, und verschwand wieder gleich einem Missetäter. Dem Pastor war es von vornherein zweifelhaft gewesen, ob jemand Anspruch auf den Sack erheben werde, denn Goodson war ja tot. Dass die Leute, welche sich an ihn drängten, lauter Bewerber sein könnten, kam ihm daher auch nicht von ferne in den Sinn. Als der wichtige Tag endlich erschien, hatte Burgess neunzehn versiegelte Briefumschläge in der Tasche.

III.

Der Rathaussaal hatte noch nie so prächtig ausgesehen. Im Hintergrund der Rednerbühne, sowie längs den Wänden und Galerien war der ganze Raum mit reichem Flaggenschmuck verkleidet und behängt; sogar um die Säulen schlangen sich bunte Fahnen. Dies Festgepränge sollte einen mächtigen Eindruck auf die Fremden machen, die, wie man vorausgesehen hatte, von nah und fern herbeiströmten; unter ihnen auch eine Menge Berichterstatter der hervorragendsten Zeitungen. Der Saal war zum Erdrücken voll. Nicht nur die 412 festen Plätze waren sämtlich besetzt, sondern auch 68 Extrastühle, welche man hier und da verteilt hatte, sowie die Stufen zur Rednerbühne. Auf dieser selbst befanden sich Ehrensitze für die vornehmsten Gäste, und Tische in Hufeisenform, an denen die Herren von der Presse Platz genommen hatten.

Die Damen waren in großer Toilette; solchen Staat hatte Hadleyburg noch nie erblickt. Dem Anschein nach fühlten sich einige von ihnen nicht sehr behaglich in den kostbaren Gewändern. Wenigstens machten die Einheimischen diese Bemerkung, was aber wohl daher rühren mochte, dass sie genau wussten, jene Damen hätten in ihrem ganzen Leben noch niemals solche Kleider angehabt.

Im Vordergrund der Rednerbühne, auf einem kleinen Tisch, wo alle Welt ihn sehen konnte, lag der Goldsack. Dorthin wandten sich die meisten Blicke mit brennender Begierde und schmerzlich sehnsüchtigem Verlangen, während neunzehn Ehepaare den Sack mit einem liebevollen Eigentumsgefühl betrachteten. Die männlichen Hälften dieser glücklichen Minderzahl wiederholten sich dabei im Stillen die hübsche kleine Rede aus dem Stegreif, mit welcher sie alsbald ihren Dank für die Glückwünsche der Menge auszudrücken gedachten. Von Zeit zu Zeit zog bald dieser, bald jener Herr ein Stück Papier aus der Westentasche, um seinem Gedächtnis nachzuhelfen.

Anfänglich herrschte ein lebhaftes Stimmengewirr; als aber Pastor Burgess aufstand und seine Hand auf den Sack legte, wurde es totenstill im Saal; man hätte eine Mücke husten hören können. Der Pastor erzählte die wunderbare Geschichte des Sacks und erging sich dann in warmen Worten über Hadleyburgs wohlverdienten Ruf fleckenloser Redlichkeit, auf den die Stadt mit Recht stolz sein könne. Dieser Ruf, sagte er, sei ein Besitz von unschätzbarem Wert, auf welchem auch Gottes Segen sichtlich ruhe. Denn durch jene merkwürdige Begebenheit habe sich Hadleyburgs Ruhm allenthalben verbreitet, sodass die Blicke von ganz Amerika jetzt auf diese Stadt gerichtet seien, und ihr Name für alle Zeiten, wie er glaube und hoffe, als Sinnbild unbestechlicher Treue in Handel und Wandel gelten werde. (Beifall). »Wer aber soll der Hüter dieses kostbaren Schatzes sein? Etwa die ganze Gemeinde? O nein! Jeder Einzelne ist dafür verantwortlich. Von heute ab hat jeder Bewohner dieser Stadt persönlich Sorge zu tragen, dass unser herrlichstes Besitztum unangetastet bleibt. Wollt ihr diese große Verantwortung auf euch nehmen? (Brausende Rufe der Zustimmung.) Dann ist alles wohl bestellt. Vererbt den Schatz auf eure Kinder und Kindeskinder! Bisher hat niemand eure Lauterkeit antasten können – möge es immer so bleiben. Kein einziger von unseren Mitbürgern würde sich heute verführen lassen, auch nur einen Cent anzurühren, der ihm nicht gehört – sehet zu, dass ihr in solcher Tugend beharrt!« (»Ja, ja, das wollen wir!«) »Hier ist nicht der Ort, um einen Vergleich zwischen uns und anderen Gemeinden anzustellen, von denen einige kein Wohlwollen für uns hegen. Sie haben ihre Sitten und Gebräuche und wir die unsrigen – daran soll uns genügen. (Beifall.) Ich bin zu Ende, meine Freunde. Hier lege ich die Hand auf den Goldsack, dies beredte Zeugnis für die Anerkennung, die ein Fremder unserer Tugend zollt. Sie wird durch ihn jetzt und für alle Zeit in der ganzen Welt verkündet werden. Der Mann ist uns unbekannt, aber ich spreche ihm in euer aller Namen unseren tief gefühlten Dank aus und bitte euch, mit mir in ein Hoch auf ihn einzustimmen.«

Der ganze Saal erhob sich, und minutenlang schallten die Wände von donnernden Hurrarufen wieder. Als die Ruhe hergestellt war, zog Pastor Burgess einen versiegelten Briefumschlag aus der Tasche, öffnete ihn und nahm einen Papierstreifen heraus. In atemloser Spannung lauschten die Anwesenden auf die Zauberworte, von denen jedes einen Klumpen Gold wert war und die der Pastor jetzt langsam und nachdrücklich vorlas:

»Die Äußerung, welche ich dem armen Fremden gegenüber tat, lautete: ›Ihr seid noch lange kein ganz schlechter Mensch. Geht hin und bessert Euch.‹« Dann fuhr Burgess fort: »Wir wollen uns nun überzeugen, ob diese Äußerung gleichlautend ist mit den Worten, die der Sack enthält. Dies wird unzweifelhaft der Fall sein, und sobald es bewiesen ist, gehört der Goldsack einem unserer Mitbürger, der fortan bei allem Volk als Inbegriff und Vertreter jener besonderen Tugend gelten wird, die den Ruhm unserer Stadt in ganz Amerika ausmacht. Sein Name ist – Billson!«

Alle hatten sich schon zu einem gewaltigen Beifallssturm gerüstet; jetzt schienen sie plötzlich wie vom Frost erstarrt. Eine unheimliche Stille lagerte über der Versammlung, dann hörte man allmählich ein leises Flüstern, das immer deutlicher wurde: »Billson! Nanu – wer das glaubt! Zwanzig Dollar hätte der einem Fremden gegeben? Nicht im Traum würde es ihm einfallen. Ja, Prosit – so was lassen wir uns nicht aufbinden!« Aber ihrer wartete noch eine größere Überraschung. Während an einer Stelle des Saales der Kirchenrat Billson mit demütig gesenktem Haupt dastand, hatte sich an einer anderen Rechtsanwalt Wilson erhoben. Verwundert schwieg die Menge eine Weile, und die Entrüstung der neunzehn Ehepaare war groß. Billson und Wilson hatten sich umgewandt und starrten einander an.

»Weshalb stehen Sie auf, Mr Wilson?«, fragte Billson in beißendem Ton.

»Weil ich ein Recht dazu habe. Vielleicht würden Sie so freundlich sein, den Anwesenden zu erklären, warum Sie nicht sitzen bleiben.«

»Mit Vergnügen. Ich habe den Zettel dort geschrieben.«

»Das ist eine unverschämte Lüge. Er ist von meiner Hand.«

Jetzt war die Reihe an Burgess, sich zu verwundern. Er stand stumm da und starrte bald den einen, bald den anderen an, ohne zu wissen, was er tun sollte. Endlich nahm Wilson das Wort:

»Ich ersuche den Vorsitzenden«, sagte er, »den Namen zu lesen, mit welchem das Papier unterzeichnet ist.«

Das brachte den Pastor wieder zu sich.

»John Wharton Billson«, las er.

»Da haben Sie's«, schrie Billson. »Wie wollen Sie sich nun herausreden und sich wegen der Beleidigung entschuldigen, die Sie mit Ihrer frechen Täuschung nicht nur mir, sondern dieser ganzen Versammlung zugefügt haben?«

»Von Entschuldigung ist gar keine Rede. Im Gegenteil, Sir, ich klage Sie hiermit öffentlich an, dass Sie dem Pastor Burgess meinen Zettel entwendet und eine Abschrift untergeschoben haben, auf der Ihr Name steht. Dies ist die einzige Art, wie Sie zur Kenntnis der bewussten Äußerung gelangt sein können, denn außer mir weiß kein Mensch in der ganzen Welt, wie jene Worte gelautet haben.«

Der Sache musste ein Ende gemacht werden, wollte man nicht das ärgerlichste Aufsehen erregen und der Klatschsucht Tür und Tor öffnen. Alle sahen bestürzt zu den Stenografen hin, die in rasender Eile immer weiter schrieben. »Zur Ordnung! Zur Ordnung!«, rief man dem Vorsitzenden zu, bis dieser mit dem Hammer auf den Tisch klopfte.

»Meine Herren, lassen Sie uns die Würde dieser Versammlung aufrechterhalten und den Anstand nicht verletzen«, sagte Burgess. »Offenbar liegt hier ein Irrtum vor, weiter nichts. Wenn Mr Wilson mir ein Kuvert gegeben hat, wie mir jetzt erinnerlich ist, so befindet sich dasselbe auch noch in meinem Besitz.« Er zog einen Umschlag aus der Tasche, öffnete ihn, warf einen Blick hinein, machte ein verstörtes, bekümmertes Gesicht, stand eine Weile in ratlosem Schweigen da, erhob dann unwillkürlich die Hand und versuchte mehrmals zu sprechen, brachte aber kein Wort heraus.

»Vorlesen! Vorlesen!«, riefen viele Stimmen. »Was steht darin?«

Mechanisch und wie ein Träumender gehorchte Burgess der Aufforderung:

»Die Äußerung, welche ich dem unglücklichen Fremden gegenüber tat, lautete: ›Ihr seid noch lange kein schlechter Mensch (die Zuhörer schauten ihn verblüfft an). Geht hin und bessert Euch.‹« (Gemurmel: »Wunderbar! Was soll das nur bedeuten!«) »Dies ist Thurlow G. Wilson unterschrieben«, sagte der Vorsitzende.

»Habe ich's nicht gesagt«, schrie Wilson, »jetzt ist es sonnenklar. Ich wusste ja gleich, dass mein Brief abgeschrieben worden ist.«

»Das ist erlogen«, tobte Billson, »ich verbitte mir dergleichen von Ihnen und Leuten Ihres Gelichters.«

Der Vorsitzende: »Ich muss Sie zur Ruhe verweisen, meine Herren, und Sie beide ersuchen, Ihre Plätze wieder einzunehmen.«

Murrend, unter zornigem Widerspruch folgten sie der Aufforderung. Die Versammelten sahen einander kopfschüttelnd an, keiner wusste sich den seltsamen Fall zurechtzulegen. Endlich stand der Hutmacher Thomson auf. Er wäre gern einer der neunzehn angesehensten Bürger gewesen, allein das war ihm nicht beschieden; für solche Würde war sein Hutlager nicht groß genug.

»Ich erlaube mir, dem Vorsitzenden zu bemerken«, sagte er, »dass die beiden Herren dem Fremden gegenüber schwerlich genau dieselben Worte gebraucht haben. Nach meiner Ansicht ist das ein Ding der Unmöglichkeit.«

Hier wurde Thomson von dem Lohgerber unterbrochen, der zu den Unzufriedenen gehörte, weil er nicht als ein Neunzehner anerkannt wurde, wiewohl er Anspruch darauf zu haben meinte. Dies gab seiner Art und Weise einen etwas unangenehmen Beigeschmack.

»Bah«, rief er, »das ist gar nicht der Punkt, auf den es ankommt. So etwas könnte geschehen – alle hundert Jahre einmal –; aber das andere liegt außer dem Bereich der Möglichkeit: Keiner von beiden hat die zwanzig Dollar gegeben!« (Schallender Beifall).

Billson: »Ich habe es getan!«

Wilson: »Nein, ich habe es getan!«
Wieder beschuldigten sie einander des Diebstahls.
Der Vorsitzende: »Ruhe, sage ich. Setzen Sie sich, meine Herren. Keins der beiden Couverts ist mir auch nur einen Augenblick aus der Hand gekommen.«
Eine Stimme: »Gut – damit ist das abgemacht.«
Der Lohgerber: »Ich weiß, wie es zugegangen sein muss: Einer der Männer hat sich unter dem Bett des anderen versteckt und seine Familiengeheimnisse belauscht. Wenn es nicht unparlamentarisch ist, möchte ich die Behauptung aufstellen, dass man allen beiden so etwas zutrauen kann. (*Der Vorsitzende:* »Zur Ordnung, zur Ordnung!«) »Ich ziehe meine Bemerkung zurück und will nur noch erwähnen, dass, wenn der eine gehört hat, wie der andere die wichtige Äußerung seiner Frau mitteilte, wir jetzt bald hinter seine Schliche kommen werden.«
Eine Stimme: »Wieso?«
Der Lohgerber: »Nichts leichter als das. Die Äußerung ist von beiden nicht genau in denselben Worten wiedergegeben worden. Das würde den Anwesenden auch aufgefallen sein, wenn die zweite Lesart nicht erst nach einiger Zelt und nach aufregenden Streitigkeiten vorgetragen worden wäre.«
Eine Stimme: »Was ist der Unterschied?«
Der Lohgerber: »Auf Billsons Zettel steht das Wort ganz – auf dem anderen nicht.«
Viele Stimmen: »Richtig, richtig, so ist es!«
Der Lohgerber: »Wenn nun der Herr Vorsitzende die Probe macht und den Zettel im Sack liest, werden wir erfahren, wer von den beiden Betrügern ...« (*Der Vorsitzende:* »Zur Ordnung!«), »wer von diesen zwei Glücksjägern ...« (*Der Vorsitzende:* »Zur Ordnung!«), »wer von den beiden Ehrenmännern –« (Gelächter und Beifall), »die Auszeichnung genießen soll, der erste Halunke zu sein, der je in unserer durch ihn entehrten Stadt geboren und erzogen worden ist. Sein fernerer Aufenthalt hier dürfte für ihn etwas unbehaglich werden.« (Lebhafter Beifall.)

Viele Stimmen: »Öffnen, öffnen – den Sack öffnen!!«

Burgess machte einen Schlitz in den Sack, steckte die Hand hinein und zog ein Kuvert heraus, welches zwei zusammengefaltete Papiere enthielt. Dann sagte er:

»Hier auf diesem Zettel steht: ›Erst zu öffnen, nachdem alle schriftlichen Mitteilungen, die der Vorsitzende etwa erhalten hat, gelesen worden sind.‹ Das andere Papier trägt die Aufschrift: ›Die Probe.‹ Mit Ihrer Erlaubnis will ich den Inhalt lesen; er lautet:

>»Ich verlange nicht, dass die Äußerung, welche mein Wohltäter mir gegenüber getan hat, in ihrer ersten Hälfte dem Wortlaut nach genau wiedergegeben sein soll; sie war unbedeutend und er hat sie möglicherweise vergessen. Die letzten Sätze aber sind so schlagend, dass sie ihm sicherlich im Gedächtnis geblieben sind. Stimmen diese nicht mit der Probe überein, so hat man es mit einem Betrüger zu tun. Mein Wohltäter begann mit der Bemerkung, dass er selten guten Rat erteile, täte er es aber einmal, so sei sein Rat auch von erster Güte. Was er nun sagte, hat sich mir unauslöschlich ins Gedächtnis eingeprägt: ›Ihr seid noch lange kein schlechter Mensch –‹«

Viele Stimmen: »Das ist entscheidend – das Gold gehört Wilson. Er soll reden! Wilson hat das Wort!«

Die Leute sprangen von ihren Sitzen auf, sie umringten Wilson, schüttelten ihm die Hand und wünschten ihm von Herzen Glück, während der Vorsitzende immer lauter mit dem Hammer auf den Tisch klopfte und rief:

»Ruhe! Ordnung, meine Herren! Ich bitte um Ruhe! Lassen Sie mich den Zettel zu Ende lesen …«

Als sich der Sturm gelegt hatte, fuhr Burgess fort:

»»Geht hin und bessert Euch. Tut Ihr es nicht, so werdet Ihr eines Tages sicherlich in Euern Sünden sterben und zur Strafe in die Hölle kommen, oder nach Hadleyburg – Ersteres wäre noch vorzuziehen.‹«

Eine unheimliche Stille entstand. Zuerst lagerten sich dunkle Zorneswolken auf der Stirn aller Hadleyburger, doch allmählich erheiterten sich die Gesichter wieder, ja, es schien, dass sie große Mühe hatten, den Lachkitzel zu unterdrücken, der sich ihrer unwiderstehlich bemächtigte. Die Berichterstatter, die Bürger aus Brixton und sämtliche fremde Gäste hielten sich die Hand vors Gesicht oder saßen mit gesenktem Kopf da, während sie sich aus Höflichkeit aufs Äußerste anstrengten, ihre Lachmuskeln zu beherrschen. In diesem verhängnisvollen Augenblick unterbrach Jack Halliday plötzlich das allgemeine Schweigen, indem er mit lauter Stimme rief: »Das Ding ist echt – ein Rat erster Güte!«

Jetzt platzte die ganze Versammlung heraus, Fremde wie Einheimische, und als sogar Burgess seine Ernsthaftigkeit nicht behaupten konnte, legte sich niemand mehr Zwang auf. Ein ungeheures Gelächter erscholl, das lange kein Ende nehmen wollte. Ein paarmal wischten sich die Leute schon die Augen aus und der Vorsitzende nahm sich gewaltig zusammen, um die Verhandlung fortzusetzen, aber immer von Neuem brachen die Lachsalven unaufhaltsam hervor, und es dauerte eine geraume Zeit, ehe Burgess endlich anhob:

»Es würde nutzlos sein, wollten wir versuchen, uns die Tatsache zu verhehlen, dass es sich hier um eine sehr ernste Sache handelt, denn die Ehre und der gute Name unserer Stadt stehen auf dem Spiel. Schon der Umstand, dass die beiden Zettel von Mr Wilson und Mr Billson sich nur durch ein Wort unterschieden, war von schwerwiegender Bedeutung, da derselbe klar bewies, dass einer von ihnen sich des Diebstahls schuldig gemacht hatte ...«

Die beiden Männer, welche in großer Niedergeschlagenheit dagesessen hatten, sprangen wie elektrisiert in die Höhe.

»Setzen Sie sich«, befahl der Vorsitzende streng, und sie gehorchten. »Wie gesagt, der Umstand war unheilvoll, doch nur für einen der Beteiligten. Jetzt aber erhält die Sache ein noch weit schlimmeres Ansehen, denn die Ehre beider ist nicht nur bedroht, sondern ich darf wohl sagen, unrettbar verloren. Beide haben die letzten Sätze mit den entscheidenden Worten ausgelassen.« Er hielt inne und die lautlose Stille, welche entstand, erhöhte noch die eindrucksvolle Wirkung des Augenblicks. Dann fuhr er fort:

»Mir scheint, dass es hier nur eine mögliche Erklärung gibt – deshalb frage ich die Herren – geschah dies auf Verabredung – in heimlichem Einverständnis?«

Ein Flüstern ging durch den Saal: »Er hat sie beide in der Falle«, murmelte die Menge.

Billson war einer so schwierigen Lage nicht gewachsen; er saß in völliger Hilflosigkeit da. Aber Wilson, der Advokat, hatte sich ermannt; mit bleicher, verstörter Miene richtete er sich empor.

»Ich bitte die geehrten Anwesenden um Nachsicht bei der Erörterung dieser höchst peinlichen Angelegenheit. Nur ungern ergreife ich das Wort, denn ich weiß, dass ich durch meine Aussage Mr Billson, den ich immer geachtet und hochgeschätzt habe, den schwersten Schaden zufüge. Wie alle Übrigen habe auch ich bisher geglaubt, dass seine Rechtschaffenheit jeder Versuchung trotzen würde; aber meine eigene Ehre verlangt, dass ich offen zu Ihnen rede. Mit Beschämung muss ich gestehen – und ich bitte Sie herzlich, es mir zu vergeben –, dass ich mich dem mittellosen Fremden gegenüber ganz so geäußert habe, wie es auf dem Zettel im Sack verzeichnet ist, sogar den schimpflichen Schlusssatz mit inbegriffen. (Große Erregung.) Mir war das noch vollkommen erinnerlich, als ich beschloss, Anspruch auf den Sack zu erheben, der mir von Rechts wegen zukam. Versetzen Sie sich bitte einen Augenblick in meine Lage: Die Dankbarkeit des Fremden war grenzenlos gewesen an jenem Abend; er sagte selbst, er könne unmöglich Worte dafür finden, doch würde er mir die Wohltat tausendfach vergelten, wenn er je imstande wäre, es zu tun. Nun fragen Sie sich einmal, ob sich bei dieser seiner Gesinnung erwarten ließ, ja, ob es auch nur denkbar war, dass er mir so übel mitspielen würde, jenen ganz unnötigen Schlusssatz auf seinem Zettel beizufügen, mich in die Falle zu locken und in einer öffentlichen Versammlung als Verleumder meiner Vaterstadt bloßzustellen? Dergleichen anzunehmen wäre höchst widersinnig gewesen. Ich zweifelte daher keinen Augenblick, dass auf jenem Papier nur der ganz harmlose Anfang meiner Äusserung stehen würde. Sie hätten das auch geglaubt und einem Menschen, dem Sie aus der Not geholfen und dem Sie kein Leid getan, niemals zugetraut, dass er schmählichen Verrat an Ihnen üben würde. So schrieb ich denn mit voller Zuversicht den Eingang nebst den Worten ›Geht hin und bessert Euch‹ und setzte meinen Namen darunter. Als ich den Zettel eben in einen Umschlag tun wollte, wurde ich abgerufen und liess ihn in meiner Sorglosigkeit offen auf dem Schreibtisch liegen.« Hier hielt der Redner inne, wandte den Kopf langsam nach Billson hin, wartete noch ein paar Sekunden und sagte dann: »Als ich etwas später zurückkam, machte Mr Billson eben meine Haustür hinter sich zu – urteilen Sie selbst, was das zu bedeuten hatte.« (Grosse Erregung.)

Doch schon war Billson aufgesprungen: »Es ist eine schändliche Lüge!«, schrie er, rot vor Zorn.

Der Vorsitzende: »Setzen Sie sich! Mr Wilson hat das Wort.«

Billsons Freunde zogen ihn auf seinen Platz zurück und suchten ihn zu beruhigen, während Wilson fortfuhr:

»Ich teile Ihnen nur Tatsachen mit. Mein Zettel lag nicht mehr an derselben Stelle auf dem Tisch, wohin ich ihn gelegt hatte. Ich sah das wohl, beachtete es aber nicht weiter, in der Meinung, ein Zugwind habe ihn dahin geblasen. Dass Mr Billson ein Privatpapier lesen würde, kam mir nicht in den Sinn; er musste das als Ehrenmann für unter seiner Würde halten. Hätte sein Gedächtnis ihn nicht im Stich gelassen, so würde er das Wort ganz nicht hinzugefügt haben. Ich bin der einzige Mensch in der Welt, der jene Äusserung auf ehrenhafte Weise – genau wiedergeben konnte. Weiter habe ich nichts zu bemerken.«

Für den schlauen und gewandten Redner ist es von jeher ein Leichtes gewesen, die Denkfähigkeit einer Zuhörerschaft, die an das täuschende Blendwerk der Redekunst nicht gewöhnt ist, zu verwirren und sie zu maßlosen Gefühlsäußerungen fortzureißen. Als Wilson wieder Platz nahm, war sein Sieg gewonnen. Ein nicht enden wollender Beifallssturm erschallte; Freunde und Bekannte umringten ihn, schüttelten ihm die Hand und wünschten ihm Glück. Billson versuchte umsonst in dem Getümmel zu Worte zu kommen. Selbst der Vorsitzende strengte seine Lunge vergebens an, und wie laut er auch mit dem Hammer klopfte, niemand gab acht darauf.

Endlich wurde es einigermaßen still. »Fahren wir nun mit der Verhandlung fort!«, rief Burgess.

»Was ist denn da noch zu verhandeln?«, hieß es; »man braucht ihm doch bloß den Sack zu geben.«

Viele Stimmen: »Jawohl, jawohl! Wilson soll vortreten!«

Der Hutmacher: »Ich fordere Sie auf, mit mir Mr Wilson hoch leben zu lassen, als Inbegriff und Vertreter der besonderen Tugend, welche ...«

»Hoch! hoch! Hurra!«, hallte es mit Donnergetöse durch den Saal. Wilsons Bewunderer hoben ihn auf ihre Schultern, und man schickte sich eben an, ihn im Triumph auf die Rednertribüne zu geleiten, als die Stimme des Vorsitzenden den Lärm übertönte:

»Ruhe! Ordnung! Platz nehmen! – Erinnern Sie sich doch, meine Herren, dass ich noch ein Schriftstück zu verlesen habe.« –

Es ward wieder still im Saal; Burgess nahm das zweite Papier zur Hand, legte es aber wieder hin. »Fast hätte ich vergessen, dass ich zuvor alle Zuschriften lesen soll, welche ich erhalten habe.« Er zog ein Kuvert aus der Tasche, öffnete es, überflog den Inhalt und schien starr vor Verwunderung.

»Was ist es? Vorlesen! Vorlesen!«, schrien zwanzig bis dreißig Stimmen auf einmal.

Langsam und bedächtig, als traue er seinen Augen kaum, las Burgess:

»Die Äußerung, welche ich dem Fremden gegenüber tat – (*Mehrere Stimmen:* »Hallo, wie geht das zu?«) – lautete: ›Ihr seid noch lange kein schlechter Mensch. (*Mehrere Stimmen:* »Gerechter Himmel!«) Geht hin und bessert Euch.‹ (*Eine Stimme:* »Da schlag doch das Donnerwetter drein!«) Gezeichnet von Bankier Mr Pinkerton.«

Jetzt brach ein Höllenlärm los, über den die besonneneren Leute trauernd ihr Haupt schüttelten. Wer sich nicht mehr halten konnte, lachte, dass ihm die Tränen über die Wangen liefen. Die Berichterstatter wälzten sich vor Lachen und machten solche Krakelfüße auf dem Papier, dass es nicht menschenmöglich war, nur ein Wort zu entziffern. Ein Hund, der im Winkel geschlafen hatte, schreckte auf und geriet über das Getöse so in Wut, dass er wie wahnsinnig zu bellen an fing. Jeder schrie und brüllte, was ihm gerade durch den Kopf fuhr. »Oho, immer toller! – Jetzt besitzen wir zwei Inbegriffe von Treue und Redlichkeit! – Nein, drei – man muss auch Billson mitzählen – je mehr, desto besser! – Richtig, richtig, Billson gehört dazu! – Was ist doch Wilson für ein armes Opferlamm – zwei Diebe haben ihn beraubt!«

Eine mächtige Stimme: »Stille! Der Vorsitzende holt wieder etwas aus der Tasche.«

Andere Stimmen: »Hurra! Was gibt es Neues? Vorlesen! Vorlesen!«

Der Vorsitzende (liest): »Die Äußerung, welche ich usw. ›Ihr seid noch lange kein schlechter Mensch. Geht hin‹ usw. Unterschrift: Gregor Yates.«

Dröhnende Rufe: »Vier Inbegriffe! – Der ehrliche Yates soll leben! – Weiter, weiter!«

Das Gebrüll im Saal wollte jetzt kein Ende nehmen; es galt, den Kapitalspaß von Grund aus zu genießen. Als einige von den Neunzehnern aufstanden und sich mit bleichen, angstvollen Mienen zum Ausgang hin zu drängen suchten, wurden von allen Seiten Rufe laut:

»Schließt die Türen! Zieht die Schlüssel ab! Kein Ehrenmann darf den Saal verlassen! Hinsetzen! Hinsetzen! Jeder auf seinen Platz!«

Alle folgten der Aufforderung.

»Immer mehr! – Vorlesen! Vorlesen!«

Burgess zog abermals ein Kuvert hervor und las die wohlbekannten Worte: »›Ihr seid noch lange kein schlechter Mensch –‹«

»Der Name! Der Name! Was steht darunter?«

»Ingoldsby Sargent.«

»Fünf Auserwählte! Ein ganzer Haufen Inbegriffe! Weiter, weiter!«

»›Ihr seid noch lange kein –‹«

»Den Namen her!«

»Nikolas Whitworth.«

»Hurra! Hurra! Hoch soll er leben!«

»Hoch soll er leben!«, fiel der ganze Saal ein; »hoch soll er leben! Dreimal hoch!!!«

»Jetzt noch ein Lebehoch für Hadleyburg, das Vorbild unbestechlicher Tugend, und für alle seine Inbegriffe und würdigen Vertreter!«

»Hadleyburg und seine Tugendspiegel sollen leben – hoch!«, brüllte der Chor; »dreimal hoch!!!«

»Weiter, weiter!«, tönte es jetzt aus vielen Kehlen. »Wir wollen mehr hören! Vorlesen! Alles vorlesen, was da ist!«

»Jawohl, jawohl! Das wird unseren Ruhm auf ewig begründen.«

Jetzt standen einige Männer auf, um Widerspruch zu erheben. Sie sagten, ohne Zweifel hätte sich irgendein erbärmlicher Spaßvogel dies Possenspiel ausgedacht, das ein Schimpf für das ganze Gemeinwesen sei. Die Unterschriften müssten alle gefälscht sein, nur so ließe sich die Sache erklären. Aber sie predigten tauben Ohren.

»Oho! Schweigt nur und setzt euch wieder«, hieß es. »Ihr bekennt euch bloß schuldig – nächstens werden eure Namen an die Reihe kommen!«

»Wir fragen den Vorsitzenden, wie viele solche Briefumschläge er bekommen hat.«

»Es waren, glaube ich, neunzehn, alles in allem.«

Ein Hohngelächter erfolgte. »Vielleicht enthalten sie sämtlich das Geheimnis. Ich stelle den Antrag, von jedem derartigen Zettel die sieben ersten Wörter und die Unterschrift zu lesen. Wer stimmt dafür?«

Der Vorschlag wurde mit lautem Beifall aufgenommen und zum Beschluss erhoben. Da stand plötzlich der arme alte Richards auf und ihm zur Seite seine Frau, das Haupt gesenkt, um ihre Tränen zu verbergen. Der Gatte gab ihr den Arm, sie zu stützen, und begann mit bebender Stimme:

»Freunde und Mitbürger, ihr kennt uns beide, Mary und mich von Jugend auf, und habt uns stets Liebe und Achtung erwiesen ...«

»Entschuldigen Sie, Mr Richards«, unterbrach ihn der Vorsitzende; »was Sie sagen, ist zwar die lautere Wahrheit – die ganze Stadt kennt Sie nicht nur, sondern ehrt und liebt Sie beide, aber ...«

Hier ließ sich Hallidays Stimme vernehmen: »Wenn das auch die Meinung der Versammlung ist, so schlage ich vor, das Ehepaar Richards hochleben zu lassen. Hurra, hoch!«

Lautes Beifallklatschen war die Antwort; zahllose Taschentücher wurden geschwenkt und donnernde Hochrufe erschallten. Dann fuhr der Vorsitzende fort:

»Ich wollte mir nur die Bemerkung erlauben, Mr Richards, dass es zwar Ihrem guten Herzen Ehre macht, wir aber in diesem Fall den Missetätern keine Nachsicht gewähren dürfen.« (Zurufe: »Nein, nein!«) »Die edle Absicht steht Ihnen im Gesicht geschrieben; allein ich kann nicht gestatten, dass Sie sich für jene Männer verwenden ...«

»Aber ich wollte ja nur ...«

»Setzen Sie sich, bitte, Mr Richards. Wir müssen erst die übrigen Zuschriften lesen. Das verlangt schon die Billigkeit den Leuten gegenüber, deren Schuld wir bereits ans Licht gezogen haben. Sobald dies geschehen ist, wollen wir Sie anhören, das verspreche ich Ihnen.«

Zögernd nahm das Ehepaar wieder Platz. »Das Warten ist eine rechte Qual«, flüsterte Richards seiner Frau zu. »Nun wird unsere Schande umso größer sein, wenn es sich herausstellt, dass wir nur für uns selber um Nachsicht bitten wollten.«

Jetzt ging der Spaß von neuem los; die Namen wurden gelesen.

»›Ihr seid noch lange kein schlechter Mensch —‹ Unterschrift: ›Robert Titmarsch.‹

›Ihr seid noch lange kein schlechter Mensch —‹ Unterschrift: ›Eliphalet Wenks.‹

›Ihr seid noch lange kein schlechter Mensch —‹ Unterschrift: ›Oskar Wilder.‹«

Als der Vorsitzende so weit gekommen war, gerieten die Zuhörer auf den Einfall, ihn der Mühe zu überheben, jedes Mal die sieben Wörter zu lesen, womit er sehr einverstanden war. Er hielt nun nur noch den Zettel in die Höhe und wartete, bis die Versammlung in volltönendem Chor, der fast klang wie die Melodie eines bekannten Kirchenliedes, feierlich die sieben Wörter sang: »Ihr seid noch la-an-ge kein schle-ech-ter Mensch.« Dann las er die Unterschrift: »Archibald Wilcox.« So ging es immer weiter unter allgemeinem Gaudium und zur Qual der unglücklichen Neunzehner. Jedes Mal, wenn ein besonders angesehener Name verlesen wurde, ließ der Chor den Vorsitzenden warten, sang die ganze Litanei von Anfang an bis zu den Worten: »zur Strafe in die Hölle gekommen, oder nach Hadleyburg – Ersteres wäre noch vo-o-or-zu-ziehn« – und schloss dann mit einem mächtigen »A-a-a-a-men!«

Immer kleiner wurde die Zahl der noch zu verlesenden Papiere; Richards wusste genau, wie viele noch fehlten und zuckte zusammen, sooft ein Name dem seinigen glich. Er wartete in qualvoller Spannung auf den Augenblick, wenn die Reihe an ihn kommen würde. Dann wollte er sich erheben und die Versammlung etwa mit folgenden Worten um Erbarmen für sich und Mary anflehen: »Bisher sind wir unseren Weg unsträflich gewandelt und haben noch nie in eine Sünde gewilligt. Aber wir sind alt und sehr arm, haben auch weder

Sohn noch Tochter zur Stütze; die Versuchung war gross und wir sind unterlegen. Als ich vorhin aufstand, wollte ich mein Unrecht bekennen und bitten, dass man meinen Namen nicht öffentlich vorlesen möchte, weil ich glaubte, die Schande nicht überleben zu können; man liess mich jedoch nicht ausreden. Ich weiss, es ist nur gerecht, wenn wir vor den anderen nichts voraus haben; aber die Strafe ist hart. Unser Name war bis jetzt immer unbescholten; habt Erbarmen, denkt, dass wir stets rechtschaffene Leute gewesen sind, und lasst uns den Fehltritt nicht allzu schwer büssen.« So weit war er in seinen Gedanken gekommen, als Mary ihn anstiess, um ihn aus der Träumerei zu wecken. Eben sang der Chor: »Ihr seid noch la-a-nge kein« usw.

»Mach dich bereit«, flüsterte Mary. »Jetzt ist die Reihe an dir; achtzehn Namen sind schon verlesen.«

»Weiter, weiter!«, schrie die ungeduldige Menge. Langsam und zitternd erhob sich das alte Ehepaar. Burgess steckte die Hand in die Tasche und schien einen Augenblick zu suchen. »Ich muss die Zettel alle gelesen haben«, sagte er dann.

Fast überwältigt von freudiger Überraschung sanken Richards und seine Frau auf ihre Plätze zurück. »Gerettet!«, flüsterte Mary; »Gott sei Dank. Er hat unseren Zettel verloren. Hundert Goldsäcke würden mich nicht so glücklich machen!«

Der Chor brüllte nun noch ein Lebehoch auf Hadleyburgs Redlichkeit und die achtzehn unsterblichen Vertreter seiner Tugend. Dann stand Wingate, der Sattler auf, um den wackersten Mann in der Stadt hochleben zu lassen, den einzigen aus der Klasse der angesehensten Bürger, der keinen Versuch gemacht habe, das Gold zu stehlen – Edward Richards.

Die Menge stimmte mit wahrer Begeisterung ein, und man pries Richards laut, als den einzigen treuen Hüter der geheiligten Hadleyburger Überlieferung.

»Aber wer bekommt nun den Sack?«, fragte eine Stimme.

Der Lohgerber (mit bitterem Spott): »Das liegt doch auf der Hand. Das Gold muss unter die achtzehn Tugendhelden verteilt werden. Jeder von ihnen hat dem armen Fremdling zwanzig Dollar gegeben – und jenen kostbaren Rat. Zweiundzwanzig Minuten hat es gedauert, bis sie einer nach dem anderen bei ihm vorübermarschiert sind. Was sie für den Fremden eingezahlt haben, betrug alles in allem dreihundertsechzig Dollar; sie möchten nur ihr Geld und die Zinsen zurückhaben – die sich mit dem Kapital auf vierzigtausend Dollar belaufen.«

»Hahaha! Die armen Leute!« Allgemeines Hohngelächter.

Der Vorsitzende: »Ich bitte um Ruhe, damit ich die letzte Zuschrift des Fremden vorlesen kann. – Sie lautet: ›Falls sich niemand meldet, um Anspruch auf den Sack zu erheben (lautes Seufzen und Stöhnen aus der Menge), so soll das Geld unter die ersten Bürger der Stadt verteilt werden, damit sie es aufs Beste verwenden, um den ehrenwerten Ruf Hadleyburgs auch ferner zu erhalten und immer weiter auszubreiten. Dafür, dass sie dies nach besten Kräften tun werden, bürgt schon ihre eigene Unbescholtenheit und allgemein anerkannte Vortrefflichkeit.‹ (Spöttische Beifallsrufe von allen Seiten und lautes Händeklatschen.) Halt! Ich bin noch nicht zu Ende – hier ist eine Nachschrift:

»P. S. – Bürger von Hadleyburg!

Die ganze Sache beruht auf Erfindung – kein Mensch hatte jene Äußerung getan. (Unbeschreibliche Aufregung.) Sowohl der fremde Bettler als die geschenkten zwanzig Dollar samt dem guten Rat und Segenswunsch sind vollkommen aus der Luft gegriffen. (Großes Gewirr verwunderter und belustigter Stimmen.) Erlaubt, dass ich euch mit wenigen Worten meine Geschichte erzähle: Als ich eines Tages durch Hadleyburg reiste, tat man mir eine schwere, unverdiente Beleidigung an. Jeder andere hätte sich damit begnügt, ein paar von euch umzubringen, aber bei meiner Gemütsart würde mich eine so geringfügige Rache kaum entschädigt haben. Konnte ich euch auch nicht allen das Leben nehmen, so wollte ich doch jeden Insassen der Stadt, ob Mann oder Weib, empfindlich schädigen, wenn auch nicht an Leib und Gut, so doch an ihrer Eitelkeit – der Stelle, wo schwache und törichte Menschen am verwundbarsten sind. Verkleidet kam ich zurück und lernte euch näher kennen. Euch beizukommen war nicht schwer. Ihr besaßt einen Schatz, den ihr wie euren Augapfel hütetet, den altbewährten, hohen Ruhm unantastbarer Redlichkeit, der euren ganzen Stolz ausmachte. Sobald ich sah, dass ihr mit der größten Sorgfalt und Wachsamkeit jede Versuchung von euch und euren Kindern fernhieltet, war mein Plan gefasst. Ihr einfältigen Menschen! Es gibt ja nichts Schwächeres auf Erden als eine Tugend, die nicht im Feuer der Prüfung bewährt ist. Meine Absicht war, dem tugendstolzen Hadleyburg seinen Ruhm zu nehmen und fast ein halbes Hundert bisher untadeliger Männer und Frauen, die in ihrem ganzen Leben noch keine Unwahrheit gesagt und keinen Cent gestohlen hatten, zu Dieben und Lügnern zu machen. Eine Liste von Namen hatte ich bald entworfen; nur Goodson, der kein eingeborener Hadleyburger war, stand meinem Plan im Wege. Hätte ich euch damals meinen Brief vorlegen lassen, so würdet ihr ohne Zweifel gesagt haben: ›Goodson ist der einzige Bürger unserer Stadt, der einem armen Teufel zwanzig Dollar schenken konnte‹ – und ich fürchte, ihr wäret nicht in meine Falle gegangen. Sobald aber der Himmel Goodson von dieser Welt abgerufen hatte, warf ich den Köder mit vollster Zuversicht aus – ich wusste, ihr würdet anbeißen. Vielleicht fange ich nicht alle Männer, an welche ich die erdichtete Äußerung mit der Post geschickt habe, die meisten jedoch sicherlich, wie ich den Charakter der Hadleyburger kenne. Bei ihrer verkehrten Erziehung und inneren Haltlosigkeit wird selbst der Umstand, dass das Geld im Glücksspiel gewonnen ist, sie nicht hindern, es fälschlich an sich zu bringen. So hoffe ich denn, euren Stolz auf ewige Zeiten zugrunde gerichtet zu haben, und Hadleyburg in einen ganz neuen Ruf zu bringen, der sich allenthalben verbreiten wird und den es nie wieder loswerden soll. Wenn mein Zweck erreicht ist, so öffne man den Sack und ernenne einen Ausschuss zur Erhaltung und Verbreitung des Hadleyburger Ruhmes.«

Viele Stimmen: »Der Ausschuss ist bereits erwählt. Die achtzehn Tugendhelden sollen vortreten!«

Jetzt trennte Burgess den Sack auf und nahm eine Handvoll großer gelber Münzen heraus, die er durcheinander schüttelte und genau betrachtete.

»Werte Freunde«, sagte er, »es sind nur Scheiben aus vergoldetem Blech.«

Lautes Gelächter folgte auf diese Neuigkeit. Vergebens rief man nach den Mitgliedern des Ausschusses, um ihnen das Gold auszuhändigen, keiner rührte sich vom Platz. Endlich nahm der Sattler das Wort:

»Von allen unseren vornehmen Bürgern hat sich nur einer als redlich bewährt. Der Mann braucht Geld und verdient eine Unterstützung. Ich schlage daher vor, dass Jack Halliday den Auftrag erhält, den Sack voll vergoldeter Zwanzigdollarstücke hier öffentlich zu versteigern und den Ertrag Mr Edward Richards zu übermitteln, denn er ist ein Mann von echtem Schrot und Korn, dem Hadleyburg mit Freuden alle Ehre erweist.«

Die Leute klatschten Beifall, der Hund bellte und die Versteigerung begann. Zuerst bot der Sattler einen Dollar; mehrere Bewohner von Brixton und Barnums Vertreter trieben sich gegenseitig in die Höhe. Bei jedem neuen Angebot jubelte die Menge; die Aufregung wuchs, die Bietenden wurden hartnäckiger und kühner. Von einem Dollar stieg der Preis auf fünf, auf zehn, auf zwanzig, auf fünfzig, auf hundert und immer höher.

Als der Antrag zuerst gestellt wurde, hatte Richards seiner Frau in kläglichem Ton zugeflüstert:»O Mary, das dürfen wir nicht gestatten; es ist ein Zeugnis für die Reinheit unseres Charakters, ein Ehrengeschenk, und – und – wir können es doch nicht dulden! Sollen wir nicht lieber aufstehen und – Mary, was fangen wir nur an – was meinst du, dass wir ...«

(*Hallidays Stimme:* »Fünfzehn für den Sack! Fünfzehn zum ersten – zwanzig – danke bestens – dreißig – dreißig zum – höre ich recht? – Vierzig – bieten Sie weiter, meine Herren – fünfzig zum ersten, zum zweiten, zum – siebzig – neunzig – bravo! Immer höher! – Hundert – hundertzwanzig – vierzig – noch ist es Zeit! – Hundert fünfzig – zweihundert – zweihundertfünfzig – keiner mehr? ...«)

»Es ist eine neue Versuchung, Edward – ich zittere an allen Gliedern. Aus der ersten sind wir glücklich errettet worden; das sollte uns zur Warnung dienen ...« (»Habe ich recht gehört? Sechs – meinen Dank – sechshundertfünfzig – siebenhundert.«) »Und doch, wenn man's recht bedenkt – kein Mensch argwohnt ...« (»Achthundert Dollar! Hurra! Neunhundert wäre noch besser! – Haben Sie neunhundert gesagt, Mr Parsons? – Ganz recht – also dieser schöne Sack, mit echtem Blech gefüllt, soll samt der Vergoldung für nur neunhundert Dollar – tausend – sehr verbunden! Will niemand elfhundert bieten für den Sack, der als eine der berühmtesten Raritäten in den Vereinigten Staaten ...«) »O Eduard«, schluchzte Mary, »wir sind so arm – aber – tu, was dir am besten scheint – ich hindere dich nicht.«

Edward erlag der Versuchung, das heißt, er saß still und beschwichtigte sein Gewissen damit, dass die Umstände ihm keine Wahl ließen.

Während der ganzen Zeit war ein Fremder, welcher aussah wie ein als englischer Graf verkleideter Geheimpolizist, den Verhandlungen mit dem größten Interesse gefolgt. Jetzt trug sein Gesicht einen hochbefriedigten Ausdruck, und was er bei sich dachte, war ungefähr Folgendes: »Die achtzehn Tugendhelden bieten nicht mit, das ist nicht in der Ordnung, es verstößt gegen die poetische Gerechtigkeit. Sie müssen im Gegenteil den Sack kaufen, den sie stehlen wollten, und einen ordentlichen Preis dafür zahlen – denn es sind reiche Leute darunter. Außerdem hat der einzige Hadleyburger, der meine Berechnung zu Schanden gemacht hat, eine hohe Prämie verdient, und sie darf ihm nicht entgehen. Der arme alte Richards ist ein ehrlicher Mann, das muss ich zugeben, obgleich es mir unfasslich scheint. Jedenfalls soll er den Glückstopf ausleeren, wie es ihm von Rechts wegen gebührt. Dass er mich Lügen gestraft hat, will ich ihm nicht nachtragen.«

Gespannt beobachtete der Fremde den weiteren Verlauf der Auktion. Nachdem tausend Dollar geboten waren, ging der Preis nur noch langsam in die Höhe. Ein Liebhaber nach dem anderen zog sich zurück. Nun bot der Fremde selbst ein paarmal mit, erst fünf Dollar mehr, jemand steigerte ihn noch um drei Dollar, dann fügte er rasch fünfzig hinzu und der Sack wurde ihm für eintausendzweihundertzweiundachtzig Dollar zugeschlagen. Die Menge brach in schallende Hochrufe aus, doch trat gleich darauf eine lautlose Stille ein, als der Fremde mit der Hand winkte und zu reden begann:

»Gestatten Sie mir ein Wort, geehrte Anwesende. Ich bin Raritätenhändler und habe in der ganzen Welt Verbindungen mit Leuten, die seltene Münzen sammeln. Zwar könnte ich den Sack, so wie er ist, mit Gewinn verkaufen, aber einen ungleich größeren Vorteil würde ich daraus ziehen, wenn Sie mir eine Bitte gewähren wollten, welche ich Ihnen sogleich vortragen werde. Ich könnte dann jede einzelne dieser blechernen Münzen mindestens für ein echtes Zwanzigdollarstück verkaufen und würde gern einen Teil meines Profits Ihrem Mitbürger, Mr Richards, überlassen, dessen unerschütterliche Redlichkeit heute von Ihnen mit vollem Recht anerkannt und gepriesen worden ist. Sein

Anteil würde zehntausend Dollar betragen, die ich ihm morgen aushändigen will.« (Großer Beifall der Menge; Richards und seine Frau wurden dunkelrot bei dem Lob, das schadete jedoch nichts, man legte es ihnen als Bescheidenheit aus.) »Der besondere Wert einer Rarität hängt meistens davon ab, ob sie die Wissbegierde reizt oder viel besprochen wird. Deshalb möchte ich Sie bitten, mir zu erlauben, dass ich auf diese vergoldeten Blechmünzen hier die Namen der achtzehn Herren stempeln lassen darf, welche ...«

Mit Ausnahme einer kleinen Minderheit erhob sich die ganze Versammlung wie ein Mann, um unter Lachen und Beifallklatschen ihre Zustimmung zu geben. Als jedoch der Fremde seinen Dank dafür aussprechen wollte, dass man so bereitwillig auf seinen Vorschlag eingegangen war, erhoben sämtliche Tugendhelden außer Doktor Harkness den heftigsten Widerspruch; sie wollten es sich nicht gefallen lassen, dass man ihnen solchen Schimpf antäte, und stießen sogar Drohungen gegen den Fremden aus, der jedoch ganz ruhig blieb.

Während nun die anderen Siebzehn fortfuhren, zu bitten und zu drohen, benutzte Harkness die günstige Gelegenheit, welche sich ihm bot. Er und Pinkerton waren die reichsten Männer der Stadt und Gegenkandidaten bei der Abgeordnetenwahl, um die ein heißer Kampf zwischen ihnen entbrannt war. Im Repräsentantenhaus verhandelte man gerade über den Bau einer neuen Eisenbahn; beide Männer besaßen große Strecken Landes und jeder hoffte, es bei der Regierung dahin zu bringen, dass die Bahn durch sein Besitztum geleitet würde, was ihm ein Vermögen einbringen musste. Eine einzige Stimme konnte dabei vielleicht den Ausschlag geben. Vor einer gewagten Spekulation zurückzuschrecken, war Harkness' Sache nicht, und hier galt es ein hohes Spiel. Der Fremde saß in seiner Nähe und die Unruhe im Saal war groß. Rasch beugte sich Harkness vor und sagte:

»Wie viel verlangen Sie für den Sack?«

»Vierzigtausend Dollar.«

»Ich biete Ihnen zwanzigtausend.«

»Nein.«

»Fünfundzwanzig.«

»Nein.«

»Was sagen Sie zu dreißig?«

»Ich fordere vierzigtausend Dollar und keinen Pfennig weniger.«

»Sehr wohl; ich will den Preis zahlen. Morgen früh um zehn Uhr komme ich zu Ihnen ins Hotel; doch möchte ich nicht, dass es bekannt würde; ich wünsche Sie allein zu sprechen.«

Der Fremde war damit einverstanden; dann erhob er sich, um sich bei der Versammlung zu verabschieden; er dankte den Anwesenden nochmals für die Gewährung seiner Bitte, er suchte den Vorsitzenden, ihm den Sack bis morgen aufzuheben und Mr Richards einstweilen drei Fünfhundert-Dollarscheine auszuhändigen. Nachdem Burgess diese in Empfang genommen, fuhr der Fremde fort: »Morgen früh um neun will ich den Sack abholen und um elf Uhr Mr Richards den Rest der zehntausend Dollar persönlich in seinem Haus übergeben. Gute Nacht!«

Er entfernte sich rasch aus dem Saal, wo der Lärm jetzt von Neuem anhob: Hurrarufe, Zischen, Beifallklatschen, Hundegebell, und dazwischen der Chorgesang: »Ihr seid noch la-a-nge kein schle-e-ech-ter Mensch ...«, erschallten in wildem Durcheinander.

IV.

Zu Hause angekommen musste das Ehepaar Richards noch bis Mitternacht fortwährend Glückwünsche und Lobsprüche über sich ergehen lassen. Als sie endlich allein waren, saßen sie mit betrübten Mienen stumm und traurig da, bis Mary zuletzt tief aufseufzte:

»Glaubst du, Edward, dass wir sehr, sehr unrecht getan haben?«, fragte sie und schaute nach den Beweisen ihrer

Schuld, den drei grossen Kassenscheinen, welche die Leute vorhin mit so verlangenden Blicken betrachtet und kaum anzurühren gewagt hatten. Edward schwieg eine Weile, dann kam ein Seufzer auch aus seiner Brust.

»Wir – wir konnten nichts dafür, Mary – es war eine Fügung des Himmels – wie alles in dieser Welt«, erwiderte er zögernd.

Mary sah ihn mit grossen Augen an, aber er senkte den Blick.

»Ich war der Meinung«, sagte sie, »dass Lob und Anerkennung der Menschen immer Freude machten – aber jetzt scheint mir – höre, Edward?«

»Was denn?«

»Wirst du deine Stelle bei der Bank behalten?«

»N-nein.«

»Was willst du tun?«

»Morgen früh meinen Abschied schriftlich einreichen.«

»Das wird wohl am besten sein.«

Richards starrte unverwandt vor sich hin. »Bisher hatte ich keine Furcht, wenn mir auch das Geld anderer Leute stromweise durch die Hände floss«, murmelte er. »O Mary, ich bin müde zum Umfallen.«

»Lass uns zu Bett gehen.«

Am anderen Morgen um neun Uhr holte der Fremde den Sack ab und fuhr damit in einer Droschke zum Hotel. Dort hatte Harkness um zehn ein Privatgespräch mit ihm. Der Fremde liess sich fünf Wechsel – zahlbar an den Überbringer – auf eine New Yorker Bank ausstellen, einen zu vierunddreissigtausend Dollar und vier zu fünfzehnhundert Dollar. Von Letzteren steckte er einen in sein Taschenbuch, alle übrigen legte er in ein Kuvert und schrieb ein Briefchen dazu, nachdem Harkness fort war. Um elf Uhr klingelte er am Haus der Richards; Mary guckte erst durch den Fensterladen, dann nahm sie an der Tür das Kuvert in Empfang, welches ihr der Fremde aushändigte, ohne ein

Wort zu sagen. In großer Erregung kehrte sie ins Zimmer zurück.

»Schon gestern Abend kam es mir vor, als müsste ich ihn früher irgendwo gesehen haben; aber jetzt habe ich ihn wiedererkannt.«

»Es ist wohl der Mann, der den Sack gebracht hat?«

»Ja, ich möchte darauf schwören.«

»Dann ist er auch der angebliche Stephenson, der die Bürger mit seinem erfundenen Geheimnis zum Narren gehalten hat. Wenn er uns nun Wechsel statt Geld bringt, sind wir noch einmal angeführt, während wir uns eben in Sicherheit wiegten. Nach der Nachtruhe war mir schon ganz behaglich zumute, aber dies Kuvert verdirbt alles wieder, es ist viel zu dünn. Achttausendfünfhundert Dollar, selbst in den größten Banknoten, wären ein dickeres Paket.«

»Was hast du denn gegen Wechsel einzuwenden?«

»Wenn sie dieser Stephenson ausgestellt hat! – Ich habe mich zwar darein gegeben, die 8500 Dollar in Banknoten anzunehmen, weil es der Himmel nun einmal so gefügt hat. Aber Wechsel einzulösen, welche seine verhängnisvolle Unterschrift tragen – nein, dazu fehlt mir der Mut. Es könnte eine Falle sein. Schon einmal hat mich der Mensch fast in seine Hände bekommen, und wir sind ihm wie durch ein Wunder entgangen. Jetzt versucht er es auf andere Weise. Wenn Wechsel in dem Kuvert sind ...«

»O Edward, wie schrecklich!« Weinend hielt sie die Wechsel in die Höhe.

»Wirf sie ins Feuer, rasch, damit wir nicht in Versuchung kommen. Es ist nur eine Hinterlist, um uns ins Verderben zu locken – uns dem Hohn und Spott der Leute preiszugeben wie die anderen. Wenn du es nicht tun kannst, gib sie mir.« Er riss ihr die Wechsel aus der Hand und wankte damit zum Ofen. Doch er war Kassierer von Beruf und konnte nicht umhin, zuvor noch einen Blick auf die Unterschrift zu werfen. Fast wäre er in Ohnmacht gefallen.

»Mary, Mary, halte mich – sie sind so gut wie Gold!«

»O Edward, wie herrlich! Aber ist es auch ganz gewiss?«

»Harkness hat die Wechsel ausgestellt. Das ist mir ein unerklärliches Rätsel.«

»Glaubst du denn, Edward ...«

»So sieh doch nur her! Fünfzehn – fünfzehn – fünfzehn – vierunddreißig! Achtunddreißigtausendfünfhundert! Was sagst du dazu, Mary? – Der Sack ist keine zwölf Dollar wert und Harkness hat offenbar diese Riesensumme dafür gezahlt.«

»Und du glaubst, das alles soll uns gehören? Nicht nur die versprochenen Zehntausend?«

»Es hat ganz den Anschein. Überdies lauten die Wechsel auf den ›Überbringer.‹«

»Ist das günstig, Edward? Was hat das zu bedeuten?«

»Man kann das Geld bei jeder beliebigen Bank erheben. Vielleicht wünscht Harkness nicht, dass die Sache hier ruchbar wird. Was ist denn das – ein Brief?«

»Ja, er lag bei den Wechseln.«

Das Schreiben war von Stephensons Hand, trug aber keine Unterschrift. Richards las:

»Ich habe mich in Ihnen getäuscht; Ihre Ehrlichkeit ist über jede Versuchung erhaben. Als ich das Gegenteil annahm, tat ich Ihnen unrecht, und bitte Sie aufrichtig, es mir zu verzeihen. Sie verdienen meine vollste Hochachtung, und Ihre Mitbürger sind nicht wert, Ihnen die Schuhriemen aufzulösen. Ich bin mit mir selbst eine Wette eingegangen, dass sich in Ihrer tugendstolzen Stadt neunzehn Männer zur Unredlichkeit verführen lassen würden. Die Wette habe ich verloren. Nehmen Sie den ganzen Einsatz; er gebührt Ihnen von Rechts wegen.«

Mr Richards tat einen tiefen Atemzug: »Das brennt, als wäre es mit Feuer geschrieben«, sagte er. »Mir ist wieder ganz erbärmlich zumute, Mary.«

»Mir auch. Ach, hätten wir doch ...«

»Stell dir nur vor, Mary – er glaubt an mich.«

»Schweig still davon – ich halte es sonst nicht aus.«

»Wenn ich dies schöne Lob verdiente – und Gott weiß, ich glaube, früher war das der Fall – so gäbe ich wahrhaftig die vierzigtausend Dollar dafür hin. Sein Schreiben aber würde ich heilig aufbewahren, es wäre mir mehr wert als Gold und Juwelen. Doch jetzt müsste es uns ein ewiger Vorwurf sein, darum fort mit ihm.«

Er warf das Papier in die Flammen. –

Indem kam ein Bote, der einen Brief brachte. Burgess hatte ihn geschickt; er lautete:

>»Sie waren mein Retter zur Zeit der Not. Zum Dank dafür habe ich Sie gestern gerettet. Ich musste es auf Kosten der Wahrheit tun, doch habe ich das Opfer gern gebracht, es reut mich nicht. Es weiß doch keiner Ihrer Mitbürger so gut wie ich, dass Sie ein braver, wackerer und edler Mensch sind. Sie wissen, welchen Fehltritts man mich anklagt, und da man allgemein von meiner Schuld überzeugt ist, kann ich auf Ihre Achtung keinen Anspruch machen. Aber der Gedanke, dass Sie mich wenigstens nicht für einen Undankbaren halten, wird mir die Last erleichtern, die ich tragen muss.
>
> Burgess.«

»Wieder von einer Angst befreit und unter welchen Bedingungen!« Er warf den Brief ins Feuer. »Ich – ich wollte, ich wäre tot, Mary, da hätte die Sache ein für alle Mal ein Ende.«

»Das sind jetzt rechte Leidenstage für uns, Edward. So viel Großmut muss einem schier das Herz zermalmen – und das geht immer Schlag auf Schlag …«

Drei Tage vor der Abgeordnetenwahl wurde jedem der zweitausend Wähler als kostbares Erinnerungszeichen eine der wohlbekannten falschen Doppelkronen zugestellt. Auf der einen Seite der Münze las man am Rand die Inschrift:

›Die Worte, die ich zu dem armen Fremdling sagte, lauteten –‹ Auf der anderen Seite stand: ›Geht hin und bessert Euch! Pinkerton.‹

So wurde alles, was noch von dem großen Possenspiel an Unrat übrig geblieben war, über ein einziges Haupt ausgegossen, und die Wirkung war verhängnisvoll. Das furchtbare Hohngelächter begann von Neuem und richtete sich ausschließlich gegen Pinkerton, sodass bei Harkness' Wahl von einem Kampf überhaupt nicht mehr die Rede war.

Mr und Mrs Richards hatten inzwischen Zeit gehabt, ihr Gewissen über die Annahme der Wechsel zu beruhigen; sie machten sich keine Vorwürfe mehr wegen ihrer Sünde. Doch sollten sie noch inne werden, welche Schreckensgestalt eine böse Tat annehmen kann, sobald die Möglichkeit ihrer Entdeckung vorhanden scheint. Die Sünde selbst gewinnt dadurch eine völlig neue Bedeutung und Wichtigkeit.

Am nächsten Sonntag war die Predigt in der Kirche ganz so wie immer. Dieselben alten Sachen wurden in hergebrachter Weise vorgetragen. Die Eheleute hatten das alles schon tausendmal gehört, ohne sich davon getroffen zu fühlen; es war oft ordentlich schwer gewesen, nicht dabei einzuschlafen, weil es ihnen so unerheblich und abgedroschen vorkam. Aber auf einmal war das ganz anders. Die Predigt schien voller Anschuldigungen und ganz besonders auf Leute gemünzt, die eine schwere Sünde vor der Welt verbergen möchten. Als der Gottesdienst zu Ende war, wich das Ehepaar so viel wie möglich der sie beglückwünschenden Menge aus; von unbestimmter Furcht und Bangigkeit erfüllt, kehrten sie in tiefster Niedergeschlagenheit heim. Unterwegs sahen sie zufällig von ferne Mr Burgess, der um die Straßenecke bog, ohne ihren Gruß zu erwidern. Er hatte sie nicht gesehen, aber da sie das nicht wussten, fragten sie sich besorgt, was es wohl bedeuten möchte. Sollte er erfahren haben, dass Richards seine Unschuld damals hätte an den Tag bringen können? Vielleicht wartete er nur eine günstige

Gelegenheit ab, um die Rechnung mit ihm ins Reine zu bringen. – Daheim fingen sie vor lauter Angst an, sich einzubilden, ihre Magd müsse sie im Nebenzimmer belauscht haben, als Richards seiner Frau erzählte, er wisse, dass Burgess unschuldig sei. Sie glaubten sich sogar zu erinnern, dass sie damals dort ein Rascheln gehört hätten; kein Zweifel, Sara war die Verräterin. Sie riefen die Magd ins Zimmer und stellten ihr so unzusammenhängende, wunderliche Fragen, dass Sara bald auf den Gedanken kam, der Verstand der alten Leute müsse bei dem plötzlichen Glückswechsel gelitten haben. Als sie nun unter ihren forschenden, misstrauischen Blicken errötend ängstlich und befangen wurde, sah das Ehepaar dies für den deutlichen Beweis ihrer Schuld an. Sobald Sara das Zimmer verließ, redeten sie weiter über diese Entdeckung und quälten sich mit den gewagtesten Trugschlüssen und Vermutungen. Plötzlich stöhnte Richards laut auf.

»Was gibt es? – Fehlt dir etwas?«

»Burgess' Brief geht mir im Kopf herum. Jetzt erst verstehe ich seinen beißenden Spott. Man kann ja zwischen den Zeilen lesen, wie gut er weiß, dass ich seine Unschuld kannte. Und ich Narr nahm sein Lob für bare Münze. Du weißt doch, Mary ...«

»Dass er dir deine Abschrift nicht wiedergeschickt hat – den Zettel mit der erlogenen Äußerung. Ja, das ist entsetzlich.«

»Er behält ihn, um uns damit zugrunde zu richten. Einigen Leuten muss er ihn schon gezeigt haben; ich sah es ihnen nach der Kirche am Gesicht an. Nein, ich täusche mich nicht. Er hätte doch auch unseren Gruß erwidert, wenn er nichts Böses gegen uns im Schilde führte.«

In der Nacht wurde der Arzt zu Richards gerufen und am Morgen verbreitete sich das Gerücht, die alten Leute seien ernstlich erkrankt. Die gewaltige Aufregung über das Glück, welches ihnen so unerwartet in den Schoß gefallen war, das späte Aufbleiben und die vielen Gratulationsbesuche seien schuld daran, meinte der Doktor. Die Hadleyburger hörten es mit großer Betrübnis, denn dies Ehepaar war ja das einzige, worauf sie noch stolz sein konnten.

Zwei Tage später lautete der Bericht noch schlimmer; Richards lag im Fieber und benahm sich sehr sonderbar. Nach Aussage der Wärterinnen, hatte er seine Wechsel sehen lassen, die aber nicht auf 8500 Dollar, sondern auf die Riesensumme von 38 000 Dollar ausgestellt waren. Wie kamen die Leute zu einem so ungeheuren Vermögen?

Tags darauf wussten die Wärterinnen noch wunderbarere Dinge zu erzählen. Sie hatten die Wechsel in Verwahrung nehmen wollen, damit sie nicht beschädigt würden, aber als man danach suchte, fand man sie unter dem Kissen des Kranken nicht mehr; sie waren und blieben verschwunden.

»Was wollt ihr mit meinem Kissen?«, hatte Richards gefragt; »lasst mich in Ruhe!«

»Wir möchten nur, dass die Wechsel …«

»Die werdet ihr nie mehr erblicken, die sind vernichtet. Es war Satanswerk; ich habe das Brandmal der Hölle darauf gesehen; ihr Zweck war, mich in Sünde und Schande zu stürzen.« Dann begann er schreckliche Reden zu führen über ganz unverständliche Dinge und der Doktor ermahnte die Umstehenden, nichts davon weiterzusagen.

Doch musste eine Wärterin wohl im Schlaf die Fieberphantasien des Kranken ausgeplaudert haben, denn bald darauf sprach man in der ganzen Stadt davon. Die Leute erzählten sich, Richards hätte so gut wie die anderen Anspruch auf den Sack erhoben, was durch Burgess zuerst verheimlicht und dann aus Bosheit verraten worden sei.

Als man Burgess dies vorhielt, leugnete er standhaft und meinte, es sei ungerecht, den Worten, die ein kranker alter Mann im Fieberwahn geredet, irgendwelche Bedeutung bei zumessen. Allein der Argwohn war nun einmal wach geworden und jeder ließ seiner Zunge freien Lauf.

Nach zwei Tagen lag auch Mrs Richards im Fieber, und was sie sprach, war nur eine Wiederholung von ihres Mannes Reden. Da zweifelte niemand mehr, dass es auch mit der Vortrefflichkeit des einen unbescholtenen Bürgers, den Hadleyburg noch unter seinen ersten Familien besessen hatte, nicht sonderlich beschaffen sein könne, und mit dem Stolz auf ihn war es ein für alle Mal vorbei.

Wieder vergingen sechs Tage, da lag das alte Ehepaar im Sterben. Kurz vor seinem Tod kam Richards noch einmal zu klarem Bewusstsein und ließ Burgess rufen. Der Pastor bat die Anwesenden, das Zimmer zu verlassen, da der Kranke gewiss wünsche, mit ihm allein zu reden.

»Nein«, sagte Reichard, »ich muss Zeugen haben. Ihr alle sollt mein Bekenntnis hören, denn ich will wie ein Mann sterben und nicht wie ein elender Heuchler. Ich war rechtschaffen, aber nur gewohnheitsmäßig – wie alle übrigen Hadleyburger, und gleich meinen Mitbürgern bin ich der ersten wirklichen Versuchung unterlegen. Ich unterschrieb eine Lüge, um in den Besitz des erbärmlichen Sackes zu gelangen. Pastor Burgess erinnerte sich, dass ich ihm einmal einen Dienst erwiesen hatte; aus Dankbarkeit behielt er meinen Brief zurück, um meine Ehre zu retten. Er wusste nicht, dass ich die Anklage, welche vor Jahren gegen ihn geschleudert wurde, durch mein Zeugnis hätte entkräften können. Aber ich war ein Feigling und gab ihn der Schande preis ...«

»Nein, nein, Mr Richards, Sie haben ...«

»Meine Dienstmagd hat ihm dieses Geheimnis verraten ...«

»Kein Mensch hat mir ein Sterbenswort gesagt ...«

»... und darauf tat er etwas, das vollständig natürlich und gerechtfertigt war. Seine Güte und Nachsicht gegen mich reute ihn und er offenbarte meine Schuld, wie ich es verdiente.«

»Niemals – das schwöre ich ...«

»Ich vergebe es ihm von ganzem Herzen.« Des Pastors Beteuerungen waren umsonst, er predigte tauben Ohren. Der Sterbende hauchte seinen letzten Seufzer aus, ohne noch zu erfahren, dass er dem armen Burgess wiederum ein Unrecht zugefügt hatte. In der folgenden Nacht starb auch die alte Mrs Richards. So war denn der letzte der Neunzehner eine Beute des teuflischen Sackes geworden, und die Stadt hatte ihren alten Ruhm für ewige Zeit eingebüßt. Ihre Trauer darüber trug sie zwar nicht zur Schau, aber sie war tief und aufrichtig.

Nach vielen Bitten und Eingaben erhielt Hadleyburg von der Regierung die Erlaubnis, einen anderen Namen anzunehmen (einerlei, welchen, ich will ihn nicht ausplaudern), und aus dem uralten Motto seines Stadtsiegels ein Wort fortzulassen.

Es ist jetzt wieder eine rechtschaffene Stadt, und wer sie noch einmal überrumpeln wollte, der müsste früh aufstehen.

Die Appetit-Anstalt

I.

Das Etablissement heißt Hochberghaus. Es liegt in Böhmen, eine kleine Tagesreise von Wien, und da es zum österreichischen Kaiserreich gehört, so ist es natürlich eine Kuranstalt. Das Reich besteht aus lauter Kurorten; es versorgt die ganze Welt mit Gesundheit. Die Quellen sind alle medizinisch. Ihr Wasser wird auf Flaschen gefüllt und über die ganze Erde versandt; die Einheimischen selbst trinken Bier. Dies sieht aus wie Aufopferung – aber Ausländer, die einmal Wiener Bier getrunken haben, sind anderer Meinung darüber. Besonders wenn es jenes Pilsener war, das man in einem kleinen Keller in einem dunklen Hintergässchen im ersten Bezirk bekommt – der Name ist mir entfallen, aber das Lokal ist leicht zu finden: man frage nach der Griechischen Kirche; hat man sie gefunden, so gehe man rechter Hand geradeaus – das nächste Haus ist die kleine Bierschänke. Sie liegt fern von allem Verkehr und Lärm; hier ist ewiger Sonntag. Die Wirtschaft besteht aus zwei kleinen Zimmern mit niedrigen Decken, die von mächtigen Gewölbepfeilern getragen werden; Gewölbe und Pfeiler sind weiß getüncht, sonst könnte man die Räume für Kerkerzellen im Donjon einer Bastille halten. Die Einrichtung ist einfach und billig, Schmuck fehlt gänzlich – und doch ist hier ein Himmel für die aufopferungsvollen Biertrinker, denn das Bier ist unvergleichlich – wirklich, es gibt seinesgleichen nicht auf der ganzen Welt! Im ersten Zimmer wird man zwölf bis fünfzehn Damen und Herren von bürgerlichem Stand finden, im zweiten ein Dutzend Generäle und Botschafter. Man kann viele Monate in Wien leben, ohne von diesem Ort zu hören. Aber hat man einmal davon gehört und seine Reize erprobt, so wird man der Kneipe als Stammgast verfallen sein.

Indessen, dies alles sage ich nur so nebenbei – es ist nur eine flüchtige Bemerkung zum Zeichen der Dankbarkeit für genossenes Glück; mit meinem Aufsatz hat es nichts zu tun. Mein Aufsatz betrifft Kurorte. Alle ungesunden Leute sollten ihren Wohnsitz in Wien aufschlagen und von dieser Basis aus von Zeit zu Zeit zu den umliegenden Kurorten, je nach Bedürfnis, Ausflüge machen: einen Ausflug nach Marienbad, um das Fett loszuwerden; einen Ausflug nach Karlsbad, um den Rheumatismus loszuwerden; einen Ausflug nach Kaltenleutgeben, um die Wasserkur zu gebrauchen und alle übrigen Krankheiten loszuwerden. Es ist alles so bequem zur Hand. Man kann in Wien stehen und einen Zwieback nach Kaltenleutgeben hineinwerfen; man braucht bloß eine Dreißigzentimeterkanone dazu. Man kann zu jeder Tageszeit dorthin eilen; man fährt mit phänomenal langsamen Zügen und braucht trotzdem kaum eine Stunde und ist dem Dunst und der Hitze der Stadt entronnen und hat dafür waldige Berge und schattige Waldwege und weiche kühle Lüfte und Vogelmusik und Ruhe und Frieden eines Paradieses.

Und man hat noch eine Masse anderer Kurorte zur Verfügung, die man bequem von Wien aus erreichen kann – lauter reizende Plätzchen; Wien liegt im Mittelpunkt einer schönen Welt von Bergen, wo hier und da ein See und Wälder sich finden; in der Tat, keine andere Großstadt ist so glücklich gelegen.

Es ist, wie ich schon sagte, Überfluss an Kurorten vorhanden. Zu diesen gehört Hochberghaus. Es liegt einsam auf dem Gipfel eines dicht bewaldeten Berges und ist ein Gebäude von bedeutender Größe. Es nennt sich die Appetit-Anstalt, und Leute, die ihren Appetit verloren haben, kommen hierher, um ihn sich wieder herstellen zu lassen. Als ich ankam, nahm Professor Haimberger mich mit sich in sein Sprechzimmer und fragte:

»Es ist sechs Uhr; wann aßen Sie zuletzt?«
»Um zwölf.«

»Was aßen Sie?«

»Beinahe gar nichts.«

»Was war auf dem Tisch?«

»Die üblichen Sachen.«

»Rippchen, Hühner, Gemüse und so weiter?«

»Ja. Aber sprechen Sie nicht davon – ich kann's nicht vertragen.«

»Sind Sie der Sachen überdrüssig?«

»O, über alle Maßen. Ich möchte, ich hörte niemals wieder was davon.«

»Der bloße Anblick von Essen beleidigt Sie, nicht wahr?«

»Mehr als das, er empört mich.«

Der Doktor dachte eine Weile nach; dann zog er eine lange Speisekarte hervor und ließ langsam sein Auge daran heruntergleiten.

»Ich denke«, sagte er dann, »was Sie essen müssen, ist ... aber hier, suchen Sie sich selber was aus!«

Ich warf einen Blick auf die Liste, und mein Magen schlug einen Purzelbaum. Von allen barbarischen Gelagen, die jemals ausgesonnen wurden, war dieses das grässlichste. Ganz oben stand:

›Kutteln, zäh, halb gar, halb verfault, mit Knoblauch angemacht‹; halbwegs die Karte hinunter las ich: ›Junge Katze; alte Katze; Katzenklein‹ und ganz unten stand: ›Matrosenstiefel, mit Talg weich gemacht – roh aufgetragen.‹ Die großen Zwischenräume der Speisekarte wiesen Gerichte auf, die darauf berechnet waren, einem Kannibalen die Kehle zuzuschnüren. Ich sagte:

»Herr Doktor, es ist nicht angebracht, mit einem so ernsten Fall, wie der meinige ist, seinen Scherz zu treiben. Ich kam hierher, um Appetit zu kriegen, nicht um das bisschen, was ich noch davon übrig habe, loszuwerden.«

Er sagte ernst: »Ich scherze nicht; warum sollte ich scherzen?«

»Aber ich kann solche Gräuel nicht essen.«

»Warum nicht?«

Er sagte das mit einer Unbefangenheit, die jedenfalls bewunderungswürdig war, mochte sie nun echt oder nur gut gespielt sein.

»Warum nicht? Weil – ja, Herr Doktor, seit Monaten habe ich selten einmal andere feste Nahrung verdauen können als Rühreier und Eierkuchen. Ihre unaussprechlichen Gerichte …«

»O, Sie werden Sie mit der Zeit sogar gerne essen. Sie sind sehr gut. Und Sie müssen sie essen. Das ist eine Vorschrift hier, und zwar eine strenge. Ich kann durchaus nicht erlauben, dass davon abegangen wird.«

Ich sagte lächelnd: »Nun, dann, Herr Doktor, werden Sie den Abgang des Patienten zu erlauben haben. Ich reise.«

Er sah betroffen aus und sagte in einem Ton, der der Sache ein anderes Aussehen gab:

»Ich bin gewiss, Sie werden mir ein solches Unrecht nicht antun. Ich habe Sie in gutem Glauben aufgenommen – Sie werden dieses Vertrauen nicht zuschanden machen. Diese Appetit-Anstalt ist meine ganze Existenz. Wenn Sie fortgingen mit dem Appetit, wie Sie ihn jetzt haben, so könnte das bekannt werden und Sie sehen selber ein, dass dann die Leute sagen würden, wenn meine Kur in Ihrem Fall fehlgeschlagen hätte, so könnte sie auch in anderen Fällen fehlschlagen. Sie werden nicht fortgehen; Sie werden mir das nicht antun!«

Ich bat um Entschuldigung und sagte, ich wollte bleiben.

»Das ist recht! Ich war sicher, Sie würden nicht gehen; Sie hätten damit meiner Familie das Essen vor dem Mund weggenommen.«

»Würde die sich was daraus machen? Isst sie denn diesen verteufelten Kram?«

»Sie? Meine Familie?« Seine Augen waren voll freundlichen Erstaunens. »Natürlich nicht.«

»O, also nicht! Und Sie?«

»Ganz gewiss nicht.«

»Ich verstehe; es ist wieder mal der Fall des Arztes, der seine eigene Medizin nicht nimmt.«

»Ich brauch es nicht … Es ist sechs Stunden her, dass Sie gefrühstückt haben. Wollen Sie Ihr Abendessen jetzt haben – oder später?«

»Ich bin nicht hungrig, aber ›jetzt‹ ist ebenso gut wie sonst eine Zeit und es wäre mir lieb, wenn ich damit fertig wäre und es vom Hals hätte. Es ist so ziemlich meine gewohnte Stunde, und Regelmäßigkeit wird von allen ärztlichen Autoritäten empfohlen. Ja, ich will versuchen, jetzt ein bisschen zu knabbern – ein kleiner Spazierritt wäre mir lieber gewesen.«

Der Professor reichte mir das abscheuliche ›Menu‹.

»Suchen Sie sich selber was aus – oder wollen Sie es später haben?«

»O, du lieber Gott! Weisen Sie mir mein Zimmer an. Ich vergaß Ihre strenge Vorschrift.«

»Warten Sie noch einen Augenblick, ehe Sie sich endgültig entscheiden. Es ist noch eine andere Vorschrift da: Wenn Sie jetzt etwas wählen, wird Ihre Bestellung sofort ausgeführt werden; wenn Sie aber warten, so müssen Sie warten bis es mir beliebt. Sie können von der ganzen Speisekarte kein Gericht ohne meine Einwilligung bekommen.«

»Schon recht. Zeigen Sie mir mein Zimmer und schicken Sie die Köchin zu Bett; ich habe es ganz und gar nicht eilig.«

Der Professor führte mich eine Treppe hinauf und brachte mich in eine sehr einladende und behagliche Wohnung, bestehend aus Wohnzimmer, Schlafstube und Baderaum.

Die Vorderfenster gewährten eine weite Aussicht über grüne Lichtungen und Täler, über waldbedeckte Hügelkuppen – eine vornehme Einsamkeit, unberührt von der Qual der lärmenden Welt. Im Wohnzimmer waren eine Anzahl Gestelle voller Bücher. Der Professor sagte, er wolle mich jetzt mir selber über lassen; dann fuhr er fort:

»Rauchen und lesen Sie, so viel Sie mögen, trinken Sie so viel Wasser, wie Sie Lust haben. Wenn Sie Hunger bekommen, so klingeln Sie und bestellen Sie was und ich werde entscheiden, ob Sie es bekommen dürfen oder nicht. Ihr

Zustand ist ein hartnäckiger böser Fall und ich denke, die ersten vierzehn Gerichte, die auf der Karte stehen, sind ohne Ausnahme nicht stark genug für die Verhältnisse. Ich bitte Sie um die Gefälligkeit, sich einzuschränken und keins von ihnen zu bestellen.«

»Mich einschränken – sagten Sie nicht so? Seien Sie darum ohne Sorgen. Bei mir werden Sie Geld sparen! Der Gedanke, eines kranken Mannes verlorenen Appetit mit solchem Raubvogelfraß zurückschmeicheln zu wollen ist heller Wahnsinn!«

Ich sagte dies voll Bitterkeit, denn es brachte mich außer mir, dass er so ruhig und kalt von seinen herzlosen neuen Mordmethoden sprach. Der Doktor sah mich bekümmert, aber nicht beleidigt an. Er legte die Speisekarte auf das Nachttischchen, das am Kopfende meines Bettes stand, ›sodass es bequem zur Hand sein möchte‹ und sagte:

»Ihr Fall ist durchaus nicht der schwerste, der mir bis jetzt vorgekommen ist; aber immerhin ist er schlimm und erfordert kräftige Behandlung; ich werde Ihnen deshalb verbunden sein, wenn Sie die Selbstbeherrschung üben, die ersten vierzehn zu überschlagen und erst von Nr. 15 an zu beginnen.«

Hierauf ging er, und ich fing sofort an mich auszuziehen, denn ich war hundemüde und sehr schläfrig. Ich schlief fünfzehn Stunden und wachte am nächsten Morgen um zehn herrlich erquickt auf. Wiener Kaffee! Das war das erste, woran ich dachte – dieser unerreichbare Wonnetrank, dieser prachtvolle Kaffeehauskaffee, mit dem verglichen aller andere europäische Kaffee und aller amerikanische Hotelkaffee bloß eine flüssige Armseligkeit ist. Ich klingelte und bestellte welchen; auch Wiener Brot dazu – diese köstliche Erfindung. Der Aufwärter sprach mit mir durch das Schiebefenster in der Tür und sagte – aber man weiß schon, was er sagte. Er verwies mich auf die Speisekarte. Ich gestattete ihm zu gehen – ich hätte ihn nicht weiter nötig.

Nach dem Bad zog ich mich an und gedachte einen Spaziergang zu machen – und kam bis an die Tür. Sie war von außen verschlossen. Ich klingelte und der Diener kam und setzte mir auseinander, das sei wieder eine andere Vorschrift. Der Patient müsse eingeschlossen bleiben, bis er die erste Mahlzeit eingenommen habe. Es war mir vorher am Ausgehen nicht übermäßig viel gelegen gewesen, aber nun war es etwas anderes! Ein Mensch, der eingeschlossen ist, wünscht immer dringend, auszugehen. Bald begann ich es schwierig zu finden, die Zeit totzuschlagen. Um zwei Uhr war ich sechsundzwanzig Stunden ohne Nahrung gewesen. Eine Zeit lang war ich immer hungriger geworden; jetzt merkte ich, dass ich nicht nur Hunger hatte, sondern dass mein Hunger sogar mit einem sehr kräftigen Adjektiv bezeichnet werden musste. Indessen war ich doch nicht hungrig genug, um es mit der Speisekarte aufnehmen zu können.

Ich musste mir irgendwie die Zeit vertreiben. Ich dachte an Lesen und Rauchen. Ich tat es; Stunde auf Stunde. Die Bücher waren alle von derselben Art: von Schiffbrüchen; von Menschen, die sich in Wüsten verirrt hatten; von Leuten, die in verschüttete Bergwerksschächte eingeschlossen waren; von Leuten, die in belagerten Städten verhungert waren. Ich las von allen ekelerregenden Speisen, womit jemals hungerleidende Menschen ihre Gier nach Essen gestillt haben. Während der ersten Stunden machten diese Geschichten mir übel; dann folgten Stunden, wo sie nicht mehr solchen Eindruck auf mich machten; dann kamen Stunden, wo ich mich ab und zu darüber ertappte, dass ich bei der Beschreibung irgendwelcher leidlich höllenmäßigen Gerichte mit den Lippen schmatzte. Als ich fünfundvierzig Stunden lang ohne Essen gewesen war, lief ich munter an die Klingel und bestellte das zweite Gericht auf der Speisekarte: eine Art Knödel mit Füllungen von Kaviar und Teer.

Es wurde mir verweigert. Während der nächsten fünfzehn Stunden machte ich alle Augenblicke mal einen Besuch bei der Klingel und bestellte ein Gericht, das weiter unten auf der Karte stand. Immer wieder abgeschlagen! Aber ich überwand stracks ein Vorurteil nach dem andern;

ich machte sichere Fortschritte; ich kroch mit tödlicher Sicherheit näher an Nr. 15 heran, und mein Herz schlug schneller und schneller, meine Hoffnungen stiegen höher und höher.

Schließlich, als seit sechzig Stunden keine Nahrung über meine Lippen gekommen war – da war der Sieg mein und ich bestellte Nr. 15:

»Weich gekochte Küken, fertig zum Auskriechen – mit den Eiern; sechs Dutzend, heiß und duftig!«

In fünfzehn Minuten waren sie da; und mit ihnen kam, vor Freude sich die Hände reibend, der Doktor. Er sagte in großer Erregung:

»Das ist eine Kur! Das ist eine Kur! Ich wusste, sie würde mir gelingen. Sir, mein großes System schlägt niemals fehl – niemals! Sie haben Ihren Appetit wieder – Sie wissen, Sie haben ihn; sagen Sie's und machen Sie mich glücklich!«

»Her mit Ihrem Fraß! Ich kann alles essen, was auf der Speisekarte steht!«

»O, das ist edel, das ist prächtig! Aber ich wusste, es gelänge mir; das System ist unfehlbar. Wie sind die Vögel?«

»So was Köstliches war noch niemals auf der Welt – und doch mache ich mir sonst im Allgemeinen nicht viel aus Geflügel. Aber unterbrechen Sie mich nicht, bitte! Ich kann meinen Mund nicht entbehren, wirklich, ich kann's nicht.«

Da sagte der Doktor:

»Die Kur ist vollständig. Da ist kein Zweifel mehr dran und keine Gefahr mehr vorhanden. Lassen Sie das Geflügel stehen; jetzt kann ich Ihnen ein Beefsteak anvertrauen.»

Das Beefsteak kam – ein ganzer Korb voll – mit Kartoffeln, und Wiener Brot und Kaffee; und dann hielt ich eine Mahlzeit, die all meiner umständlichen Vorbereitungen wert war! Und Tränen der Dankbarkeit troffen mir die ganze Zeit über die Sauce hinein – Dankbarkeit gegenüber dem Doktor, dass er mir ein kleines bisschen einfachen gesunden Menschenverstandes eingetrichtert hatte, der so viele, viele Jahre mir gefehlt hatte.

II.

Vor dreißig Jahren machte Haimberger eine lange Reise in einem Segelschiff. An Bord waren fünfzehn Passagiere. Die Kost wies die übliche tagtägliche Einförmigkeit auf: Um sieben Uhr früh eine Tasse schlechten Kaffee im Bett; um neun Frühstück: schlechter Kaffee mit kondensierter Milch, dumpfige Brötchen, Wasserzwiebäckchen, gesalzener Fisch. Um ein Uhr Gabelfrühstück: kalte Zunge, kalter Schinken, kaltes Pökelfleisch, dumpfige kalte Brötchen, Wasserzwiebäckchen; um fünf Hauptmahlzeit: dicke Erbsensuppe, gesalzener Fisch, warmes Pökelfleisch mit Sauerkraut, gekochtes Schweinefleisch mit Bohnen, Pudding; von neu bis elf Abendessen: Tee mit kondensierter Milch, kalte Zunge, kalter Schinken, Pfeffergurken, Schiffszwieback, marinierte Austern, marinierte Schweinsfüße, geröstete Rippchen.

Als das Ende der ersten Woche herankam, hatte man aufgehört zu essen; statt dessen wurde nur an den Speisen herumgepickt. Die Passagiere kamen freilich zu Tisch, aber dies taten sie teils um die Zeit hinzubringen, teils weil die Weisheit der Menschengeschlechter uns anempfiehlt, regelmäßig in unseren Mahlzeiten zu sein. Sie waren der derben und einförmigen Kost leid, hatten kein Interesse daran, keinen Appetit darauf. Den lieben langen Tag lungerten sie auf dem Schiff herum: halb hungrig, von ihrem knurrenden Magen gequält, verdrießlich, mundfaul, elend. Drei von ihnen waren ausgemachte Magenkranke; diese wurden im Lauf von drei Wochen zu reinen Schatten. Dann war da noch ein bettlägeriger Invalide; der lebte von gekochtem Reis; er konnte nicht einmal den Anblick der gewöhnlichen Speisen vertragen.

Auf einmal ging das Schiff unter; Passagiere und Mannschaft retteten sich in offenen Boten. Wie üblich waren die Nahrungsmittel knapp. Die Vorräte wurden gering und immer geringer. Da besserten sich die Appetite. Als nichts mehr übrig war außer rohem Schinken und als die tägliche

Ration davon auf 55 Gramm für die Person herunterkam, da waren die Appetite vorzüglich. Nach Verlauf von 14 Tagen kauten die Magenleidenden, der Invalide und die zartestbesaiteten Damen der Gesellschaft voll Wonne an alten Matrosenstiefeln und beklagten sich über dies Essen bloß, weil es so wenig davon gab. Und das waren dieselben Leute, die auf dem Schiff das ewige Pökelfleisch und das Sauerkraut und die anderen Unverdaulichkeiten nicht hatten ausstehen können!

Ein englisches Schiff errettete sie aus ihrer Not. Binnen zehn Tagen waren alle fünfzehn in so guter Verfassung wie an dem Tag, da sie schiffbrüchig wurden.

»Sie hatten von ihrem Abenteuer keinen Schaden genommen«, fügte der Professor hinzu. »Verstehen Sie, was das sagen will?«

»Ja.«

»Verstehen Sie es wirklich?«

»Ja – ich glaube doch.«

»Nein, Sie verstehen es nicht. Sie zögern. Sie können sich nicht zum Verständnis der Bedeutung aufschwingen. Ich will es noch einmal sagen – mit besonderer Betonung: Nicht ein einziger von ihnen erlitt irgendwelchen Schaden.«

»Nun beginne ich zu verstehen. Ja, das war in der Tat merkwürdig.«

»Ganz und gar nicht. Es war vollkommen natürlich. Es war gar kein Grund vorhanden, warum sie Schaden nehmen sollten. Sie hatten die Appetitskur der Mutter Natur durchgemacht – die beste und weiseste Kur auf der Welt.«

»Brachte dieses Erlebnis Sie auf Ihre Idee?«

»Ja, es brachte mich darauf.«

»Es war für die Leute eine wertvolle Lehre.«

»Warum meinen Sie das?«

»Nun, ganz einfach: Es scheint doch, dass es für Sie eine solche war.«

»Darum handelt es sich hier nicht. Ich bin kein Narr!«

»Ich verstehe. Waren die anderen Narren?«

»Sie waren Menschen.«

»Ist das dasselbe?«

»Warum fragen Sie? Sie wissen es selbst. In Bezug auf seine Gesundheit – und auf alles Übrige – ist der Durchschnittsmensch das Produkt seiner Umgebung und seiner abergläubischen Vorurteile; das Endergebnis ist: er wird ein Esel. Er kann nicht drei oder vier für ihn neue Umstände sich zusammenreimen und einen Schluss daraus ziehen; das geht über seine Kräfte. Er kann nicht selbst Beobachtungen machen, er muss alles aus zweiter Hand beziehen. Wenn die fälschlich so benannten niederen Tiere so albern wären wie der Mensch – sie wären alle binnen einem Jahr vom Erdboden verschwunden.«

»Diese Passagiere ließen sich's also nicht zur Lehre dienen?«

»Keine Ahnung! Sie gingen auf dem englischen Schiff wieder zu ihren regelmäßigen Mahlzeiten und sehr bald pickten sie wieder anstatt zu essen – appetitlos, von den Speisen angeekelt, verdrießlich, elend, halb hungrig, den ganzen Tag auf ihre misshandelten Mägen fluchend und schimpfend und dabei winselnd und wehklagend. Und das alles ganz überflüssigerweise, denn ihre Mägen waren die Mägen von Narrenvolk.«

»So ist also, wenn ich Sie recht verstehe, Ihr Verfahren ...«

»Ganz einfach: *Essen Sie nichts, bevor Sie hungrig sind!* Wenn das Essen Ihnen nicht mehr schmeckt, Ihnen keine Befriedigung, kein Vergnügen, kein Behagen mehr gewährt, so essen Sie nicht eher, als bis Sie sehr hungrig sind. Dann wird es Ihnen Vergnügen machen und außerdem guttun.«

»Und habe ich keine regelmäßigen Stunden für die Mahlzeiten einzuhalten?«

»Solange Sie mit einem schlechten Appetit zu kämpfen haben – nein! Haben Sie den Feind untergekriegt, so ist Regelmäßigkeit nicht von Übel, das heißt solange der Appetit gut bleibt. Sobald er wieder ins Schwanken gerät, greifen Sie wieder zum Heilmittel – und dieses ist: *Hungern* –

lange oder kurze Zeit, je nach dem Erfordernis des einzelnen Falles.«

»Die beste Kost, scheint mir – ich meine die gesündeste ...«

»Jede Kost ist gesund. Die eine ist gesünder als die andere – aber alle gewöhnlichen Gerichte sind gesund genug für die Leute, die darauf angewiesen sind. Mag eine Kost fein oder derb sein, sie wird gut schmecken und nahrhaft sein, wenn man auf seinen Appetit acht gibt und jedes Mal, wenn er schwächer wird, ein kleines Fasten einschiebt. Nansen war an feine Kost gewöhnt, aber als monatelang seine Mahlzeiten nur auf Bärenfleisch beschränkt waren, da machte ihm das weder Schaden an der Gesundheit noch Unbehagen, weil sein Appetit infolge der Schwierigkeit, sich das Bärenfleisch regelmäßig zu beschaffen, in gutem Stand gehalten wurde.«

»Aber Ärzte entwerfen sorgfältig überdachte und auserlesene Zusammenstellungen von Speisen für Kränkliche.«

»Sie können es nicht anders. Der Patient ist voll von ererbten Vorurteilen und hungert nicht aus freien Stücken. Er denkt, das würde ihn ganz bestimmt ins Grab bringen.«

»Es würde ihn aber doch schwach machen, nicht wahr?«

»Aber ohne Gefahr. Nehmen Sie die Kranken unter unseren Schiffbrüchigen. Sie lebten vierzehn Tage lang von ein paar Schnipseln rohen Schinkens, lutschten mal an einem Matrosenstiefel und hungerten die ganze Zeit. Es machte sie schwach, aber es tat ihnen nichts. Es brachte sie in eine gute Verfassung, sodass sie von einer herzhaften Kost herzhaft essen konnten; sie gewannen dadurch die Grundlage für eine kräftige Gesundheit. Aber sie waren nicht verständig genug, es sich zunutze zu machen, sie ließen die Gelegenheit vorübergehen, sie blieben kränklich – es geschah ihnen recht! Kennen Sie den Kniff aller Badeärzte?«

»Worin besteht er?«

»Es ist mein System in einer Verkleidung – verschleiertes Hungern. Traubenkur, Brunnenkur, Moorbadekur – es ist alles dasselbe. Die Trauben, der Brunnen, das Moorbad – sie geben der Sache einen Anstrich und helfen auch ein bisschen, die Hauptarbeit aber macht das Hungern, wovon der Patient nichts weiß. Einer ist an vier Mahlzeiten gewöhnt und zwar zu späten Stunden, an den beiden Enden seines Tages – nun sehen Sie sich mal an, was er in einem Kurort zu tun hat: Er steht auf um sechs Uhr in der Frühe. Isst ein Ei. Trampelt zwei Stunden lang mit den anderen Narren einen Spazierweg auf und nieder. Isst einen Schmetterling. Schlürft ein Glas von einem gefilterten Gesöff, das wie Raubvogelatem riecht. Spaziert nochmals zwei Stunden, aber allein; wenn man ihn anredet, sagt er ängstlich: ›Mein Brunnen! – Ich bin dabei, meinen Brunnen abzulaufen; bitte, stören Sie mich nicht!‹ – und stapft weiter. Isst ein gezuckertes Rosenblatt. Ruht sich stundenlang in der Stille und Einsamkeit seines Zimmers aus; darf nicht lesen, darf nicht rauchen. Nun kommt der Doktor und befühlt sein Herz, seinen Puls, und beklopft seine Brust und seinen Rücken und seinen Magen und horcht mit einem Kindertrompetchen darauf herum. Dann befiehlt er des Patienten Bad: ›einen halben Grad Réaumur kälter als gestern.‹ Nach dem Bad wieder ein Ei. Ein Glas Gesöff um drei oder vier Uhr nachmittags, und feierliche Promenade mit den anderen Krüppeln. Diner um sechs: ein halbes Spätzle und eine Tasse Tee. Wieder Spazierengehen. Um halb neun Abendessen: noch einen Schmetterling. Um neun zu Bett. Dieses ›Regime‹ sechs Wochen lang – denken Sie sich's mal aus. Es hungert einen Menschen aus und bringt ihn in eine prachtvolle Verfassung. Es hätte dieselbe Wirkung in London, New York, Jericho – überall.«

»Wie lange dauert es hier bei Ihnen, bis eine Person wieder in guter Verfassung ist?«

»Es sollte nur einen oder zwei Tage erfordern; tatsächlich dauert es aber eine bis sechs Wochen, je nach dem Charakter und der Geistesanlage der Patienten.«

»Wie kommt das?«

»Sehen Sie dahinten die Schar von Damen, die Fußball spielen, boxen und über die Zäune springen? Sie sind sechs oder sieben Wochen hier gewesen. Sie waren mickrige arme Gespenstergestalten, als sie kamen. Gewohnheitsmäßig nibbelten sie viermal täglich zu festgesetzten Stunden an Leckereien und Delikatessen und hatten Appetit auf gar nichts. Ich fragte sie aus und schloss sie darauf in ihre Zimmer ein, um zu hungern – die schwächsten für neun oder zehn Stunden, die anderen für zwölf bis fünfzehn. Es dauerte nicht lange, so begannen sie zu betteln; und sie litten in der Tat beträchtlich. Sie jammerten über Übelkeit, Kopfschmerzen und so weiter. Aber dann hätten Sie sie sollen essen sehen, als die Zeit um war! Sie konnten sich nicht erinnern, dass ihnen jemals das Verzehren einer Mahlzeit ein solches Entzücken bereitet hätte – so drückten sie sich wörtlich aus. Damit hätte denn nun ihre Kur zu Ende sein sollen – aber nein! Sie konnten nach Belieben an jeder Mahlzeit meines Hauses teilnehmen und sie wählten ihre gewohnten vier. Nach einem oder zwei Tagen hatte ich einzuschreiten. Der Appetit nahm wieder ab. Ich ließ sie eine Mahlzeit überschlagen. Das brachte sie wieder auf den Damm. Dann fingen sie wieder mit ihren vier Mahlzeiten an. Ich bat sie, sie möchten doch lernen, von selber eine zu überschlagen, ohne auf mich zu warten. Bis vor vierzehn Tagen konnten sie das nicht; sie hatten wirklich dazu nicht Mut genug; aber schließlich brachten sie's doch dazu und jetzt denke ich, sie sind in Sicherheit. Sie überschlagen alle Augenblicke einmal aus eigenem Antrieb eine Mahlzeit. Sie sind jetzt prächtig bei Gesundheit und ich glaube, sie könnten ruhig nach Hause reisen, aber sie haben noch kein vollkommenes Vertrauen zu sich selber und deshalb warten sie noch eine Weile.«

»Gibt es auch andere Fälle verschiedener Natur?«

»O ja. Zuweilen lernt einer die ganze Kunst in einer Woche – lernt seinen Appetit zu regulieren und dadurch in vorzüglicher Ordnung zu halten – lernt häufig einmal eine Mahlzeit zu überschlagen, ohne sich was daraus zu machen.«

»Aber warum muss man eine ganze Mahlzeit überschlagen? Warum lässt man nicht einen Teil weg?«

»Das wäre ein schwächliches Verfahren und ein unzulängliches! Wenn der Magen nicht kräftig nach Nahrung verlangt – sozusagen danach schreit – so ist es besser, ihn nicht zu belästigen, sondern ihm eine wirkliche Ruhe zu gönnen. Es gibt Menschen, die mehr essen können als andere und dabei doch gedeihen. Es gibt allerhand Sorten von Menschen und allerhand Sorten von Appetiten. Ich werde Ihnen nachher einen Herrn vorstellen, der es sich angewöhnt hatte, täglich an acht Mahlzeiten herumzunibbeln. Das waren für die ihm eigentümliche Art von Appetit zwei zu viel. Ich habe ihn auf täglich sechs heruntergebracht und er ist wohl und munter und freut sich seines Lebens ... Wie viele Mahlzeiten halten Sie jeden Tag?«

»Früher – zweiundzwanzig Jahre lang – anderthalb; während der beiden letzten Jahre zwei und eine halbe: Kaffee und ein Brötchen um neun; Frühstück um eins, Hauptmahlzeit um halb acht oder acht.«

»Früher ein und eine halbe Mahlzeit – das heißt: Kaffee und ein Brötchen um neun, Hauptmahlzeit abends, zwischendurch nichts – ist es nicht so?«

»Ja.«

»Warum fügten Sie eine Mahlzeit hinzu?«

»Meine Familie hatte den Gedanken. Sie waren besorgt um mich. Sie dachten, ich brächte mich selber ins Grab.«

»Sie fanden die ganzen zweiundzwanzig Jahre lang anderthalb Mahlzeiten genug?«

»Vollkommen!«

»An Ihrem gegenwärtigen jämmerlichen Zustand ist die Extramahlzeit schuld. Lassen Sie sie aus. Sie versuchen öfter zu essen als Ihr Magen es verlangt. Sie gewinnen dabei nichts, Sie verlieren. Sie nehmen jetzt an einem Tag bei zwei und einer halben Mahlzeit weniger Nahrung zu sich als früher in anderthalb.«

»Das stimmt – bedeutend weniger; denn in jenen alten Tagen war meine Hauptmahlzeit ein recht umfangreiches Ding.«

»Setzen Sie sich jetzt für ein paar Tage auf eine einzige Mahlzeit: abends, bis Sie eines guten, gesunden, regelmäßigen, vertrauenswerten Appetits sicher sind, dann halten Sie sich beständig zu Ihren anderthalb und hören Sie ganz und gar nicht auf Ihre Familie. Haben Sie irgendein gewöhnliches Unwohlsein, besonders wenn es mit Fieber verbunden ist, so essen Sie während vierundzwanzig Stunden überhaupt nichts. Das wird Sie kurieren. Es wird sogar den hartnäckigsten Schnupfen kurieren. Kein Schnupfen überdauert ein streng durchgeführtes vierundzwanzigstündiges Fasten.«

»Ich weiß es. Ich habe es oft an mir selbst erfahren.«

Zwei kleine Geschichten

Erste Geschichte:

Der Mann mit einer Mitteilung an den Generaldirektor

Vor einigen Tagen, im zweiten Monat des Jahres 1900, besuchte mich nachmittags ein Freund hier in London. Wir sind beide in dem Alter, wo Männer, wenn sie ihre Pfeife rauchen und sich etwas erzählen, weniger von den Annehmlichkeiten des Lebens sprechen, als von dessen Widerwärtigkeiten, und allmählich fing mein Freund an, auf das Kriegsministerium zu schimpfen. Es stellte sich heraus, dass ein Freund von ihm etwas erfunden hatte, das für die Soldaten in Südafrika von großem Nutzen gewesen wäre. Es war ein leichter, sehr billiger Stiefel, der vollständig wasserdicht war und bei Regenwetter seine Form und Festigkeit behielt. Der Erfinder wünschte, die Aufmerksamkeit der Regierung hierauf zu lenken, aber er war ein unbekannter Mann und wusste, dass die hohen Beamten einer Mitteilung von ihm keine Beachtung schenken würden.

»Das beweist, dass Ihr Freund ein Esel war – wie wir es ja alle sind«, sagte ich unterbrechend. »Doch erzählen Sie nur weiter!«

»Aber wie kommen Sie zu dieser Bemerkung? Der Mann sprach die Wahrheit.«

»Der Mann hat gelogen. Machen Sie nur weiter.«

»Ich will Ihnen beweisen, dass er ...«

»Sie können gar nichts beweisen. Ich bin sehr alt und sehr weise. Sie müssen nicht mit mir rechten wollen; das ist unehrerbietig und beleidigend. Fahren Sie, bitte, fort.«

»Nun gut, Sie werden ja sogleich sehen. Ich bin nicht unbekannt und doch war selbst ich nicht imstande, die Mitteilung meines Freundes beim Generaldirektor des Schuhleder-Departements anzubringen.«

»Das ist wieder eine Lüge. Erzählen Sie nur weiter.«

»Aber ich versichere Sie auf Ehrenwort, dass es mir nicht gelang.«

»O gewiss. *Das* wusste ich. Sie brauchten mir das gar nicht zu sagen.«

»Ja, worin besteht denn dann die Lüge?«

»Die Lüge liegt in Ihrer Behauptung, dass Sie *nicht imstande* waren, die sofortige Aufmerksamkeit des Generaldirektors auf die Mitteilung Ihres Freundes zu lenken. Das ist eine Lüge, denn Sie *hätten* seine sofortige Aufmerksamkeit auf die Sache erreichen können.«

»Ich sage Ihnen aber doch, dass ich's nicht konnte. In der Zeit von drei Monaten ist es mir nicht gelungen.«

»Ohne Zweifel. Das brauchten Sie mir gar nicht zu erzählen. Aber Sie *hätten* sofortige Beachtung gefunden, wenn Sie es auf eine vernünftige Weise angegriffen hätten; ebenso hätte es Ihr Freund können.«

»Ich *habe* es auf eine vernünftige Weise angegriffen.«

»Das haben Sie nicht.«

»Was wissen denn *Sie*? Was wissen Sie denn über die näheren Umstände?«

»Über die weiß ich rein gar nichts. Aber Sie haben die Sache nicht auf vernünftige Weise angefangen. So viel ist sicher.«

»Wie können Sie das behaupten, wenn Sie nicht wissen, welche Methode ich anwandte?«

»Das sagt mir der Erfolg Ihrer Methode; der ist mir Beweis genug. Sie sind unvernünftigerweise vorgegangen. Ich bin sehr alt und sehr w…«

»Ja, ja, das weiß ich. Aber darf ich Ihnen erzählen, *wie* ich zu Werke ging? Ich glaube das wird entscheiden, ob es Unvernunft war oder nicht.«

»Nein; das ist schon entschieden. Aber wenn Ihnen so sehr daran liegt, sich zu blamieren, so erzählen Sie die Geschichte nur. Ich bin sehr alt …«

»Ja, gewiss, gewiss. Ich setzte mich hin und schrieb einen sehr höflichen Brief an den Generaldirektor des Schuhleder-Departements, in dem ich ihm auseinanders...«

»Kennen Sie ihn persönlich?«

»Nein.«

»Gibt einen Punkt auf meiner Seite. Sie haben unvernünftig angefangen. Bitte weiter.«

»In dem Brief legte ich den großen Wert und die große Billigkeit der Erfindung dar, und bot mich an ...«

»Ihm einen Besuch zu machen? Natürlich! Ein zweiter Punkt gegen Sie. Ich bin s...«

»Drei Tage lang blieb ich ohne Antwort.«

»Na, das ist doch klar. Nur weiter.«

»Dann schrieb er mir drei elende Zeilen, dankte für meine Mühe und schlug mir ...«

»*Nichts* vor.«

»Ganz richtig; er schlug mir – gar nichts vor. Dann schrieb ich ihm einen sorgsam ausgearbeiteten Brief und ...«

»Punkt drei ...«

»... bekam überhaupt keine Antwort. Nach Ablauf einer Woche bat ich dann schriftlich mit einem Anflug von ungehaltener Grobheit um Antwort auf den Brief.«

»Vier. Weiter.«

»Darauf kam Antwort, der fragliche Brief sei nicht angekommen, und man bitte um eine Abschrift desselben. Ich reklamierte bei der Post und es stellte sich heraus, dass der Brief tatsächlich doch angekommen war; aber ich sagte nichts und schickte eine Abschrift ab. Zwei Wochen verstrichen ohne weitere Nachricht für mich. Inzwischen hatte ich mich wieder abgekühlt, bis zur richtigen Temperatur für höfliche Briefe. Ich schrieb abermals und erbot mich, am folgenden Tag persönliche Rücksprache zu nehmen. Ich sagte, wenn ich keine Nachricht erhielte, so nehme ich das als stillschweigende Einwilligung.«

»Fünfter Punkt für mich.«

»Um zwölf Uhr erschien ich und bekam einen Stuhl angeboten mit der Weisung, zu warten. Ich wartete bis halb zwei; dann ging ich weg, ärgerlich und beschämt. Ich wartete wieder eine Woche um mich abzukühlen; dann bat ich um eine Audienz für den nächsten Mittag.«

»Punkt sechs.«

»Er antwortete, zustimmend. Ich kam pünktlich und hielt bis halb drei einen Stuhl warm. Dann ging ich fort und schüttelte den Staub dieses Direktorialgebäudes für immer von meinen Schuhen. Was Grobheit, Unfähigkeit, Indolenz, Gleichgültigkeit gegenüber den Interessen der Armee anbelangt, so ist der Generaldirektor des Schuhleder-Departements nach meiner Ans...«

»Still! Ich bin sehr alt und sehr weise und habe viele anscheinend gescheite Leute gesehen, die nicht genug gesunden Menschenverstand hatten, um eine so einfache und leichte Sache wie diese richtig anzufassen. Sie sind für mich nichts Neues; ich habe persönlich Millionen und Billionen von Menschen gekannt wie Sie. Sie haben ganz unnötig drei Monate Zeit verloren; der Erfinder hat drei Monate verloren, die Soldaten haben drei Monate verloren – macht zusammen neun Monate. Jetzt will ich Ihnen eine kleine Geschichte vorlesen, die ich gestern Nacht geschrieben habe. Dann mögen Sie morgen Mittag beim Generaldirektor vorsprechen und Ihre Sache durchführen.«

»Famos! Kennen Sie ihn?«

»Nein; aber hören Sie jetzt meine Geschichte.«

Zweite Geschichte:

WIE SICH DER KESSELFLICKER BEIM SULTAN GEHÖR VERSCHAFFTE

I.

Der Sommer war gekommen und die Starken gingen gebeugt unter der Last der furchtbaren Hitze und viele von den Schwachen waren zusammengebrochen und starben. Im Heer wütete eine Ruhrepidemie, die Geißel des Krieges, und Hilfe war keine zu erwarten. Die Ärzte waren in Verzweiflung; der Erfolg ihrer Wissenschaft und ihrer Arzneien – und er war immer ein recht zweifelhafter gewesen – war ein Ding der Vergangenheit und zwar für immer, wie es schien.

Der Sultan befahl den berühmtesten Ärzten, zu einer Beratung vor ihm zu erscheinen, denn er befand sich in großer Sorge. Er war sehr streng mit ihnen und sagte, sie seien dafür verantwortlich, dass sie seine Soldaten sterben ließen und fragte sie, ob sie ihr Geschäft verstünden oder nicht, und ob sie wirkliche Helfer seien oder bloße Massenmörder. Der Ober-Massenmörder, der zugleich der älteste Arzt im Reich war und von äußerst ehrwürdiger Erscheinung, antwortete darauf und sagte:

»O Herr und Gebieter! Wir haben getan, was wir konnten, und deshalb ist es nur wenig. Keine Arznei und kein Arzt kann diese Krankheit heilen; nur eine gute Konstitution und die Natur vermögen das. Ich bin alt und ich weiß es. Kein Arzt und keine Arznei können sie heilen – ich wiederhole es und betone es. Manchmal scheint es, als ob sie der Natur ein wenig helfen würden – ein ganz klein wenig – aber in der Regel schaden sie bloß.«

Der Sultan war ein jähzorniger und leidenschaftlicher Mensch und überschüttete die Ärzte mit rauen und hässlichen Worten und trieb sie von seinem Angesicht. Am nächsten Tag wurde er selbst von der grausamen Krankheit erfasst. Die Schreckensnachricht flog von Mund zu Mund und brachte Bestürzung über das ganze weite Reich. Es wurde von nichts anderem gesprochen, als von dem betrübenden Unglück, und alle Gemüter waren niedergedrückt, denn nur wenige hatten Hoffnung. Der Sultan selbst war sehr melancholisch und sagte:

»Der Wille Allahs geschehe! Ruft mir die Massenmörder wieder; ich will mich drein fügen.«

Sie kamen und fühlten seinen Puls und besahen feine Zunge und holten ihren Arzeneivorrat, den sie in ihn hineinleerten. Dann setzten sie sich geduldig nieder und warteten – denn sie wurden nicht pro Fall bezahlt, sondern erhielten ein jährliches Gehalt.

II.

Achmet war ein gescheiter Bursche von sechzehn Jahren, aber er gehörte nicht zur Gesellschaft; dazu war sein Rang zu niedrig und seine Beschäftigung zu gemein. Ja, es war überhaupt die niedrigste aller Beschäftigungen, denn er war bloß der Gehilfe seines Vaters, welcher Kotgruben leerte und nachts in einem Karren den Straßenkehricht wegschaffte. Achmets bester Freund war Ali, der Kesselflicker, ein schmächtiger kleiner Kerl von vierzehn Jahren, ehrbar, fleißig und von gutem Herzen, denn er unterstützte seine bettlägerige Mutter mit seiner Hände Arbeit.

Ungefähr einen Monat, nachdem der Sultan erkrankt war, begegneten sich diese zwei Burschen eines Abends so gegen neun Uhr. Achmet war auf dem Weg zu seiner Nachtarbeit und natürlich nicht in seinen Festtagskleidern, sondern in seinem scheußlichen Arbeitsanzug und roch nicht eben nach Rosenwasser. Ali war auf dem Heimweg zu seiner Mutter, mit rußigem Gesicht und Händen; er hatte seinen Lötofen bei sich und seinen Lötkolben nebst Hammer und Blechschere.

Sie hockten sich nieder und schwatzten und sprachen natürlich über das Unglück des Reiches und die Krankheit des Sultans. Niemand sprach ja von etwas anderem. Ali aber trug sich mit einem großen Plan und brannte darauf, ihn seinem Freund mitzuteilen. Er sprach:

»Achmet, ich kann den Sultan heilen. Ich weiß, wie.«

Achmet war überrascht.

»Was! Du?«

»Ja, ich.«

»Du Narr, die besten Ärzte können es ja nicht.«

»Ist mir einerlei; ich kann es. In fünfzehn Minuten kann ich ihn heilen.«

Alis Miene war so ernst, dass Achmet an keinen Spaß glauben konnte. Deshalb sagte er:

»Ich glaube, dir ist es ernst, Ali; kannst du wirklich den Sultan heilen?«

»Ich gebe dir mein Wort.«

»Sage mir doch: Wie willst du ihn denn heilen?«

»Ich will ihm sagen, er soll eine Schnitte von einer reifen Wassermelone essen.«

Das kam Achmet ziemlich unvermutet, und er lachte laut auf über die Absurdität dieses Gedankens, ehe er noch an sich halten konnte. Aber sein Lachen verstummte plötzlich, als er sah, dass er Ali damit gekränkt hatte. Er schlug ihn begütigend aufs Knie, und sagte:

»Es tut mir so leid, dass ich gelacht habe, Ali; es war gewiss nicht böse gemeint, und ich will es nicht wieder tun. Weißt du, es schien mir so furchtbar spaßig, denn überall, wo ein Soldatenlager ist und die Ruhr, da pflanzen die Ärzte ein Zeichen auf, welches besagt, dass jedermann, den man hier mit einer Wassermelone antrifft, mit der neunschwänzigen Katze zu Tode gepeitscht wird.«

»Ich weiß – diese Narren!«, sagte Ali, Tränen und Ärger in der Stimme. »Es gibt so viele Wassermelonen und nicht ein einziger von all den Soldaten hätte es nötig gehabt, zu sterben.«

»Aber Ali, wie kommst du zu dieser Meinung?«

»Das ist keine Meinung, das ist eine Tatsache. Kennst du den alten grauköpfigen Neger? Der hat schon eine Menge von unseren Freunden geheilt; das hat meine Mutter selbst mit angesehen und ich auch. Man braucht nur eine oder zwei Scheiben Wassermelone zu essen und man ist kuriert, einerlei, ob die Krankheit alt oder neu ist.«

»Komisch, so etwas. Aber wenn es wirklich so ist, so sollte man es dem Sultan doch sagen.«

»Natürlich, und meine Mutter hat es auch anderen Leuten gesagt, in der Hoffnung, sie könnten es ihm sagen. Aber es sind alles arme Leute und wissen nicht, wie sie es anfangen sollen, damit es der Sultan erfährt.«

»Das ist klar, dass es diese Dummköpfe nicht wissen«, sagte Achmet verächtlich. »Ich will es ihm sagen.«

»Du? Du Mistfink?!« Und diesmal musste Ali lachen. Aber Achmet erwiderte mit Überzeugung:

»Lach du nur; ich tu es.«

Das klang so sicher, dass es einen Eindruck auf Ali machte und dieser fragte:

»Kennst du den Sultan?«

»Ob ich ihn kenne? Wie du wieder redest! Ich kenne ihn freilich nicht.«

»Dann sag mir bloß, wie du es dem Sultan sagen willst?«

»Das ist sehr leicht und einfach. Wie würdest du es denn anfangen?«

»Ich ginge in den Bazar und ließe mir von einem Schreiber einen Brief schreiben. Den würde ich ihm schicken. Merkwürdig, dass ich bis jetzt nicht daran dachte. Ich wette, so willst du es auch machen.«

»Ich wette das Gegenteil. Jeder Narr im ganzen Reich macht es ebenso. Hast du denn daran gar nicht gedacht?«

»Wirklich nicht«, sagte Ali beschämt.

»Du *hättest* daran denken können, wenn du nicht so jung und unerfahren wärest. Weißt du, wenn irgendein gewöhnlicher Pascha oder ein Dichter oder der Hofkoch oder sonst wer, der ein bisschen bekannt ist, krank wird, so empfehlen alle Narren ihre ›unfehlbaren‹ Quacksalbereien zur Anwendung. Und wenn es sich nun gar um den Sultan selber handelt ...«

»So machen sie es natürlich noch ärger«, sagte Ali etwas verlegen.

»Selbstverständlich! Glaub mir, Ali, jede Nacht führen wir unsere fünf, sechs Karren voll solcher Briefe aus dem Hinterhof des Palastes fort. Achtzigtausend Briefe in einer Nacht! Glaubst du denn, dass die überhaupt gelesen werden? Bah! Kein einziger! Mit deinem Brief würde es gerade so gehen. Aber es führt mehr als ein Weg nach Mekka, und den zu des Sultans Ohren kenne ich. Verlass dich drauf.«

»Aber so sag mir nur, wie du es angreifen wirst«, bat Ali.

Achmet fügte sich und begann:

»Kennst du das zerlumpte arme Wesen, das sich einbildet, ein Schlächter zu sein, weil es mit einem Korb herumläuft und Katzenfleisch und halb verfaulte Lebern verkauft? Dem werde ich es *zunächst* sagen.«

Ali war schwer enttäuscht und verdrossen.

»Das ist eine Schande, so zu reden, Achmet; das ist nicht schön von dir. Du weißt doch, dass mir die Sache am Herzen liegt.«

Achmet gab ihm einen liebevollen Klaps und sagte:

»Du brauchst dich nicht zu beunruhigen, Ali. Ich weiß, was ich will. Du wirst es schon sehen. Dieser Katzenfleischkrämer wird es dem alten Krüppel erzählen, der die Krapfen an der Straßenecke verkauft – das ist sein bester Freund – wenn ich ihn darum bitte. Der wiederum wird es seinem reichen Onkel sagen, der im Bazar die Früchte verkauft, und der wieder seinem Busenfreund, dem Hammelschlächter; und der erzählt es seinem Freund von der Leibwache, und der seinem Hauptmann, und der dem Muezzin; dieser erzählt es dem Kadi, der Kadi dem Mudir, der Mudir dem Oberst von der Leibwache, der läuft zu seinem Freund, dem ...«

»Bei Mohammed, das ist ein wundervoller Plan, Achmet. Wie kamst du nur auf ...«

»... Kontre-Admiral und der Kontre-Admiral erzählt es dem Vize-Admiral, und der Vize-Admiral dem Admiral der Ruderflotte, und der sagt es dem Admiral der Segelflotte, und dieser dem Ober-Admiral beider Flotten, und der dem Wesir, und der Wesir dem ...«

»Weiter, Achmet, weiter!«

»... Scharfrichter, und der erzählt es dem Ober-Scharfrichter, und der dem Pascha, und der Pascha dem Mufti, und der Mufti dem Hofjagdmeister, und der Hofjagdmeister sagt es dem Hofmarschall, der Hofmarschall dem Ober-Stallmeister, der Ober-Stallmeister dem Ober-Küchenmeister, dieser erzählt es dem Zeremonienmeister des Harems, der dem Ober-Eunuchen, und der Ober-Eunuch sagt es dem kleinen jungen Lieblingssklaven des Sultans, der ihm die Fliegen vom Gesicht fächert, und der wird vor dem Sultan niederknien und es ihm zuflüstern – und das Spiel ist gewonnen.«

Ali war aufgesprungen.

»Das ist die größte Idee, die je ein Weiser hatte. Wie kamst du nur darauf?«

»Setz dich hier neben mich, und höre mir zu; ich will dir ein Körnlein Weisheit schenken, behalte es, solange du lebst. Nun denn, wer ist dein bester Freund, dem du nie im Leben etwas abschlagen möchtest und könntest?«

»Der bist du, Achmet, das weißt du.«

»Angenommen, du hättest eine ziemlich große Gefälligkeit von dem Katzenfleisch-Händler zu erbitten. Nun kennst du ihn aber nicht, und er würde dir die Pest wünschen, wenn du ihn bitten wolltest, denn er ist nun mal so ein Kauz. Aber er ist mein bester Freund nach dir, und würde sich die Beine ablaufen, um mir einen Gefallen zu erweisen – *jeden* Gefallen, ganz einerlei welchen. Jetzt frage ich dich: Was ist vernünftiger – wenn *du* zu ihm gehst und ihn bittest, er solle dem Krapfenmann von deiner Melonenkur erzählen, oder wenn du zu *mir* kommst, damit ich ihn für dich bitte?«

»Natürlich wenn ich zu dir gehe, damit du es für mich tust. Ich hätte wirklich nie daran gedacht, Achmet; es ist großartig!«

»Es ist eine Lebensweisheit. Sie beruht darauf: Jedermann auf dieser Welt, groß oder klein, mächtig oder nicht, hat *einen* speziellen Freund, einen Freund, dem er mit Vergnügen behilflich ist – nicht mit Widerwillen, sondern mit Vergnügen – mit Vergnügen bis ins Innerste. Und so, ganz einerlei, von wo du ausgehst, kannst du bei jedem Gehör finden, stehe er noch so hoch und du noch so niedrig. Es ist ja so einfach: Du brauchst nur den *ersten* Freund zu finden, das ist alles; damit ist dein Teil an der Arbeit schon geleistet. Er findet dann den nächsten Freund schon von selbst, und dieser findet den dritten, und so fort, Freund nach Freund, Glied nach Glied, wie bei einer Kette; diese führt dich hinauf oder hinunter, so hoch wie du willst oder so tief wie du willst.«

»Das ist herrlich, Achmet!«

»Es ist so leicht und einfach, wie einen Esel zu prügeln; aber hast du je gehört, dass jemand danach gehandelt hätte? Nein; ein jeder ist ein Narr. Er geht zu einem Fremden, ohne irgendwelche Einführung, oder schickt ihm einen Brief, und erreicht natürlich nichts – und das geschieht ihm gerade recht. Der Sultan kennt mich nicht, aber das verschlägt mir nichts. Morgen wird er seine Wassermelone essen; du wirst sehen. Hallo! Halt! Es ist der Katzenfleischkrämer, ich will ihn einholen. Allah beschütze dich, Ali!«

Er holte ihn ein und sagte:

»Bitte, willst du mir einen Gefallen tun?«

»Habe ich es je nicht getan, wenn du mich darum batest? Sag mir, was ich tun soll und ich werde eilen wie der Wind.«

»Geh zu dem Krapfenverkäufer; er soll alles stehen und liegen lassen und seinem besten Freund mitteilen, dass der Sultan geheilt werden kann, wenn er zwei Scheiben einer reifen Wassermelone isst. Und dieser Freund soll es *seinem* besten Freund weitersagen und so fort – bis zum Sultan.« Der Katzenfleischverkäufer flog davon.

In diesem Augenblick war die frohe Botschaft des kleinen Kesselflickers an den Sultan unterwegs.

III.

Um Mitternacht des nächsten Tages saßen die Ärzte im Krankenzimmer des Sultans und flüsterten leise miteinander, denn sie waren in großer Not, da es um den Sultan sehr schlimm stand. Sie konnten es sich nicht verhehlen, dass, so oft sie ihn mit einer neuen Quantität Arzeneien auffüllten, sein Zustand immer bedenklicher wurde. Das machte sie traurig, denn sie hatten das erwartet. Der arme abgezehrte Sultan lag bewegungslos da mit geschlossenen Augen, und sein Lieblingssklave, der ihm die Mücken fortwedelte, weinte still vor sich hin. Da hörte der Knabe einen seidenen Vorhang hinter sich rauschen, drehte sich um und gewahrte den Ober-Eunuchen, der ihm aufgeregt winkte, zu ihm zu kommen. Geräuschlos auf den Zehenspitzen schlich der Sklave zu seinem geliebten Freund, welcher sagte:

»Nur du kannst ihn überreden, mein Kind, denn du bist des Sultans Liebling. Nimm dies hier. Wenn es der Sultan isst, so ist er gerettet.«

»Bei Allah, er wird es essen.«

Es waren zwei große Scheiben rötlicher Wassermelone, frisch und saftig.

IV.

Durch das ganze Reich flog am nächsten Morgen die Nachricht, dass der Sultan wieder wohl und gesund sei, und die Köpfe seiner Ärzte die Zinnen seines Palastes schmückten. Eine Freudenwoge wälzte sich über das ganze Land, und man rüstete sich zu einem großen Jubelfest.

Nach dem Frühstück saß der Herrscher auf seinem Diwan und überlegte. Seine Dankbarkeit war unaussprechlich, und er sann über ein Geschenk nach, das reich genug wäre, seinem Wohltäter seine Dankbarkeit darzutun. Er rief seinen kleinen Sklaven, und fragte ihn, ob er die Kur erfunden hätte. Der Knabe sagte nein – er hätte sie vom Ober-Eunuchen erfahren. Der Sklave wurde weggeschickt und der Sultan überlegte wieder. Er würde dem Ober-Eunuchen den Palast und die Ländereien eines Paschas schenken, der in Ungnade gefallen war, sowie ihm dessen jährliches Einkommen anweisen. Er ließ ihn rufen, und fragte ihn, ob er der Erfinder des Heilmittels sei. Aber der Ober-Eunuch war ein ehrlicher Mann und sagte, er hätte es vom Zeremonienmeister des Harems erfahren. Er wurde weggeschickt und der Sultan überlegte von Neuem. Er könnte den Ober-Eunuchen absetzen und den Zeremonienmeister an seine Stelle setzen. Dazu sollte er vier Pferde aus seinem Stall zum Geschenk bekommen. Er wurde aber vom Zeremonienmeister an den Ober-Küchenmeister verwiesen. Abermals überlegte der Sultan, und dachte sich ein geringeres Geschenk aus. Der Koch aber verwies ihn an den Ober-Stallmeister und dieser an den Hofmarschall, und jedes Mal musste der arme Sultan wieder überlegen und sich ein kleineres Geschenk ausdenken.

Das war ihm jedoch zu langweilig, und um die Sache zu beschleunigen, ließ er seinen Hohen Geheimen Ober-Detektiv kommen, und befahl ihm, herauszufinden, wer die Melonenkur erfunden hätte, damit er seinen Wohltäter nach Gebühr belohnen könne.

Um neun Uhr abends kam der Detektiv wieder. Er hatte der ganzen langen Kette von Freunden nachgespürt, bis hinunter zu einem kleinen Burschen namens Ali, einem Kesselflicker. Der Sultan sagte mit tiefem Gefühl:

»Ein braver Junge! Er hat mir das Leben gerettet und soll es nicht bereuen.«

Und er schickte ihm ein Paar seiner eigenen Schuhe, und zwar das zweitbeste Paar, das er besaß. Sie waren zu groß für den kleinen Ali, aber sie passten dem grauköpfigen Neger gerade, und so war alles gut und der rechte Mann belohnt.

Schluss der ersten Erzählung

»Nun – haben Sie die Idee ergriffen?«

»Zu meiner Freude kann ich Sie dessen versichern. Und so wie Sie sagten, wird es geschehen: Morgen werde ich die Sache meines Freundes durchführen. Ich bin eng befreundet mit des Generaldirektors bestem Freund. Der wird mir einige Zeilen zur Einführung schreiben und betonen, dass die Erfindung tatsächlich für die Regierung von Wichtigkeit ist. Diese Empfehlung werde ich mit meiner Visitenkarte ganz einfach abgeben, und ich brauche sicher keine halbe Minute im Vorzimmer zu warten.«

Dies bestätigte sich, und die Regierung nahm die Stiefelerfindung an.

Das Todeslos*

Es war zur Zeit Oliver Cromwells. Oberst Mayfar, der jüngste Offizier dieses Ranges im Heer des Protektors, war erst dreißig Jahre alt, aber trotz seiner Jugend doch ein Veteran, wetterfest und kriegsgewohnt, denn er hatte schon mit 17 Jahren seine militärische Laufbahn begonnen. In vielen Schlachten hatte er gefochten, war von Stufe zu Stufe gestiegen und hatte sich durch Verdienste im Feld nicht nur die allgemeine Achtung, in der er stand, sondern auch seine Stellung im Heer erworben. Aber jetzt bedrückte ihn große Sorge; ein Schatten war auf sein Glück gefallen.

Der Winterabend war hereingebrochen; draußen stürmte es in der Dunkelheit; drinnen ein melancholisches Schweigen. Der Oberst und sein junges Weib hatten über ihre Not und Sorge gesprochen, hatten ihr abendliches Bibelkapitel gelesen und das Abendgebet gesprochen. Jetzt blieb nichts mehr zu tun übrig, als Hand in Hand ins Feuer zu blicken und nachzudenken und – zu warten. Lange würden sie nicht zu warten haben; das wussten sie, und die Frau schauderte bei dem Gedanken.

Sie hatten ein Kind – Abby, sieben Jahre alt; es war ihr Abgott. Sie wussten, es würde sogleich zum Gutenachtkuss kommen, und der Oberst sagte:

»Trockne deine Tränen und lass uns glücklich scheinen – ihr zuliebe. Wir müssen für den Augenblick vergessen, was uns bevorsteht.«

»Ja, ich will es versuchen. Ich will versuchen, ob ich den Gram in mein Herz verschließen kann, ohne dass es bricht.«

»Und wir wollen auf uns nehmen, was uns zu tragen bestimmt ist, mit Geduld, und nicht vergessen, dass alles, was Er tut, wohl getan ist und zu unserem Besten ...«

---

* Nach einer wahren Begebenheit, die Carlyle in seinen *Letters and Speeches of Oliver Cromwell* erwähnt. M. T.

»Sein Wille geschehe! Ja, ich kann es mit gläubiger Seele sprechen – ich wollte, ich könnte es auch von ganzem Herzen sagen. O, wenn ich das könnte! Aber der Gedanke, dass diese liebe Hand, die ich zum letzten Mal drücke und küsse ...«

»Still, mein Schatz, sie kommt.«

Eine kleine Gestalt mit lockigem Haar kam im Nachtkleid zur Tür herein und sprang auf den Vater zu, der das Kind an seine Brust drückte und leidenschaftlich küsste, ein, zwei, dreimal.

»Halt, Papa, du darfst mich nicht so arg küssen; du zerzaust mir meine Haare.«

»Ach, das tut mir aber furchtbar leid; vergibst du mir, mein Liebling?«

»Ei natürlich, Papa. Aber ist es dir wirklich leid? Tust du nicht bloß so, sondern bist du im Ernst traurig darüber?«

»Du wirst es gleich selber sehen, Abby«, sagte der Oberst, bedeckte sein Gesicht mit beiden Händen und tat, als ob er schluchzte. Das Kind erschrak über diese tragische Wendung, die es verursacht hatte, fing selber an zu weinen, mühte sich, dem Vater die Hände von den Augen zu ziehen und rief:

»O, nicht weinen, lieber Papa! Abby hat es nicht böse gemeint; Abby will es nie, nie wieder tun. Bitte, Papa!« Sie zog an den großen Händen und versuchte, sie auseinanderzuschieben. Dabei erspähte sie zufällig ein Auge hinter denselben und rief: »O, du böser Papa, du hast ja gar nicht geweint; du hast mir bloß was vorgemacht! Und Abby geht jetzt zur Mama; die behandelt Abby besser.«

Sie wollte von seinem Schoß klettern, aber ihr Vater schlang die Arme um sie und sagte: »Nein, liebes Kind, bleib bei mir; Papa ist unartig gewesen, aber er gesteht es ein, und es tut ihm leid – komm, lass ihn deine Tränen wegküssen – und er bittet dich um Verzeihung, und will zur Strafe alles tun, was Abby sagt; so, jetzt sind sie alle weggeküsst und keine einzige Locke zerzaust – und was Abby befiehlt ...«

Sogleich trat wieder lachender Sonnenschein auf des Kindes Gesicht; es streichelte seinem Vater die Backen und nannte die Strafe: – »Eine Geschichte, eine Geschichte!«

Horch!

Die Eltern hielten den Atem an und lauschten. Schritte, kaum vernehmbar in dem Sausen des Windes, kamen näher, immer näher ... wurden lauter ... immer lauter, dann gingen sie vorbei und erstarben in der Ferne. Die beiden Eltern atmeten erleichtert auf, und der Vater sagte: »Also eine Geschichte? Eine lustige?«

»Nein, Papa, eine schreckliche.«

Papa versuchte, sie zu einer lustigen zu überreden, aber die Kleine bestand auf ihrem Recht, dass der Papa alles tun sollte, was sie befehlen würde. Er war ein guter puritanischer Soldat und hatte sein Wort gegeben – er sah, dass er es halten müsse.

»Papa«, rief Abby, »wir müssen nicht immer lustige Geschichten haben. Meine Betty sagt, dass die Leute nicht lauter lustige Zeiten hätten. Ist das wahr, Papa? Sie sagt so.«

Die Mutter seufzte, und ihre Angst legte sich wieder schwer auf ihr Herz. Der Vater antwortete freundlich: »Ja, das ist wahr, mein Schatz. Die Sorgen bleiben nicht aus. Das ist leider so.«

»O, dann erzähle *davon* eine Geschichte, Papa – eine recht schreckliche, sodass es uns allen gruselt, als ob wir es wären. Komm ganz dicht hierher, Mama, und nimm eines von Abbys Händchen. Weißt du, wenn es dann zu schrecklich wird, können wir es leichter aushalten, wenn wir alle beieinander sitzen und du meine Hand hältst. So Papa, jetzt kannst du anfangen.«

»Nun also ... es waren einmal drei Obersten ...«

»O, das ist fein! Ich weiß ganz gut was Obersten sind, weil du auch einer bist, und ich kenne ihren Anzug. Bitte weiter, Papa.«

»Und in einer Schlacht hatten sie sich gegen die Disziplin vergangen.«

»Das fremde Wort gefiel dem Kind; voll Neugier und Staunen sah es auf und sagte:

»Ist das etwas Gutes zum Essen, Papa?«

Die Eltern lachten beinahe, und der Vater antwortete:

»Nein, Kind, das ist ganz etwas anderes. Sie überschritten ihre Befehle.«

»Ist das etwas …«

»Nein, das ist ebenso wenig zu essen, wie das andere. Sie hatten den Befehl, in einer unglücklichen Schlacht einen Scheinangriff auf eine feste Stellung zu machen, um den Soldaten den Rückzug zu ermöglichen. Aber in ihrem Eifer überschritten sie ihre Befehle, denn sie machten einen wirklichen Angriff, nahmen die Stellung im Sturm und gewannen die Schlacht. Der Obergeneral war zwar ihres Lobes voll, aber sehr erbost über ihren Ungehorsam und schickte sie nach London, damit dort über ihr Leben vor Gericht entschieden würde.«

»Ist das der große General Cromwell, Papa?«

»Ja.«

»O, den habe ich gesehen, Papa! Wenn er so stolz auf seinem großen Pferd mit den Soldaten bei unserem Haus vorbeikommt, dann macht er ein Gesicht … so … ich weiß selbst nicht recht, wie, aber er sieht aus, als ob er unzufrieden wäre, und man kann sehen, dass die Leute Angst vor ihm haben. Aber ich habe keine Angst vor ihm, denn mich hat er nicht so angesehen.«

»O du liebe kleine Plaudertasche! Also die Obersten wurden gefangen nach London gebracht und auf Ehrenwort entlassen, um ihre Familien noch zum letzten Mal …«

Horch!

Sie horchten. Wieder Schritte; doch sie gingen abermals vorbei. Die Mutter lehnte ihren Kopf an des Gatten Schulter, um ihre Blässe zu verbergen.

»Sie sind heute Morgen angekommen.«

Die Augen des Kindes öffneten sich weit.

»Sag mal, Papa, ist es denn eine *wahre* Geschichte?«

»Gewiss, Herzchen.«

»O, wie fein; das ist ja viel, viel besser; bitte Papa, wie geht die Geschichte weiter? Ei Mama … liebe Mama, weinst du denn?«

»Komm, lass mich, Kind. Ich dachte nur an die ... an die armen Familien.«

»Aber du musst nicht weinen, liebe Mama; es wird noch alles gut werden, du wirst sehen; das ist immer so bei Geschichten. Bitte Papa, erzähle weiter, bis wo es heißt: Und sie lebten glücklich bis an ihr Ende. Nicht wahr, Mama, dann weinst du nicht mehr? Papa, bitte erzähl weiter.«

»Zuerst brachte man die Gefangenen in den Tower, ehe man sie nach Hause gehen ließ.«

»Ich kenne den Tower! Wir können ihn von hier aus sehen.«

»Im Tower saß das Kriegsgericht eine Stunde lang über sie zu Gericht und fand sie schuldig. Sie wurden verurteilt, erschossen zu werden.«

»Totgeschossen, Papa?«

»Ja.«

»O wie abscheulich! Liebe Mama, du weinst ja wieder; nicht weinen, Mama! Die Geschichte wird gleich an die gute Stelle kommen, du wirst schon sehen. Mach schnell, Papa, der Mama zuliebe; du erzählst nicht schnell genug.«

»Du hast ganz recht; das kommt wohl daher, dass ich mich so oft besinnen muss.«

»Aber du musst dich nicht besinnen Papa, du musst immer weiter erzählen.«

»Ja, mein Kind – diese drei Obersten ...«

»Kennst du sie, Papa?«

»Ja, ich kenne sie.«

»O, wenn ich sie nur auch kennen würde! Ich habe alle Obersten so gern. Glaubst du, dass sie sich von mir küssen ließen? Des Obersten Stimme zitterte ein wenig, als er antwortete:

»Einer von ihnen sicher. Komm, küss mich statt seiner.«

»Da Papa – und diese zwei sind für die beiden anderen. Ich glaube doch, sie würden sich von mir küssen lassen; ich würde sagen: ›Mein Papa ist auch ein Oberst, und sehr tapfer; er würde ganz ebenso gehandelt haben wie ihr, und so kann es nichts Böses sein, mögen die Leute sagen, was sie wollen. Ihr braucht euch also nicht ein kleines bisschen zu schämen.‹ Dann würden sie sich küssen lassen, nicht wahr Papa?«

»Mit Freuden, das weiß Gott, mein Kind!«

»Mama! O nicht weinen, gute Mama; jetzt kommt gleich die Stelle, wo sie alle glücklich werden. Papa, bitte erzähl weiter.«

»Dann waren einige von ihnen traurig – sie alle waren es; ich meine das Kriegsgericht. Und sie gingen zum Obergeneral, und sagten, sie hätten ihre Pflicht getan – denn weißt du, es war ihre Pflicht – und jetzt bäten sie darum, dass zwei von den Obersten begnadigt würden, und bloß einer erschossen werden sollte. Das würde genügen, um bei der Armee ein Exempel zu statuieren. Aber der Obergeneral war sehr streng und lehnte ihre Bitten ab, denn wenn sie ihre Pflicht getan und nach ihrem Gewissen gehandelt hätten, so wolle er sich seiner Pflicht auch nicht entziehen und seine Soldatenehre nicht beflecken. Sie aber erwiderten, dass sie ihn um nichts gebeten hätten, was sie nicht auch tun würden, wenn sie an seiner Stelle stünden und das hohe Vorrecht hätten, Gnade zu üben. Das machte Eindruck auf ihn, er überlegte eine Weile und die Härte wich etwas aus seinen Zügen. Dann hieß er sie warten und zog sich in sein Zimmer zurück, um sich im Gebet bei Gott Rat zu erholen. Als er wiederkam, sagte er: ›Sie sollen das Los ziehen; einer muss sterben; zwei sollen leben.‹«

»Haben sie gelost, Papa? Und welcher muss sterben? Ach, der arme Mann!«

»Nein, sie haben sich geweigert.«

»Sie wollen es nicht tun, Papa?«

»Nein.«

»Weshalb nicht?«

»Sie sagten, dass derjenige, welcher das Todeslos zöge, sich durch seine eigene freiwillige Handlung zum Tod verurteilte und das sei nichts anderes als Selbstmord, man möge sagen, was man wolle. Sie aber seien Christen, und die Bibel verböte ihnen, sich das Leben zu nehmen. Diese Antwort schickten sie dem Obergeneral und ließen ihm sagen, sie seien bereit, man solle das Urteil des Kriegsgerichts vollstrecken.«

»Was heißt denn das, Papa?«

»Dass sie ... dass sie alle erschossen werden.«

Horch!

Der Wind? Nein. Trapp – trapp – trapp – r-r-rumbledibum, r-r-rumbledibum –

»Im Namen des Obergenerals, macht auf!«

»Papa, sieh nur, es sind Soldaten! Ich habe die Soldaten so gern! Darf ich ihnen aufmachen? Bitte, bitte, Papa!«

Sie sprang herunter, lief zur Tür und machte sie auf, indem sie vergnügt rief: »Kommt nur herein, kommt nur herein! Abby macht euch auf. Hier sind sie, Papa! Grenadiere! Die Grenadiere kenn ich zu gut!«

Die kleine Abteilung marschierte herein und stellte sich in Linie auf, Gewehr in Arm; ihr Offizier grüßte, der verurteilte Oberst stand aufrecht da und erwiderte den Gruß, sein Weib stand neben ihm, totenbleich und mit schmerzdurchwühlten Zügen – aber sonst verriet sie durch kein Zeichen ihren trostlosen Jammer. Das Kind sah auf die Szene mit leuchtenden Augen ...

Eine lange Umarmung von Vater, Mutter und Kind; dann der Befehl »zum Tower – Marsch!« Mit fester Haltung und militärischem Schritt verließ der Oberst sein Haus, gefolgt von der Abteilung. Dann schloss sich die Tür.

»O Mama, war das nicht wunderschön! Ich habe dir's ja immer gesagt, dass die Geschichte so ausgehen würde. Und jetzt gehen sie zum Tower, und da kann er die Obersten sehen. Er ...«

»Komm in meine Arme, du armes unschuldiges Ding!«

* * *

Am anderen Morgen war die unglückliche Mutter nicht imstande, das Bett zu verlassen. Ärzte und barmherzige

Schwestern saßen bei ihr und flüsterten ab und zu miteinander; Abby durfte nicht ins Zimmer kommen; man hatte ihr gesagt, sie solle auf die Straße gehen und spielen – Mama sei sehr krank. Ganz eingepackt in dicke Wintersachen ging das Kind vors Haus und spielte eine Weile; dann kam ihr der Gedanke, es sei doch sonderbar und eigentlich unrecht, dass Papa so lange im Tower bliebe, während Mama so krank war. Sie wollte mal nach Papa sehen.

Eine Stunde später trat das Kriegsgericht vor den Obergeneral. Aufrecht, mit finsterer Miene, die Fingerknöchel auf den Tisch gestützt, stand er da und bedeutete dem Wortführer durch eine Gebärde, zu sprechen. Dieser sagte: »Wir haben sie dringend ersucht, sich die Sache noch einmal zu überlegen; wir haben sie beschworen, allein sie bleiben bei ihrer Weigerung, das Los zu ziehen. Sie sind willens, zu sterben, aber nicht die Vorschriften ihrer Religion zu übertreten.«

Der Protektor machte ein finsteres Gesicht, jedoch er schwieg. Eine Zeit lang blieb er in Gedanken versunken, dann sprach er: »Sie sollen nicht alle sterben; das Los soll *für sie gezogen werden*.« Die Anwesenden vernahmen es voll Dankbarkeit. »Holt sie her! Führt sie in dieses Zimmer hier! Dort sollen sie sich aufstellen. Mit dem Gesicht zur Wand, die Hände hinter sich gekreuzt. Meldet mir, wenn sie da sind.«

Als Cromwell wieder allein war, setzte er sich und gab einem Adjutanten den Befehl: »Bringen Sie mir das nächste beste kleine Kind herein, das draußen vorbeigeht!«

Kaum hatte sich die Tür hinter dem jungen Offizier geschlossen, als er auch schon wieder zurückkam, mit Abby an der Hand, auf deren Kleider der Schnee schimmerte. Die Kleine ging ohne Scheu auf das Staatsoberhaupt zu, bei dessen bloßem Namen Fürsten und Könige zitterten; sie kletterte ihm auf den Schoß und sagte:

»Dich kenne ich; du bist der Obergeneral; ich habe dich schon gesehen, als du einmal an meinem Haus vorbeigekommen bist. Alle hatten Furcht vor dir, aber ich nicht, weil du mich nicht so böse angesehen hast. Nicht wahr, das weißt du noch! Ich hatte mein rotes Kleid an – das mit den blauen Dingern vorne. Weißt du das nicht mehr?«

Ein Lächeln ging durch die harten Züge des Protekteurs, und er zögerte diplomatisch mit der Antwort.

»Ja, doch ... ich muss mich besinnen ... es war ...«

»Ich stand gerade vor dem Haus, vor meinem Haus, weißt du.«

»Hm! ... du liebes kleines Ding, es ist ja eine Schande, aber ich weiß wirklich ...«

Das Kind unterbrach ihn vorwurfsvoll:

»Ach, du hast es *doch* vergessen. Aber ich nicht.«

»Ich schäme mich auch wirklich darüber, aber jetzt will ich dich gewiss nicht mehr vergessen, auf mein Wort. Nicht wahr, du vergibst mir, und wir wollen von jetzt an immer gute Freunde sein?«

»O, natürlich, obgleich ich nicht verstehe, wie du mich hast vergessen können. Du musst recht vergesslich sein, aber das bin ich auch manchmal; meine Betty hat es mir gesagt. Doch, ich verzeihe dir, denn ich glaube, du bist doch gut, ebenso gut wie ... aber du musst mich besser auf deinen Schoß setzen, und in den Arm nehmen, so wie Papa – es ist kalt.«

»Komm, schmieg dich nur ordentlich an, du kleine neue Freundin; von jetzt ab bist du dann meine alte Freundin, nicht wahr? Du erinnerst mich an mein kleines Mädchen – jetzt ist es freilich schon lange nicht mehr klein – aber es war ein liebes, süßes, zierliches kleines Dingelchen und hatte denselben Zauberreiz wie du, du kleine Fee. Mit deinem holdseligen Vertrauen zu jedermann, ob Freund oder Fremder, machst du alle zu willigen Sklaven, auf die dein Zauberbann fällt. So wie du jetzt, lag sie auch früher in meinen Armen, vertrieb mir die Müdigkeit und Sorge aus dem Herzen und gab ihm Frieden, gerade so, wie du jetzt. Und wir zwei waren Freunde und Spielkameraden. Es ist lange, lange her, dass dieser Himmel voller Freuden für mich verschwunden ist im Dunkel der Zeit, und du bringst ihn mir jetzt wieder; – nimm dafür den Segen eines Mühseligen und Beladenen, du kleines Ding, das mir Last und Sorge für England abnimmt, dieweil ich ruhe.«

»Hast du sie arg, arg, arg gerne gehabt?«

»Das kannst du daran sehen: Sie brauchte nur zu befehlen, und ich gehorchte!«

»Du bist so gut! Willst du mich küssen?«

»Von ganzem Herzen ... ich bin sogar stolz darauf. Da – der ist für dich ... und der ist für sie. Du hast mich darum gebeten, und du hättest es mir befehlen können, denn du vertrittst jetzt ihre Stelle, und was du mir befiehlst, muss ich ausführen.«

Das Kind klatschte in die Hände vor Freude über diese neue Machtstellung, dann schlug ein Geräusch an ihr Ohr: der gleichmäßige Schritt marschierender Männer.

»Soldaten! Soldaten! Abby möchte sie so gerne sehen.«

»Du sollst sie sehen, mein Kind; aber warte einen Augenblick, ich habe einen Auftrag für dich.«

Ein Offizier trat ein, grüßte und sprach: »Die Verurteilten sind zur Stelle, Sir.« Dann grüßte er wieder und ging.

Das Staatsoberhaupt gab Abby drei kleine Kugeln aus Siegelwachs. Zwei davon waren weiß und eine rot; diese sollte den Oberst, der sie erhielt, zum Tod verurteilen. »O, was für eine schöne rote! Sind die alle für mich?«

»Nein, Herzchen, sie sind für andere Leute. Die Tür dort, die der Vorhang verdeckt, ist offen, geh hindurch in das anstoßende Zimmer; dort wirst du drei Männer in einer Reihe stehen sehen, mit den Händen auf dem Rücken – so – und jeder hält eine Hand offen, wie eine Schale. In jede von den drei offenen Händen lege eine von diesen Kugeln und komme dann zurück zu mir.«

Abby verschwand hinter dem Vorhang und der Protektor blieb allein. Er sagte mit heiliger Ehrfurcht: »In meiner Verwirrung kam mir dieser Gedanke gewiss von Ihm, der eine allgegenwärtige Hilfe ist denen, die bedrängt sind und seinen Beistand suchen. Er weiß, auf wen die Wahl fallen soll, und hat mir diesen sündenreinen Boten geschickt, damit sein Wille geschehe. Wir Menschen können irren, aber Er irrt nie. Wunderbar sind Seine Wege und unergründlich Seine Weisheit ... gelobt sei sein heiliger Name!«

Als die kleine Elfe den Vorhang hinter sich fallen ließ, betrachtete sie einen Augenblick mit lebhafter Neugier das Zimmer, die unbeweglichen Gestalten der Soldaten und die drei Gefangenen. Dann glitt ein Leuchten über ihr Gesicht und sie dachte bei sich: »Einer davon ist Papa; ich kenne ihn von hinten. Er soll die schönste haben!« Vergnügt lief sie hinzu und legte die Wachskugel in die offenen Hände; dann wandte sie, unter dem Arm ihres Vaters hindurchguckend, diesem ihr lachendes Gesicht zu und rief:

»Papa, Papa! Sieh nur, was du bekommen hast. Ich habe es dir gegeben!«

Der Oberst warf einen Blick auf die unheilvolle Gabe, sank in die Kniee und drückte, überwältigt von Liebe und Leid, die unschuldige kleine Vollstreckerin seines Todesurteils an die Brust. Soldaten, Offiziere, die beiden begnadigten Obersten, alle standen einen Augenblick wie gelähmt von der Ungeheuerlichkeit dieser Tragödie, dann aber übermannte sie die Rührung über den jammervollen Auftritt; ihre Augen füllten sich mit Tränen, und sie schämten sich nicht zu weinen. Ein feierliches, tiefes Schweigen herrschte während der nächsten Minuten, dann ging der Offizier der Wache mit Widerstreben auf seinen Gefangenen zu, berührte ihn an der Schulter und sagte in sanftem Ton:

»So leid es mir tut, Sir ... aber meine Pflicht gebietet mir.«

»Gebietet was?«, fragte das Kind.

»Ich muss ihn wegführen ...«

»Wegführen? Wohin denn?«

»Nach ... nach ... Gott stehe mir bei! ... zu einem anderen Teil der Festung.«

»Aber das geht jetzt wirklich nicht. Meine Mama ist krank und ich hole ihn nach Haus.«

Sie wand sich los und kletterte ihrem Vater auf den Rücken, indem sie ihre Arme um seinen Hals schlang: »Komm, Papa, wir wollen jetzt gehen.«

»Mein ärmstes Kind, ich kann nicht. Ich muss mit ihm gehen.« Das Kind sprang zu Boden und sah verwundert um sich. Dann lief es auf den Offizier zu, stampfte mit dem kleinen Fuß ärgerlich auf den Boden und rief:

»Ich habe dir doch gesagt, dass meine Mama krank ist, und du hast es wohl gehört. Lass ihn gehen – du musst!«

»Armes Kind, wollte Gott, ich könnte es, aber ich kann nicht anders, ich muss ihn wegführen. Achtung, Wache! ... das Gewehr über!«

Wie ein Blitz war Abby davongeschossen. Im nächsten Augenblick kam sie wieder, den Obergeneral an der Hand hinter sich herziehend. Bei dieser gefürchteten Erscheinung rafften sich alle zusammen, die Offiziere grüßten und die Wache salutierte.

»Befiehl du es ihnen! – Meine Mama ist krank und braucht meinen Papa; ich hab's ihnen gesagt, aber sie hören gar nicht auf mich und wollen ihn fortführen.«

Der Obergeneral schien wie vom Schlag gerührt.

»*Dein* Papa, Kind? Ist das dein Papa?«

»Natürlich! Das war *immer* mein Papa. Würde ich wohl sonst die hübsche rote Kugel ihm und keinem anderen gegeben haben, wenn ich ihn nicht so lieb hätte? Gewiss nicht!«

Bestürzung malte sich in des Protektors Zügen, und er sagte:

»Gott helfe mir! Durch des Satans Tücke habe ich das Grausamste begangen, das je ein Mensch tat – und keine Hilfe, keine Hilfe! Was soll ich, was kann ich tun?«

Ungeduldig und betrübt zugleich rief Abby: »Du kannst ihnen doch befehlen, dass sie ihn gehen lassen!«, und sie begann zu schluchzen. »So sage es ihnen doch! Du hast mir versprochen, ich dürfe nur befehlen, und jetzt, das erste Mal, dass ich sage, du sollst etwas tun, tust du es doch nicht!«

Ein milder Schimmer breitete sich über das raue Gesicht des alten Kriegers. Er legte seine Hand auf das Haupt der kleinen Tyrannin und sprach: »Gott sei Lob und Dank für den rettenden Zufall dieses gedankenlosen Versprechens; und Heil dir, dass du, von Ihm geleitet, mich daran erinnert hast. Gottes Auge ruht auf dir, mein Kind! Wache! Gehorcht ihrem Befehl – sie spricht durch meinen Mund. Der Gefangene ist begnadigt; gebt ihn frei!

QUELLENVERZEICHNIS

Die Erzählungen dieses Bandes sind nachfolgenden Ausgaben entnommen. Sie wurden behutsam überarbeitet und auf neue Rechtschreibung umgestellt.

Mark Twain: *Skizzenbuch*. [Ohne Angabe des Übersetzers.] Stuttgart: Verlag von Robert Lutz 1899. [d. i. Mark Twains ausgewählte Humoristische Schriften. III. Band]
Mark Twain: *Adams Tagebuch und andere Erzählungen*. Autorisierte deutsche Übersetzung von Heinrich Conrad. Stuttgart: Verlag von Robert Lutz [o. J.]. [d. i. Mark Twains Humoristische Schriften. Neue Folge. 5. Band]
Mark Twain: *Wie die Stadt Hadleyburg verderbt wurde nebst anderen Erzählungen*. Autorisierte Übersetzung von Margarete Jacobi. Stuttgart: Verlag von Robert Lutz 1921. [d. i. Mark Twains Humoristische Schriften. Neue Folge. 6. Band]
Mark Twain: *Von Adam bis Vanderbilt. Dreizehn verrückte Amerika-Geschichte*. Deutsche Übersetzung von M.[argarete] Jacobi, L.[ouis] Ottmann und H.[einrich] Conrad. Mit zwanzig Federzeichnungen von Max Kellerer. Stuttgart: Robert Lutz Nachfolger Otto Schramm 1940. [d. i. Mark Twains Werke. Neue illustrierte Lutz-Auswahl III]

Einzelnachweise:
Die kapitolinische Venus (engl. *Legend of the Capitoline Venus*, Erstdruck: Express [Buffalo], 1869), dt. in: *Skizzenbuch*, Übersetzung: o. A.
Eine wahre Geschichte (engl. *A True Story*, Erstdruck: Atlantic Monthly Magazine, 1874), dt. in: *Von Adam bis Vanderbilt*, Übersetzung: nicht spezifiziert.
Die Geschichte des Hausierers (engl. *The Canvasser's Tale*, Erstdruck: Atlantic Monthly Magazine, 1876), dt. in: *Skizzenbuch*, Übersetzung: o. A.
Die Liebe des jungen Alonzo Fitz Clarence und der schönen Rosannah Ethelton (engl. *The Loves of Alonzo Fitz Clarence and Rosannah Ethelton*, Erstdruck: Atlantic Monthly Magazine, 1878), dt. in: *Skizzenbuch*, Übersetzung: o. A.
Mrs McWilliams beim Gewitter (engl. *Mrs. McWilliams and the Lightning*, Erstdruck: Atlantic Monthly Magazine, 1880), dt. in: *Skizzenbuch*, Übersetzung: o. A.

Was mir der Professor erzählte (engl. *The Professor's Yarn*, Erstdruck: Life on the Mississippi, 1883), dt. in: *Von Adam bis Vanderbilt*, Übersetzung: nicht spezifiziert.

Meine Tätigkeit als Reisemarschall (engl. *Playing Courier*, Erstdruck: Sun [New York], 1891), dt. in: *Adams Tagebuch*, Übersetzung: Heinrich Conrad.

Die Romanze des Eskimo-Mädchens (engl. *The Esquimau Maiden's Romance*, Erstdruck: Cosmopolitan Magazine, 1893), dt. in: *Von Adam bis Vanderbilt*, Übersetzung: Heinrich Conrad.

Die Erzählung des Kaliforniers (engl. *The Californian's Tale*, Erstdruck: The First Book of the Author's Club, Liber Scriptorium [New York], 1893), dt. in: *Adams Tagebuch*, Übersetzung: Heinrich Conrad.

Mein Reisegefährte, der Reformator (engl. *Travelling With a Reformer*, Erstdruck: Cosmopolitan Magazine, 1893), dt. in: *Von Adam bis Vanderbilt*, Übersetzung: Heinrich Conrad.

Tom Sawyer als Detektiv (engl. *Tom Sawyer, Detective*, Erstdruck: New York: Harper, 1896), dt. in: *Von Adam bis Vanderbilt*, Übersetzung: Heinrich Conrad.

Eine Geschichte ohne Ende (engl. *A Story Without an End*, Erstdruck: Following the Equator, 1897), dt. in: *Von Adam bis Vanderbilt*, Übersetzung: nicht spezifiziert.

Ed Jackson und Vanderbilt (engl. *The Joke That Made Ed's Fortune*, Erstdruck: Following the Equator, 1897), dt. in: *Von Adam bis Vanderbilt*, Übersetzung: nicht spezifiziert.

Wie Hadleyburg verderbt wurde (engl. *The Man That Corrupted Hadleyburg*, Erstdruck: Harper's Monthly Magazine, 1899), dt. in: *Von Adam bis Vanderbilt*, Übersetzung: Margarete Jacobi.

Die Appetit-Anstalt (engl. *At the Appetite-Cure*, Erstdruck: Cosmopolitan Magazine, 1899), dt. in: *Adams Tagebuch*, Übersetzung: Heinrich Conrad.

Zwei kleine Geschichten (engl. *Two Little Tales*, Erstdruck: Century Magazine, 1901), dt. in: *Wie Hadleyburg verderbt wurde*, Übersetzung: Margarete Jacobi.

Das Todeslos (engl. *The Death Disk*, Erstdruck: Harper's Monthly Magazine, 1901), dt. in: *Wie Hadleyburg verderbt wurde*, Übersetzung: Margarete Jacobi.